LOS COMPLICADOS AMORES DE LAS HERMANAS VALVERDE

MARÍA PAULINA CAMEJO

HarperCollins *Español*

Editora en Jefe: *Graciela Lelli*
Edición: *Marta Liana García*
Diseño interior: *Grupo Nivel Uno, Inc.*

ISBN: 978-0-71809-229-0

Impreso en Estados Unidos de América
17 18 19 20 DCI 6 5 4 3 2 1

A mi hermana María Laura... sin ella
las Valverde nunca hubieran existido.

A Venezuela... la soñada.

Martes, 27 de mayo de 2014

Caminando por una concurrida acera, Julia Valverde tropezó con un señor que, disculpándose rápidamente y sin prestarle mucha atención, siguió su camino. Julia, por su parte, se llevó lentamente una mano al pecho mientras volteaba para seguir con la mirada a ese hombre al que nunca volvería a ver, pero que, debido al olor de su colonia, le hizo revivir innumerables recuerdos que se agolpaban a toda velocidad en su mente y que ella saboreaba, de manera individual, sin ignorar ninguno, pues cada uno era tan valioso como el anterior.

Todo había comenzado un lunes, día de su vigésimo segundo cumpleaños. Si se mira la situación objetivamente, cualquiera diría que había empezado el viernes de aquella semana, o incluso después, si solo se desean conservar los datos más sobresalientes, pero para Julia, que quería guardar de esa corta primavera todos los detalles, había comenzado aquel lunes. Julia no había querido hacer una gran celebración por su cumpleaños, sin embargo, su hermana Cristina le había prometido que ese viernes inventarían algo para compensar la poca pompa con la que había sido celebrado, debido al inoportuno día en que había caído. Y es por esa vana promesa que, dos años, un mes y once días después, la colonia del hombre con el que acababa de tropezar despertaba en ella una nostalgia que, generalmente, lograba mantener a ras, pero que era avivada por ciertos sucesos y no se desvanecía sino hasta pasados varios días.

Lunes, 16 de abril de 2012

El día de su vigésimo segundo cumpleaños, Julia Valverde se despertó a las cinco y media de la mañana para ir a la universidad. Buscó a tientas su celular sobre la mesa de noche para apagar la alarma. Sonrió con ironía ante el hecho de que su cumpleaños cayese un lunes y que, además, tuviera que presentar un examen de Estadística. Leyó los mensajes que había recibido a la medianoche en los que algunas de sus amigas le deseaban un feliz cumpleaños, pues había estado estudiando hasta tarde y no había querido distraerse leyendo y respondiendo mensajes. Julia se levantó de su cama y, lentamente, caminó hasta la puerta que daba a su baño, encendió la luz, lo que la hizo cerrar los ojos de golpe, y la volvió a apagar. Se bañaría sin luz. Se dio un baño largo de agua caliente. Solo salió cuando sintió el agua enfriarse a pesar de que la manilla estaba totalmente movida hacia la izquierda. Eso, sin duda, significaba que una de sus dos hermanas, probablemente Cristina, se acababa de meter a bañar. Encendió la luz para lavarse los dientes y sintió que era en ese momento en que estaba comenzando el día.

Media hora después, Julia estaba bajando a la cocina. Ahí estaban, como siempre, su hermana Luna con el uniforme del colegio y el pelo mojado que le transparentaba gran parte de su blusa, y su hermana Cristina, ya vestida para irse a la universidad pero con una toalla en la cabeza, para secarse el pelo. Luna estaba en quinto año de bachillerato, tenía diecisiete años. Cristina, por su parte, tenía veinte y estudiaba Psicología en la Universidad Católica «Andrés Bello» (UCAB), la misma universidad en la que Julia estudiaba Comunicación Social.

—¡Feliz cumpleaaañooos! —saludaron las dos y se acercaron para abrazar a su hermana.

—Te hice desayuno —dijo Luna invitando a Julia a sentarse—, para que nadie diga aquí que soy una mala hermana.

—Luna, nadie dice que eres una mala hermana —le dijo Cristina mientras se acomodaba la toalla sobre su cabeza pues se había movido al abrazar a Julia—; la verdad es que, de ti, nadie dice... ¡nada!

Cristina y Julia rieron.

Cuando acabaron de reír, Luna señaló la silla para que Julia se sentara de una vez.

—Cierra los ojos —le ordenó Luna a Julia.

—Estoy asustada —dijo Julia con los ojos cerrados.

—Yo lo que estoy es confundida —intervino Cristina—, no veo que Luna haya cocinado nada.

—Ya... van... a... ver —dijo Luna haciendo hincapié en cada palabra.

Fue a la nevera, de donde sacó un litro de leche, y luego a la despensa.

Cristina pronunció, sin emitir ningún sonido:

—¿Cereal? —Mientras, extendía las manos sin entender en qué mundo había considerado Luna que un cereal podría ser un regalo de cumpleaños. Sin embargo, comprendió al ver que se trataba de Cranberry Almond Crunch.

Luna puso el litro de leche y la caja del cereal importado delante de Julia.

—¡Abre los ojos! —le ordenó esta vez.

Julia soltó una exclamación de alegría y, tomando la caja con ambas manos, dijo:

—¿Cómo la conseguiste?

—Pues, *amore*, te cuento que hace un mes me puse en una lista de espera en el San Lorenzo para cuando llegara este cereal, que lo que llegó, por cierto, fueron diez cajas.

—¿Solo diez de cada sabor? Horror —dijo Cristina.

—No, no, *amore*, diez en total. Dos de este sabor, dos de Blueberry Morning, tres de Banana Nut Crunch y así.

—Qué milagro... —dijo Julia—. Muchísimas gracias, Luna. Lo voy a disfrutar *full*.

—¡Eeeeeso, hermanita! —dijo Cristina, al momento en que con sus dos manos despeinaba a Luna—. Lo admito, te luciste.

—¿Qué pasa aquí? —preguntó una voz femenina. Las tres jóvenes voltearon hacia la puerta de la cocina y vieron entrar a su madre, la señora

Andreína de Valverde. Se acercó primero a Julia, a quien abrazó y le deseó un feliz cumpleaños y, enseguida, saludó a Cristina y a Luna.

—¿Viste la sorpresa que te tenía tu hermanita, Julia?

Julia asintió mientras abría su caja de Cranberry Almond Crunch de la marca Post, que era casi imposible conseguir en Venezuela desde hacía ya varios meses.

—De verdad que no puedo creer la emoción que se vive hoy en esta casa por un cereal, en lo que hemos caído —dijo Cristina.

—Ay, sí, pero deja que lo disfrute —le dijo Luna— que bastante que me costó conseguirlo y, además, hoy tiene examen.

—No te creo —dijo Cristina y se echó a reír—. Julia, no has pegado una con este cumpleaños: cayó lunes, está lloviznando, tienes examen...

Julia probó su cereal y les ofreció a sus hermanas para que se sirvieran también.

—No, chica —dijo Cristina pegándole a su hermana una ligera palmada en el hombro—, fue tu regalo de cumpleaños. Yo me hago un sándwich.

La señora Andreína le hizo saber a su hija que le daría su regalo a lo que regresara de la universidad.

—Te va a encantar —le dijo Luna a Julia—, yo lo escogí.

—Ay, no, no, no —dijo Cristina llevándose una mano a la frente y con los ojos cerrados—, seguro esta te escogió un *short* con púas...

Julia rio y Luna volteó los ojos con tedio, pues Cristina había hecho comentarios similares en el pasado.

—Te recuerdo, Cristina —comentó Luna para defenderse—, que a ti te gustan las camisas grandes que parecen salpicadas de pintura y esas te las enseñé yo.

—No tiene nada que ver —dijo Cristina.

—Bueno, ya, ya —intervino la señora Andreína—, no es un *short* con púas, ni una camisa toda pintarrajeada, ni esas franelas horrendas que venden ahora con cruces, que me parecen una falta de respeto.

—Ay, sí... —dijo Julia antes de darle otra probada a su cereal.

—Dios mío, qué intensidad con eso —expresó Luna, tapándose la cara con ambas manos—. Es demasiado nulo...

—¿Nulo? Seguro... así se empieza y, cuando te das cuenta, las cruces están al revés —dijo la señora Andreína.

—Bueno, ya, nos tenemos que ir. Julia, yo me voy contigo, no me gusta manejar con lluvia —dijo Cristina mientras terminaba de envolver su sándwich, que consistía en un pedazo de pan canilla relleno con pavo y queso, en papel aluminio.

—Y, ¿cómo te vas a regresar? —le preguntó Julia a su hermana—. Yo salgo mucho más temprano que tú.

—Ay, ya veré. Le pido la cola a alguien, o en metro.

—Cristina, la todo terreno, y tal —dijo Luna.

—¡Bróder, es el metro! Si tú piensas que eso es ser todo terreno, solo estás mostrando lo poco terreno que eres.

—Dios mío, ¿hay un día que ustedes dos no peleen? —intervino de nuevo la señora Andreína.

—Ay, mamá... no estamos peleando —dijo Cristina—; esta enana sabe que yo la amo.

—Julia, ¿me puedes dar la cola para el colegio también? —preguntó Luna a su hermana mayor.

Julia asintió.

...

Las tres hermanas regresaron a sus respectivos cuartos. Julia, a lavarse los dientes, pues había desayunado; Cristina, a devolver la toalla que tenía en la cabeza al baño y peinarse un poco; y Luna, a buscar un suéter. Cinco minutos después, estaban las tres en el carro de Julia.

—¿Qué vamos a escuchar? —preguntó Luna—. Como Julia cumple años y estamos en su carro, ella puede elegir.

—En verdad, a esta hora, me gusta escuchar la radio —dijo Julia, mirando a su hermana menor por el retrovisor.

—Bueno, es mejor que muchas cosas que he escuchado en este carro.

—Sí, sí. Pon la 99.9 —dijo Cristina.

—¿La 99.9? —preguntó Luna.

—Creo que alguien aquí creía que íbamos a poner la 92.9 —dijo Julia, con las dos manos en el volante.

—No, no, esta segura quería escuchar «Nuestro insólito universo» —señaló Cristina desde el asiento del copiloto, mientras desenvolvía su sándwich.

—A mí no me gusta «Nuestro insólito universo», ni siquiera sé a qué hora lo pasan —dijo Luna.

—Déjame decirte que cuando eras chiquita te daba miedo y todo.

—Es verdad, yo me acuerdo —dijo Julia—, te daba miedo la voz del señor.

—«Les narró: Porfirio Torres». —imitó Cristina, haciendo reír a Julia.

Julia sintonizó la estación 99.9, para escuchar las noticias.

—Intentemos conseguir algo que nos guste a las tres, por favor... —pidió Luna.

—Dale, pues... —dijo Cristina—, voy a poner mi iPod, ya tengo algo perfecto.

Segundos después sonaba en el carro la canción «Inevitable», de Shakira. Las tres hermanas cantaron el coro a todo pulmón. Como la canción estaba a un volumen alto, no se oían tan mal. La verdad es que no se oían para nada, ya que la canción inundaba todo el interior del vehículo. Al acabarse «Inevitable» comenzó a sonar «Octavo día». Cristina bajó un poco el volumen mientras decía.

—A mí me encanta cómo las tres cantamos la canción, así, con *full* sentimiento y ninguna anda despechada por nadie.

—Ay sí... mi vida es como una mesa —dijo Luna.

Julia y Cristina se miraron.

—Explícate —exigió Cristina.

—Plana, pues —dijo Luna.

—Llana... —añadió Julia en voz baja.

—Eso, Luna —dijo Cristina señalando a Julia—, «llana».

—Ay, bueno, lo que sea, sin emoción. Me hace falta vivir una historia así, bella y apasionada, como la de «Titanic».

—¿Cómo? A ver... ¿que dure menos de una semana y que el tipo se muera? —preguntó Cristina de manera sarcástica.

—¡No! Ustedes me entienden, así como Romeo y Julieta —subrayó Luna.

—Tu panorama no mejora para nada escogiendo esa historia —dijo Julia.

—Bueno, ya —la cortó Luna—. El punto es que estoy sola, y ustedes dos también.

—A mí eso no es que me importe mucho —dijo Cristina.

—Ay, sí, la que no se quiere casar y tal. Tú te mueres por tener hijos, te lo recuerdo —dijo Luna.

Cristina volteó los ojos.

—No estoy diciendo que no me quiero casar, solo digo que ahorita no me importa estar sola —aclaró Cristina—, apenas tengo veinte años. Ahora es que tengo tiempo.

—Cuando llegue el momento llegará —dijo Julia.

Cristina y Luna se miraron y rieron.

—¿Qué pasa? —preguntó Julia.

—Es que tú eres así como... no sé... una galleta de la fortuna —explicó Luna a su manera.

—¿Ah? —preguntó Julia con las dos manos en el volante y subiendo la mirada para ver, nuevamente, a su hermana por el retrovisor.

—Hermana —dijo Cristina posando su mano en el hombro de Julia—, lo que la lunática aquí presente quiere decir es que tú siempre estás callada y, de repente, sueltas una frase.

Cristina se quedó pensando y dijo:

—En verdad, ¡sí! Eres como una galleta de la fortuna.

—Eso me parece una manera agradable de decir que no tengo una mente individual sino que, simplemente, me contento en adaptar mi opinión a la de alguien más que se haya ganado mi respeto.

Cristina y Luna de nuevo se miraron y rieron.

—Eso mismo, Julia. Así, tal cual como lo dijiste —dijo Cristina haciendo un gesto tajante con la mano.

«Octavo día» continuó sonando.

—Quiero bajar demasiado la ventana —señaló Cristina de repente—, pero qué fastidio estas motos.

Como ninguna de sus hermanas dijo nada, agregó:

—¿Tú qué opinas, Julia?

Julia se encogió de hombros antes de decir tranquilamente:

—Que no veo la diferencia. No es que tenemos vidrios blindados, y no creo que una ventana cerrada sea un obstáculo para asaltarnos. Así que baja la ventana si quieres.

Cristina no bajó la ventana.

Llegaron al colegio de Luna, que se bajó del carro despidiéndose de sus dos hermanas y deseándole de nuevo un feliz cumpleaños a Julia. Cabe resaltar que, para muchos, Luna era la más bonita de las tres hermanas. Luna era la única de su casa que invertía tiempo de su semana para broncearse y hacer ejercicio. De nariz pequeña, ojos vivos y unos dientes que, tras un tratamiento de conductos, tres años de frenillos y blanqueamiento, eran, a la vista de todos, perfectos. Luna era la favorita de muchos y la más envidiada de las tres. Por su parte, Cristina era la más alta, blanca y naturalmente delgada, de pelo marrón oscuro con pollina y dientes que, tras años de visitas al dentista, eran, como los de su hermana menor, perfectos. Asimismo tenía unos ojos grandes y penetrantes que siempre parecían estar observando algo fijamente. Cristina era, para cierto grupo de hombres y mujeres que veneran la elegancia, la más hermosa. Se puede decir que Luna gozaba de una belleza más comercial y Cristina de una belleza más clásica. Julia, la mayor, era un poco más baja que Cristina, igualmente blanca y delgada, dientes que nunca necesitaron más que las normales visitas al dentista, pelo castaño claro por los hombros y ojos color miel.

...

En la noche, luego de que las dos mayores de las Valverde regresaran de la universidad, tuvo lugar una sencilla reunión familiar para celebrar el cumpleaños de Julia. Estaban ahí, además, los padres de la señora Andreína y Bóreas, vecino de las tres muchachas desde hacía catorce años. Bóreas era un año menor que Julia y gran amigo de esta y de Cristina. Luna nunca reparaba en su presencia, lo saludaba cuando lo tenía que saludar y se despedía cuando se tenía que despedir, lo cual, cabe decir, a Bóreas no le importaba para nada.

—Ajá, Julia y ¿cómo te fue en tu examen? —preguntó Cristina mientras forcejeaba con un queso del cual intentaba cortar un pedazo del tamaño de un bocado.

—Creo que bien.

—¿Te dieron un punto extra por ser tu cumpleaños? —interrogó Luna. Bóreas se llevó una mano a la frente y soltó una corta risa nasal.

—¿En el examen? —preguntó Julia.

Cristina, aún forcejeando con el queso, aclaró:

—Luna, eso no pasa ni en el colegio.

—¡A una amiga le pasó una vez! —dijo Luna con el vaso de Coca-Cola en la mano.

—Exacto, una vez, y llevas quince años en el colegio —dijo Cristina, mientras lograba cortar por completo el pedazo de queso.

—¿Y te felicitaron? O, como siempre, nadie sabía —dijo Bóreas, más como una afirmación que como una pregunta.

—Ay, no le dije a nadie —dijo Julia, que se había parado a servirse un vaso de agua.

—Julia es demasiado así —apuntó Luna—, que no le dice a nadie que cumple años.

—Ajá, pero, hermana —comentó Cristina desviándose algo del tema y forcejeando, nuevamente, intentando cortar otro pedazo de queso—, ¿qué vas a hacer por tu cumpleaños?

Mientras cerraba la nevera, Julia miró a su hermana, se encogió de hombros y dijo:

—¿No es esto lo que estoy haciendo?

–¡Julia, por Dios! Esto es como un día normal. Estás tomando agua –dijo Luna.

–Bóreas –dijo Cristina señalando a su amigo con el cuchillo para cortar quesos–, dile a Julia que este fin de semana vamos a salir, yo me encargo de invitar a sus amigas.

–Okey... eh... –dijo Bóreas mientras Julia se acercaba de nuevo a la mesa–, Julia, este fin de semana vamos a salir.

–¿Sabes lo que hizo? –dijo Cristina señalando a Julia con el pulgar y mirando a Bóreas–. No contestó los mensajes de «feliz cumpleaños» que le llegaron a las doce de la noche porque no quería distraerse mientras estudiaba.

–Esas parecen cosas mías –dijo Bóreas–, no puedo criticarla.

–Son un par de insoportables los dos –dijo Cristina, frustrada al no haber encontrado en Bóreas un apoyo con respecto a su opinión sobre la manera de actuar de Julia.

–Ajá, pero qué vamos a hacer este fin –recordó Luna– para el cumpleaños de Julia.

–A ver, Julia, qué quieres hacer –le preguntó Bóreas.

Los tres miraban a Julia que, de nuevo, se encogió de hombros mientras intentaba pensar en un plan, el que fuera, ya que Cristina acabaría decidiendo qué harían.

–Podemos salir a tomar algo...

–Okey, okey... es mejor que esto –dijo Cristina–. Bueno, déjamelo a mí. Porque si te lo dejo a ti, el viernes vas a terminar en el CELARG[1].

–¡Luna Alejandra Valverde! –exclamó la señora Andreína mientras entraba a la cocina. Apretaba los labios y miraba a su hija fijamente.

Los cuatro la miraban. Bóreas hizo un ademán de levantarse para salir, pero la señora Andreína lo detuvo haciendo un imperativo gesto con la mano.

–Tú te quedas, Bóreas, que eres crucial para lo que viene ahora.

Cristina y Luna miraron a Bóreas que les devolvió la mirada con cierta duda, y hasta miedo. Bóreas respetaba mucho a la señora Andreína de Valverde, la consideraba una gran persona pero con un carácter muy fuerte, y evitaba, a toda costa, tener un problema con ella.

–Entonces, resulta que fui a mi clóset a buscar mi suéter negro... –comenzó diciendo la señora Andreína con una irónica sonrisa reflejada en su cara.

---

1. Fundación Centro de Estudios Latinoamericanos «Rómulo Gallegos»

LUNA, ALIVIADA PORQUE CREÍA SABER de dónde venía el regaño, se adelantó a su madre:

—Mamá... perdón, perdón. No te lo vuelvo a quitar, es que ya me habían venido a buscar ese día y sabía que en el sitio a donde íbamos iba a hacer frío y todos mis suéteres estaban sucios... perdón.

La señora Andreína escuchó la explicación de su hija con la misma sonrisa irónica con que había hablado hacía un momento y asintiendo con la altivez que da el hecho de saber que se ha ganado una batalla. Cuando Luna dejó de hablar, la señora Andreína continuó:

—No estoy así por el suéter, Luna...

Cristina, Julia y Bóreas miraron a Luna, que seguramente vagaba por sus recuerdos a mil kilómetros por hora intentando averiguar qué podría haber hecho que hubiera molestado tanto a la señora Andreína.

—Como iba diciendo, fui a mi clóset a buscar mi suéter y no lo encontré. ¿Qué es lo primero que pienso? *Seguro lo agarró alguna de las niñas.* Voy al cuarto de Cristina, no está; voy al tuyo y lo veo encima del tocador. Agarro el suéter y, ¿con qué me encuentro?

Al saber de qué venía el regaño, Luna se llevó las manos a la frente y se apoyó en sus codos.

La señora Andreína, que había tenido uno de sus brazos cruzados todo ese tiempo, lo extendió dejando sobre la mesa una hoja de papel de un tono anaranjado muy claro... la boleta.

—Llevas Matemática raspada.

—Ay, mamá, tampoco la humilles delante de Bóreas. Está bien que sepamos nosotras que somos sus hermanas, pero... —dijo Cristina, pero fue interrumpida por su madre.

—Cristina, sí lo digo delante de Bóreas porque, Bóreas, tú vas a ser el profesor particular de Luna, te pago lo que pidas —dijo al momento que se cruzaba de brazos.

—¡Mamá! ¡Tampoco así! —dijo Luna, apoyando sus dos manos en la mesa.

—Sí, sí es así. O subes esas notas o no te vas a Cancún por tu graduación.

Luna apretó los labios.

—Sí, mírame con odio y piensa lo que quieras —dijo la señora Andreína mientras desviaba, nuevamente, su mirada hacia Bóreas— ¿Qué días puedes y cuánto estás dispuesto a cobrar?

–Los martes y los jueves salgo temprano de la universidad, podría ser esos días, y lo puedo hacer gratis –respondió Bóreas, hablando seriamente y dándole importancia a la situación.

–Bóreas, no se puede andar así por la vida –dijo la señora Andreína–; trescientos bolívares la hora ¿Te parece?

–Perfecto –dijo Bóreas mientras se levantaba y extendía su mano para dársela a la señora Andreína.

–Bóreas, tú sí eres protocolar –dijo Cristina.

–Así es que hay que ser –dijo la señora Andreína mientras le daba la mano a Bóreas–. Comienzan mañana.

–Mañana no puedo –dijo Luna.

–A ver... ¿por qué? –preguntó la señora Andreína llevándose las manos a la cintura.

–Porque después del colegio nos vamos todas a almorzar a Yakitori –respondió Luna.

La señora Andreína miró a su hija con suficiencia:

–¿Y con qué plata, piensas tú, que vas a ir a almorzar a Yakitori? Porque yo no te voy a dar, y me voy a asegurar de que nadie en esta casa tampoco. Mañana tienes clases con Bóreas a las cuatro. Listo.

Sin darle tiempo a nadie para replicar, la señora Andreína abandonó la cocina, y el sonido de sus tacones dejó de escucharse tras unos pocos segundos.

Luna respiró hondo y con visible rabia.

–Tampoco es que es malo, Luna –dijo Julia–, te va a dar clases Bóreas dos tardes a la semana, vas a mejorar tus notas...

–Yo sé, Julia –respondió Luna de manera cortante–, el problema es que me choca cómo lo hace. Llega aquí pegando gritos, tirando la boleta en la mesa, humillándome. No la soporto.

–Te prometo que te voy a ayudar a subir esas notas para que te vayas a Cancún –dijo Bóreas, intentando que la situación se hiciera menos tensa.

–No, es que yo me voy a Cancún así repita año –dijo Luna mientras se levantaba.

Luna abandonó la cocina, molesta, y se fue a su cuarto a llamar a alguna amiga.

–Qué dramatismo, Dios... –dijo Cristina–. Tranquilo, Bóreas, conforme vayan pasando las semanas va a ir mejorando, ella es así, capaz y terminan cayéndose bien y todo –le dijo Cristina.

—Eso lo veo complicado, pero sí creo que se puede hacer tolerable —respondió Bóreas.

Minutos después se le cantó cumpleaños a Julia y se picó la torta. Los padres de Julia le obsequiaron un reloj de oro rosado. Una hora más tarde, cada quien estaba en su cuarto. Así como cada vez que Luna se iba a acostar molesta, se puso los audífonos de su iPod hasta que la música no la dejó pensar más y le permitió conciliar el sueño, mientras una canción escogida por ella según la situación, se repetía una y otra vez hasta que ella se despertara y apagara el iPod, o hasta que este se quedara sin batería.

Martes, 17 de abril de 2012

Faltaban veinte minutos para las dos. Luna Valverde estaba senta-da en su pupitre sin prestar mucha atención a lo que la profeso-ra de Literatura decía. A Luna no le gustaba ninguna clase, pero sobre todo, detestaba las clases de Literatura por considerarlas «incohe-rentes», según su vocabulario... probablemente quería decir «subjetivas». Para sorpresa de todos, hasta de la misma Luna, le gustaba Matemática por el hecho de que solo había un resultado posible para cada ejercicio. El problema que la joven tenía con la Literatura es que una novela, un cuento o un poema podían ser interpretados de muchas maneras y, en palabras de Luna: «¿Qué sabe uno lo que pensaba el escritor? Mi profe-sora siempre da unas explicaciones larguísimas de cosas que, quizá, para el escritor significaban algo totalmente diferente, o nada».

–¿Luna? Luna Valverde.

Al oír su nombre por segunda vez, Luna salió rápidamente de su ensueño.

–¿Sí, profe?

–¿Nos quieres dar tu interpretación del poema que acabamos de leer?

Luna miró a su compañera de pupitre, que le señaló el poema que se había leído. Era el «Romance sonámbulo» de Federico García Lorca. Al leer el primer verso, «verde que te quiero verde», Luna dio su interpretación:

–Habla del dinero, profesora. El protagonista del poema... –Luna fue interrumpida por su profesora que la corrigió, diciendo:

–El «yo poético».

–Ajá, el yo poético quiere a su amada verde, porque la quiere millona-ria. Si no fuera verde, ya no la querría.

Luna bajó la mirada para leer algo más del poema.

–Dice, «el barco sobre la mar/ y el caballo en la montaña». Eso quiere decir que quiere poseer un yate y muchas tierras. –Pasó su dedo por las líneas del poema–. Exactamente, aquí vemos cuando dice «con ojos de fría plata», eso es que sus ojos solo ven plata, o sea, solo se fijan en los objetos de valor. Nada más.

La profesora la había estado escuchando impasible. Cuando Luna acabó de dar su interpretación, dijo:

–Ruego a todos los santos, Valverde, que usted no haya estado prestando atención a la lectura, porque si es así, y eso fue lo que entendió, significa que he perdido estos siete meses de año escolar con usted.

–Pues sus oraciones fueron escuchadas –le respondió Luna– porque no estaba prestando atención.

–Mire, Valverde, se acaba de quedar sin puntos de conducta–le dijo la profesora.

–Ya me los había quitado, profe.

–Pues ya veré de dónde le quito otros dos puntos.

A Luna se le borró la sonrisa de la cara. Sonó el timbre que indicaba la hora de salida y fue la primera en abandonar el salón. Bajó las escaleras aliviada de irse de allí.

Al salir del edificio, se dirigió a la zona donde ella y sus amigas siempre esperaban a que las vinieran a buscar. Fue la primera en llegar, sin embargo, menos de dos minutos después, estaba ya en compañía de sus amigas.

–Nos vamos todas con Val a Yakitori –dijo una–; somos Isa, Adri, Luna, Val y yo.

Luna estaba muy tranquila hasta que recordó que no tenía dinero para ir a Yakitori, y esto era porque ese día empezarían sus clases vespertinas con Bóreas.

–No puedo ir –les dijo Luna.

–¿Por qué? –le preguntó la que se apodaba «Adri».

–Porque empiezan mis clases particulares de Matemática.

Hubo uno o dos segundos de silencio hasta que a la que llamaban «Val» dijo:

–Pues me parece muy bien, porque al paso que sigues, no te vas a graduar con nosotras. Y hoy que te quitaron otros dos puntos en Literatura, tienes la materia sobre 16.

–Yo sééé... no me lo recuerdes.

Luna escuchó su nombre en el megáfono y vio el carro de su madre entrar al colegio. Se despidió de sus amigas y se fue a su casa.

…

A las cuatro de la tarde, Bóreas tocó la puerta. Luna estaba en su cuarto, acostada viendo su celular. La señora Andreína entró al cuarto de su hija menor sin tocar la puerta para avisarle que Bóreas había llegado. Al bajar, Luna encontró a Bóreas en la cocina, quien ya había colocado en la mesa un libro y varias hojas de papel y lápices.

—Hola —saludó Bóreas, que se levantó al verla entrar.

Luna le devolvió un saludo con la mano y se acercó a la nevera a buscar una lata de Coca-Cola. Le preguntó a Bóreas si quería algo de tomar y este pidió un vaso de agua.

Cuando ambos estuvieron sentados, Bóreas le preguntó por dónde quería empezar.

—Por dos más dos es cuatro —dijo Luna.

Bóreas sonrió por educación y esperó a que Luna diera una respuesta real.

—Es casi en serio —dijo Luna—. Yo no sé cómo he pasado Matemática desde octavo grado.

—Okey —dijo Bóreas—, necesitas una base. Bueno, eso está bien, no me cuesta nada y te va a servir para toda la vida. Empecemos entonces con ecuaciones de segundo grado.

—Oye, tampoco segundo grado —dijo Luna—, te dije que podíamos empezar desde octavo.

Esta vez, Bóreas rio en serio.

—Ecuaciones de segundo grado se refiere a las ecuaciones en sí. Las hay de primer grado y de segundo grado —le explicó Bóreas.

—Ah... qué pena —dijo Luna.

Bóreas tomó una hoja de papel para escribir una ecuación para que Luna intentara resolver. La ecuación era la siguiente:

$2x^2 - 8x + 4 = 0$

—¿Qué tienes que hacer aquí? —preguntó Bóreas mientras le pasaba la ecuación a Luna. Luna vio el ejercicio y respondió:

—¿Despejar equis?

—No —dijo Bóreas—. Es decir, sí. Pero estas ecuaciones se resuelven utilizando una fórmula: la resolvente.

—Ay... yo me acuerdo de eso —dijo Luna—. Ay no, esa fórmula me persigue.

—Tranquila, te la vas a aprender y la vas a amar porque te va a ayudar mucho.

—No sé si amar, lo que quiero es que me ayude a pasar para graduarme. Después de lo que me pasó hoy en Literatura, mi graduación se ve cada vez más lejos.

Bóreas hizo un gesto de extrañeza, pues no tenía idea de lo que había ocurrido en Literatura.

—Claro, claro, por eso es que la vas a amar. Te la voy a escribir.

Mientras Bóreas escribía la fórmula, se atrevió a preguntarle a Luna:

—¿Puedo preguntar lo que pasó en Literatura?

—Sí, pues... con tal de que no le cuentes a mi mamá. Nada, estábamos leyendo un poema en clase. Yo... pues no estaba prestando atención, o sea, es la última clase del día, además detesto Literatura.

—A mí no me gustaba tampoco —dijo Bóreas, mientras acababa de escribir la ecuación.

—La profesora me pidió que interpretara el poema. Yo, que no había escuchado nada, leí el primer verso y saqué la interpretación de allí. Por supuesto, dije algo que no tenía nada que ver...

—Aquí está la fórmula —dijo Bóreas pasándole a Luna la hoja de papel en la que había estado escribiendo segundos antes.

Luna no le prestó atención a la hoja y continuó con su historia:

—...y la profesora prácticamente me llamó «bruta» delante de toda la clase.

—Eso no lo creo —dijo Bóreas, con genuino escepticismo.

—¿Que no? Me dijo que les rogaba a todos los santos que yo no hubiera estado prestando atención porque, si esa era la interpretación a la que yo había llegado después de leer el poema, eso significaba que ella había perdido todos estos meses de clase conmigo.

Bóreas escuchó la historia de Luna y dijo:

—Bueno, pero tiene razón. No estabas prestando atención. Eso significa que no eres bruta. Estoy seguro de que si hubieras estado atenta, hubieras dicho algo mejor.

Luna se encogió de hombros.

—No sé —fue todo lo que dijo.

—Bueno, tratemos de resolver el primer ejercicio y, si lo haces bien, te vas a sentir mejor. Traje hasta reforzamiento.

—¿Ah? —preguntó Luna sin entender.

Bóreas abrió su morral, en el que tenía todos sus cuadernos de la universidad y sacó una bolsa de Torontos.

—«Reforzamiento» es un concepto de psicología, le puedes pedir a Cristina que te lo explique. El punto es que por cada ejercicio que tengas bueno, te puedes comer un Toronto.

—¡Pero me vas a poner gorda! —exclamó Luna, aunque, la verdad, es que le encantaba la idea.

—Si no haces bien tus ejercicios, no hay ningún Toronto —dijo Bóreas volviendo a meter la bolsa en su morral.

—Esto, por lo menos, lo hace interesante —dijo Luna—. Vamos, pues. Hagamos el primer ejercicio.

—Okey... —dijo Bóreas—, aquí tienes $2x^2 - 8x + 4 = 0$. ¿Ves cómo en la fórmula que te di hay puras a's, b's y c's?

—Sí... —respondió Luna al bajar un poco su mirada para darle un nuevo vistazo a la fórmula.

—Lo único que tienes que hacer —dijo Bóreas— es cambiar esas letras por los números de tu ecuación. Es decir: el 2 es la «a», el -8 es la «b» y el 4 es la «c». Fíjate que tomo en cuenta el signo. —Acabó de decir Bóreas.

—Ya va —dijo Luna subiendo la mirada para ver a Bóreas—, prométeme que eso es todo.

—Eso es todo —dijo Bóreas mostrando las dos manos como queriendo decir que no estaba escondiendo nada.

—¿Y se puede saber qué me dijeron en el colegio para que yo no entendiera nada?

—Cuando es un salón grande es más difícil entender y hacerse entender. Y, a veces, los profesores no son tan buenos.

—Pues, pásame un lápiz —dijo Luna—, quiero ver si puedo hacer esto y me gano un Toronto en el primer intento.

—Seguro que sí —dijo Bóreas que, para su sorpresa, la clase estaba yendo mejor de lo que había vaticinado—. Yo también lo resolveré, por si acaso te equivocas, para que veas cómo se resuelve correctamente.

A pesar de haber tenido algunas dificultades, en las cuales Bóreas la fue ayudando, Luna acabó resolviendo el ejercicio dando con la respuesta correcta.

—Solo te puedo dar el chocolate si lo haces todo sola —dijo Bóreas cuando Luna extendió la mano exigiendo su Toronto.

—Ay, qué trampa —dijo Luna. Y cerró su mano.

—Tráeme tu Álgebra de Baldor —le pidió Bóreas a Luna.

–¿Y tú qué? ¿Te conoces mi casa de memoria?

Bóreas se llevó la mano a la frente y rio de nuevo:

–Luna, no hay casa venezolana que se respete en la que no haya un Álgebra de Baldor.

–Ah –dijo Luna y rio también–, ya te lo traigo.

Bóreas abrió la bolsa de Torontos y puso uno sobre la mesa. Unos pocos segundos después, Luna regresaba con el libro en la mano.

–Te voy a buscar una página de ejercicios como el que acabamos de hacer y tú vas a escoger cinco. Si por lo menos tienes uno bueno, te puedes comer el Toronto.

Bóreas buscó una página en la que hubiera más ecuaciones de segundo grado y enseguida le pasó el libro a Luna.

–Díctame el primero que elijas.

–Okey, okey –respondió Luna mientras recorría la página con su mirada–; ajá, el primero: tres «p» al cuadrado, menos cinco «p»...

Luna escuchó a Bóreas murmurar algo y sonreír para sí.

–... más cuatro igual a cero. ¿Qué dijiste?

–¿Qué? –preguntó Bóreas levantando la cabeza.

–Dijiste algo cuando estaba diciendo la ecuación y te reíste.

–Era... ah... nada... una tontería que cualquier persona que estudia Biología habría pensado.

–¿Qué?

–«Menos cinco p» se puede traducir como una deleción del brazo corto del cromosoma cinco... causando que el futuro bebé sufra el síndrome de Cri-du-chat.

–¿Ah? –fue todo lo que dijo Luna, que no había entendido nada.

–Los cromosomas tienen brazos largos y cortos. Los largos se llaman Q y los cortos, P.

–Bóreas –dijo Luna–, eres demasiado *nerd*.

–Bueno... sí –admitió Bóreas–, pero eso deberías saberlo tú también.

–¿Estás loco? O sea, sí sé que el «Criduchat» es esa enfermedad...

–Síndrome –la corrigió Bóreas.

–Dios, okey... síndrome, que el niño llora como un gato y que... ¿fue descubierta por el «doctor Criduchat»? –se aventuró a adivinar Luna.

Bóreas abrió sus ojos como platos y, acto seguido, lanzó una carcajada que casi lo hace caer de su silla. Luna rio también mientras preguntaba:

–¿Qué pasa? ¿Qué dije?

—Dime... —comenzó a decir Bóreas con dificultad debido a la risa— que no dijiste... doctor... «Criduchat».

—¿Las enfermedades y eso no llevan el nombre del doctor que las descubre?

—Una gran mayoría, sí —dijo Bóreas serenándose y aclarándose la garganta—, sin embargo, «Cri-du-chat» significa «llanto del gato» en francés. «Cri» es llanto, «du» es de y «chat» es gato.

Luna miró a Bóreas y, esta vez, fue su turno de reír.

—¡Yo siempre pensé que era el nombre de un doctor, no sé, austríaco!

—No.

—¡Ay, qué bruta!

—No, no... hay cosas de las que yo no sé nada, que seguro tú sí sabes mucho.

Ante esta afirmación de Bóreas, Luna simplemente respondió con una sonrisa, pues sentía que no sabía nada. Los siguientes minutos pasaron en silencio mientras Luna intentaba resolver los ejercicios. Para resolver los tres primeros necesitó la ayuda de Bóreas, sin embargo, al llegar al cuarto pudo terminarlo por sí misma y logró comerse el Toronto prometido por su nuevo tutor. Se escuchó el abrir y cerrar de la puerta principal de la casa seguido de las voces de Julia y Cristina. Julia se fue a su cuarto y Cristina se dirigió a la cocina. Saludó y abrió la nevera, de donde sacó una manzana. Tras lavarla se sentó con Bóreas y Luna.

—¿Qué tal la primera clase? ¿Entendió algo? —le preguntó a Bóreas.

—Sí... acaba de resolver un ejercicio ella sola, vamos a ver si puede hacer este también, que ya es el último.

—¡Eso, hermanita! Ya vas a ver que con Bóreas te vas a convertir en la cerebrito del salón en Matemática.

—Eh, no creo —respondió Luna de manera cortante sin levantar la mirada de la hoja de papel.

—Y, ¿cómo te fue hoy en la universidad? —le preguntó Bóreas a Cristina con interés.

Cristina exhaló un ruidoso suspiro y miró al techo.

—Como que no tan bien —le dijo Bóreas.

—Ay, no. Es que tengo que hacer un proyecto final para Psicología Social y es supercomplicado.

—A ver, ¿cómo es?

—Bóreas, yo sé que tú eres muy inteligente y broma, pero no creo que aquí me puedas ayudar.

–Pero, a ver. Nunca se sabe –le insistió Bóreas.

–Tengo que hacer un estudio sobre cómo la presencia recurrente de un estímulo puede afectar el comportamiento de una persona. Mi trabajo es analizar qué conductas de la persona están condicionadas al sitio donde se encuentra.

–Puedes investigarme a mí –dijo Luna, mientras le pasaba su ejercicio a Bóreas para que lo corrigiera.

–Sí, aunque no lo creas, podría –dijo Cristina apoyándose en sus codos y mirando a la mesa.

–¿El profesor les dio algún ejemplo? –preguntó Bóreas, mientras buscaba en el libro la página donde se revelaba el resultado del ejercicio que acababa de resolver Luna.

–Sí... dijo que podíamos ir a un colegio, por eso es que estudiar a Luna y a sus compañeras no es algo totalmente loco, un hospital... dijo que hay infinidad de opciones.

–Está bien –dijo Bóreas.

–No, es terrible –apuntó Cristina.

–No, no, disculpa, hablaba con Luna. El ejercicio está bien.

Luna sonrió. Bóreas le preguntó si quería otro Toronto a lo que Luna respondió con un espontáneo «¡claro!». Luego de pasarle el Toronto a Luna y ofrecerle otro a Cristina, Bóreas se dispuso a pensar en una idea para el proyecto de su amiga. Luna le preguntó, ya levantándose, si se podía ir.

–Sí, sí, claro –respondió Bóreas.

–Chau, gracias –fue todo lo que dijo Luna. Y salió de la cocina.

–¿Qué tal un manicomio? O no, porque las personas tienen que ser normales, pues.

–Sí, no puede ser un manicomio. Además, no es que me muera por ir.

–¡Ya sé! –dijo Bóreas mientras daba una palmada que capturó la atención de Cristina–. ¡Una cárcel! Un amigo de mi hermano era accionista de Venevalores, una casa de bolsa que allanaron, y lo metieron preso porque sí, por mala suerte. Él está en el SEBIN[2] desde el 2010, algo así, y sabes que hay presos que están desde antes.

Alexander Ivanovich desde el 2004. Creo que es perfecto. Si quieres yo voy contigo en la primera visita.

---

2. Servicio Bolivariano de Inteligencia Nacional

—¡Bóreas eres un genio! —dijo Cristina mientras le daba una palmada en el hombro—. Además que es una idea superoriginal que a mi profesor le va a encantar. Excelente... ¿Cuándo vamos?

—Las visitas son los jueves y los domingos, tengo que averiguar la hora. Si puedes ir pasado mañana, te acompaño. A mí seguro me coincide con una clase, pero no importa, porque como solo te voy a acompañar una vez, puedo perderla sin problema.

—Bóreas, eres tan *nerd* que ni siquiera has caído en cuenta de que el jueves es 19 de abril, o sea, no tienes clases y, muy probablemente, ninguno de tus compañeros vaya el viernes tampoco.

—Oye, verdad. El jueves es 19 de abril —dijo Bóreas mientras se acariciaba la barbilla y enfocaba su mirada en un punto de la mesa—. Pues, perfecto —añadió subiendo la mirada hacia Cristina—, el jueves vamos al SEBIN.

Jueves, 19 de abril de 2012

Las ruinas de lo que había sido un proyecto ambicioso e ingenioso. Eso fue lo que pensó Cristina al ver el Helicoide a través de la ventana del carro de Bóreas. Su forma en espiral no era de su gusto, pero lo reconocía como un logro arquitectónico que había sido construido con la certeza de que sería admirado por generaciones, levantándose como un símbolo de modernidad y progreso, trascendiendo décadas y gobiernos. Cuarenta años luego de terminada su construcción, este edificio, que era ahora la sede del SEBIN, no era más que una lúgubre muestra material de la decadencia en la que el país se sumía cada día más y más...

Cristina miró a Bóreas de manera interrogativa al ver que este no entró con su carro al Helicoide sino que estacionó afuera, en una colina, detrás de un camión. Al ver que Bóreas estaba muy ocupado intentando estacionar el carro en paralelo como para ver su cara de duda, Cristina le preguntó:

—¿No es mejor estacionar adentro? Aquí me parece peligroso.

—Está prohibido estacionar adentro —respondió Bóreas—, sería más fácil para un preso escaparse si el carro en el que piensa huir está cerca.

Bóreas le pidió a Cristina que lo siguiera hasta la parada de autobús.

—¿Cómo que parada de autobús? —preguntó Cristina—. ¿No estamos aquí?

—Sí, pero el área de los presos es arriba, podríamos subir a pie, pero es largo el camino y hay mucho calor —seguidamente, mientras apuntaba a un sitio con su mano, dijo—: ¿ves allí donde se ve ese grupo de personas todas con maletas?

—Sí —respondió Cristina.

–Son los familiares de los presos, que les traen comida y ropa.

Cristina se limitó a asentir. Miró su reloj. Eran las once en punto de la mañana, hora en que empezaba el tiempo para las visitas. Los jueves, la visita se extendía hasta las dos de la tarde; los domingos, hasta las cinco.

Llegaron a la parada del autobús y se colocaron junto a una señora que llevaba una maleta de ruedas y venía acompañada de sus dos hijos, que llevaban bolsas de McDonald's.

–Cristina... –dijo Bóreas en voz baja.

–¿Qué? –preguntó Cristina mientras se acercaba a Bóreas pues había entendido que su amigo no quería que nadie más escuchara lo que le quería decir.

–Mira quién está a nuestro lado.

Cristina miró disimuladamente y, al ver de quién se trataba, dio un respingo y apretó los labios mientras miraba a Bóreas con visible emoción en sus ojos.

–Es Pilar Ivanovich –dijo Cristina lo más bajo que pudo. Aun así, Bóreas le pidió que bajara la voz.

Pilar Ivanovich era la esposa de un emblemático preso político, Alexander Ivanovich, que llevaba ya seis años tras las rejas a pesar de ser completamente inocente. Alexander Ivanovich había sido acusado de asesinato por defender a quienes protestaban en una importante marcha que había organizado la oposición contra el gobierno en el 2002. Pilar Ivanovich era muy conocida y admirada por todo el país pues no se cansaba de defender a su esposo delante de los medios (y en cualquier momento que lo ameritara), además de que no dejaba de visitarlo a la cárcel. Muchos la veían como un ejemplo de valentía, y el hecho de que apareciera en los medios constantemente para que su esposo no cayera en el olvido de las personas la había convertido en una especie de celebridad. Raro país en el que las mayores celebridades eran los presos políticos y sus familias.

–Déjame decirle algo, Bóreas.

Bóreas volteó los ojos mientras suspiraba resignado, pues sabía que no había nada que hacer, y le hizo a Cristina un gesto con la mano para que se le acercara.

–¿Pilar? –preguntó Cristina con timidez.

Pilar Ivanovich se dio la vuelta al oír su nombre y, al ver a Cristina, sonrió levemente y le dedicó un saludo.

–Mucho gusto, Cristina Valverde –le dijo Cristina mientras le extendía la mano para saludarla.

—Mucho gusto, Pilar Ivanovich. —Y tocó a su hijo ligeramente en el hombro para que se uniera a la conversación—. Y estos son mis hijos Alexander y Alexandra.

Cristina les dedicó una sonrisa y un saludo con la mano, ellos le devolvieron el saludo.

—Él es mi amigo, Bóreas —dijo Cristina mientras se apartaba para darle espacio a Bóreas de que se integrara.

—Mucho gusto... ¿Boris? —preguntó Pilar mientras le daba la mano a Bóreas.

—Bóreas... —repitió Bóreas, tras lo cual lanzó un suspiro de tedio—. Mi mamá leyó la palabra «Bóreas» en alguna parte de la *Ilíada*, es el nombre de un viento, y le gustó cómo sonaba y... bueno, tengo la dicha de llamarme así —explicó Bóreas con ironía, lo cual hizo reír ligeramente a los tres Ivanovich.

—Queremos que sepas que te admiramos mucho —le dijo Cristina a Pilar—, a los tres —agregó mirando a los dos jóvenes.

—No, no hay que admirar nada. Es lo que haría cualquier esposa que quiere a su esposo —respondió Pilar—. Y, ¿a quién visitan ustedes?

—A Salvador Arbeláez —respondió Bóreas—. Somos amigos.

—Aaah a Salvador, nos hemos cruzado poco —fue todo lo que pudo decir Pilar Ivanovich de él.

La joven Alexandra Ivanovich les avisó que el bus se estaba acercando. Que todos los visitantes entraran al bus significó un proceso lento, pues cada persona llevaba algún tipo de cargamento. Al entrar al bus, Cristina se sorprendió cuando vio los asientos raídos. Originalmente, los asientos habían estado hechos de foami y recubiertos de cuero azul, sin embargo, ahora eran prácticamente de foami amarillento.

—Qué desagradable —le dijo Cristina a Bóreas en voz baja.

—No puedo hacer nada —respondió Bóreas.

...

Torpemente, pues no conocía aún la dinámica de las visitas en la prisión de presos políticos en la cual se encontraba, Cristina se dirigió al escritorio donde un oficial la esperaba para tomar sus datos. Cristina dio su nombre, su dirección, el número de su casa y celular, el nombre del preso al cual visitaría, así como su parentesco («amiga», fue lo que respondió). Algo renuente accedió a que le tomasen la foto obligatoria que deben tomarse todos los que visitan el SEBIN por primera vez. Cuando le ordenaron que dejara su cartera en uno de los casilleros de la pared del fondo, Cristina accedió de mala gana, pues estaba segura de que los oficiales tenían otra copia de la llave que le darían para abrir el casillero y que, quizá, lo abrirían. Cristina sacó su celular y lo metió en su bolsillo, pues no lo quería dejar dentro de su cartera y, además, lo utilizaría para tomar ciertos apuntes de lo que observara.

—No se permite entrar con celulares. —Escuchó decir a un oficial.

Cristina volteó hacia el lugar de donde venía aquella voz. Su mirada y la del oficial se cruzaron y el oficial repitió:

—No se permite entrar con celulares.

Cristina apretó los labios. En cualquier otra situación habría discutido, pero si había un sitio en el que no quería meterse en problemas era en el SEBIN, ya que tenía la sensación de que cualquiera podría ir preso por cualquier razón, válida o no. Guardó su celular en la cartera y sacó una libreta con un bolígrafo que había llevado, pues sí le había pasado por la mente que los celulares podrían estar prohibidos. Se acercó a Bóreas, que la estaba esperando con una torta que le había horneado su madre para Salvador. Cristina llevaba su libreta y bolígrafo en la mano cuando el oficial le dijo:

—Están prohibidos los bolígrafos adentro.

Cristina respiró hondo y se devolvió al casillero para guardar la libreta y el bolígrafo. Al regresar de nuevo junto a Bóreas, que estaba de pie bastante cerca del oficial, Cristina no se pudo contener y le dijo:

—Si vio cuando estaba sacando el bolígrafo de la cartera, ¿por qué no me lo dijo ahí mismo? No. Le pareció supercómico esperar a que yo cerrara la puerta del *locker* con llave y que caminara hasta acá, para decirme que no podía entrar con eso. Para fastidiarme la paciencia, pues. Porque usted seguro odia su trabajo, entonces disfruta amargando a los demás.

La mirada de Bóreas pasaba de Cristina al oficial y del oficial a Cristina. Bóreas no dijo nada, le tenía el suficiente respeto a su amiga, y la conocía bastante como para saber que una vez que ella se quejaba por algo no iba a retroceder. Por suerte, el oficial no hizo más que mirarla por unos eternos segundos y dejarlos pasar.

—Pudiste haber hecho que te prohibieran pasar —le dijo Bóreas mientras caminaban por un estrecho pasillo.

—Ay, pero es que me dio demasiada rabia —murmuró Cristina.

—Ahora viene la revisión —le dijo Bóreas deteniéndose al final del pasillo.

–¿Cómo que la revisión? Ya vi que te abrieron la caja de la torta. Cualquiera jura que vas a meter algo ahí.

–No, no, Cristina. Ahora falta que te revisen a ti.

–Nooo –dijo Cristina con más indignación que asombro.

–Es una cárcel, qué querías –agregó Bóreas.

–No sé, no sé. Disculpa.

–Vas después de esa señora que acaba de entrar –dijo Bóreas mientras dejaba la caja de la torta sobre una silla que se encontraba allí, para entrar al baño y ser inspeccionado.

–Okey...–dijo Cristina en una actitud ya resignada.

Cristina entró al baño, cuya cerámica había sido blanca alguna vez y, como le ordenó «la femenina», que es como le decían a la oficial encargada de revisar a las mujeres, se levantó las botas de su bluyín, mostró sus bolsillos y salió.

–Bueno, no fue tan mal –le dijo Cristina a Bóreas una vez que se reunió con él.

–No. He visto cosas peores. Hay unos que son más estrictos que otros, quizá te tocó una tranquila. Menos mal, porque seguro peleabas otra vez.

–Te prometo que no peleo más –le aseguró Cristina a Bóreas.

Un oficial se acercaba caminando lentamente por un pasillo separado de los visitantes por una reja de metal.

–Ahorita van a abrir esa reja y por ese pasillo es que están los presos. La sala donde recibe Salvador está al final a la derecha y es de las mejorcitas –dijo Bóreas en voz baja.

–Qué suerte... –afirmó Cristina, mientras veía al oficial acercarse con las llaves tintineando en su pantalón.

–¿Suerte? –preguntó Bóreas con ironía–. Aquí se paga por todo.

–Ah... claro, claro. Qué inocente yo.

El oficial abrió la reja de metal y todos los visitantes avanzaron sin hablar. A la derecha del pasillo había otras rejas más pequeñas. Cristina se asomaba en cada una al pasar. Le llamó la atención una en la que se veían adentro, tres mujeres pintándose las uñas.

–No sabía que aquí había mujeres –le dijo Cristina a Bóreas.

–No hay, la verdad, solo ellas. Solo sé cuál es una, se llama Soledad Bahamonde, trabajaba en Banco Central.

–Ay, qué horror. –Cristina pasó y observó sin disimulo, mientras Bóreas, desde atrás, le pedía que avanzara.

—Pero, mira, Bóreas, yo las veo arregladísimas. Estaban en tacones y todo —le susurró Cristina a Bóreas en el oído.

—Ah, sí —respondió Bóreas mientras se pasaba una mano por el pelo—. Eso lo vas a ver aquí, todo el mundo está bien vestido. Las mujeres en tacones, maquilladas, y vas a ver a los hombres con camisas de botones, colonia...

—¿En serio? —preguntó Cristina mirando a Bóreas con asombro—. En el mundo se ve cada cosa...

—Debe ser una manera de no sucumbir al hecho de que estás preso... te arreglas como si no lo estuvieras —dijo Bóreas encogiéndose de hombros.

—Okey, okey... —concedió Cristina—. Solo sé que yo no lo haría, casi ni me maquillo para salir, no me voy a maquillar para no salir.

Llegaron a una segunda reja de hierro, con Pilar Ivanovich y sus dos hijos detrás. Un oficial les abrió la reja y Bóreas invitó a Cristina a que lo siguiera. Doblaron inmediatamente a la derecha y atravesaron una puerta metálica que se encontraba entreabierta al final del pasillo.

...

Estaban en una sala de pisos blancos y paredes color crema. La sala estaba dividida en una suerte de tres áreas sociales marcadas por tres mesas, cada una acompañada de un sofá, algo raído, cabe destacar, y algunas sillas plásticas. A Cristina le llamó la atención que un televisor pantalla plana decoraba una de las paredes y en él se veía un partido de fútbol. La sala estaba vacía a excepción de Bóreas y Cristina y un hombre que tomaba café de pie, mirando al televisor.

—Ese no es Salvador —le comentó Bóreas a Cristina.

El hombre, que tendría unos cincuenta años, desvió su mirada del televisor a Cristina y Bóreas.

—Buenas, ¿por quién vienen?

—Salvador Arbeláez —respondió Bóreas.

El hombre, que al igual que Salvador, estaba preso, se presentó como Daniel Manrique. Les indicó la mesa en la cual Salvador recibía a sus visitas y les ofreció café.

—Salvador viene en cualquier momento. Ya le deben haber avisado que tiene visitas.

A Cristina no le dejó de sorprender, como le había sucedido al ver a las tres mujeres al inicio del pasillo, que Daniel Manrique, en efecto, estaba vestido como si no aceptara el sitio en el que se encontraba. En ese momento, se le ocurrió a Cristina que, quizá, el cuidado que los presos ponían en su apariencia personal era una forma de luchar contra el innegable decaimiento mental que suponía para ellos, más allá de la falta de libertad, el hecho de sentirse muertos en vida, el miedo a no salir nunca y a ser, poco a poco, olvidados por el mundo y ser vistos por sus familias nada más que como una carga. Al llegar a esta conclusión, Cristina sintió lástima.

Mientras se hallaba en estas cavilaciones, Bóreas la invitó a sentarse. Cristina acababa de tomar asiento, dándole la espalda a la puerta de entrada, cuando sintió que alguien entraba en la sala. Volteó al ver de quién se trataba y, al escuchar la silla de Bóreas arrastrarse, lo que indicaba que su amigo se había levantado, se levantó ella también.

Salvador era alto de pelo negro y ondulado, ojos grandes y marrones. Estaba vestido con una camisa celeste de botones que llevaba por fuera de un bluyín oscuro y unos mocasines marrones.

—Hola, Salvador —lo saludó Bóreas.

—Cómo estás... —saludó Salvador con una voz monótona. Cristina sonrió casi imperceptiblemente ante la idea de que Salvador no conocía el nombre de Bóreas, por ser este tan poco común.

Bóreas presentó a Cristina que saludó con un:

—Mucho gusto, Cristina Valverde.

Salvador estrechó la mano de Cristina, sin embargo, no se presentó, simplemente dijo:

—No sé qué vienes a hacer aquí.

—Él es Salvador, Cristina —le dijo Bóreas a su amiga tras aclararse la garganta.

—Es para un trabajo de Psicología Social. Soy estudiante de Psicología de la UCAB y tengo que hacer un estudio...

Cristina habría acabado con su explicación si Salvador no la hubiera interrumpido:

—Sí, sí, ya Bóreas me contó todo.

Cristina apretó los labios. Si no fuera porque quería hacer un buen trabajo y sabía que el SEBIN era un excelente tema para su proyecto, le habría dicho a Salvador algo como: «Mira, a ti como que el encierro te estropeó tus habilidades para socializar» con una sonrisa en su cara, sin embargo, optó por actuar como lo hubiera hecho su hermana Julia: no dijo nada.

Salvador les ordenó que se sentaran mientras se acercaba a Daniel Manrique, que continuaba viendo el partido de fútbol. Le pidió tres cafés.

Por lo menos nos incluyó en el café, pensó Cristina.

Se sentaron.

—Entonces, ¿me vas a poner a dormir para hacerme una hipnosis? Porque eso es lo que hacen ustedes, los psicólogos, ¿no? —le preguntó Salvador a Cristina.

Nuevamente Cristina tenía la respuesta en su mente, algo parecido a: «No. Resulta, Salvador, que la psicología no se limita únicamente a las teorías de Freud que, lamentablemente, deben ser las únicas que conoces». Sin embargo, una vez más, optó por mantener una actitud más discreta, o sumisa, como lo veía ella, y se limitó a responder:

—No, no, solamente te voy a hacer preguntas y ciertos test.

Bóreas observaba. Conocía a Cristina lo suficiente como para saber que estaba haciendo un gran esfuerzo para obviar los altaneros comentarios de Salvador.

—¿Test? ¿Qué test? ¿Ese que me muestra una mancha y tengo que decirte lo que veo? —preguntó Salvador antes de darle un sorbo a su café.

—No... no pensaba hacerte el de Roscharch no me...

—¿Tienes que aplicar una teoría específica? —le preguntó Salvador sin darle tiempo a Cristina para terminar la oración.

—Sí. Aplicaré la teoría de condicionamiento operante de Thorndike y Skinner —respondió Cristina.

—No, no. Qué es eso. Ni que yo fuera un animal —dijo Salvador.

—Eres un animal —añadió Cristina.

—No te vayas a poner técnica. Entiendes lo que digo. Yo soy un ser racional. La teoría esa de Skinner fue probada con animales.

—Es verdad, pero... —intentó decir Cristina, sin embargo Salvador no le permitió terminar de hablar.

—Pero nada. Metió a un pájaro en una caja a ver si descubría cómo conseguir comida pisando un botón. No. Quiero que vayas más a fondo —dijo Salvador presionando la mesa con su dedo índice.

Cristina se sorprendió de que Salvador conociera las teorías y experimentos de Thorndike y Skinner, pero no dijo nada. Sin embargo, Salvador se dio cuenta de algún gesto revelador en la cara de la joven y dijo:

—Tengo mucho tiempo libre aquí, entonces leo mucho.

Cristina sonrió levemente y asintió, para luego retomar el tema de qué teoría aplicaría con Salvador.

—Bueno... podemos usar... —dijo Cristina.

—Piensa ahí —dijo Salvador. Tras lo cual se levantó para pedirle otro café a Daniel Manrique, que estaba sentado en la mesa donde debía recibir a sus visitas con un celular en sus manos.

Cristina miró a Bóreas y, al ver que este no entendía su cara de duda, murmuró en su oído:

—¿Los presos pueden tener celular?

Bóreas sonrió y negó con la cabeza.

—Pero todos tienen —murmuró él.

—¿Y los policías saben? —preguntó Cristina.

Bóreas no respondió porque Salvador volvía a la mesa con tres cafés en sus manos.

—¿Entonces? —preguntó Salvador mientras se sentaba—. ¿Ya sabes qué teoría vas a utilizar?

Cristina había pensado también en basar su estudio en las teorías de Milgram sobre la obediencia a la autoridad. Para que el estudio tuviera validez, Salvador no podía tener conocimiento sobre qué aspecto de su conducta estaba siendo evaluado, ya que no actuaría de manera espontánea. Es por esto que Cristina mintió al decirle sobre qué teoría se apoyaría.

—Pensándolo mejor, creo que voy a utilizar Freud, como tú querías —dijo Cristina antes de tomar un sorbo de su café.

—Eso es —añadió Salvador mientras le daba una palmada a la mesa.

—Empezamos el domingo —dijo Cristina.

—¿Por qué no ya? —interrogó Salvador—. Ahora me dejas con la curiosidad de saber mis traumas y los significados de mis sueños y todo eso.

—Porque ya se va a acabar la hora —dijo Cristina.

—¿Tan rápido? —preguntó Salvador recostándose en su silla.

—Sí —dijo Bóreas mirando su reloj—. El trato con tu familia fue que Cristina solo se tomaría la primera hora de la visita y tu familia llegaba a las doce... y ya son las doce. Es que se pierde mucho tiempo en la entrada, el bus, la revisión...

Salvador frunció los labios y se quedó pensativo unos segundos. Al final, se levantó y les pidió a Cristina y a Bóreas que lo siguieran.

Bóreas y Cristina se acercaron a donde estaba Daniel Manrique para despedirse y, seguidamente, salieron.

Mientras caminaban por el pasillo, Bóreas se disculpó con Cristina por la actitud de Salvador.

—Disculpa que haya sido medio antipático.

—¿Medio antipático? —preguntó Cristina de manera sarcástica girando su cabeza para mirar a Bóreas—. Antipático y medio. Dios, qué insoportable. ¿Siempre fue así?

—Quisiera decir que no —respondió Bóreas rascándose el cuello—, pero sí.

Cristina no dijo nada.

Al montarse en el carro, Cristina dijo:

—Pero, al final, mejoró un poco. Creo que le interesa mi trabajo.

—¿En verdad vas a utilizar a Freud? —le preguntó Bóreas.

—No, a Milgram —respondió Cristina—. Pero no le podía decir.

—¿Cuál es Milgram? —preguntó Bóreas—. Me suena.

—Él es famoso por su experimento de obediencia a la autoridad... ¿sabes?

—No sé por qué siento que tiene que ver con una silla eléctrica —dijo Bóreas.

—¡Ajá! Ese mismo.

—Refréscame la memoria —le pidió Bóreas mientras manejaba, como siempre, con ambas manos en el volante y el torso hacia adelante.

—Okey... el experimento de Milgram consta de tres personas. El experimentador, el «maestro» y el «alumno». El alumno se tiene que sentar en una especie de silla eléctrica. El maestro debe dictarle al alumno pares de palabras, por ejemplo... no sé... barco-agua... perro-gato... por decirte algo. Tras dictarle todos los pares, el maestro debe repetir solo la mitad de la lista, o sea, dice «barco» y le da al alumno cuatro opciones, entre las cuales una es «agua». Si el alumno recuerda que el par de la palabra «barco» era «agua», pues perfecto, se pasa a la siguiente palabra, si no, el maestro debe darle al alumno una supuesta descarga de quince voltios que irá aumentando progresivamente cada vez que el alumno dé una respuesta incorrecta, hasta llegar a los cuatrocientos cincuenta voltios. Ahora, el maestro no sabe que en verdad no está electrocutando a nadie, y cuando oye al alumno quejarse y gritar de dolor, lo que está escuchando es una grabación. La idea de este experimento es determinar cuán dispuestas están las personas a obedecer a una figura de autoridad porque cuando el maestro escucha al alumno quejarse por el dolor y pegarle al vidrio... (¡ah! No te dije. El alumno está separado del maestro y del experimentador por un vidrio), el maestro, generalmente, le pide al experimentador que se detenga el experimento, pero el experimentador le dice frases como «por favor, continúe» o, no sé... «este experimento requiere que usted continúe», «no tiene opción de parar»... cosas así. La cuestión es que una gran cantidad de personas, el sesenta y cinco por ciento, me acuerdo, llegó hasta los cuatrocientos cincuenta voltios contra su voluntad, porque habían expresado que querían parar, pero continuaron solo porque la figura de autoridad se lo ordenaba.

—Y, a todas estas, el alumno gritando de dolor, supuestamente —dijo Bóreas.

—Ajá... pero no paraban.

—Guao...

—Sí... —dijo Cristina viendo por la ventana—, mucha gente ha cuestionado la ética de este experimento, pero a mí me parece brillante.

—Es medio *dark* —dijo Bóreas—, pero, sí, es genial... —Bóreas se quedó pensando, hasta que le preguntó a Cristina:

—Y... ¿Cómo harás tu estudio? ¿Cómo analizarás la obediencia de Salvador?

—Esa, mi querido Bóreas, es la pregunta del millón.

Bóreas soltó una corta risa nasal y siguió manejando.

...

A las ocho de la noche de ese mismo jueves, Julia Valverde estaba en la sala de su casa, recostada en el sofá, leyendo la que por siempre sería su novela favorita de todas las obras escritas por alguna de las hermanas Brontë: *Jane Eyre*.

Leía tranquilamente cuando sus hermanas, Luna y Cristina, entraron a la sala y se sentaron una a cada lado. Julia levantó su mirada del libro, marcó la página en la cual había quedado y lo dejó sobre la mesa de centro que tenía frente a sí mientras sentía a sus hermanas mirándola con picardía.

—¿Qué pasó? —preguntó sonriendo, pues sabía que algo se traían entre manos.

—Pues, ya sabes que a mí me encanta cumplir mis promesas —le dijo Cristina.

—Sí...

—Pues, en un rato te me empiezas a arreglar porque hoy vamos a Le Club —acabó por decir al momento que chasqueaba los dedos.

—Ay, no, no —se quejó Julia mientras recostaba su cabeza en el respaldar del sofá para mirar al techo—. Hoy no me provoca.

—Julia, eso ni se toma en cuenta porque nunca te va a provocar —le dijo Cristina—. ¡Pero la vas a pasar bien! Vas con tus dos hermanas...

—Epa, epa. No te emociones —la interrumpió Luna haciendo un gesto de «pare» con la mano—. Yo voy por mi cuenta con mis amigas.

Cristina apartó la mano de su hermana menor con la muñeca y, como si no la hubiera escuchado, continuó explicándole a Julia:

—Nos va a firmar una amiga de la uni que va con un grupo. ¡Hasta Bóreas va! Va a entrar con la acción de un primo nada más para celebrar tu cumpleaños. ¡Tienes que ir! Y primero vamos a predespachar en casa de Octavio Ávila.

—Qué cómico Bóreas rumbeando —comentó Luna—. Debe bailar malísimo.

—No, baila superbién —le dijo Julia levantando la cabeza. Y volvió a recostarla en el respaldar del sofá cuando acabó la frase.

—No tiene cara para nada de bailar bien —dijo Luna volteando a ver a Cristina—. ¿Será que puedo predespachar con ustedes en casa de Octavio Ávila?

—Ahora sí quieres salir con nosotras, porque vamos a casa de Octavio Ávila —le dijo Cristina en un tono que intentaba ser reprobatorio pero la verdad es que estaba riendo. Y, mirando a Julia—: es que esta es de lo peor.

—Anda, Cristina... él es el amor platónico de todas mis amigas, y el mío.

—¿No es de mi edad? —preguntó Julia levantando de nuevo la cabeza.

—Sí, sí. Es un viejo para Luna —respondió Cristina.

—Cero viejo. Lo que me lleva son seis años —aseveró Luna.

Cristina y Julia se miraron con sorna. Tras unos breves segundos, Julia se encogió de hombros y dijo:

—Por mí, Luna puede ir con nosotras.

Cristina y Luna soltaron una exclamación de alegría. Cristina porque su hermana iba a salir, lo cual ocurría con muy poca frecuencia, y Luna estaba feliz porque iría a casa de Octavio Ávila.

—Bueno, me comentaron que Octavio le dijo a la gente que como a las nueve y media en su casa. Vamos a llegar a las diez —les dijo Cristina—. Así que creo que lo mejor es que nos empecemos a arreglar.

Luna fue inmediatamente a su cuarto a escoger su atuendo para la noche. Cristina, antes de ir a su cuarto, le dijo a su hermana mayor:

—Te prometo que la vas a pasar bien. Si quieres, te ayudo a escoger lo que te vas poner.

—Dale, gracias.

—Bueno, voy a mi cuarto —dijo Cristina levantándose del sofá.

Julia permaneció sentada.

—Vas al tuyo ahorita, ¿verdad? —le preguntó Cristina—. No me vas a embarcar.

—No. Ya te dije que iba, así que voy. Ahorita me arreglo.

—Dale —dijo Cristina mientras comenzaba a alejarse.

Cuando su hermana desapareció, Julia suspiró y recostó de nuevo su cabeza en el respaldar del sofá. Permaneció varios minutos en silencio, sin querer ir a arreglarse. Ella era feliz en su tranquilidad y hubiera preferido pasar el resto de la noche leyendo en el sofá, pero sabía que Cristina se había esforzado para que ella hiciera algo divertido por su cumpleaños y sentía que le debía el favor de asistir. Así era Julia, siempre daba las gracias y siempre pedía perdón. Era la única persona que tras un accidente automovilístico se bajaba del carro ofreciendo disculpas asumiendo ella automáticamente la culpa por el accidente.

...

Acompañadas por Bóreas, las tres hermanas Valverde llegaron al apartamento de Octavio Ávila. Julia iba vestida de pantalón negro con una blusa de satén del mismo color, sin mangas y de cuello redondo, un collar dorado que bordaba el cuello de su blusa y unos zapatos de tacón negro acabados en punta. Cristina llevaba un vestido corto, color rojo, unas altas sandalias color bronce y el pelo recogido en un moño. Por su parte, Luna iba con una minifalda negra y una blusa de seda color *beige*, sin mangas, metida por dentro de la falda, llevaba unos altos tacones negros, una pequeña cartera dorada y, como siempre, el pelo suelto. Bóreas iba detrás de ellas, llevaba un *jean* oscuro con una camisa blanca y un *blazer* azul marino en su antebrazo.

—Nadie debe entender qué hago yo con ustedes tres —murmuró Bóreas a las tres Valverde antes de que tocaran el timbre.

—Bóreas, por Dios, te ves guapísimo —le dijo Cristina. Y tocó el timbre.

Julia suspiró y vio la hora. Eran las diez y un minuto, asumiendo que estarían de vuelta en su casa a las tres de la mañana, Julia calculó que tendría que soportar aquella situación por cinco horas. Cuando se abrió la puerta, automáticamente sonrió. No importaba cómo se sintiera, Julia siempre ponía su mejor cara. La puerta la abrió un amigo del anfitrión, a quien Cristina y Luna saludaron con simpatía, pues lo conocían, y a quien Julia y Bóreas saludaron con educación, pues no sabían de quién se trataba. Entraron...

Cristina llevó a Bóreas y a sus hermanas hacia donde estaba Octavio Ávila para presentarles al dueño de la casa. Octavio estaba detrás de una pequeña barra que había en una esquina de su apartamento sirviéndose un trago. Saludó a Cristina con un «¡epa!» y les extendió la mano a Luna, a Julia y a Bóreas, presentándose las tres veces como «Oto sin doble T», y encontró gracioso el que Julia se presentara como «Julia Valverde».

—Qué risa, te presentas con apellido y todo.

Cristina, Luna y Bóreas miraron a Julia que se limitó a responder con seriedad:

—Sí, siempre...

Hubo un silencio incómodo que Cristina rompió preguntándole al anfitrión qué había de tomar. Octavio extendió su brazo hacia la repisa ubicada a sus espaldas.

—Como ves, lo que quieras —dijo—. ¿Qué quieren? Yo les sirvo.

—Un ron —respondió Cristina.

—Dos —dijo Bóreas.

Cuando la mirada de Octavio se posó sobre Luna, esta respondió:

—Yo quiero un vodka con jugo de naranja.

Ahora era el turno de Julia de decir qué quería:

—Tequila —respondió, otra vez, muy seria.

—¡Juliaaaa! —exclamaron Luna y Cristina al unísono.

—Se desató —agregó Luna riendo.

Octavio, que no conocía a Julia, no entendía qué tenía de especial el que ella pidiera un *shot* de tequila.

—Un tequila, entonces. Me voy a servir uno también, es como pavoso tomarse un *shot* solo.

—Tomemos todos tequila —dijo Cristina— para acompañar a Julia que está de cumpleaños.

—¿Sí? ¿Cumples hoy? Pues qué honor que hayas decidido pasar tu cumpleaños en mi humilde hogar —le dijo Octavio a Julia mientras colocaba los cinco vasitos sobre la tabla de madera.

—No, cumplió el lunes —aclaró Cristina—, pero es hoy que lo estamos celebrando.

—Buenísimo, pues aquí nos encargaremos de que la pases bien.

Octavio paseó su mirada a lo largo de la barra, mientras preguntaba:

—¿Y la sal?

—Aquí —dijo Luna, encantada de pasarle el salero, que se encontraba detrás de un servilletero, haciéndolo invisible para el anfitrión de la casa.

Octavio puso un vasito delante de cada uno de sus nuevos invitados. Bóreas tomó su vaso y dijo:

—La Universidad Autónoma de México desarrolló un proceso para extraer hidrógeno combustible de las vinazas del tequila... increíble, ¿no?

Luna entornó los ojos, rogando que Octavio se hubiera percatado de su reacción, para que así él entendiera que nada tenía ella que ver con Bóreas en cuanto a personalidad. Cristina, por otro lado, disfrutaba de los datos curiosos que, de vez en cuando, aprendía de su amigo y dijo:

—Muy interesante, sí.

—¿Combustible? ¿En serio? —preguntó Octavio—. Oye, qué fino.

—Sí, increíble —dijo entonces Luna.

—Bueno, bueno —dijo Octavio con el vaso de tequila en una mano y el limón en la otra—, seguimos ahorita con los datos curiosos, pero ahora, brindemos por la cumpleañera aquí presente.

Cada uno se tomó su vaso hasta el fondo.

—En verdad me sorprende que hayas escogido tequila, Julia —le dijo su hermana Cristina.

—Sí, en verdad pega cero contigo —agregó Luna.

—¿Por qué? ¿Súper seria la niña? —preguntó Octavio.

—No sabes lo seria —comenzó a decir Luna—, de broma la pudimos...

Luna iba a mencionar lo que les había costado convencer a Julia para que saliera esa noche, pero Bóreas la interrumpió, pues sabía que Julia había estado tan renuente a salir como lo había estado él, pero no quería que el mundo se enterara:

—Luna, vi que estás leyendo la saga *Crepúsculo* —dijo de repente, sabiendo que el comentario venía totalmente sin precedentes y que más de uno iba a levantar la ceja, mirándolo con extrañeza.

—Ah... sí, sí... —dijo Luna, que no entendía de dónde venía la pregunta.

—Pues, ¿sabías que hay una enfermedad muy rara en la que los síntomas son parecidos a las características de un vampiro?

—¿Sí? —preguntó Luna—. Qué *cool*, qué *cool* —opinó mostrando su desinterés. Estaba dispuesta a entablar una conversación con Octavio, pero para su sorpresa, Octavio se interesó en lo que acababa de decir Bóreas.

—Sí, me suena que he oído algo de eso, ¿cómo es que es?

A Luna no le quedó más remedio que escuchar la explicación de Bóreas, la cual acabó siendo bastante interesante. Cristina y Julia escucharon también, ambas con interés, pero Julia agradecida de que su amigo estuviera allí.

Bóreas les habló de los síntomas de la enfermedad porfiria variegata. Les describió cómo la orina de quienes padecen esta enfermedad es color vino tinto.

—Estas personas, además de sufrir dolores abdominales y de cabeza, sufren de episodios de psicosis y son fotosensibles, lo que les impide salir mucho a la luz. Otro síntoma de quienes padecen de porfiria es que los dientes se tiñen de rojo. —Al escuchar este dato, Luna abrió los ojos con sorpresa—. Esto ocurre debido al acúmulo de porfirinas.

Bóreas dejó el dato más interesante para el final, apoyó ambas manos en la barra y dijo:

—... Y se sienten atraídos por la sangre humana. Vladimir III, persona en la que se inspira la historia del conde Drácula, bebía sangre menstrual.

—¡Aaascooo! —exclamó Luna.

—Berro, bro, qué locura —dijo Octavio—. De verdad que en el mundo se ve cada cosa...

—¿Y saben quién tuvo esa enfermedad? —preguntó Bóreas con suficiencia.

—Van Gogh —respondió Julia sin dudar y sin presumir.

Los cuatro voltearon a ver a Julia.

—Sí, exacto —dijo Bóreas.

Octavio asintió y dijo:

—Sabía que estaba loco, pero creía que era esquizofrenia —dirigiéndose a Cristina—, ¿y tú no estudias Psicología, pues? ¿No se supone que sabes estas cosas?

Cristina tomó un trapo que estaba doblado en la esquina de la barra y se lo lanzó a Octavio.

—¿Qué es? —preguntó Octavio riendo—. Pensé que sabrías, eso es todo.

—No, en verdad, no sabía —dijo Cristina apoyándose de sus codos.

Unos veinte minutos después Cristina y Luna hablaban con Octavio y el resto de sus amigos mientras Julia y Bóreas conversaban en un sofá. Luna se les acercó, seguida por Octavio, para invitarlos a unirse al grupo.

—A menos que quieran estar solos —dijo Octavio.

—No, no —dijo Julia sin pensar.

—No es así. Vamos —dijo Bóreas levantándose.

—Seguro puedes animar la conversación con más datos curiosos, Bóreas —le dijo Luna mientras los dos se alejaban hacia el grupo.

—Vente —le dijo Octavio a Julia haciendo un movimiento de cabeza—, no me gusta ver a alguien pasándola mal, y menos si es en mi casa. Además, debes ser superdivertida si quisiste empezar con tequila de una.

Este comentario hizo sonreír a Julia, que buscaba su cartera entre los cojines para levantarse. Octavio se sentó.

—¿Qué? ¿No es así? —le preguntó.

Julia encontró su cartera y se la puso sobre las rodillas. Pensó en mentir, pero no le encontró el sentido, ya que lo más probable es que volvería ver a Octavio contadas veces en su vida y, si no era ese el caso, y terminaban siendo amigos, lo mejor era que conociera su verdadera personalidad desde el comienzo.

—Pido tequila porque se toma rápido y después nadie me está presionando porque no he tomado nada.

—O sea que pides tequila para salir del paso.

Julia asintió, arrepentida de haber dicho la verdad, pues sentía que había quedado como una antipática.

—Es una buena técnica —dijo Octavio por fin con los codos en las rodillas y entrecruzando los dedos— si no te gusta tomar.

—Sí —respondió Julia subiendo un hombro como si pidiera disculpas.

—Siento que no la estás pasando bien. Y no me gusta que alguien venga a mi casa a pasarla mal.

—No, claro que sí, te lo juro.

—Tranquila que en un ratico nos vamos a Le Club para que ya no estés aburrida.

Julia sonrió. Octavio continuó:

—Y ahí nos tomamos otro *shot* para que te despiertes y bailes un rato.

—Chévere —dijo Julia con una sonrisa. La verdad es que estaba segura de que la pasaría mejor en casa de Octavio que en Le Club, pues le gustaban las veladas tranquilas.

—Y tú no hablas —le dijo Octavio más como una afirmación que como una pregunta.

—Dime de qué hablar y hablamos —le dijo Julia. Cabe acotar que nuestra joven, si bien no estaba nerviosa, no estaba lo suficientemente relajada como para comportarse de manera natural.

—Okey... —comenzó Octavio— dime qué estudias.

—Comunicación Social en la UCAB, ¿tú?

—Administración en la Metropolitana —respondió Octavio.

Julia asintió sin tener nada que decir, ya que no encontraba nada interesante en esa carrera.

—Y... ¿qué tipo de música te gusta? —le preguntó Octavio cambiando el tema.

—Bueno, cualquier cosa, pero de grupos de música me gusta Goo Goo Dolls.

—Son buenos. ¿Algo más? —le preguntó Octavio—. Siento que tengo que jalarte para poder sacarte las respuestas.

Julia rio y se disculpó:

—A ver, a ver... me gusta Shakira hasta su cd de «Suerte».

—Sabía que te iba a gustar Shakira, a ver qué más —la motivó Octavio.

—Es que me gustan canciones sueltas de grupos distintos. Aunque, ¡ah! me encanta Billy Joel —dijo Julia encogiéndose de hombros.

—Billy Joel es muy bueno, tengo varias canciones de él.

Julia sonrió.

—Pues ahora, cuando vayamos de camino a Le Club, tú puedes estar a cargo de la música.

Octavio se dio cuenta de que Julia había hecho una discreta mueca de duda y dijo:

—Todo el mundo vino en sus carros y no pienso manejar solo hasta allá. Además soy amigo de todo el mundo aquí menos de ti —al ver la cara de Julia dijo—: es verdad que tampoco soy amigo de tu hermanita ni del chamo que trajeron, pero ya habrá tiempo. Además, estamos celebrado tu cumpleaños y quiero que te vengas conmigo. Podemos escuchar Goo Goo Dolls en el camino también.

—Está bien —dijo Julia.

...

Menos de media hora después, ya todos se encontraban en camino a Le Club. Al ver que Julia se iba en el carro con Octavio y que ella no había sido invitada, Luna se decepcionó un poco, pero no le dio mucha importancia. Tenía el resto de la noche para conocerlo y, si no se daba la ocasión, no se podía decir que estaba pasando un mal rato.

—Ajá —dijo Octavio mientras se metía la mano en el bolsillo y sacaba su iPhone—. La clave es 2002. Pon la canción que quieras.

—Pero dime más o menos qué quieres.

—Es mi iPhone, me gustan todas —dijo Octavio mientras manejaba con una mano en el volante.

Julia bajó por la lista de artistas musicales del iPhone de Octavio, no conocía a una gran mayoría. Octavio la miraba de vez en cuando por el rabillo del ojo. Julia subió por la lista de artistas y seleccionó a The Goo Goo Dolls, Octavio había dicho que le gustaba y que podía escoger cualquier canción. «Iris» comenzó a sonar. Octavio sonrió y dijo:

—Bueno, no es lo que yo habría escogido antes de rumbear, pero okey, puedo vivir con esto.

Julia no dijo nada, se limitó a asentir mientras miraba al frente. Mientras Octavio cantaba la canción sin prestar mucha atención, Julia permanecía callada mirando por la ventana, moviendo su mano, ligeramente, al son de la melodía. Al llegar al coro, Octavio le dijo, alzando la voz, para que Julia lo pudiera escuchar por encima de la canción:

—¿No vas a cantar? Anda, por lo menos el coro.

Julia lo miró, sonrió y tras un suspiro, cantó, con algo de pena.

—Ahorita viene mi parte favorita —dijo Julia.

Octavio subió el volumen en esa parte y le dijo:

—No puedes dejar de cantar.

Él calló. Julia cantó la segunda estrofa.

∿—•⁀•—∿

LA CANCIÓN CASI LLEGABA A su final, cuando Octavio dijo:

—Esta es mi parte favorita, cuando crees que se va a acabar y empieza el coro de vuelta.

—A mí también me gusta esa parte dijo Julia. Cantaron el último coro y la canción terminó.

—Nos da tiempo para una canción más —dijo Octavio—. Me gustó lo que escogiste, te doy permiso para escoger la siguiente.

Julia le preguntó si le parecía Elton John una buena idea.

—Tú me quieres poner a dormir —le dijo Octavio—. A ver, tiene que haber otra cosa que te guste.

—Bueno... —dijo Julia con su vista clavada en la pantalla del iPhone de Octavio— ¿qué te parece Caramelos de Cianuro?

—Eso, eso, perfecto. Las tengo todas, pon la que quieras. Ya va, ya va.

Julia lo miró.

—Te apuesto lo que quieras a que adivino qué canción vas a poner —le dijo sin apartar su vista de la calle y con ambas manos en el volante.

—Okey —dijo Julia—. Ya vi la que quiero.

—Qué exiges si no adivino —le dijo Octavio.

—Que cuando estemos en Le Club le pidas al dj que ponga la canción que yo haya escogido ahorita.

—Perfecto —aceptó Octavio—. Ahora, si yo gano... déjame pensar.

Julia lo miraba con los brazos cruzados y el iPhone en sus piernas.

—Tienes que salir conmigo —le dijo Octavio—. Si gano, salimos mañana.

Julia contuvo la respiración.

—¿Qué? ¿No quieres salir conmigo? La vas a pasar chévere.

Julia se limitó a sonreírle y a decir:

—Dime la canción que crees que escogí.

—Para saber que no vas a hacer trampa —le dijo Octavio—. La vas a poner de una vez, yo le voy a bajar todo el volumen a la música. Y, cuando diga la que crea que pusiste, vas a subir el volumen.

Más allá de la inmensa timidez que le hacía casi imposible mantener una conversación con Octavio, Julia no encontró desagradable la idea de salir con él. Lo cierto es que quería que él ganara la apuesta. Había escogido la canción «Las estrellas», pero no creía que Octavio adivinaría esa decisión de ella, a pesar de ser una canción bastante popular, así que seleccionó la canción titulada «Verónica», pues la consideró una decisión bastante posible por parte de Octavio.

—Listo, ya la puse —anunció Julia.

—Okey, okey…. «Las estrellas» —adivinó Octavio.

La discreta sonrisa que se dibujaba en la cara de Julia se borró al escuchar la canción que verdaderamente había escogido desde un principio. Subió el volumen y el coro de «Verónica» inundó el carro.

—Qué chimbo —se quejó Octavio mientras le daba un ligero golpe al volante.

Julia le quería decir que en un principio había escogido «Las estrellas», que «Verónica» ni siquiera le gustaba, pero no dijo nada.

—Bueno, ganaste, le voy a pedir al dj que la ponga… y ya no tienes que salir conmigo.

—Sí… —dijo Julia tratando de ocultar su ligera decepción.

Ya estaban en el estacionamiento del Centro San Ignacio, donde se encontraba Le Club. Estuvieron en silencio mientras Octavio trataba de encontrar un sitio dónde estacionar. (—Mira, ahí están tus hermanas —le dijo Octavio a Julia al ver a Cristina, Luna y Bóreas caminando hacia el ascensor).

—Pídele al dj que ponga «Las estrellas» —dijo Julia por fin.

—¿Sí? ¿Por qué? —preguntó Octavio.

—Porque esa canción me gusta más.

—Ah, ¿en serio? —dijo Octavio mientras una sonrisa de suficiencia se dibujaba en su rostro—. Yo sabía, yo sabía que esa era la que más te gustaba.

—Sí, pero, de todas formas, no adivinaste la que escogí —le dijo Julia, que no quería que se notara que ella había querido perder esa apuesta.

—Yo sé, yo sé. Pero esto puede significar que ganamos los dos.

Julia rio tímidamente.

—¿No crees? —le preguntó Octavio.

Julia se encogió de hombros. No sabía qué responder, pues un «no» le parecía una antipatía, pero un «sí» ya lo consideraba rogar. Optó por un nada comprometedor:

—No sé.

Octavio sonrió de nuevo.

—Yo sí sé. Ganamos los dos. Le voy a pedir al dj que ponga la canción que quieras y mañana salimos. Listo.

Octavio frenó pues vio un carro con las luces encendidas, lo que significaba que quizá le dejaría el puesto libre. Miró a Julia y le preguntó:

—¿Te parece?

—Dale —respondió Julia y desvió la vista de Octavio para ver por la ventana.

—Sí eres penosa —le dijo Octavio—. Por cierto, no nos dio tiempo de escuchar nada de Shakira, que me dijiste que también te gustaba. Bueno, cuando nos regresemos para dejarte en tu casa, pones las canciones que quieras de ella.

A Julia no se le había ocurrido que Octavio la quisiera devolver a su casa, pero no dijo nada. Se bajaron del carro, caminaron y subieron el ascensor en silencio.

De más está contar los minutos que trascurrieron mientras lograban entrar a Le Club, pues había varios grupos de gente haciendo fila para poder ingresar al club nocturno. Cuando por fin lograron entrar, cada uno sintió alivio al ver que el lugar no estaba tan abarrotado como se lo habían imaginado. Había incluso algunas mesas vacías. Escogieron una y se sentaron. Cristina y Luna saludaban a las personas como si fueran las alcaldesas del lugar, pues conocían a casi todo el mundo, al igual que Octavio y varios de sus amigos. Julia se dio cuenta de que, en ese aspecto, Octavio y ella eran muy diferentes y se sintió cohibida por la idea de salir con alguien con un círculo social tan amplio y tan diferente al de ella. Lo que no sabía es que en tan solo unos meses rogaría porque esa fuera la diferencia más grande entre ellos.

...

Octavio reía y bromeaba con sus amigos a la vez que saludaba a personas con las que se tropezaba. Julia conversaba con Bóreas y de vez en cuando levantaba la vista para ver a Octavio. No es que Julia hubiera desarrollado un casi instantáneo gusto por él, pero el hecho de que este le hubiera prestado especial atención en su casa, la llevó a preguntarse si ese comportamiento continuaría en la discoteca. Además, no hay que olvidar que al día siguiente tendrían una cita. Julia lo veía saludar tanto a muchachos como a muchachas y se percataba de cómo, una tras otra, hablaban por unos minutos con él y todas reían siempre. Julia se fijaba, además, en cómo a todas les ponía la mano en el hombro y cómo saludó a varias con un efusivo abrazo. Decidió dejar de observar, pues no era de su incumbencia cuántas amigas tuviera Octavio y se enfocó en su conversación con Bóreas, que le estaba relatando su visita a la cárcel con Cristina, ya que ella le había contado de manera muy general lo que había sido esa experiencia.

Julia continuaba hablando con Bóreas cuando la canción «Titanium» comenzó a sonar. A Cristina y Luna les encantaba esa canción y se acercaron a la mesa con paso apresurado para arrastrar a Julia y a Bóreas a la pista. Luna invitó también a Octavio y a sus amigos para que se acercaran a bailar. Todos fueron, menos Octavio, que opinó que alguien se debía quedar a cuidar la mesa.

—Qué excusa tan chimba —le comentó Luna a sus dos hermanas—. Y que a cuidar la mesa, ni que nos la fueran a quitar, y ninguna dejó su cartera ahí.

Haciendo un esfuerzo por disfrutar el momento, Julia bailaba con sus hermanas y los amigos de Octavio y, con tedio, reía cuando todos reían aunque no podía escuchar nada. Estaba segura de que más de uno no entendía lo que el otro decía, pero aun así, todo el mundo reía. Tras unas seis canciones, Julia quiso volver a la mesa para sentarse. Habían pedido un servicio de vodka. Tras lograr salir de la pista de baile tratando de no empujar a nadie, Julia divisó la mesa que ella y su grupo ocupaban, la cual, supuestamente, Octavio estaba cuidando, y vio que no había nadie allí. Se sentó y sirvió un vaso de vodka con jugo de naranja. Podía ver a lo lejos a sus hermanas bailando con Bóreas y los demás. Siguió recorriendo el lugar con su mirada, solo para entretenerse, y pudo ver a Octavio hablando con el dj. Sintió su estómago contraerse un poco debido a la incertidumbre que le producía no saber si Octavio estaba pidiendo la canción «Las estrellas». Continuó observando a Octavio disimuladamente y vio cómo buscaba a alguien o algo con la mirada. Bajó la cabeza, pues no quería que sus miradas se encontrasen, ya que él sabría que ella lo había estado mirando. Le dio un sorbo a su trago y pudo ver por el rabillo cómo una figura se le acercaba. Subió la mirada e intentando parecer espontánea, le sonrió a Octavio que ya estaba a dos pasos de ella.

—Ya pedí la canción —le dijo mientras llenaba el vaso que tenía en su mano con algunos dedos de vodka—, me dijo que la iba a poner después de como dos canciones más.

—Buenísimo —dijo Julia.

Octavio se sentó junto a ella.

—Y, ¿la estás pasando bien? —le preguntó.

Julia asintió.

—Como que a ti no te gusta mucho este plan.

—Sí me gusta, sí me gusta —se apresuró a decir Julia—, no es mi favorito, pero sí.

—Okey... ¿cuál es tu plan favorito, entonces?

Julia se encogió de hombros y tardó algunos segundos en responder, pues no sabía cuál era su plan favorito.

—Me gustan los planes tranquilos, salir a comer, ir a casa de alguien a tomar algo y conversar...

—Este tampoco es mi plan favorito, sí me gusta de vez en cuando, pero lo que más me gusta es ir a la playa.

La canción «Las estrellas» comenzó a sonar.

—¿Escuchas? —le preguntó Octavio a Julia.

Julia asintió con una sonrisa mientras dejaba su vaso en la mesa. Octavio le dio un último sorbo a su bebida, se levantó mientras se secaba las manos en el pantalón y le ofreció su mano a Julia. Julia se paró también y fueron a la pista a reunirse con los demás. Julia se colocó junto a su hermana Luna y cantó y bailó como todos.

Julia bailaba mientras veía cómo Octavio bromeaba con sus amigos. Luna le dio un codazo a Julia y con la barbilla le señaló a Bóreas, que también cantaba la canción. Las dos rieron, pues nunca habían visto a Bóreas cantando y bailando música comercial; a Luna le había causado bastante sorpresa verlo en esa situación, pues jamás había considerado a Bóreas una persona que supiera divertirse.

A eso de las dos y media de la mañana, las hermanas Valverde anunciaron que se iban con Bóreas. Cristina y Luna se despidieron de cada uno de los que estaba en la mesa —algunos aún bailaban—. Bóreas les dio la mano a todos y se despidió de las mujeres con un beso en el cachete, y Julia, que se hubiera contentado con dar una despedida general, no quiso ser la única sin despedirse de manera particular. Octavio se despidió de ella como se había despedido de su hermana Luna (con Cristina había sido un poco más efusivo, pues eran amigos) y sin hacerle ninguna alusión al hecho de que él le había dicho que la llevaría hasta su casa ni a la cita que supuestamente tendrían al día siguiente, de nuevo se sentó y volvió a la conversación que había estado teniendo antes de interrumpirla para despedirse de las tres Valverde. Salieron, sin más, de la discoteca y rumbo al carro de Bóreas.

Cristina se sentó adelante y se quitó los zapatos. Luna y Julia se sentaron atrás. Saliendo del estacionamiento del centro comercial, Julia, que miraba por la ventana, se sobresaltó cuando una exclamación de Cristina la sacó de su ensimismamiento.

—¡Juliaaaaa! Adivina quién me acaba de escribir... —dijo Cristina en tono pícaro.

Luna también se puso alerta.

—Ni idea... ¿un chamo que te levantaste hoy? —preguntó Julia.

—No —le dijo Cristina con la cara volteada hacia su hermana—. Me acaba de escribir Octavio pidiéndome tu celular.

—¡Noooo! —exclamó Luna.

—¡Eeeesooo! —exclamó Bóreas.

—¡Te odio! —le dijo Luna, pero la verdad es que sonreía.

—¡Yo no hice nada! —le dijo Julia a Luna—. No se lo des —le dijo a Cristina, sabiendo que no era una respuesta común, pero es que Julia a veces tenía problemas para reaccionar a situaciones de ese estilo.

Cristina la miró con extrañeza y le dijo:

—¿Por qué? ¿?Tas loca? Claro que sí. Y me tienes que decir qué te dice.

Julia suspiró y se recostó en su asiento.

—¿Okey? —insistió Cristina.

—Okey —aceptó Julia.

Escasos minutos después, Julia sintió su cartera vibrar y vio que le había llegado un mensaje de texto a su Blackberry pero no dijo nada.

—¿No te ha escrito? —le preguntó Cristina.

—No —mintió Julia—, que estaba casi segura de que el mensaje era de Octavio.

—¡Mentira! —agregó Luna—. Se ve la lucecita roja titilando.

Julia se llevó una mano a la frente.

—¡Abre ese mensaje! —le ordenó Cristina.

Con un suspiro, Julia tomó su celular y abrió un mensaje que tenía de un número desconocido. Lo leyó primero en voz baja antes de compartirlo con Bóreas y sus hermanas. El mensaje decía:

«Eres una antipatik q no te quisistes regresar conmigo. Nos vemos mañana?».

—Ajá, ¿qué dice? —la apuró Cristina.

—Escribió «quisistes» con «s» al final —fue la respuesta de Julia.

—Uy, hasta yo sé que eso es un error —dijo Luna—. Y me choca demasiado.

—No, no. Él lo hace a propósito —explicó Cristina—. Yo siempre le corrijo eso y él me dice que sabe que eso es un error pero que le da fastidio corregirlo y que lo hace por molestar.

—Ja, qué pana —respondió Luna.

—Pero ¿cómo le va a dar fastidio corregir eso? Si, más bien, ese error hace que la palabra sea más larga.

—Julia, no sé, Octavio es así. Pero ¿nos puedes leer el mensaje?

—Dios, Cristina, déjala respirar —le dijo Luna a su hermana.

—Berro, sí —agregó Bóreas.

—Si no la molesto no nos lee nada —dijo Cristina mientras apuntaba a Bóreas con su dedo índice, luego, apuntando a Luna, acabó por decir—: y no me digas que no quieres saber lo que dice el mensaje.

—Claro que sí —dijo Luna—, pero pobrecita.

—Pobrecita nada, me da mucha curio...

Julia interrumpió a Cristina con un: «Ya, ya, Dios, lo voy a leer». Los tres hicieron silencio y Julia leyó en voz alta el mensaje que había recibido de Octavio. Cristina y Luna lanzaron una exclamación de sorpresa y contento y, seguidamente, abrumaron a su hermana con preguntas e interjecciones. Bóreas escuchaba todo mientras manejaba y reía: «¿Vas a salir con él mañana, verdad? ¿Qué te vas a poner? ¿A dónde crees que te lleve? ¿Te gusta y tal? ¿Qué le dijiste para que quedara tan interesado si tú eres superantipática con los hombres? ¡Eeeesooo! ¡Julia tiene una cita!».

La única respuesta que Julia podía dar a la retahíla de preguntas era que, efectivamente, sí saldría con Octavio. Puesto que había sido una especie de promesa, ¿no? Y ella no rompía sus promesas. Tras discutir con sus hermanas, Julia le envió este mensaje a Octavio como respuesta:

«Jajaja dale, chévere».

Luna, que se había asomado para poder leer exactamente lo que escribía su hermana, le reprochó el no haber escrito la palabra «chévere« con dos «e» al final, es decir, «chéveree», pues, según la joven, la frase se veía muy formal.

—Hubiera sido mejor —dijo Luna— que hubieras escrito dos «ja» y que terminaras el «chévere» con dos «e».

—No, no, tres «ja» está bien —dijo Cristina—, aunque el «chévere» sí fue como seco.

—Bueno, ya lo envié —dijo Julia—. No puedo hacer nada.

—Nos avisas qué te responde —le ordenó Cristina.

Un minuto después, el celular de Julia vibró de nuevo: Esta fue la respuesta de Octavio:

«:) :)»

—Odio que los hombres manden caritas —opinó Luna.

Bóreas rio y dijo:

—Luna, qué amargada.

—Ay, yo sé, Bóreas, soy insoportable.

Viernes, 20 de abril de 2012

Como había pocos alumnos ese día, pues la mayoría había aprovechado que el día anterior había sido feriado para no asistir a la universidad, el profesor Emilio Pérez quiso hacer un debate en el cual el salón se dividiera en dos grupos y se discutiera un tema controversial. El tema escogido fue el aborto. Julia se ubicó en el grupo de los que no estaban de acuerdo con dicha práctica. Tras escuchar en silencio a uno de sus compañeros defender el aborto, levantó la mano y, cuando el profesor le dio la palabra, se levantó lentamente de su puesto y, hablando pausadamente, dijo:

—Desde la concepción, el cigoto tiene alma, por lo tanto es siempre, siempre un crimen. El aborto es un asesinato. Matar a ese ser es lo mismo que matarte a ti, o a ti, o a usted, profesor —dijo mientras señalaba a dos de sus compañeros y al profesor Pérez—. No hay ninguna diferencia —acabó por decir, y se sentó.

Independientemente de que sus compañeros estuvieran de acuerdo o no con Julia, todos se sorprendieron ante esta afirmación de la joven. Julia siempre había sido una alumna bastante silenciosa y una persona que evitaba un conflicto a toda costa, absteniéndose casi siempre de dar su opinión. Julia se conformaba con las decisiones grupales, aceptando lo que escogiera la mayoría. Sus compañeros, que algo la conocían, se sorprendieron, aunque no lo concienciaron, de que Julia tuviera una fuerte opinión sobre algo.

Y es que Julia era así. Nunca daba su opinión, ni exponía su punto de vista a no ser que estuviera irrevocablemente segura de que tenía la razón. El problema con el que se encontraba era que la mayoría de las discusiones con las que se tropezaba en su día a día eran producto del encuentro de opiniones relativas, y era en estos momentos en los que ella sentía que los argumentos que quería defender carecían de valor, otorgándole a su contrincante una victoria fácil. Es por esto que cuando Julia se levantó a defender su opinión contra el aborto, todos los que estaban en el salón se habían sorprendido, más aún al ver que su compañera no cedía ni bajaba la guardia mientras avanzaba el debate.

Julia estaba sentada escuchando cómo uno de sus compañeros defendía el aborto cuando la presencia del feto ponía en riesgo la vida de la madre. Iba a levantar la mano para alegar que nadie posee el control para decidir sobre la vida de los demás cuando vio la luz roja de su Blackberry encenderse. Tomó su celular y sintió su estómago contraerse al ver que había acabado de recibir un mensaje de Octavio. El mensaje decía:

«Heyy como andas?».

Obviando la molestia visual que le causaban la falta de signos de puntuación y de acento en ese mensaje, Julia sonrió levemente y respondió:

«Hola. Bien, ¿y tú?». Lo miró unos segundos y pensó en sus hermanas, que le quitarían el apellido por enviar un mensaje de esta manera, así que lo cambió un poco:

«Holaa bienn y tú?» Le pareció más de acuerdo al contexto y lo envió sin hacer caso del consejo de su hermana Luna de esperar diez minutos para responder. Al poco tiempo la luz roja de su celular titilaba de nuevo. Julia leyó el nuevo mensaje que había recibido:

«Cheveree aki. Nos vemos hoy x fin? Ahora te toca pagar tu parte d la apuesta ;)».

Más de una vez, Julia había expresado su desagrado por el emoticono con cara de guiño, ya que le parecía que automáticamente cambiaba el tono de cualquier conversación respetable. Leyó de nuevo el mensaje de Octavio y decidió que si él escribía de la manera que él quería, ella también podía, así que respondió:

«Jajaja. Sí, claro. ¿A qué hora nos vemos?». Dejó escapar una leve risa producida por la idea de lo que pensaría Octavio al leer un mensaje así, aunque, por lo menos, pensaba ella, el «jajaja» le daba un tono amigable a su mensaje. No tardó en recibir respuesta:

«Te paso buscando a tu casa tipo 8, t parece?».

Julia había pensado que quizá Octavio haría algún comentario sobre su ortografía en el mensaje. Apretó los labios con la vista fija en la pantalla de su celular. Escuchó su nombre de repente. Levantó la mirada y vio a su profesor diciéndole con señas que guardara el celular. Julia tuvo que esperar a que se acabara la clase para responder al mensaje de Octavio. Respondió con un «Dale!».

...

A un cuarto para las ocho, Julia estuvo lista. Octavio le había enviado un mensaje diciéndole que se vistiera de una manera cómoda. Julia le mostró el mensaje a Cristina y esta le prestó sus *converse* blancas. Julia se vistió con un bluyín ajustado y una franela negra de manga larga. Al verla salir a la sala para esperar a Octavio, sus padres, que estaban cocinando, le preguntaron a dónde iba.

—Voy a salir con un amigo —respondió Julia.

—¿Vas a salir con Bóreas? —le preguntó la señora Andreína, sarcástica, como siempre.

—No, no. Lo conocí ayer —respondió Julia.

—Entonces no es un amigo —dijo la señora Andreína con su vista fija en los champiñones que estaba cortando—. ¿Cómo se llama?

—Octavio Ávila —respondió Julia.

—¿Y a dónde te va a llevar? —preguntó la señora Andreína.

—No sé —dijo Julia mientras se sentaba—. Pero me dijo que me pusiera cómoda.

—¡Ah, qué chévere! —dijo el señor Leopoldo Valverde.

—¿Chévere? Dígame si la quiere llevar a El León.

—Ajá, ¿y qué pasa, Andreína? —dijo el señor Leopoldo—. El León es buenísimo, yo me la pasaba allí cuando muchacho.

—No, no, no, luego se malacostumbra —dijo la señora Andreína, ahora picando cebollín. —Julia —añadió apuntando a su hija con el cuchillo—, a los hombres tienes que moldearlos desde el principio, si no, cuando te das cuenta, estás pagando la cuenta tú.

El señor Leopoldo Valverde entornó los ojos y rio por lo bajo.

Julia vio que había recibido un mensaje por el celular. Era de Octavio diciéndole que había llegado.

—Bueno, ya llegó —dijo Julia—. Me voy.

—Ah, ah, ah, dile que se baje —dijo la señora Andreína—. Que venga a saludar.

—Sí... no entiendo esa nueva costumbre de los muchachos que ya no se bajan en casa de las muchachas —comentó el señor Valverde.

—Ni que fuera mi novio. Es nada más una salida —dijo Julia—. Me da pena hacer a la gente esperar. ¿Puedo bajar?

—Si vuelves a salir con él, tiene que subir a saludar —dijo la señora Andreína.

—Prometido —dijo Julia que no creía que volvería a salir con Octavio.

Se despidió de ambos padres con un beso y salió.

...

Al abrir la puerta y sentarse, Julia se percató de que le gustaba mucho el olor de la colonia de Octavio, sin embargo, no dijo nada.

—¿Cómo estás? —saludó Octavio.

—Hola. Bien, ¿tú?

—Chévere.

—¿Estoy bien vestida así?

—Perfecta —dijo Octavio—. Qué cómica que eso es lo primero que me preguntas.

—Es que no tengo ni idea de a dónde vamos.

—Ya vas a ver... ¿Y qué tal tu día hoy? Las clases...

—Bien —respondió Julia mientras se encogía de hombros.

—Ajá... —la animó Octavio haciendo un gesto con la mano.

—No hicimos nada, fue muy poca gente.

—Sí... yo hoy tenía una clase y fue tan poca gente que la cancelaron.

—Qué fastidio es cuando vas a la universidad por una clase y te la cancelan —añadió Julia.

—Eh... yo fui de los que no fue.

—Ah, entonces, perfecto para ti.

—Sí. Mira, tampoco quiero que pienses que soy de los que faltan a clases todo el tiempo, pero es que es viernes, es la única clase que tengo, era un puente, ¿entiendes? —aclaró Octavio.

—Claro, claro. Yo quizá también hubiera faltado.

—¿Y por qué no faltaste? ¿Te pusieron examen hoy?

—No, me muero. Tenía tres clases.

Pasaron unos pocos segundos en silencio y Julia se atrevió a decir:

—¿Me puedes decir a dónde vamos? —dijo con un tono que denotaba cierta exigencia.

—Tranquila que no te estoy secuestrando. —Volteó por un par de segundos para ver a Julia.

—No, yo sé, pero me da curiosidad.

—Vamos a un toque —le dijo por fin Octavio—. Es en el Teatro Bar, ¿has ido?

—Se lo he escuchado mucho a Cristina —dijo Julia.

—Sí, a tu hermana le encanta. Esa se la pasa ahí.

—Y, ¿a quién vamos a ver tocar?

—Unos amigos tienen una banda y hoy tocan, ¡pero! creo que esto te va a gustar... no van a tocar sus canciones, sino canciones comerciales, de otras bandas superfamosas que todo el mundo conoce y van a dejar que la gente les pida canciones y eso.

—¡Ah, qué chévere! —dijo Julia—. Vamos a pensar en qué canciones pedirles.

—¿Cuáles te gustan? Les puedes pedir «Iris», yo los he oído tocarla, les sale muy bien. Seguro tocan «Don't Stop Believing», que se la sabe todo el mundo, siempre la tocan. También, por supuesto, algo de Caramelos de Cianuro, Blink 182...

—¡Me encanta el plan! —admitió Julia con sinceridad.

—Reservé una mesa; si te voy a llevar a tu primer toque, espero que al menos estés sentada.

Julia sonrió y le agradeció el gesto.

...

Unos diez minutos después Julia y Octavio hacían su entrada al Teatro Bar: Octavio, que iba un promedio de dos veces al mes; Julia, que nunca lo había visto. Una empleada les señaló su mesa, que estaba bastante cerca de la tarima y los invitó a que la ocuparan. Había ya una gran cantidad de personas. Octavio y Julia se sentaron en una de las mesas bajas que se encuentran delante de la tarima.

—Comienzan a tocar a las nueve —le explicó Octavio a Julia.

Julia asintió y vio su reloj.

—En media hora —dijo.

—Sí, quería llegar un poco antes. ¿Quieres algo de tomar? —le preguntó Octavio—. Ayer no quisiste hacer otra vez los *shots* en Le Club.

Si hubiera sido completamente sincera, Julia le hubiera dicho a Octavio que si no habían tomado los *shots* prometidos en Le Club, había sido porque él había estado distraído con otras personas, pero como no iba a decir la verdad, pues sentía que quedaría como una loca delante de alguien a quien ni siquiera consideraba su amigo, simplemente respondió:

—Sí, dale. Pidamos dos *shots*.

—Qué cómico eso de que tomas tequila como para salir de eso. Porque se toma rápido. Mira, si quieres, puedes pedir, no sé, un refresco. No te sientas obligada a tomar para nada.

—Hagamos un *shot* —dijo Julia—. Después tú tomas lo que quieras y yo pido... sí, una Coca-Cola.

—¿Segura?

—Sí, vale —le dijo Julia a Octavio—. Es divertido. Tampoco es que es una tortura para mí.

—Okey, okey. No quería que te sintieras presionada, pero me parece bien.

Cuando se acercó un mesonero, Octavio lo saludó, dando a entender a Julia que lo conocía muy bien, y le pidió los dos *shots* de tequila y, de una vez, una cerveza y una Coca-Cola para su «nueva amiga», así se refirió a ella.

—Ajá, y cuéntame de ti —le comenzó a decir Octavio a Julia para sacarle conversación—. ¿Te gusta el cine? ¿Cuál es tu película favorita?

—*Stepmom* —respondió Julia sin dudar—. Es con Susan Sarandon y Julia Roberts.

—Sí, sí. Yo sé cuál es —dijo Octavio—. A mí también me gusta mucho esa película.

—¿En serio? —le preguntó Julia, sorprendida.

—Sí, te lo juro —lo dijo subiendo un poco los hombros.

—A ver, de qué trata —lo retó Julia.

—¿No me crees? Julia Roberts es la nueva novia del exesposo de Susan Sarandon, y los hijos al principio la tratan supermal. Luego la cosa va mejorando. Después te enteras de que la mamá tiene cáncer... ¿No es así?

Julia asintió, mirando a Octavio a los ojos, con una sonrisa.

—¿Viste que sí sabía?

—Sí... ¿y la tuya cuál es? —le preguntó Julia mientras se ponía el pelo detrás de la oreja.

—*Batman. The Dark Knight Rises* —le respondió Octavio enderezándose en su asiento. Al ver que Julia no decía nada, le preguntó si no la había visto. Julia negó con la cabeza, al mismo tiempo que apretaba los labios intentando ocultar una apenada sonrisa.

—Eso no lo puedo permitir. Esa película es excelente. Es... ¿en serio no la has visto? La última actuación de Heath Ledger, que se suicidó porque se metió mucho en su papel del Joker. —Al ver que Julia continuaba negando con la cabeza, Octavio simplemente dijo–: pues no te salvas de verme otra vez. Tengo que asegurarme de que veas esa película.

Julia trató de ocultar la sonrisa que sabía que se le había dibujado en la cara y se limitó a asentir. El mesonero, a quien Octavio llamaba por su nombre, David, les trajo los dos vasitos llenos de tequila casi hasta el tope, acompañados de sal y limón, además de la Coca-Cola de Julia y la cerveza de Octavio.

–¿Por qué quieres brindar? –le preguntó Octavio ya con su vaso en la mano.

–Di tú –le contestó Julia.

Tras pensar, no más de dos segundos, Octavio dijo:

–Bueno, porque la pases bien hoy, en tu primer toque.

–Salud –dijo Julia alzando un poco su vasito. Y tomaron.

Octavio continuó preguntándole a Julia sobre sus gustos, pero al poco rato, su conversación fue interrumpida por una voz que hablaba por el micrófono deseándoles a todos que estuvieran pasando un buen rato y presentando a la banda Efecto Shawarma. Octavio aplaudió y, mirando a Julia, le dijo que esperaba que le gustaran.

–Claro que sí –dijo Julia, algo cohibida, como siempre.

El líder de la banda se presentó y enseguida comenzó a sonar la primera canción: «All the Small Things» de Blink 182.

Octavio y Julia se miraron, pues él le había dicho que sus amigos tocarían alguna canción de esa banda. Cada uno se dedicó a observar el escenario y cantar. Octavio vio a Julia por el rabillo del ojo, la vio cantando mientras sonreía. Él sonrió también, pues había temido que ella no la pasara bien. Algunas personas se pararon, bloqueando la vista que Octavio y Julia tenían del escenario. Él se levantó y le ofreció a Julia su mano para que se pusiera también de pie. Julia se levantó, con su vaso de Coca-Cola en la mano, pues tener las manos libres la hacía sentir más insegura.

–No, no –le dijo Octavio mientras le hacía una señal de negación–. Deja el vaso ese –le dijo ahora tomando el vaso de Coca-Cola y dejándolo sobre la mesa; mirándola, hizo un movimiento subiendo y bajando los hombros mientras pronunciaba la palabra «relájate».

Julia dijo:

–Okey, okey.

Octavio comenzó a palmear al ritmo de la canción aún mirando a Julia para que ella comenzara a hacer lo mismo. Cuando comenzó la segunda estrofa, Octavio le ofreció su mano a Julia una vez más. Julia la tomó esta vez con algo de reticencia. Octavio se dio cuenta de esta actitud y rio para sí. Ya teniendo la mano de Julia le dio a esta una vuelta que ella siguió, algo apenada. Octavio la miró sonriendo tanto como con inocente contento, así como con suficiencia. Julia, que no sabía qué hacer cuando la miraban, le ofreció una media sonrisa y desvió rápidamente su mirada al escenario para seguir cantando. Octavio hizo lo mismo.

La canción acabó. Los integrantes de la banda se miraron como diciéndose «nos salió bien». El baterista hizo un gesto con su mano, moviendo su dedo índice de manera circular, que los demás entendieron, sabiendo todos qué canción tocarían a continuación:

—Gracias por invitarnos hoy —dijo el cantante—. Si nos permiten, vamos a tocar una canción más de este grupo, para los que no saben, es Blink 182. Sí, sí, ya sé que todos saben —dijo el cantante, respondiendo a algunos aislados «nooo, ¿en serio?» y frases parecidas que venían desde el público—. Pero nunca está de más explicar —agregó el cantante—. Es que nos parece que esta canción nos salió bien y que creó el *mood* que queríamos; entonces, para ustedes «First Date» de Blink 182.

Julia tragó saliva. Le pareció una bonita coincidencia que la banda tocara esa canción, que hablaba sobre una primera cita, en su primera cita con alguien. La canción comenzó. La verdad es que a Julia le encantaba y, olvidando lo que Octavio podía pensar, comenzó a brincar y cantar como muchos que estaban a su alrededor. Su mirada se cruzó con la de Octavio que, tras darle un sorbo a su cerveza, decidió unírsele a lo que comenzaba el primer coro. De nuevo, al comienzo de la segunda estrofa, Octavio tomó la mano de Julia para darle otra vuelta. Ambos continuaron cantando la canción, Octavio sin soltarle la mano. En el último coro, Octavio le dio varias vueltas seguidas a Julia que olvidó las náuseas que una serie de vueltas seguidas le habrían causado en cualquier otra situación.

La canción llegó a su fin y Octavio le preguntó a Julia, alzando la voz para poder ser oído por encima de la música, si quería algo más de tomar, pues estaban algo sofocados. Julia pidió agua. Octavio asintió y se alejó. Julia decidió sentarse para escuchar la tercera canción que se tocaría esa noche. Pocos minutos después, Octavio apareció con dos botellas de agua fría en la mano y se sentó. Le preguntó a Julia si la estaba pasando bien, a lo que ella respondió con un genuino: «¡Sí!».

—Qué bueno, me alegra *full* —dijo Octavio sonriendo y le dio un sorbo a su botella de agua.

—El grupo está superbueno —le comentó Julia a Octavio.

—¿Verdad que sí? El cantante y el bajista son amigos míos desde el colegio... pero que si desde primaria.

—Ay, qué genial —dijo Julia.

—Qué cómica que dices «genial».

Julia no supo qué responder y le dedicó a Octavio una apenada sonrisa con los labios apretados mientras se encogía de hombros casi de manera imperceptible.

—No puedo con lo penosa que eres —agregó Octavio, recostado en su asiento.

—Ay... —dijo Julia en un arrebato de confianza— es horrible, Octavio—. A Julia le costó, en ese instante, pronunciar el nombre de Octavio. Nunca llamaba a las personas por su nombre, nunca, pero en ese momento, por alguna razón, quiso hacerlo.

—¿Qué es horrible? —preguntó Octavio.

—Ser tan penosa. Es un fastidio.

—Eso se quita, tranquila —le dijo Octavio mientras posaba su brazo sobre los hombros de Julia—. Seguro ahorita te da pena que te pase el brazo, pero mientras pase el tiempo te va a ir dando menos pena. Es cuestión de tiempo. Yo sabía que eras así, Cristina habla mucho de ti.

Ante este comentario, Julia abrió los ojos con visible sorpresa, presa de una vergüenza mayor a la que había sentido en toda la noche.

—¿Qué te ha dicho? —preguntó Julia, que sentía su cara arder.

—No te voy a decir —respondió Octavio con aire relajado y retirando su brazo de los hombros de Julia—. Pero, tranquila, nada más te voy a decir que te ama. Cristina no ha dicho nunca nada malo de ti.

Julia suspiró con alivio y se atrevió a levantar un poco la mirada para mirar a Octavio a los ojos. Él no dijo nada. Respondió a la mirada de Julia haciéndole un corto y nada comprometedor cariño en el hombro. Una nueva melodía invadió el lugar. Al ver la sonrisa que se dibujaba en el rostro del otro, cada uno supo que no era el único al que le encantaba esa canción. «Don't Stop Believing» del grupo Journey sonaba en el Teatro Bar.

Octavio se levantó, Julia lo imitó sin esperar a que este la invitara. Él le ofreció su mano, Julia la tomó y lo siguió hasta estar totalmente frente a la tarima, donde un concentrado grupo de personas bailaba. Todos los que estaban frente a la tarima saltaron al ritmo de la canción, cuando esta alcanzó su punto más animado, Octavio y Julia no se quedaron atrás.

Al cantar la parte final, Julia no pudo evitar una carcajada; ella que siempre se había jactado de ser feliz en reuniones tranquilas o, simplemente, no haciendo nada. Era para ella una sorpresa el que la estuviera pasando tan bien bailando al ritmo de Journey, en un sitio oscuro y abarrotado de gente junto a un hombre al que apenas conocía.

Domingo, 22 de abril de 2012

Cristina Valverde se despertó a las nueve de la mañana. Había tomado ya la decisión de volver a dormirse cuando recordó que ese día debía ir al SEBIN a las once de la mañana. No podía llegar un minuto tarde pues la familia de Salvador llegaría a las doce del mediodía, lo que significaba su hora de salida, así que necesitaba aprovechar cada segundo para hacer su análisis. Mirando al techo, lanzó un suspiro ruidoso que revelaba las pocas ganas que la muchacha tenía de ir a pasar, aunque fuera solamente una hora, parte de su domingo en el SEBIN, sobre todo porque Salvador no le había parecido la persona más simpática del planeta. Se tapó la cara con una de sus almohadas y permaneció en esa posición un buen rato hasta que logró hacerse dueña de sí misma y se levantó para ir al baño y ducharse. Ya bañada, se vistió con un *jean*, sus *converse* azul marino y una franela blanca de manga larga de algodón y así, sin maquillaje y con el pelo mojado, bajó a la cocina. Se encontró con Julia y sus padres (Luna aún dormía), cada uno preparaba su desayuno. Cristina saludó y preguntó dónde estaba el pan canilla. Cortó un pedazo de pan, lo rellenó con queso y lo colocó en la plancha junto al de su padre. Los cuatro se sentaron a comer.

—Entonces, vas hoy otra vez al SEBIN, Cristina. Qué valiente.

—Sí... gracias, papi. Pero, cero valiente, te lo juro que, dentro de todo, el ambiente es medio decente. No es que camino por un pasillo con presos encerrados a los lados gritando vulgaridades. Como es una cárcel de presos políticos, hay gente superinteresante.

—¿Conociste a Alexander Ivanovich? —le preguntó la señora Andreína.

Cristina sonrió y dijo:

—No, pero conocí a su esposa.

—¿En serio? —preguntó el señor Leopoldo—. ¿Qué tal?

—Estaba con los dos hijos, superchévere. ¿Sabes lo que es que tu esposo tenga siete años preso y que tú sigas yendo, religiosamente, cada semana, a pasar dos tardes en el SEBIN? Y le tienen que llevar comida y ropa limpia, porque ahí no hay lavadoras.

—Qué cruz —comentó Julia.

Cristina volteó a ver a su hermana y sonrió.

—Sabes que como no me contaste bien cómo te fue con Oto, le escribí y le pregunté. Me contó todo.

Julia levantó la cabeza y miró a su hermana, primero, con mucha seriedad que tras un instante se convirtió en curiosidad.

—¿Qué te dijo? —alentó la señora Andreína a Cristina.

—Ah, pobre Julia —dijo el señor Leopoldo antes de darle un sorbo a su café.

Cristina, sonriendo con suficiencia y apoyando las dos palmas de sus manos en la mesa, respondió:

—Me dijo que la pasaron superchévere, que Julia bailó y cantó. Que era superpenosa, eso sí dijo, pero que superdivertido y que le cayó superbién —dirigiéndose a Julia, Cristina preguntó—: ¿Él te escribió algo esa noche después de dejarte aquí?

—Eso es crucial ahora —comentó la señora Andreína—. Esa es una preocupación que tienen las pavas de ahora, que si el hombre no les escribe nada después, ay, como que algo no fue bien.

—Admiro tu capacidad para mantenerte actualizada en todos los detalles de la juventud —le dijo el señor Leopoldo a su esposa.

—Qué quieres que haga, tengo tres hijas —mirando a Julia—. Ajá, Julia, ¿te escribió o no?

—Sí —respondió Julia con una seriedad que se debía a que se sentía apenada.

—Ajá... —la alentó la señora Andreína haciendo un movimiento circular con su mano.

—Me dijo que la había pasado superchévere y que se tenía que repetir, y que no se me podía olvidar que teníamos que ver *Batman. The Dark Knight Rises*.

—Esa es una muy buena película —comentó el señor Leopoldo.

—Sí, Octavio me dijo que me iba a gustar.

—Ay, Leopoldo, siempre fijándote en lo que no es importante —dijo la señora Andreína.

El señor Leopoldo se encogió de hombros.

—¿No ves que quiere volver a salir con ella? —continuó su esposa.

—Sí, me di cuenta. Pero no me sorprende que un hombre quiera volver a ver a Julia.

Julia le sonrió a su padre.

—Y él es superchévere, de verdad —comentó Cristina, tras lo cual se levantó para lavar su plato—. Me tengo que ir ya, me lavo de nuevo los dientes y me voy, que no domino cuánto me tarde en llegar al SEBIN.

—Cuídate, Kristi —le dijo la señora Andreína.

—Sí —dijo el señor Leopoldo—. Y me dices si quieres que te acompañe un día.

—Gracias, papi. Pero tranquilo, no es tan grave. O sea, es grave, pero no tanto.

—Chao —dijo Julia—. Cuídate.

—Chao, Julia —respondió Cristina y salió de la cocina.

...

Cristina encontró un puesto cerca de donde había estacionado Bóreas el pasado jueves. Escondió su cartera debajo del asiento del copiloto, pues le parecía que ahí estaba más segura que en los casilleros del SEBIN, ya que muy seguramente, los militares tenían copias de las llaves y ella tenía la idea de que le podrían revisar la cartera. Tomó su cédula y atravesó a pie las rejas del Helicoide. En la cola de espera del bus, Cristina se encontró de nuevo con Pilar Ivanovich y sus dos hijos, Alexander y Alexandra, que eran los últimos de una fila compuesta enteramente por señoras, todas con su maleta en mano. Unos minutos después, llegó el bus, Cristina esperó para ser la última en montarse y, al no encontrar ningún asiento en el que el cuero azul cubriera el foami, prefirió permanecer de pie.

Esta vez, Cristina solo dio su número de cédula, pues sus datos ya estaban almacenados en la computadora del SEBIN, idea que le asustaba. No le gustaba haberles proporcionado su dirección de habitación ni su número de celular. Entendía que ellos no podían tener gran interés en ella, pero ya sabían dónde vivía y cómo contactarla, y nada les impediría llegar hasta su apartamento o llamarla en las madrugadas. En el momento de la revisión, la femenina le pidió que levantara su franela para cerciorarse de que no escondía nada debajo, Cristina obedeció contra su voluntad pues temía acabar presa en los calabozos del SEBIN por capricho de los oficiales debido al simple hecho de expresar su molestia con respecto a la revisión. Al igual que el jueves pasado, un oficial les abrió a los visitantes la reja metálica que daba a los calabozos de los presos. Cristina vio de nuevo el cuarto donde estaban encerradas tres mujeres con su afiche del Jesucristo de la Misericordia, una de ellas, Soledad Bahamonde, cruzó su mirada con la de Cristina, que le dedicó una tímida sonrisa y recibió a cambio un discreto saludo con la mano. Acompañada por el resto de los visitantes, Cristina atravesó el largo pasillo blanco y, al final, tras otra reja, llegó nuevamente a la sala de visitas donde recibía Salvador.

Entró. Salvador estaba allí con Daniel Manrique y otro hombre que debía ser el otro preso que recibía sus visitas en esa sala. Al ver a Cristina, Salvador, que estaba sentado en la mesa donde Daniel Manrique recibía a su familia, se levantó y se acercó a saludarla.

–Volviste –le dijo–. Pensé que no ibas a volver.

–¿Por qué no habría de volver? –le preguntó Cristina, ya a la defensiva.

–Porque no es que yo te haya tratado superbién el jueves. Pensé que te había caído malísimo y que no ibas a querer venir más.

–Pero es que a mí no me importa lo simpático o antipático que seas tú –dijo Cristina–. Yo estoy aquí por un trabajo que tengo que hacer para la uni, no para hacerme amiga tuya.

Salvador miró a Cristina con una sonrisa de suficiencia. Cristina levantó las cejas y le preguntó en un tono imperativo:

–¿Empezamos?

–Déjame servirme un café y empezamos, ¿quieres uno?

–No, gracias –respondió Cristina, que se acercó a saludar a Daniel Manrique y al otro hombre que estaba allí.

Ya con su café en la mano, Salvador invitó a Cristina a sentarse.

–Ajá, entonces, ¿me vas a poner a dormir?

–Todavía no. Primero quiero hacerte ciertas preguntas.

Salvador miró al techo y suspiró sin ocultar su tedio.

–Dale, pues –dijo.

–Lo siento –dijo Cristina secamente.

Salvador tomó un sorbo de su café.

–¿Cuánto tiempo tienes aquí? –preguntó Cristina.

–Cumplo dos años el 17 de mayo.

—Okey... —dijo Cristina, mientras sacaba un lápiz y una hoja de cuaderno que había escondido dentro de su zapato.

—Ja. Aprendes rápido —comentó Salvador.

—La necesidad enseña —dijo Cristina con un suspiro mientras escribía en la hoja—. ¿Cuántos años tienes?

—Adivina —agregó Salvador colocando sus manos detrás de la nuca y recostándose en su asiento.

Cristina, seria, levantó la mirada y, alzando una ceja, dijo:

—Treinta y ocho.

—¿Qué? —exclamó Salvador descruzando la pierna y poniendo sus manos sobre la mesa.

Cristina ahogó una risa.

—¿Es en serio que eso es lo que aparento? ¿Parezco de cuarenta?

En la mesa contigua, Daniel Manrique y el otro hombre se reían de Salvador.

—Dime cuántos años tienes, Salvador, y te comenzaré a ver de esa edad —dijo Cristina encogiéndose de hombros.

Salvador la miró por uno o dos segundos con los ojos empequeñecidos y respondió secamente:

—Treinta y tres.

—Cinco años más, cinco años menos.

—Sí, seguro. Yo quiero ver cómo te sentirías si te calculara veintiocho.

—Tengo veinte —dijo Cristina—. Me subiste ocho años, eso sí es una maldad.

Salvador sonrió:

—Eres una bebé —dijo.

—Sí, bueno —apuntó Cristina, como no prestándole mucha atención a la conversación.

—Ajá, qué más.

—¿Me puedes contar cómo llegaste aquí? ¿Me podrías hablar de ese día?

Salvador suspiró, una vez más, mirando al techo. Bajando su mirada para ver a Cristina:

—No es mi recuerdo favorito, pero vamos...

Cristina le dio toda su atención.

—Bueno, un día normal, estoy en la oficina... me acuerdo clarito que ya todos los socios estábamos listos para salir a almorzar, es más, me estaban esperando en el ascensor. Estoy ya casi saliendo de la oficina cuando la secretaria viene y me dice que la llamaron de abajo porque había llegado la DISIP[3] con una orden de allanamiento. Yo corro a los ascensores y les digo a mis dos socios (Daniel, este que está aquí, por cierto, es uno de ellos): «Miren, hoy no hay almuerzo porque nos vinieron a allanar». Volvimos a entrar los tres a la oficina, calmamos a los empleados, les dijimos que no había nada que ocultar, que todo lo que se hacía en nuestra casa de bolsa era legal y que todo iba a salir bien. Llega la DISIP, los recibimos los tres socios con la mejor actitud. Estuvieron, berro, como cuatro horas preguntando por cualquier detallito, todo lo que nos pidieron se lo dimos. Todo. Los empleados se portaron buenísimo. Y, bueno, después de cuatro horas, el jefe dice... es que, qué perro, recuerdo que dijo «perfecto»... o sea, perfecto, porque vio que todo estaba bien, que todo estaba en orden. Bueno, yo le ofrezco mi mano para ya, despedirme pues, y el tipo me sale con que «no, ustedes se vienen con nosotros. Nos los llevamos detenidos». Nosotros y que «¿cómo que detenidos?». «Se vienen con nosotros al SEBIN». Los policías cerraron el círculo alrededor de nosotros y sacaron las esposas.

Como Salvador hizo una pausa, Cristina levantó la cabeza.

—Perdona —dijo Salvador, que escribía algo en su celular.

—Explícame bien eso de los celulares —pidió Cristina—. El otro día Bóreas me dijo que estaban prohibidos pero no me terminó de explicar.

Salvador sonrió sin despegar su mirada de la pantalla.

—Ya te explico —dijo por fin.

—Pero primero terminamos con esta historia.

—Sí, claro —dijo Salvador, ahora guardando su celular en el bolsillo trasero de su *jean*.

Cristina tomó de nuevo su lápiz esperando que Salvador continuara con el relato.

—Ajá, entonces... bueno, sacaron las esposas, yo les dije que si querían llevarnos con ellos, pues qué más, que nos llevaran, pero que no íbamos a salir esposados. El policía lo dudó un poco pero, al final, aceptó. Y, bueno, algunos bajaron con nosotros por el ascensor... eran como veinte, a todas estas... Nos escoltaron a sus camionetas y nos trajeron para acá. Y, hasta el sol de hoy, aquí me ves.

Cristina levantó la mirada y vio a Salvador, tranquilo, aún sentado.

—Lo siento —dijo ella—. Qué chimbo. De verdad espero que salgan pronto.

3. Acrónimo de la Dirección General Sectorial de los Servicios de Inteligencia y Prevención, en la actualidad SEBIN.

—Gracias —añadió Salvador.

—Ahora... y perdón por hacerte recordar estas cosas... ¿Cómo fue ese primer día aquí?

Salvador le dio un sorbo final a su café.

—Eso sí es un recuerdo medio borroso para mí. Me tenían abajo, me pasaron a una oficina para un interrogatorio y a los dos minutos me sacaron. Yo me sentía supernormal, pero los policías dijeron que estaba en *shock*. Pasamos, mis dos socios y yo, dos noches allá abajo, durmiendo en unos sofás asquerosos, el sitio olía a cloaca, había ratas... hasta que nos pasaron para acá.

Cristina asintió mientras terminaba de transcribir lo que le acababa de decir Salvador.

—¿Ahora sí me vas a hacer la hipnosis? —preguntó Salvador.

Cristina rio levemente por la nariz. Luego dijo:

<hr />

—FALTAN, TODAVÍA, DOS PREGUNTAS.

—Ah, bueno, ¿y entonces? —dijo Salvador poniendo sus manos sobre sus rodillas.

Cristina escuchó unas voces, desvió su mirada a la puerta y vio entrar a una señora acompañada de quienes, probablemente, eran sus cuatro hijos. Los cinco se acercaron a saludar a Daniel Manrique. Venían cargados de bolsas y la señora llevaba la acostumbrada maleta de ruedas. Daniel Manrique los abrazó a todos. Tenía dos hijas, que eran las mayores, y dos hijos varones. La que se veía como la mayor cruzó su mirada con la de Cristina y le dedicó una tímida sonrisa, quizá por empatía, pensó Cristina. Tras saludar a Daniel, los cinco se acercaron a saludar a Salvador, que les presentó a Cristina.

—... es estudiante de Psicología en la Católica y tiene que hacer un trabajo, que todavía no entiendo muy bien. El caso es que me va a estar visitando como por ¿dos meses? —dijo Salvador mirando a Cristina.

—Sí, como dos meses y medio —asintió Cristina.

—¡Qué fino! —dijo la mayor, que se llamaba Constanza—. Y qué fajada, tener que hacer un trabajo y tener la voluntad de venir al SEBIN por dos meses y medio, y ni siquiera por un ser querido... o ustedes ya se conocían.

—No —respondió Salvador—. Vino por primera vez el jueves y solo está durante la primera hora, para no quitarle tanto tiempo a mi familia.

—Claro, claro —dijo la esposa de Daniel Manrique—. Bueno, los dejamos para que ella pueda trabajar, que ya les quedan como quince minutos, creo.

—Sí, son las once y cuarenta y cinco —dijo la otra hija de Daniel Manrique.

Se alejaron y Cristina y Salvador se sentaron nuevamente.

—Bueno, tratemos de terminar hoy, por lo menos, las preguntas base.

—Ah, o sea que estas solo son las base... vienen más, pues.

—Muchas —respondió Cristina tajante.

Salvador soltó una leve risa.

—Bueno, no es que puedo ir a ningún lado. Qué más. No me queda de otra que contestar. Siguiente pregunta.

—¿Cómo fue tu primer día aquí? Ya con los otros presos.

—Bueno, me ayudó mucho, aunque sea superegoísta, que mis dos socios cayeran también presos conmigo. Oye, es superdiferente llegar solo... o sea, ya de por sí, cuando llegas con amigos, estás aterrado. El primer día, todo el mundo te trata bien o, bueh, por lo menos nadie te trata mal. Hay, de verdad, muchos presos que se te acercan si te ven decaído. Alexander Ivanovich siempre me agarraba y me decía «ven, Salvador, tranquilo, ¿quieres venir a la cocina? Estamos haciendo parrilla».

Al ver la cara de asombro de Cristina, Salvador agregó:

—Sí, aquí hacemos parrillas.

—Nunca me lo hubiera imaginado.

—Sí, no... aquí se ve de todo. Hay un preso aquí que tiene televisión pantalla plana con 3-D. Hay otro que se la pasa jugando Play Station.

Cristina rio sorprendida.

—Una cosa es que todos salen de aquí expertos en *ping pong*.

—¿Tienen mesa de *ping pong* en los calabozos? —preguntó Cristina con genuina curiosidad.

Salvador asintió.

—Y caminadora, elíptica, pesas... todo.

—O sea... ¿puedo decir que, dentro de todo, no estás tan mal aquí?

—No, no, ya va... —dijo Salvador haciendo un gesto con la mano—. Estar preso es horrible. Primero, que no sé cuándo voy a salir... ahí tienes a Alexander que ya lleva seis años aquí. Segundo, como ya te dije, el primer día, todos te tratan bien. Luego es que te empiezas a dar cuenta de que hay gente mala; no es que sea sorpresa, esto es una cárcel; oye, aquí hay narcos, exguerrilleros... hay presos que son espías de los policías y les encanta decir dónde tenemos escondidos los celulares.

—O sea... todos tienen celular, pero está prohibido.

—Sí, está prohibido. Pero, cómo te explico, mientras el oficial no te vea el celular, se va a hacer el sueco, ¿me entiendes?

Cristina soltó una corta risa nasal antes de decir:

—Como en el colegio, pues.

Salvador asintió encogiéndose de hombros.

—Esto es horrible. Aquí nos ves a todos con nuestra mejor cara. ¿Ves a Daniel ahí, cómo se ve tan contento con su familia? Ese llora todas las noches cuando nos encierran.

—¿Cómo que los encierran? —indagó Cristina.

—No es que podemos andar paseando por todo el Helicoide todo el día... allá adentro nos pasamos el día entre un pasillo de dos metros de ancho y como seis de largo, la cocina y el gimnasio, pero a las diez de la noche cada quien a su calabozo hasta las seis de la mañana que el oficial abre las rejas.

—Ajá, y si te dan ganas de ir al baño —preguntó Cristina, consciente de lo indiscreta que era su pregunta.

—No sé, haces una botella. No me ha pasado, pero sé que varios aquí han tenido que hacer eso.

—Qué fastidio... —fue todo lo que dijo Cristina, pues no estaba segura de que Salvador estuviera interesado en su compasión.

—Sí... bueno, no es el mayor de los problemas de estar aquí —dijo Salvador, que se inclinó para tomar algo de una cava que descansaba junto a la pared. Sacó una barra de chocolate Toblerone y le ofreció a Cristina.

—Me la regalaron unos cuñados de Daniel que vinieron de visita de Estados Unidos y trajeron una maleta de comida para todos aquí. ¿Quieres?

Sí quería, sin embargo, negó con la cabeza dando la excusa de que no le gustaba el Toblerone, ya que, probablemente, Salvador no recibiría uno en varios meses... a menos que alcanzara su libertad pronto o que los cuñados de Daniel Manrique volvieran con comida para todos.

—¿Tú tienes una rutina aquí? —preguntó Cristina esforzándose por concentrarse en hacer las preguntas correspondientes al cuestionario que había preparado.

—No es que tengo —comenzó a decir Salvador—. Es que si no tuviera, ya me hubiera vuelto loco aquí. Todos aquí... todos... tienen su rutina. Unos se levantan a las seis, otros a la siete, cada quien tiene su horario para ir al baño, para usar la cocina. Hay, también, horario en el gimnasio, por ejemplo, *el ping pong* empieza a las cinco. A las tres tú no vas a ver a nadie jugando *ping pong*. Por supuesto, hay excepciones... ahí tienes al Toro —así le dicen—, que lo que hace es meterse pepas para dormir y se la pasa en el calabozo durmiendo todo el día.

—¿Sí? —preguntó Cristina enderezándose en su asiento—. Qué terrible —dijo con voz seria.

—Sí... lo que ellos dicen es: «Si voy a estar encerrado en estas cuatro paredes por varios años, prefiero pasarlos durmiendo». Ahora, hay de todo, tengo un compañero que ya aprendió francés, ahorita se bajó por internet un curso de mandarín... se leyó el Quijote.

—Ay, pero buenísimo, por lo menos no siente que está perdiendo el tiempo.

—Sí... eso es una buena forma de llevarlo.

—¿Y tú cómo pasas los días? ¿Tú qué haces?

—Bueno, mucho ejercicio... también leo, por supuesto, todos aquí hemos leído ya a Mandela. Yo prefiero leer biografías y libros de historia universal. También grabo muchos documentales en mi televisor, documentales sobre cualquier cosa. A ver... qué más... —dijo mientras subía su mirada al techo para, así, recordar otra de sus actividades diarias—. Bueno, me bajo mucha música, cocino, vi la saga completa de «Star Wars», que solo había visto dos. Y doy clases de karate a los que quieran, soy cinta negra, segundo dan.

—Qué chévere eso. Bueno, oye, lo estás tratando de llevar bien —comentó Cristina—. Podrías estar durmiendo como ese que me dijiste.

—Sí, sí... yo siempre trato de sacar lo mejor de cada situación. Aquí es medio complicado, pero qué más voy a hacer.

—Y... ¿has recurrido a la religión? ¿Eso te ha ayudado? O, no eres religioso... ¿me puedes hablar de eso?

—Este cuestionario tuyo está largo, ¿oíste? —comentó Salvador.

—Lo siento... es un trabajo final —se disculpó sinceramente Cristina.

—Tranquila... okey, okey... la religión... me crie como católico, no soy el más religioso, pero ajá, soy de esos que si la mujer quiere ir a misa el domingo, la voy a acompañar, ¿entiendes?

—Ya... —dijo Cristina—. O sea que en ese tema sigues igual.

—Bueno... no. Oye, si antes no rezaba nunca, ahora rezo en las noches.

—Es un cambio muy importante —comentó Cristina.

Salvador se limitó a encogerse de hombros.

—Daniel sí lee la Biblia... hay otro que pone una música religiosa en las mañanas que, bueno... qué más, se lo respetamos.

−¿Y qué? ¿Los despierta a todos? −preguntó Cristina, que reía levemente.

−A mí no, porque yo me levanto a las seis, soy el primero que se baña, pero sí... despierta a un montón.

Cristina le iba a preguntar a Salvador sobre su relación con su familia y amigos, o sobre posibles relaciones amorosas, cuando escuchó un grupo de gente que se acercaba, que debían ser los familiares de Salvador. Segundos después aparecieron por el umbral de la puerta los padres de Salvador seguidos de un grupo de cuatro personas que podrían ser o primos o amigos de este. Ambos se levantaron de sus sillas. Cristina saludó a todos y no dejó de aclarar que ya se iba, pues estaba segura de que debía ser una molestia. Salvador la acompañó hasta la puerta y le notificó a un oficial que Cristina ya iba a salir.

−Chao, gracias por tu tiempo −se despidió Cristina, sin ofrecerle su mano o su mejilla a Salvador.

−De nada −dijo Salvador.

Y, así, cruzó la reja metálica que separaba a Salvador del resto del mundo.

Martes, 24 de abril de 2012

Al regresar del colegio, Luna no podía esperar a ponerse un pijama y echarse a dormir cuando la señora Andreína le recordó que Bóreas llegaría a las cuatro para explicarle Matemática. Luna encontró esta visita tan inoportuna, que no pudo sino echarse a reír para lidiar con la decepción que sentía. Luego de almorzar, tomó una ducha y se vistió con ropa de ejercicio. Antes de llegar a la cocina, se detuvo en los estantes de libros de su casa y tomó el Álgebra de Baldor. Mientras esperaba a Bóreas, prendió el televisor de la cocina. Sin prestar mucha atención a las imágenes de la pantalla, Luna maquinaba qué tema de conversación podría interesarle a Bóreas para así traerlo a colación y tener la menor cantidad de clases posible. Podrían hablar de la salida del viernes; recordando ese día, los pensamientos de la menor de las Valverde fueron interrumpidos por Julia que entró a la cocina para servirse un vaso de agua.

—¿Cómo estás? —saludó Julia, mientras dejaba su bolso en una silla.

—Normal... ahorita viene Bóreas para explicarme Matemática —respondió Luna desviando su mirada del televisor a su hermana para luego dejar caer su cabeza hacia adelante mostrando el tedio que le causaba la idea de tener clases vespertinas de Matemática.

Luna vio a su hermana mayor servirse el vaso de agua y, al ver que se disponía a salir de la cocina, la detuvo:

—No te vayas, siéntate aquí conmigo hasta que llegue Bóreas y me ayudas a pensar sobre qué le puedo hablar para que se le olvide darme clases.

Julia volteó los ojos y, tras un suspiro, se sentó en frente de su herma-na. Antes de darle el primer sorbo a su bebida, Julia dijo:

—Lo primero que creo que tienes que entender, Luna, es que Bóreas es un ser humano. O sea, es verdad, le encanta su biología, pero, no es que tienes que estudiar sobre cómo el ADN se convierte en proteína para el cuerpo para poder hablar con él. Creo que por eso nunca has sido muy cercana con él, crees que Bóreas es más raro de lo...

—Ajá, okey, okey. No entiendo a dónde se está yendo esto, solo quiero no tener dos horas enteras de clases de Matemática.

—No sé, háblale del viernes. Pero me entero que uno planea preguntar-les cosas a los profesores para perder clases... pensé que, cuando pasaba, era espontáneo.

—¡Julia! —exclamó Luna—. ¿En qué colegio estudiaste tú? ¿No te recuer-das que la mejor forma para perder clases de religión era preguntándole a la monja cómo había descubierto su vocación? Y ahí se lanzan esa his-toria con la que perdemos, por lo menos, quince minutos de clase.

Julia reía mientras decía:

—¡Nunca caí en cuenta de que eso era a propósito!

—No, claro, era superespontáneo y lo hacían todos los años —dijo Luna volteando los ojos y riendo también.

—Por cierto —dijo Julia aún riendo— es «te acuerdas».

—¿Ah? —preguntó Luna sin entender por dónde venía su hermana.

—Ahorita dijiste «te recuerdas», eso es un error porque «recordar» no es un verbo reflexivo, tiene que ser «te acuerdas».

Luna miró a su hermana mayor por unos dos segundos, tras los cuales dijo:

—Sí eres insoportable. Pobre, te lo digo, pobre el que se case con-tigo.

—A mi esposo no lo voy a corregir porque va a hablar bien.

—Seeegurooo... pues no vuelvas a salir con Octavio, entonces.

Julia hizo una mueca y exclamó:

—¿Qué? Yo a Octavio ni le gusto, somos demasiado diferentes.

—A que salen este fin otra vez. Si, por lo menos, no le llamaras la aten-ción, no te hubiera invitado a salir de nuevo —dijo Luna mientras se ende-rezaba en el asiento y ponía ambas manos sobre la mesa.

—No vamos a salir. Eso lo digo y ya —respondió Julia.

—Julia, a que el jueves te llega un pin de Octavio preguntándote para salir.

—Octavio no tiene Blackberry, tiene iPhone —atajó Julia, aunque sabía que esta afirmación nada tenía que ver con el tema que su hermana menor estaba tratando.

—Equis, un mensaje, es lo mismo. El punto es que te va a escribir.

Sonó el timbre. Luna suspiró y se levantó.

—¿Llegó Bóreas? —preguntó Julia.

—Me imagino —dijo Luna sin mucha emoción.

Luna caminó hasta la puerta arrastrando los pies. Antes de abrir, volteó para ver su reflejo en el espejo que descansaba en la pared contraria. Se encogió de hombros rápidamente como diciéndose a sí misma que poco le importaba su apariencia en ese momento y abrió la puerta. Bóreas llevaba puesta una franela negra de algodón que en el medio tenía un espiral de ADN que decía: «I can't translate your paper, but I'm a very good transcriber!».

Luna, sin entender el chiste, elevó su mirada para encontrarse con la de Bóreas y lo invitó a pasar. Entraron a la cocina, Julia seguía allí, saludó a Bóreas y, tras ver su franela, le preguntó:

—¿Eso es un chiste?

Bóreas la miró por un segundo sin entender, al captar que Julia hablaba del dibujo de su franela, respondió:

—¡Ah! Sí, sí. El chiste ni siquiera es tan bueno, pero no siempre te encuentras con franelas que tengan chistes biológicos... ¿te lo explico? —preguntó Bóreas a modo de chiste pues sabía que su amiga respondería:

—No, gracias.

—Me imaginé.

—Los dejo —dijo Julia caminando hacia la puerta y, dirigiéndose a Bóreas—: espero que hagas que esta se gradúe.

—Tampoco es tan grave, Dios —intervino Luna—. No es que voy a repetir año, solo tengo que salir muy bien como en dos exámenes de Matemática para que no me quede para reparación.

Julia y Bóreas se miraron y cada uno luchó para no reírse. Julia salió de la cocina y Luna y Bóreas se quedaron solos.

—¿Quieres algo de tomar? —le preguntó Luna a Bóreas antes de sentarse.

—Agua está bien —respondió Bóreas.

—¿Seguro? Yo me voy a hacer un Toddy, ¿quieres Toddy?

Bóreas sonrió levemente y respondió:

—Ah, bueno, no sabía que ibas a hacer Toddy. Sí, claro. Me encanta.

Luna asintió y se dispuso a preparar la bebida achocolatada, en parte porque, al igual que a Bóreas, le encantaba, pero también porque le ahorraría unos cinco minutos de clases de Matemática. Ya con los dos vasos de Toddy en sus manos, Luna se sentó. Bóreas le agradeció el gesto y bebió un sorbo.

–Está muy rico ¿Comenzamos? –preguntó Bóreas.

–Sí.

–Hoy vamos a ver más álgebra. El jueves sí vamos a entrar en materia de quinto año, pero quiero que este tema te quede bien entendido.

–Okey... ¿Trajiste reforzamiento? –preguntó Luna.

–No, disculpa, no traje nada.

–Entonces, mira lo que vamos a hacer.

–A ver... –dijo Bóreas algo escéptico y colocando la cara entre sus manos.

–Por cada cinco ejercicios que yo tenga buenos, hablamos por cinco minutos de cualquier cosa que no tenga que ver con matemática.

–Hecho –dijo Bóreas alargando su mano para estrecharla con la de Luna como para cerrar el trato.

Luna le estrechó la mano y esa fue la primera vez en que hubo algún tipo de contacto físico entre los dos.

–Te voy a dejar ejercicios de tarea para el jueves, porque ese es el truco de la matemática. Tienes que practicar todo el tiempo.

–Dale... –dijo Luna sin ninguna emoción.

–Mira, mi misión es graduarte.

–Yo sé, yo sé... gracias.

–Bueno, te voy a marcar diez ejercicios. Cuando tengas cinco buenos, te doy los cinco minutos.

–Perfecto. ¿Me vas a ayudar? –le preguntó Luna a Bóreas.

–No, ya te ayudé el otro día.

Luna bajó la cabeza y suspiró. Bóreas marcó ejercicios en el Álgebra de Baldor y se lo pasó a Luna.

–Trata de resolver los diez sin mi ayuda, a ver cuántos te dan.

–Dale.

–Te voy a tomar el tiempo a ver cuánto te tardas –agregó Bóreas.

–Sí eres rata –dijo Luna mientras escribía la primera ecuación que debía resolver.

–¿Por qué? En los exámenes hay un límite de tiempo. Tienes que estar preparada.

Pasaron unos veinte minutos en los que no se dijo prácticamente nada. De vez en cuando frases como «este seguro está mal» o «creo que este me dio» salían de los labios de Luna. Mientras tanto, Bóreas la miraba de vez en cuando. La verdad es que nunca había visto a Luna más que como la menor de las Valverde, la única con la que no lo unía ningún lazo de amistad. Siempre le había parecido antipática, sin embargo, ahora la encontraba algo encantadora, por lo menos. Nunca se había percatado de lo bonita que era Luna. Detalló su pelo, su piel, su nariz, sus labios y le pareció que todo aquello era perfecto. Una exclamación de Luna lo sacó de sus pensamientos.

—¡Listo!

—Sí, sí. Vamos a ver cuántos tuviste buenos —dijo Bóreas.

Bóreas tomó el libro y lo abrió en la página que mostraba las respuestas correspondientes a los ejercicios que había resuelto Luna.

—La primera, que es el ejercicio tres, me dio menos cuatro y menos seis.

—Correcto —dijo Bóreas.

—La segunda, me dio cero y menos uno.

—¡Yes! —dijo Bóreas con un acento fuerte.

Tras revisar los resultados de los diez ejercicios, Luna había logrado resolver siete correctamente. Así que se ganó sus cinco minutos de hablar de lo que quisiera.

—Déjame poner aquí el cronómetro para que nos avise cuando se acabe el tiempo.

Luna rio.

—Bóreas, eres demasiado bizarro, qué risa.

—Pues gracias por llamarme valiente —dijo Bóreas con una sonrisa de suficiencia.

—No entiendo —dijo Luna arrugando la frente.

—Si buscas «bizarro» en el diccionario, vas a ver que la definición es «valiente» y otra serie de adjetivos; no «raro» como lo usa la gente.

—Pareces mis hermanas, siempre corrigiéndome.

—No te corregí, eso fue un dato curioso.

—Qué interesante, en verdad, eso que contaste el viernes en casa de Octavio Ávila de la enfermedad esa que hace que nos convirtamos en vampiros. Pero, o sea, ¿se pega? Si uno de esos me muerde, ¿me convierto en uno?

Bóreas rio con ganas ante esta pregunta.

—No, no son zombis. Además, esa es una enfermedad que se hereda. Si no naces con ella en tus cromosomas, no te puede dar nunca.

—¡Ah! Okey, okey. —Tras un corto silencio, Luna le pidió a Bóreas—: dime otro dato curioso.

Bóreas se llevó el puño a los labios mientras pensaba en otro dato científico que pudiera interesarle a Luna.

—Ajá. ¿Sabes que si dos personas con acondroplasia tienen un hijo...

—¿Qué es acondroplasia? —interrumpió Luna sin tapujos.

—Sabes, un enano. Si dos se casan y tienen un hijo, ese niño tiene un veinticinco por ciento de probabilidades de nacer sin esa enfermedad y, si nace sin esa enfermedad, ya es imposible que sus hijos o nietos la hereden.

—Bóreas, eres un mentiroso.

—No, yo no digo mentiras. La acondroplasia es una enfermedad dominante. ¿Recuerdas Mendel? Los cuadritos que te mandaban a hacer en noveno, con las letras mayúsculas y minúsculas...

—¡Sí, sí! Aunque no lo creas, yo era *full* buena en eso.

—Sí te creo.

La verdad es que Bóreas dijo esto porque, comúnmente, los estudiantes, sean dados o no con la biología, dominan bastante bien el tema de las leyes de Mendel, sin embargo, Luna Valverde lo tomó como un halago.

—¿Y cómo la pasaste el viernes? —le preguntó Luna a Bóreas cambiando bruscamente de tema.

—La pasé muy bien... siempre la paso bien cuando salgo con tus hermanas... y ahora contigo. Con las tres.

—Sí, Julia y Cristina son tus amigas de toda la vida. En verdad tú y yo empezamos a hablar que si que por estas clases. Y vi que te sabías las canciones, no sabía que te gustaba esa música.

Bóreas suspiró y bajó la cabeza con una sonrisa en sus labios. Al subir la mirada y mirar a Luna, preguntó:

—¿Tú crees que como me gusta la biología y me gusta estudiar para aprender, entonces escucho puro Mozart en mi carro y el *soundtrack* de «The Big Bang Theory?».

Ante esta pregunta, Luna rio.

—¡No! ¡No sé! Nunca lo había pensado. Claro que no escuchas puro Mozart, pero, no sé, tampoco pensé que escuchabas música tan... no sé.

—¿Tan popular? —Terminó Bóreas.

—Sí.

—Bueno, no la escucho en el carro, pero si la ponen en algún sitio, ya las conozco y me las sé.

—Y no bailas ni tan mal —agregó Luna y se echó a reír.

Bóreas se llevó una mano a la cara.

—O sea, tú creías que yo era un gallo que escuchaba Mozart, bailaba mal y se pasaba los viernes en la noche estudiando la Tabla Periódica.

Luna seguía riendo.

—No, no, tampoco así. Pero, ya va, yo sé que a ti no te gusta salir tanto.

—Eso es verdad, no me importa quedarme en mi casa. Sí me gusta mucho leer de cualquier cosa. Lo que me gusta es aprender.

—Y seguro te leíste *Harry Potter*, *El señor de los anillos*, y te gusta «Star Wars».

Bóreas rio.

—Berro, soy un cliché. Me gusta todo eso —dijo genuinamente sorprendido, pues nunca se había dado cuenta.

—Yo solo he leído *Crepúsculo* —dijo Luna, levemente apenada.

—Eso no tiene nada de malo, mientras vayas tomando el hábito de la lectura. Después vas a querer leer otras cosas. Te puedo recomendar libros, si quieres. Libros que esté seguro de que te van a gustar.

Luna asintió y respondió:

—Sí, leerme un libro en vacaciones no está tan mal. Leo cada vez que me aburro.

Bóreas sonrió, le parecía gracioso que su nueva amiga se planteara leer nada más que un libro en vacaciones y solo si se sentía aburrida.

Pero en algún sitio hay que empezar. Pensó.

—No sabía que eras tan cómico, Bóreas, ¿sabes? Jamás pensé que podías hacerme reír.

—Voy a tomar eso como un cumplido —dijo Bóreas.

Se acabaron los cinco minutos y Bóreas continuó explicándole Matemática a Luna.

•••

Esa noche, los cinco Valverde estaban en la cocina disponiéndose para cenar.

—Hay pan, jamón de pavo, queso, masa de arepa, *pizza* de ayer, también sobró comida del almuerzo si a alguien le interesa —indicaba la señora Andreína.

—Me pido el almuerzo —se apresuró a decir Cristina y se dispuso a abrir la nevera.

El señor Valverde suspiró pues él también quería las sobras del almuerzo.

—¿Quién me hace una arepa? —preguntó Luna.

—¡Mija! ¿Te quedaste sin brazos? —le preguntó Cristina.

—Es que a mí no me quedan bien —se excusó Luna.

—Yo también quiero arepa, te puedo hacer la tuya —dijo Julia dirigiéndose a la menor de las Valverde.

Luna le sonrió a Cristina.

—Deberías ser más como Julia.

—Bróder, no.

Julia volteó a ver a su hermana.

—¿Por qué respondiste así? ¿Tan terrible soy?

—No, chica. Pero es que eres tan buena que no puedo ser como tú. —Dirigiéndose a sus padres, Cristina agregó—: Julia es de esas que aceptaría un matrimonio arreglado solo para complacerlos a ustedes. Si le dicen «te tienes que casar con tal tipo porque es un buen partido», ella va y se casa para no decepcionarlos.

—Yo no soy así.

—Julia no es así —dijo la señora Andreína.

—No —agregó el señor Valverde—. Ella es más valiente de lo que parece.

—Okey, okey, perdón.

Se escuchó un celular, era el de Julia, que estaba recibiendo una llamada. Al leer en su pantalla «Octavio Ávila», no quiso contestar.

—¡Es Octavio! ¡A que es Octavio! ¡Contesta ya! —exclamó Cristina.

Julia miró a su hermana mientras una apenada sonrisa se dibujaba en su cara.

—¡Atiende, Julia!

Julia suspiró y presionó la tecla verde.

—¿Aló?

—¿Por favor, una *pizza*? —Escuchó Julia que Octavio le decía al otro lado de la línea.

—Que lo ponga en altavoz —dijo Luna.

—Luna, no —dijo la señora Andreína mirando a su hija menor severamente—. Dios mío, ¿qué hice yo para que en esta casa no se respetara la privacidad? —agregó como lamentándose.

El señor Valverde y Cristina se miraron, pues si había alguien que no respetaba la privacidad en esa casa era la señora Valverde.

A Julia, que cada vez que alguien le hablaba a manera de chiste, sufría para responder, porque sabía que tenía que decir algo que hiciera a la otra persona reír, no se le ocurrió otra cosa que:

—Disculpe, pero solo hay de anchoas, señor.

Cristina y Luna se llevaron, cada una, una mano a la cara. Julia se encogió de hombros como disculpándose, pero para su sorpresa, Octavio rio con su respuesta.

—¿Qué más? ¿Qué haces? ¿Vas a hacer algo hoy? —le preguntó Octavio a Julia.

—Es martes… —respondió Julia—. Hasta Cristina está en la casa.

Para el agrado de Julia, Octavio rio de nuevo.

—¡Mija! —dijo Cristina intentando fingir sorpresa y molestia, pero ella reía también.

—Bueno, bueno. ¿Qué haces? —reiteró Octavio.

—Nada, estoy en mi casa, voy a cenar.

Cristina y Luna miraron a Julia y esta leyó en sus labios que le decían: «noooo». Julia se encogió de hombros nuevamente mientras abría una mano, como explicándoles a sus hermanas que no tenía idea de qué otra cosa decir.

—Ah, bueno, si vas a cenar, no te molesto.

—No, no molestas.

—Tranquila. ¡Buen provecho!

—Gracias… —respondió Julia.

—Hablamos…

Y Octavio trancó. Julia trancó también y sus hermanas comenzaron:

—¡No le puedes decir que vas a cenar! Seguro creyó que era mentira y que se lo dijiste para que te dejara de molestar —exclamó Luna.

—Pero si le dije la verdad, ¿qué otra cosa le podía decir? —se defendió Julia.

—¿Y ustedes dos qué? —preguntó la señora Andreína dirigiéndose a Cristina y a Luna—. ¿Quieren que Julia se le arrastre a este tipo? Ni que él fuera qué. Julia hizo lo que tenía que hacer. Es más, se tardó en decirle que estaba cenando.

—Mamá… fue que si lo segundo que dijo —agregó Cristina.

—¡Mejor! —añadió la señora Valverde—. Que lo haga sufrir un poco, para que lo tenga ahí, detrás, babeado por ella.

Las tres Valverde rieron.

—Es verdad —continuó la señora Andreína—. Su papá no se casó conmigo porque yo siempre estaba ahí disponible para hablar con él cada vez que me llamaba a la casa. No. Es más, a veces les hacía decir a mis hermanas que dijeran que no estaba cuando, en verdad, estaba en mi cuarto leyendo Vanidades.

El señor Valverde rio por la nariz.

—Mamá, qué mala —dijo Luna.

—¿Por qué mala? Ay, es que esta juventud de ahora.

—Me parece que Julia hizo bien en decir que iba a cenar —intervino por primera vez el señor Valverde—. No que si para dárselas de la difícil, o que si para hacerlo sufrir, sino porque dijo la verdad. Y punto.

—Gracias, papá —dijo Julia.

El señor Valverde le sonrió a su hija mayor.

—Okey... poniendo aparte lo que Julia haya o no haya dicho —comenzó a decir Cristina—, ¿qué te dijo Octavio?

Julia tuvo que esperar a tragar el pedazo de arepa que acababa de morder para poder responder.

—Le dijo que quería una *pizza* —dijo el señor Valverde—. Como si estuviera llamando a una pizzería para llevar.

Julia asintió aún masticando.

—Sí, bueno, me imaginé. ¿Pero qué más? —insistió Cristina.

Esta vez, Julia sí pudo responder:

—Me preguntó que qué hacía y si iba a salir hoy.

—¿A salir? Pero si es martes —exclamó la señora Andreína.

—No es nada más eso —intervino Luna—, es que Julia no sale ni que sea viernes.

Cristina dijo:

—Luna, eres insoportable... ajá, pero, qué otra cosa.

—Nada, ahí fue cuando le dije que hasta tú estabas en la casa —respondió Julia dirigiéndose a Cristina—. Luego me preguntó que qué hacía y le dije que iba a cenar. Me dijo que no quería molestar, que «buen provecho», y se despidió.

—¿Qué dijo para despedirse? —preguntó Luna.

—«Hablamos» —respondió Julia.

—Okey, okey. No fue tan grave —opinó Cristina.

—Ojalá salgan de nuevo —dijo Luna.

—Luna, ¿pero a ti no te gustaba él? Si quieres, no hablo más con él —preguntó Julia.

—Ay, Julia, equis. Es lindo y ya, pero no es que estaba enamorada de él. Ni lo conozco en verdad —respondió Luna.

—Bueno, listo. Ese te llama mañana —dijo la señora Andreína con total seguridad.

—No creo... —respondió Julia.

Y los Valverde continuaron comiendo.

Miércoles, 25 de abril de 2012

Julia Valverde se encontraba en la feria de la universidad con algunos compañeros de su clase. Acababa de probar un bocado de su sándwich de Subway cuando sintió el celular vibrar dentro de su cartera. Casi segura de que era su madre para pedirle que le comprara algo en la farmacia de la universidad o para que en el camino de regreso hiciera una parada en la panadería, Julia atendió sin mirar la pantalla.

—¿Aló? —preguntó mientras aún masticaba, tapándose la boca con su mano izquierda.

—¿Cómo está la más antipática? —saludó la voz de Octavio Ávila.

Julia hizo un esfuerzo por tragar rápidamente.

—Muy bien, en la uni, ¿tú cómo estás?

—Bien, vale. Saliendo de clases. ¿Puedes hablar o estás comiendo? O no sé con qué excusa me vas a salir hoy.

Sí estaba comiendo, pero Julia decidió mentir.

—No, no estoy comiendo. Estoy esperando a que sea mi última clase, que empieza en —Julia hizo una pausa para mirar su reloj— como cuarenta minutos.

—Cool. Mira, el viernes voy a hacer una parrillada en mi casa por mi cumpleaños, a ver si tú y Cristina quieren venir... y tu otra hermana también.

—Pero tú vives en apartamento, ¿cómo vas a hacer una parrillada? —preguntó Julia sabiendo que no venía al caso, pero eso le pasaba cuando no hallaba qué decir.

—En el balcón...

—Ah, cierto.

—Entonces... ¿crees que puedas... puedan?

—Sí, les voy a decir a Cristina y a Luna. Gracias por la invitación.

Julia escuchó a Octavio reír.

—¿Qué pasó? —preguntó.

—Nada, nada —respondió Octavio.

—Dime —insistió Julia.

—Es que eres rarísima, es demasiado cómico, ahí, toda formal dándome las gracias por la invitación. Bueno, el viernes a las ocho en mi casa. Le puedes decir a tu amigo también, el que sabe todas esas cosas raras.

Este último comentario sobre Bóreas hizo reír a Julia.

—Perfecto, ahí estaremos.

—Dale, buenísimo.

Y Octavio colgó sin darle tiempo a Julia para despedirse. Julia miró su celular para comprobar que, verdaderamente, la llamada había acabado y lo guardó de nuevo en la cartera. Hizo un esfuerzo por concentrarse en lo que se hablaba en su mesa y, media hora después, se levantó para ir a su salón repasando en la mente cada palabra que se había dicho en esa corta llamada.

Esa noche, ya en su casa, Julia les comentó a sus hermanas sobre la invitación que le había hecho Octavio por su cumpleaños.

—Yo sabía que ese te llamaba de nuevo. Era obvio —fue lo primero que dijo Cristina—. Me parece superchévere el plan, pero no puedo ir, me voy a la playa. Dile a Octavio que le mando un feliz cumple y que me da rabia que me haya invitado a través de ti. Que qué le pasa.

Julia suspiró y desvió su mirada hacia su hermana menor que dijo:

—Yo tampoco puedo ir porque tengo otro cumpleaños. Pero ¡mejor! Puedes ir sola y hablas con él.

—No quiero ir sola.

—Claro que sí. Vas con Bóreas —dijo Cristina.

—Con Bóreas uno la pasa bien —comentó Luna.

—Bueno, es verdad.

—A todas estas, ¿cómo fue la llamada? —indagó Cristina con curiosidad.

—Normal, fue corta. Muy corta —Julia relató la conversación, obviando el momento en el que le había preguntado a Octavio cómo iba a hacer una parrillada en un apartamento, pues sabía que sus hermanas verían el comentario como soso.

Mañana le digo a Bóreas para ir a casa de Octavio cuando venga a explicarle matemática a Luna. Pensó Julia.

Jueves, 26 de abril de 2012

Cristina, que había estado esperando por Salvador, se incorporó en la silla cuando escuchó su voz en el pasillo. Estaba molesto. A pesar de no entender lo que decía pudo saber, por su tono de voz, que algo le había disgustado. Cristina suspiró con tedio, pues no quería que el malhumor de Salvador representara un retraso en su proyecto. Salvador había entrado a la estancia dedicándole a Cristina no más que un seco «hola». Se sentó bruscamente y, con la misma actitud, dijo que no se hallaba de humor para un interrogatorio como el del otro día. Normalmente, Cristina habría respondido con una actitud imperativa y le hubiera hecho las preguntas de todas maneras. Sin embargo, decidió, por una vez, tomar en cuenta que Salvador estaba preso. No porque este fuera el tema central de su proyecto, sino porque entendía que ella solo veía la mejor cara del lugar, de las personas y de la situación en general, y no sabía qué pasaba realmente cuando las visitas se iban. Además, sabía que no podía continuar con esa actitud si se quería convertir en psicóloga, lo cual representaba para ella un gran obstáculo.

—Ajá, ¿y entonces? ¿Qué vamos a hacer? —preguntó Salvador sin cambiar de actitud.

—Primero, ¿me quieres contar qué pasó? No para mi trabajo, sino como... amiga —a Cristina le costó referirse a ella misma como amiga de Salvador, pues si había alguien a quien no consideraba su amigo era a él.

Salvador levantó la mirada y miró a Cristina con una sonrisa que ella interpretó como irónica.

—No sabía que tú y yo fuéramos amigos.

Cristina volteó los ojos.

—No somos amigos, pero ahorita no hay más nadie aquí con quien puedas hablar. Entonces, puedo hacerte el favor —se arrepintió al instante de ese comentario, pues pudo prever la respuesta de Salvador.

—El favor... no necesito a nadie que me esté haciendo el favor de ser mi amigo. Tengo bastantes —dijo Salvador mientras se levantaba. Cristina creyó que se iba pero simplemente fue a servirse un vaso de agua. No volvió a sentarse.

Cristina, nuevamente, se obligó a sí misma a hacer un esfuerzo por ser suave y comprensiva, así que dijo:

—Tienes razón. El que me está haciendo el favor aquí eres tú. Te estoy quitando tiempo con tu familia y amigos por un proyecto que a ti no te interesa porque no es tu problema. Además, estás metido en un rollo muy grande con el que tienes que lidiar todos los días y del que yo no conozco los detalles. Perdón, no sé nada.

Tras darle un sorbo a su vaso de agua, Salvador le dedicó a Cristina una nueva sonrisa irónica y dijo:

—Ese trabajo tuyo te debe importar mucho.

Cristina no pudo evitar sonreír.

—No es eso. O sea, claro que me importa, pero ya que estoy aquí, ¿no es mejor descargarte conmigo que con tu familia? Ellos, si te ven así, se van a preocupar más que yo. Además, estoy en tercer año de Psicología. En algo te tengo que poder ayudar.

—No es nada —dijo Salvador mientras caminaba a su mesa para sentarse nuevamente—. Lo que pasó es que no le quise decir al comisario dónde tenían mis amigos escondidos sus celulares.

—¿Y sabías? —le preguntó Cristina.

Salvador se limitó a asentir.

—¿Y qué les van a hacer?

—A ellos, nada. A mí, bueno, voy a pasar un mes en el que nada más voy a poder salir de mi celda para ir al baño y recibir a mis visitas. O sea, no voy a poder cocinar, ni comer con mis compañeros, no voy a poder ir al gimnasio ni jugar *ping-pong*. Voy a estar encerrado en mi cuarto, que es un dos por dos, todo el día.

Sabía que era su turno de hablar, pero Cristina no sabía qué decir. Su cara, sin embargo, debió mostrar turbación, porque, al verla, Salvador dijo:

—No es el fin del mundo —y le sacudió el hombro a Cristina mientras decía—: tranquila.

Una triste sonrisa se dibujó en la cara de Cristina, que solo pudo decir:
—Lo siento.

Una vez más, Salvador se encogió de hombros.

A Cristina, que siempre había valorado la libertad, la idea de que alguien fuera a pasar un mes encerrado en un cuarto le parecía una pesadilla.

—Mira, Salvador, esto se va a acabar un día. Y perdón por no entender la situación por la que estás pasando. Todavía no la entiendo, pero creo que acabo de caer en cuenta de que tú haces el esfuerzo por mostrar tu mejor cara, y que yo no tengo ni idea de lo que pasa allí adentro. Por cierto, gracias por darme una hora del tiempo en el que puedes ver a tu familia. Mira, yo puedo no venir más y hacer mi proyecto de otra cosa, no quiero seguir quitándote tiempo con tu familia, en estos momentos la vas a necesitar incluso más que antes.

—Cristina, Cristina —dijo Salvador extendiendo ambas manos indicándole a Cristina que se calmara—. Lo que más quiero es que todo siga normal. No quiero que mi familia se entere. Además, quiero que sigas viniendo, a ver si por fin un día me hipnotizas y me descubres un trauma y vaina.

Cristina rio.

Salvador miró su reloj. Eran ya las once y cincuenta, su familia llegaría pronto.

—Ya falta poco para que mi familia llegue. Mira, como hoy no te dio tiempo de hacer lo que tenías planeado para esta visita, ¿por qué no me das tu pin y así te escribo en la noche y me preguntas por ahí todo lo que me tenías que preguntar hoy?

—¿Seguro? ¿No te lo quitaron? —Fue todo lo que pudo preguntar Cristina.

—No, no tienen verdaderamente pruebas de que tengo uno y, oye, ya me van a encerrar por un mes, creo que me lo merezco —dijo Salvador mientras sacaba su celular del bolsillo trasero de su pantalón—. Anda, dímelo rápido, antes de que entre un comisario.

—842AD62F

—Perfecto. Ya te envié la invitación. Te escribo tipo siete.

Daniel Manrique entró en la sala de visita. Salvador escondió su celular creyendo que se trataba de alguno de los policías. Al ver que era su compañero, se relajó. Daniel los saludó a ambos. No pasaron dos minutos para que llegaran los familiares tanto de Daniel como de Salvador. Cristina los saludó a todos con educación y Salvador la acompañó hasta la reja que separaba las salas de visita del pasillo que daba a la salida. Cuando el comisario abrió la reja, Cristina salió sin despedirse y, fue solo cuando ya había dado un par de pasos, que volteó para dedicarle a Salvador una despedida con la mano.

...

A las siete de la noche, después de ir a la universidad, Cristina estaba de regreso en su casa. Dejó el bolso en su cuarto y se dirigió a la cocina, pues escuchaba las voces de sus hermanas y sus padres viniendo de allá. Luna, sin dedicarle un saludo, le preguntó:

—¿Cómo te fue en la cárcel?

Cristina levantó el pulgar y se dirigió a la nevera. Mientras observaba lo que había dentro, preguntó:

—¿Qué van a cenar?

—Todo el mundo anda como cansado hoy, entonces, hasta ahora, va ganando la opción de pedir *pizza* —le respondió la señora Andreína.

—Ah, buenísimo —dijo Cristina cerrando la nevera y se sentó junto a Julia.

—¿Cómo te fue hoy, Cristina? —le preguntó su padre.

—Me fue bien. En la uni nos hicieron un examen sorpresa, por eso es que me ves de medio mal humor. Pero, del resto, bien. En el SEBIN, bueno —dijo Cristina ahora apoyando ambas manos en la mesa—, Salvador entró bravísimo porque resulta que va a pasar un mes sin salir de su celda ya que no quiso revelar dónde tenían escondidos sus celulares sus compañeros.

—No entiendo... —dijo Luna—. ¿Eso no es lo normal? ¿No está preso, pues?

—No —respondió el señor Leopoldo—. Ellos, si bien he escuchado, pueden estar en una especie de lugar común durante el día.

—Sí, tienen gimnasio, cocina...

—¡Aaaaah! Entonces, ¡pobrecito!

—Pero qué bueno de su parte no querer decir dónde estaban los celulares de los demás sabiendo que lo iban a castigar —opinó Luna.

—Sí, eso no lo hacen todos, ¿oíste? —dijo la señora Andreína mientras buscaba en su celular el número de alguna pizzería—. Es más, sus compañeros debieron de haber entregado sus celulares, porque ahora le toca a él, el más bobo, pasar un mes encerrado en un cuarto. Como si ya no fuera suficiente tener que estar en el infierno ese.

—Yo creo que sus compañeros ni saben, mamá —atajó Cristina—. Él no quiere que nadie sepa.

—Qué bueno. Me da tranquilidad saber que, ya que estás yendo al SEBIN dos veces a la semana, por lo menos la persona que visitas sea así. Ahí hay gente buena y mala. Por cierto, ¿has visto a Alexander Ivanovich? Eso sí es una injusticia.

—No lo he visto, solo a la esposa, que te conté que la vi el primer día que fui. En verdad le quiero preguntar a Salvador a ver si me lo puede presentar. Quiero conocerlo.

—¿Y avanzaste algo en tu proyecto? Te pregunto por curiosidad —indagó el señor Leopoldo dirigiéndose a Cristina.

—Bueno, no, porque lo que hizo fue hablarme del problema. Entonces, me pidió el pin y me va a escribir esta noche para que yo le haga las preguntas por ahí.

—¡Oooooooh! —exclamó Luna llevándose ambas manos a los labios.

—Va pues, qué —dijo Cristina a la defensiva.

En ese instante, la señora Andreína, que había acabado de ordenar la *pizza*, trancó y dijo:

—Ni se te ocurra enamorarte de ese hombre, Cristina. Yo entiendo que ahí hay varios inocentes, como Ivanovich, por ejemplo, pero uno no sabe. Al final del día, eso es una cárcel. No, señor, yo no las crie como las crie para que se vayan a casar con alguien que estuvo preso. Imagínate cada vez que viajen a Estados Unidos y en inmigración los manden al cuartico porque el tipo estuvo preso.

—¡Bróder! —exclamó Cristina extendiendo las manos y riendo—. ¿Quién habló de casarse? Te inventaste una novela. Yo solo voy a hacerle preguntas y, cuando se acabe este proyecto, se acabó todo.

Media hora después, Cristina estaba en su habitación estudiando para un examen oral que tenía al día siguiente. Cada cierto tiempo, sus ojos se deslizaban de la página del libro a su celular. Decidió ponerlo lejos de su alcance, lo que la obligaría a verlo únicamente si sonaba. Sin embargo, no logró poner fin a su distracción. Recostada contra el respaldar de su cama y con el libro sobre sus piernas, Cristina miraba al infinito. Pensaba en Salvador, en qué estaría haciendo en ese momento y en qué haría durante ese mes. Admiró el que no les hubiera revelado a los policías los distintos escondites de los celulares de sus compañeros. Dudó de ella misma; quizá ella sí hubiera hablado por miedo al castigo o por el simple hecho de considerar su relativa libertad más importante que un celular.

Pero ese día había entendido que tal vez Salvador, debido a su situación, se regía por otras leyes que ella no conocía; entendió que ella no podía aplicar completamente las normas de su realidad al mundo donde se movía Salvador y que no podía juzgarlo de acuerdo a lo que ella conocía. Suspiró y se reprochó el haber lidiado con la situación tan a la ligera. Sin embargo, recordó que Salvador no era lo más simpático y eso la ayudó a justificar, en alguna medida, su comportamiento y su falta de comprensión. Su mirada, sobre la cual en ese momento no poseía el control pues se hallaba profundamente ocupada en estas cavilaciones, se posó en su libro de texto. Volviendo a su presente y tras exhalar un bostezo, Cristina se dispuso a hacer el esfuerzo de dedicar su atención a las palabras y oraciones que llenaban la página de su libro.

No había acabado de leer el primer párrafo cuando su celular sonó. Se levantó y sufrió una cierta desilusión al ver que simplemente le había escrito una amiga preguntándole si le podía decir a su mamá que se iba a quedar a dormir en su casa, aunque ese no fuera a ser el caso.

Las mamás deben jurar que Julia y yo montamos pijamadas todas las noches. Pensó divertida. *Esta, por lo menos, me pregunta, porque la mayoría de las veces yo ni me entero de que usaron mi casa como coartada.*

Mientras escribía la respuesta, su celular sonó nuevamente. Dejando la frase a medias, Cristina quiso averiguar quién le había escrito. En su pantalla, pudo leer «Salvador» en negritas. Abrió la conversación. La había saludado con un simple «Hola».

«Holaa» fue la respuesta de Cristina.

Buscó el cuestionario con las preguntas, estaba segura de que Salvador no quería perder el tiempo en trivialidades. La sorprendió un poco y gratamente que Salvador le mandara un sencillo «Como estas?».

«Bieen, aquí en mi casa... Tú?».

«En el calabozo, comiendo. Hicieron hamburguesas y me dieron una».

Cristina no sabía si responder algo como «Jaja, qué bueno», o quizá con un «Buen provecho!». Sintió un cierto alivio al ver que Salvador estaba escribiendo un mensaje, lo que la dejaba exenta de responder.

«Se puede hacer hipnosis a través del celular? Jaja». Le preguntó Salvador a modo de broma.

Cristina soltó una pequeña risa y le respondió:

«Jajaja noo. Te voy a hacer unas preguntas más y ya. No son tantas».

Salvador escribió:

«Dale, puess».

«Me jugaron gato por liebre. Bóreas me dijo que me ibas a hacer unos experimentos y no he hecho más que responder preguntas».

«Jaja es jugando. Pregunta lo que quieras».

Cristina sonrió y escribió:

«Jajaja disculpa, es que las preguntas son muy importantes».

«Me imagino. Tranquila!».

Cristina no esperaba que Salvador se expresara de manera escrita con signos de exclamación. Escribió:

«Ok. Háblame de tus relaciones amistosas, con tus familiares o amorosas. Se han fortalecido? Se han debilitado? Han cambiado en general?».

Cristina sabía que esta no era una pregunta fácil de responder, así que agregó:

«Perdona si me estoy entrometiendo mucho».

Pensó en agregar «puedes obviar detalles, si quieres», pero se contuvo, pues sería más probable que Salvador entonces los obviara si le era otorgada la licencia para hacerlo.

Una R indicando que Salvador había leído la pregunta reemplazó a la D que aparecía en la pantalla de Cristina, sin embargo, Salvador no respondía.

Este hombre debe creer que yo lo que quiero es averiguarle la vida, pensó Cristina apenada.

Pasaron unos segundos que para Cristina se hicieron eternos. Mientras esperaba, dejó su celular en la cama y fue a lavarse los dientes. Desde el baño, escuchó su celular sonando, indicándole que había recibido un pin. Con el cepillo en la boca y con una mano debajo de la barbilla para impedir que la crema dental goteara y cayera sobre su blusa, Cristina se precipitó sobre el celular, solo para sufrir una desilusión aún mayor que la primera al ver que era su amiga, a quien nunca le había respondido, diciéndole que le había dicho a su mamá que se iba a quedar en casa de su amiga Valentina. Cristina ni se molestó en responder. Dejó el celular en su cama y regresó al baño a enjuagarse. Se estaba secando la cara cuando escuchó que su celular le indicaba nuevamente que había recibido otro pin. Cristina vio con satisfacción que era de Salvador.

Salvador la sorprendió una vez más, pues el mensaje decía:

«Esa respuesta esta como larga y yo soy super flojo para escribir. Dame tu numero y asi te llamo y te explico bien».

A Cristina le pareció una buena idea, así que le envió su número y, sin soltar el celular, esperó por la llamada, la cual no tardó. Al recibir la llamada de un número desconocido, Cristina presionó la tecla verde y saludó con un «aló» que se daba aires de tranquilidad.

—Hola, ¿cómo estás?

Saludó la voz de Salvador. Cristina iba a responder pero Salvador se le adelantó:

—Sí, es que esa pregunta está como superlarga, ¿no? ¿Te importa que te responda así? O prefieres por mensaje para que ya te quede por escrito.

—No, no. Así es perfecto —respondió Cristina—. Uno es más auténtico cuando habla que cuando escribe. Entonces... tu familia, tus amigos.

—Okey... a ver... con mi familia estoy agradecidísimo. Han aparecido hasta primos segundos con los que yo tenía años sin hablar. Pero años, sin exagerar. Mira, llamo a mis papás todos los días. Antes, olvídate, podía pasar una semana sin saber de ellos, metido en el trabajo. Con los amigos, oye me he llevado muchas sorpresas... ¿Sigues ahí?

Cristina había estado escuchando a Salvador atentamente sin decir nada.

—Sí, sí. Te estoy escuchando —dijo acostada boca arriba en su cama.

—Pensé que quizá se había caído la llamada. Aquí a veces hay mala señal. Ajá... entonces, sí. Me he llevado muchas sorpresas con los amigos. Hay unos que vienen siempre, que yo esperaba que fuera a ser así, ¿entiendes? Oye, mis dos mejores amigos vienen prácticamente todas las semanas, y eso es lo que yo hubiera hecho por ellos. Ahora, hay otros que yo esperaba que fueran a venir más y vinieron una, dos o tres veces y más nunca. Y son personas que, coye, son también mis panas del colegio, con quienes siempre mantuve una amistad superfuerte. Eso decepciona un poco, pero ¿sabes? Yo no sé tampoco a fondo qué problemas tienen ellos, entonces no puedo juzgar. Ahora, hay gente que yo nunca esperé que fuera a venir, o gente de esa que quizá uno se imagina que lo va a venir a visitar a uno una vez y ha venido una cantidad de veces impresionante. Mira, cuando yo hice mi primera pasantía, o sea, te estoy hablando de hace trece años, tenía un compañero con el que me llevaba muy bien y nos hicimos amigos, pues, pero de que cuando se acabó la pasantía no hablamos más. Bueno, este chamo se enteró de que yo estaba preso como a los cinco meses de que me trajeron para acá y él viene casi todos los domingos a visitarme, se viene con la esposa que ni me conocía.

—Guao, eso es increíble —comentó Cristina.

—Sí...

—Y, ¿cómo has cambiado tú en relación a como tratas a tus amigos? ¿Sientes que hay un cambio?

—Mmmmm, si supieras, no. Cuando mis amigos vienen para acá, hablo con ellos igualito, como si estuviéramos en mi casa tomándonos unas birras y viendo un partido. Lo único es que valoro más su amistad y el hecho de que decidan pasar el domingo aquí en el SEBIN. Pero no es que los trate diferente, digo yo. Oye, capaz y si les preguntas, ellos te dicen que este sitio me volvió loco.

Cristina rio levemente y dijo:

—No, vale. Llevas, ¿cuánto? ¿Como ocho meses? Yo estaría loca, tú pareciera que hubieras entrado ayer.

—No, qué insulto. Los primeros días es cuando uno está peor, todo en *shock*.

—Ah, claro...

Hubo unos dos segundos de silencio que Salvador rompió preguntando:

—¿Y no había otra pregunta?

Cristina, incorporándose en su cama, respondió;

—Sí, la tercera parte de la pregunta es si estás en una relación amorosa y si esta ha cambiado. —Cristina se pasó una mano por el pelo mientras agregaba—: mira, no tienes que responder esta pregunta si no quieres.

—No, vale, tranquila. Demasiado fácil de responder. Tenía una novia pero terminamos como cuatro meses antes de que yo cayera preso. Venía a visitarme al principio, pero ya tiene tiempo sin venir...

Cristina sonrió levemente.

—Me dijeron que está saliendo con alguien. Así que por ese lado, nada. Ajá, siguiente. —Luego, con una risa, Salvador agregó—: ya hiciste que le tomara el gusto a la preguntadera.

Cristina miró de reojo el cuestionario:

—Bueno, la última pregunta es si has hecho amigos allí o si te has cerrado completamente a esa idea.

—Cero cerrado a la idea —respondió Salvador rotundamente—. Oye, no es que soy amigo de todos, pero, por ejemplo, Daniel, Alejandro, Ivanovich... ellos van a ser mis amigos para siempre, eso tenlo por seguro.

—Qué bonito —comentó Cristina.

—Sí, bellísimo estar aquí —respondió Salvador con ironía.

—Tú me entiendes —respondió Cristina tras un suspiro.

—Mira y hoy estás más simpática —dijo Salvador cambiando el tema bruscamente—. Tú como que eres más simpática por teléfono que en persona.

—El antipático aquí eres tú —respondió Cristina—, que lo primero que me dijiste la primera vez que me viste fue «no entiendo que vienes a hacer acá», o algo por el estilo.

Salvador rio.

—¿Yo? Imposible. Yo soy simpatiquísimo. —Luego, cambiando el tono, dijo—: no, mira, te quería pedir perdón por haber llegado todo amargado a la visita. Tenía razones para estar bravo pero ese no es tu problema y no tenías por qué lidiar con mi mal humor. Sinceramente, te pido disculpas.

Cristina miró al techo y se mordió el labio antes de responder.

—Tranquilo, Salvador, por Dios. Yo hubiera estado quizá hasta más brava que tú. Para mí el tema de la libertad es algo importantísimo. Capaz y yo de la frustración no hubiera podido ni salir. También discúlpame a mí por mi actitud y por ser tan... bueno tan mandona como soy.

—No... nada de disculpas. Hay que tener guáramo para ir al SEBIN a los veinte años, sola, y ni siquiera para visitar a un ser querido, sino por un trabajo. Eso habla muy bien de ti.

Cristina sonrió y se colocó el pelo detrás de la oreja.

—Gracias... —dijo, pues no sabía qué más decir.

Tras un corto silencio, Salvador añadió:

—Bueno, entonces, ¿te veo el domingo?

Cristina iría a la playa ese fin de semana, pero ya había decidido regresar el domingo muy temprano en la mañana para así llegar a tiempo al SEBIN para la visita a Salvador.

—Sí, nos vemos. ¿Quieres que te lleve algo?

—No, vale, mi familia siempre me trae todo lo que necesito. Gracias, igual.

—Dale, entonces, nos vemos —dijo Cristina.

—Perfecto, hasta el domingo.

—Chao...

Cristina colgó. Permaneció algunos segundos sentada observando la pantalla. La llamada había durado quince minutos con treinta y dos segundos. Luego, dándose cuenta de lo que estaba haciendo, soltó el celular y se dijo en voz baja:

—Ni se te ocurra. *Focus*, Cristina, *focus*.

Intentó estudiar, pero no lograba concentrarse, así que se fue a dormir.

•••

Esa misma tarde, Luna había estado en la cocina con Bóreas recibiendo sus habituales clases de Matemática. Aquel día Bóreas había tenido una entrevista de trabajo y, en vez de usar una de sus acostumbradas franelas de algodón y cuello redondo, portaba una camisa celeste de botones. Al verlo entrar, Luna sufrió una leve sorpresa y, por primera vez, vio a Bóreas como un hombre. Siempre lo había visto como el amigo de sus hermanas mayores, o el vecino inteligente, pero nunca lo había liberado de esos epítetos que ella le había impuesto; fue para ella una sorpresa el darse cuenta de que Bóreas podía, como cualquier otro, ser un hombre buenmozo. Luna intentó evadir estos pensamientos, ya era suficiente admitir que Bóreas le caía bien y que pasaba un muy buen rato riendo por sus chistes relacionados con la ciencia. Sin embargo, al evitar fijarse en Bóreas, sus pensamientos se fueron a ella misma, y lamentó estar vestida con ropa para hacer ejercicio.

—¿Cuándo es que tienes tu examen? —le preguntó Bóreas, sacándola de sus pensamientos.

—El miércoles —respondió Luna—. En seis días.

—Vamos, pues, por ese 20.

Luna rio de manera sarcástica.

—Bóreas, yo me conformo que si con un 14.

—No, no. Yo no te estoy explicando dos veces a la semana por un 14. Tú lo que tienes es que confiar en ti, tú eres inteligente, Luna. Entiendes todo rápido.

Luna sonrió ante este halago.

La primera media hora transcurrió como normalmente transcurre una clase de Matemática.

—Bóreas, si de verdad haces que saque por lo menos un 16, tienes que celebrar, porque sería que si que un milagro.

Bóreas, que había estado jugando con su celular, levantó la mirada y se incorporó apoyando los brazos en la mesa, sonriendo.

—¿Y a dónde iríamos? —preguntó.

Luna, que no había contado con que Bóreas la incluyera en su plan de celebración, sonrió apenada y solo logró decir:

—Ah... yo lo pensaba como que tú celebraras con tus amigos.

La sonrisa de Bóreas desapareció por medio segundo pero logró disfrazar su desilusión, que no era grande, pero cierta desilusión al fin. Y dijo:

—No, no sería un milagro, yo sé que puedes.

Luna le dedicó una no comprometedora sonrisa y volvió a su ejercicio. Unos diez minutos después, Bóreas rompió el silencio diciendo:

—Para el tema que viene ahorita necesitas un compás.

Luna suspiró con tedio mientras se recostaba en el asiento. Luego, masajeando sus párpados, dijo:

—Yo no tengo compás.

—Imposible —respondió Bóreas—. ¿Cómo has hecho los ejercicios de este tema hasta ahora?

Luna abrió los ojos y le dedicó a Bóreas una sonrisa avergonzada. Bóreas apretó los labios, pues entendió lo que esa sonrisa significaba, y dijo:

—No has hecho ninguno de los ejercicios de este tema que ha mandado tu profesor.

Luna se llevó las manos a la cara y exclamó:

—¡Lo sieeeento!

Bóreas, apoyando el codo en la mesa, se tapó la boca con el puño y rio.

—Eres increíble. ¿Y no hay alguno aquí en tu casa?

Luna negó con la cabeza y le aseguró que, por lo menos, sí había hecho el esfuerzo de buscar un compás.

—Yo tenía dos, los presté y nunca me los devolvieron. Bueno —dijo Bóreas levantándose—, tenemos que ir a comprarte uno.

—¿Ya? —preguntó Luna.

Bóreas asintió y respondió:

—Sí, ya. Hay que estudiar ese tema muy bien antes de tu examen y, ya que igual hay que comprarlo, quiero escogerlo yo.

Luna se levantó perezosamente y preguntó:

—Bueno, pero déjame cambiarme, porque cuando me bañé me puse esta ropa y no quiero salir así.

—Dale, te espero aquí.

···

Quince minutos después, los dos se encontraban en el carro de Bóreas, camino a una librería para conseguir un compás. Iban en silencio hasta que Luna pidió permiso para conectar su iPod al cable auxiliar de Bóreas.

—Dale —respondió Bóreas sin pensar. Sin embargo, tras pensárselo un poco mejor, dijo—: pero, ya va. ¿Qué vas a poner?

Luna rio por lo bajo y respondió:

—No te voy a decir.

La voz de Taylor Swift inundó el interior del carro.

—No, no, no —exclamó Bóreas—. Todo menos eso.

—Ay, Bóreas. Esta canción es buena.

—Cero buena.

—Además, a mí ella me cae tan bien... es supersencilla. Ella y yo podríamos ser amigas, te lo juro —comentó Luna.

—No, no —dijo Bóreas con una risa—. ¿No será que su gente de relaciones públicas le crea una imagen para que luego chamas como tú crean que pueden ser amigas de Taylor Swift?

Luna lo miró en silencio y luego dijo:

—¿Sabes qué, Bóreas? Eres insoportable.

Bóreas rio y preguntó:

—¿Por quééé? Es así.

—¿Sabes qué? Si mi música es tan mala, pon algo tú a ver qué tal.

Luna desconectó su iPod y le pasó el cable a Bóreas, que conectó su iPhone. Esperó a que el tráfico lo obligara a detenerse y buscó una canción. Luna lo miraba con expectativa. Antes de presionar *play*, Bóreas comentó;

—Si no te gusta esta canción, vamos a tener serios problemas. Escogí una que todo el mundo, literalmente, todo el mundo conoce y que es muy, muy buena.

—Ajá, vamos a ver —dijo Luna de manera incrédula.

Y, así, Luna escuchó «Bohemian Rhapsody» por primera vez. La verdad es que ya la había escuchado antes, pero nunca le había prestado atención, así que para ella era como si nunca la hubiera oído.

—En mi vida he escuchado esto —dijo Luna.

—No... te... creo —dijo Bóreas haciendo énfasis en cada palabra.

—¡En serio! Pero déjala, a ver, no se oye tan mal.

Bóreas repitió con ironía:

—«No se oye tan mal».

Cuando llegaron a la segunda parte de la canción, Luna volteó a ver a Bóreas con cara de que no entendía lo que estaba pasando y le preguntó:

—¿Qué se supone que es esto, Bóreas?

Bóreas la miró y su respuesta consistió en continuar cantado.

Luna volteó los ojos y siguió escuchando, poco a poco, una sonrisa fue apareciendo en su cara. Cuando la canción llegó al solo de guitarra, soltó una carcajada y exclamó:

—¡Esto es buenísimo!

—¡¿Viste?! No sé cómo has vivido hasta ahora.

Luna escuchó el resto de la canción y, cuando se acabó, preguntó:

—¿Este qué grupo es?

—Queen —respondió Bóreas.

—Ah, sí, sí. Sí sabía de Queen.

Bóreas rio.

—Ay, me perdonas, pero yo no soy de tu generación —dijo Luna defendiéndose.

—¡Yo lo que soy es cuatro años mayor que tú!

—Hoy les pregunto a mis hermanas si la conocen.

—Tus hermanas la conocen, yo he escuchado esta canción con ellas mil veces.

...

A las seis de la tarde, Luna se encontraba sola en su cuarto recostada en el respaldar de su cama, con su computadora sobre las piernas, buscando videos de «Bohemian Rhapsody» por internet. Durante la cena, después de que la señora Andreína increpara a Cristina sobre lo terrible que era la idea de empezar una relación amorosa con Salvador, Luna preguntó:

—¿A ustedes les gusta Queen?

—Mucho —respondió rápidamente el señor Valverde.

—Me fascina —respondió la señora Andreína.

—Queen le gusta a todo el mundo —comentó Julia.

Tras el comentario de su hermana mayor, Cristina preguntó:

—¿Por qué? ¿No te gusta y tal?

—No, es que hoy fui con Bóreas a comprarme un compás y en el carro puso «Bohemian Rhapsody»... y me gustó mucho, nunca la había oído.

Julia se llevó una mano a la boca mientras reía y su cara se enrojecía. Cristina, después de exclamar un sonoro «¡¿qué?!» soltó una carcajada. El señor Valverde miró a la señora Andreína y le dijo:

—Andreína, fracasamos como padres.

—A mí la culpa no me la vas a echar —se defendió la señora Andreína como si verdaderamente el señor Valverde pensara que habían fracasado en su ejercicio de la paternidad.

—Pues déjenme decirles —comenzó a decir Luna—, que si nunca había escuchado «Bohemian Rhapsody» es por culpa de todos ustedes, porque yo soy la menor de esta casa —dijo mientras con su dedo recorría las caras de sus interlocutores–. Así que era su deber empaparme de cultura general.

–¿Empaparte? –preguntó Julia.

–Sí, eso siempre lo dice la profesora de Literatura –explicó Luna–... que los escritores se iban a París a empaparse.

–¿Y Bóreas es simpático, Luna? –preguntó el señor Valverde tranquilamente.

–Sí –respondió Luna mientras se encogía de hombros, para así mostrar, sin que quedara ninguna duda, el poco interés que existía de su parte hacia Bóreas.

–¿Se imaginan a Luna enamorándose de Bóreas? –preguntó Julia con una sonrisa.

–Lo difícil sería Bóreas enamorándose de Luna –comentó Cristina.

Las dos hermanas mayores rieron.

–Lo veo difícil de parte y parte –comentó la señora Andreína antes de darle un sorbo a su bebida. Luego, continuó–: tienen intereses demasiado diferentes. Además, a Luna le gustan los hombres más de su edad, más fiesteros. Bóreas es muy tranquilo y capaz, y a Luna le aburren sus temas de conversación.

Luna consideró poco comprometedor el admitir que Bóreas no mantenía una conversación aburrida, así que habló:

–No aburre... siempre trata de hacer las clases entretenidas. Y sabe muchos datos curiosos.

Este comentario, que tras oírse, sonó para Luna como una confesión de su interés, pasó, felizmente para ella, casi completamente desapercibido.

Viernes, 27 de abril de 2012

Tras lograr convencer a Bóreas de acompañarla a la reunión que se celebraría esa noche en casa de Octavio Ávila, Julia Valverde se encontraba en su habitación. Envuelta en una toalla y de pie frente a su clóset, intentaba decidir qué ponerse. Tras unos pocos minutos escogió un *jean* ajustado, una blusa blanca sin mangas y unas sandalias de tacón de color marrón claro. Después de estar lista, decidió esperar a Bóreas en la sala. Cristina ya estaba camino a la playa, Luna estaba en casa de una amiga y sus padres habían salido a cenar, así que Julia se hallaba sola imaginando escenarios de cómo sería esa noche. Agradecía el que Bóreas hubiera aceptado acompañarla pues, de no haber sido así, sabía que no se hubiera salvado de pasar algunos minutos sola sentada en cualquier silla esperando por que la salvara, una vez más, la hospitalidad de Octavio. Julia era de esas personas que, para sorprenderse, recurría a hacerse bajas expectativas; por esta razón, se convenció a sí misma de que pasaría toda la noche conversando con Bóreas en alguna esquina, que comerían parrilla y que se irían temprano. En estos desesperanzadores pensamientos se hallaba Julia cuando recibió un mensaje de Bóreas diciéndole que se encontraran en el estacionamiento.

...

—¿Qué más? Gracias por venir —saludó Octavio mientras se inclinaba para besar a Julia en la mejilla. Luego, extendiéndole su mano a Bóreas, Julia lo saludó con un—: epa, ¿qué más?

Julia y Bóreas le dedicaron a Octavio un feliz cumpleaños, que él agradeció. Haciéndose a un lado, los invitó a pasar. Les indicó dónde se hallaban las bebidas, les explicó que aún se estaban calentando los carbones y que el menú de la noche consistía en pan con chorizo. Iba a decir algo más, cuando sonó el timbre. Octavio se excusó y Julia lo vio alejarse para, seguidamente, abrir la puerta y saludar con un fuerte abrazo a cuatro muchachas que parecían tenerle tanto cariño como él a ellas. Antes de que su mirada se cruzara con la de Octavio y él notara la obvia decepción que seguramente se dibujó en su cara, Julia desvió la cara hacia el bar donde se hallaban las bebidas y le preguntó a Bóreas si la acompañaba a servirse un trago.

—¿Quieres tequila? —le preguntó Bóreas haciendo una obvia reminiscencia a la última vez que habían estado allí.

Julia negó con la cabeza y pidió un vodka. Ya con su respectiva bebida en las manos, los dos amigos buscaron con la mirada algún sitio dónde sentarse. Bóreas divisó dos sillas plásticas que se hallaban en el balcón. Julia prefería quedarse adentro pues el balcón no era muy grande y no quería estorbar a quienes cocinarían. Bóreas cargó las dos sillas y las llevó para el interior del apartamento. Se sentaron. Julia observó cómo Octavio se acercaba al bar y, tras él, las cuatro muchachas que acababan de entrar. Julia no pudo evitar sonreír y pensar que ese escenario era incluso peor que el que ella había vaticinado casi una hora antes en la sala de su casa. Julia le prestaba toda la atención que era capaz de dar a la conversación que Bóreas intentaba mantener sobre el progreso de Luna en matemática. Ella le sonreía y respondía «qué bueno» sin pensar mucho. De vez en cuando, la mirada de Julia se desviaba al bar. Al ver los ojos de su amiga vagar y entendiendo que, en ese momento, a Julia no le importaba lo buena o mala que fuera su hermana menor en matemática, Bóreas dirigió su mirada hacia donde estaba enfocada la de Julia y ambos vieron a Octavio brindar con tequila, aún acompañado por sus cuatro amigas. Los cinco reían y parecían pasar un muy buen rato.

—¿Crees que sean sus amigas del colegio? —preguntó Julia, ahora mirando a Bóreas.

Bóreas asintió mientras tomaba un sorbo de su bebida. Luego, dijo:

—O pueden ser de la universidad... no sé.

Julia echó otro vistazo hacia el bar, el cual no pasó desapercibido por Bóreas.

—Cualquiera diría que estás celosa —dijo Bóreas.

Julia le sonrió a su amigo y respondió con un rotundo «no». Bóreas sonrió y bebió otro sorbo. Julia hizo lo mismo, luego dijo:

—Míralo, Bóreas. Se están riendo ahí. Es que, claro, todas están enamoradas de él. Mira cómo las hace reír.

—Ya va, ya va, ya va —la cortó Bóreas con su vaso en una mano y haciendo un ademán de «pare» con la otra—. Que a ti te guste no quiere decir que les guste las demás. Además, tienes que entender que si estas chamas lo conocen desde el colegio, que es lo que parece, lo conocen tanto, tanto, que debe ser como un hermano para ellas.

—Pero es que a mí no me gusta —explicó Julia sin convencer a nadie.

—Julia... por lo menos, te llama la atención.

Julia calló y, una vez más, se fijó en Octavio. Sus miradas se cruzaron. Julia volteó de nuevo y, cuando su mirada se encontró con la de Bóreas, apretó los labios y dijo:

—Qué pena. Me vio.

—¿Quién te manda a voltearte cada cinco segundos?

Julia se fijó en que Bóreas levantó la mirada.

—¿Qué pasa? —preguntó.

Bóreas bajó la mirada para encontrarse con la de Julia y respondió:

—Viene para acá. —Tras lo cual sonrió y bebió otro sorbo de su vodka.

Julia se mordió el labio inferior e imitó a Bóreas. Sintió una mano en su hombro. No tuvo tiempo de reaccionar antes de que Octavio dijera:

—¿Qué más? ¿No quieren venir? No quiero que pasen mi cumpleaños nada más hablando aquí. Vengan para que conozcan a mis amigas.

Julia le sonrió, tras lo cual miró a Bóreas de manera interrogativa. Sin responder, Bóreas se levantó, seguido por su amiga y ambos siguieron a Octavio al bar.

—Vas a conocer a mis amigas del colegio —dijo Octavio dirigiéndose a Julia—. Somos amigos como desde primer grado.

Julia le sonrió a Bóreas, que le guiñó el ojo.

—Hey —dijo Octavio para recuperar la atención de sus amigas—, quiero que conozcan a dos nuevos amigos míos... —Hizo silencio y miró a Julia y a Bóreas como para indicarles que se presentaran.

—Mucho gusto, me llamo Bóreas.

—Mucho gusto, Julia Valverde —saludó Julia.

Octavio sonrió y les preguntó a sus amigas:

—¿Vieron? Les dije que se presentaba con nombre y apellido —y, hablándoles ahora a Julia y a Bóreas, dijo:

—Ellas son, para presentarlas así como hace Julia, mis amigas Claudia Alejandra, Ana Carolina, Valentina y Adriana Elena.

Las cuatro voltearon los ojos y, dirigiéndose a Julia, le dijeron, en el mismo orden en el que las había presentado Octavio:

—Dime Anina.

—Dime Claudia.

—Valen...

—Adriana y ya... o Adri, si quieres.

—No, ya va —interrumpió Octavio—, a Claudia sí le tienes que decir «Claudia Alejandra» porque ese es un solo nombre «Claudialejandra».

—Octavio —dijo Claudia de manera cortante y fingiendo seriedad—, a ti pareciera que te pagaran por hablar estupideces.

—Berro, es que es verdad. ¿Quién le manda a tu mamá a ponerte un nombre que termine en «a» y que el segundo nombre empiece con «a»? Como «Ana Andrea», les juro que ese es el nombre más difícil de pronunciar en el mundo.

Julia reía tímidamente mientras escuchaba esta conversación. Octavio, dirigiéndose de nuevo a los recién llegados les dijo:

—Como les dije, somos amigos desde pequeños. Anina... bueno, gracias a ella me gradué.

—Se ponía en los trabajos conmigo, y mientras él no hacía sino hablar de cualquier cosa que se le pasara por la cabeza, yo hacía todo y me estresaba sola —explicó la que llamaban Anina.

—Pero sabes que te reías —dijo Octavio con una sonrisa y apuntándola con el dedo.

Octavio continuó describiendo a sus amigas:

—Valentina, ella secretamente me odia porque me hizo ver «Mean Girls» como cinco veces, y Adriana... gracias a ella tuvimos fiesta de graduación. Se encargó de organizar todo. Gracias, Adriana, gracias —dijo mientras le daba un par de palmaditas a su amiga en el hombro.

Continuaron conversando, y así Julia fue aprendiendo un poco sobre la vida de Octavio, mientras escuchaba en silencio y solo hablando si alguna se dirigía a ella directamente con una pregunta. Pasados los minutos, Bóreas se dio cuenta de que varios de los invitados salían al balcón. Captando la atención del grupo, les hizo saber que la comida estaba probablemente lista.

—Corran antes de que se acabe —dijo Octavio, y sus cuatro amigas no dudaron en hacerle caso.

Bóreas hizo un ademán con la cabeza invitando a Julia a salir con él al balcón y servirse comida, tenía hambre.

—Ve yendo —le dijo Julia y, desviando su mirada hacia Octavio, le preguntó por el baño.

Octavio le indicó a Julia dónde se encontraba el baño de las visitas. Bóreas se alejó.

Al salir del baño, Julia se disponía a salir al balcón, donde asumió que estaría todo el mundo. Se sorprendió al ver que Octavio continuaba en el bar, se estaba sirviendo una bebida. Julia no sabía si acercársele para que así salieran juntos al balcón o si, simplemente, debía ignorarlo y colocarse en la fila junto a Bóreas. Decidió salir directamente al balcón, ignorando lo que realmente quería hacer. Iba ya a abrir la puerta cuando la voz de Octavio la hizo detenerse.

—Hey, ¿no me esperas? —Julia volteó y vio a Octavio caminando hacia ella revolviendo su bebida con el dedo meñique.

Julia le sonrió y, juntos, salieron. De pie en la fila, Julia callaba mientras pensaba en algo interesante que decir.

—¿Cómo te parecieron mis amigas? —le preguntó Octavio.

—Muy simpáticas —respondió Julia—. Se nota que te quieren mucho.

Tras unos segundos de silencio, Julia agregó:

—Gracias por invitarnos a Bóreas y a mí... de verdad, aunque casi no nos conozcas.

—No, vale, si los dos me caen bien. Gracias, más bien, a ustedes por venir.

—Tú también me caes bien —dijo Julia, que agregó «y a Bóreas también» —decidió agregar.

—¿Sí? —preguntó Octavio con una sonrisa de suficiencia—. Yo pensaba que te caía malísimo porque si uno no te llama o no te habla, tú te desapareces.

Julia suspiró y respondió:

—No es así.

Octavio rio.

—¡Relájate! Te tomas todo demasiado en serio.

Finalmente, lograron servirse su comida.

—Voy a sentarme con unos amigos con los que no he hablado —le explicó Octavio a Julia. Ella asintió y, sin verlo alejarse, fue a sentarse junto a Bóreas.

Tras comer y conversar con Bóreas, de vez en cuando y sin darse cuenta, buscaba a Octavio con la mirada, Julia le preguntó si se quería ir.

Este asintió y ambos se levantaron de sus respectivos asientos. Octavio los vio acercarse y, separándose del grupo en el que se encontraba, les preguntó:

—¿Ya se van? No se vayan.

—Yo me tengo que ir —explicó Bóreas—. Me ofrecí para dar mañana en la mañana tutorías en la universidad.

—¿Y tú por qué te tienes que ir? —preguntó Octavio directamente a Julia.

Encogiéndose de hombros, Julia respondió:

—Bueno, porque él me trajo y, si no me regreso con él, no tengo con quién regresarme.

—Yo te llevo a tu casa —le ofreció Octavio.

Julia miró a Bóreas, que le dijo:

—Dale, quédate, no quiero que por mí te tengas que ir temprano —y, sin darle tiempo a Julia a decir algo, Bóreas agregó—: bueno, gracias por la invitación, Octavio. La pasé muy bien. Nos vemos, Julia.

Y se fue.

—¿Quieres algo de tomar? —le preguntó Octavio a Julia.

Julia asintió y Octavio la invitó a ir al bar con él.

—¿Qué vas a querer?

—Un vodka, pero supersuave —especificó Julia.

—Dale, pues.

Octavio preparó la bebida de Julia y luego la invitó a sentarse con él y sus amigos. Las amigas de Octavio se arrimaron para que ella cupiera en el sofá. Octavio ocupó una silla junto a Julia. Y, así, Julia reía los chistes y graciosos recuerdos que rememoraban, exagerándolos un poco, los amigos de Octavio. Muchas veces, Octavio se inclinó hacia Julia para explicarle el contexto de la historia que algunos de sus amigos estuviese narrando. Julia asentía o sonreía de acuerdo a lo que Octavio le dijera. Pasaron los minutos, que se convirtieron en un par de horas, cuando los invitados decidieron irse. Al ver que todos se iban, Julia le pidió a Octavio que la llevara a su casa.

...

En el carro, Julia miraba por la ventana. Octavio la miró de reojo y le preguntó si algo le pasaba. Julia negó con la cabeza y respondió:

—No. Viendo y ya... —como valoraba la buena educación, agregó—: la pasé muy bien hoy, gracias por invitarme y traerme.

—No vale. No podía dejar que te fueras tan temprano. Qué aburrido. Disculpa que mis amigos solo hablaron que si de historias del colegio, es que teníamos tiempo que no estábamos todos juntos.

Julia negó con la cabeza mientras decía:

—La pasé muy bien. Todas las historias eran cómicas. Más bien, perdón porque tenías que explicarme todo.

—Eso a mí no me molesta.

Pasaron junto a la Iglesia Don Bosco, que de noche se asemejaba a un fuerte debido a sus gruesas paredes de concreto. Julia se persignó. Octavio sonrió y comentó:

—Siempre había escuchado que había gente que hacía eso, pero nunca lo había visto en vivo.

—¿En serio? —preguntó Julia que, verdaderamente, no lo podía creer—. Yo no lo veo sieeempre, pero lo he visto.

—Debe ser porque no creo en Dios, entonces estoy lejos de todo eso.

Julia desvió su mirada de la ventana y miró a Octavio mostrando una sorpresa mayor que aquella que había revelado segundos antes con su pregunta.

Octavio, sintiendo la mirada de la joven dijo:

—Pareciera que te hubiera dicho que te voy a secuestrar. ¿Qué? ¿Nunca habías conocido a un ateo?

Julia, recobrando la compostura, respondió:

—No, no. Claro que sí. Solo que no me lo esperaba de ti. Ni se me había pasado por la mente, eso es todo.

—Sí, siempre he sido así. Toda mi familia es atea también.

Julia asintió mientras respondía con una voz tenue:

—Interesante...

Tras un corto silencio, Julia preguntó:

— Entonces, ¿para ti todo es ciencia?

Octavio asintió y respondió:

—Sí. Eso es lo único que necesitas para explicar todo, todo lo que ves, oyes, todo lo que ha pasado. No hace falta más nada. Pero, respeto lo que creas. Yo lo que hago es que no hablo de religión. Tú no vas a cambiar; yo no voy a cambiar. Se acabó.

Julia asintió lentamente.

—Qué —dijo Octavio mirando a Julia por el rabillo del ojo—. ¿Ya no quieres ser mi amiga?

—Claro que sí, yo no soy así. Entiendo que no todo el mundo piense como yo.

Como el edificio en el que vivían las Valverde no quedaba muy lejos, a Julia y Octavio no les dio tiempo de conversar mucho más. El carro de Octavio se detuvo, se despidieron con un beso en la mejilla y Octavio dijo:

—Avísame si quieres hacer algo un día de estos.

Julia asintió y salió del carro. Octavio la vio alejarse, se aseguró de que entrara y se fue. Al llegar a su habitación, Julia se echó en su cama. Mirando al techo, rio con frustración. Sin embargo, agradeció que las circunstancias se hubieran dado para que Octavio le hubiera revelado sus creencias antes de sentir algún destello de atracción por él. Julia se incorporó y se dijo a sí misma que el hecho de que Octavio fuera ateo encajaba perfectamente con su vida, pues ahora era imposible que ella se enamorara de él y, la verdad, es que estaba contenta con su soltería. No cabía duda para ella de que únicamente serían amigos, y esta idea no le desagradaba.

Domingo, 29 de abril de 2012

Tal como se lo había prometido a sí misma, Cristina se levantó muy temprano el domingo para regresar de la playa a su casa y que, así, le diera tiempo de ducharse, desayunar tranquilamente y llegar puntual al SEBIN para visitar a Salvador. Al entrar a la cocina, toda su familia se hallaba ahí.

–¡No sabía que habías llegado! –exclamó la señora Andreína con genuina sorpresa al ver a su hija entrar en la cocina, visiblemente recién bañada.

–Sí. Me levanté a las cinco de la mañana para estar temprano aquí y no llegar tarde a la visita.

–Qué responsable. Muy bien, Cristina. Sabes divertirte y no olvidar tus responsabilidades –dijo el señor Valverde mientras cerraba el periódico y lo colocaba en el piso junto a sus pies. Seguidamente, se llevó las manos detrás de la nuca y dijo tras un suspiro–: he decidido que si la situación del país mejora y esta inseguridad horrible se acaba... y se acaba el control de cambio y, ¡bueno! tendrían que mejorar un montón de cosas y a mí me tendría que estar yendo muy bien con la editorial... me quiero comprar un Mercedes Benz. Siempre me han gustado.

–¡Ay, sí! –exclamó Luna juntando las palmas de sus manos.

–Esta jura que se lo prestarían –le susurró Cristina a Julia.

La señora Andreína tomó un sorbo de su café y, con un tono que su esposo muy bien conocía, dijo:

–Y vas a comprar dos, me imagino.

El señor Valverde ladeó casi imperceptiblemente la cabeza. La señora Andreína continuó:

−O sea, yo asumo que si te vas a comprar un Mercedes, tú no estás pretendiendo que yo siga manejando el Aveo. Sino que, como buen esposo, me vas a comprar un Mercedes también.

El señor Valverde le sonrió a su esposa y supo que la única respuesta posible era «por supuesto».

La señora Andreína le devolvió la sonrisa y, desviando su mirada hacia sus hijas, les dijo:

−Así es que tienen que ser, si no, las van a tener manejando un Aveo por el resto de sus vidas, y su esposo en tremendo Mercedes.

Las tres jóvenes asintieron sin verdaderamente hacer mucho caso.

Cambiando de tema, Cristina le preguntó a Julia sobre el cumpleaños de Octavio.

−Fue chévere −y, sin poder contenerse, pues quería hablar sobre el tema, agregó−: no sabía que Octavio era ateo.

−¿Octavio Ávila es ateo? −interrogó Luna−. ¿Te gusta un ateo, Julia?

La señora Andreína levantó la cabeza y dijo:

−Ni se te ocurra. Yo siempre se lo he dicho a las tres, el matrimonio ya es de por sí demasiado complicado para encima meter las diferencias religiosas.

Tras un suspiro, Julia dijo:

−No me gusta Octavio, mamá. Fue nada más que no me lo esperaba. Es mi amigo.

−Tu mamá tiene razón, Julia −intervino el señor Valverde−. A mí, tú sabes que no me gusta meterme en los asuntos de ninguna de ustedes, pero las diferencias religiosas son algo muy delicado. Sobre todo por el tema de los hijos.

−¡Ay, ya! −exclamó Cristina−. Ni siquiera se ha agarrado de la mano con el hombre y ya ustedes hablando de hijos. ¡Pobre Julia! ¡Por eso es que no tiene novio!

−¡Pero es que yo no quiero ser su novia! −dijo Julia levantando la voz, algo que raramente sucedía.

−Perdón por no decirte −se disculpó Cristina−. Sí se me pasó por la mente, pero luego pensé que, ¿sabes?, no ibas a querer ser ni su amiga, yo te conozco.

Julia se limitó a asentir, resignada.

...

Al llegar a la sala de visitas donde recibía Salvador, él ya estaba allí. Al verla, sonrió. Cristina le devolvió la sonrisa. Salvador la invitó a sentarse. Sentándose junto a ella, le preguntó qué cuestionario tenía preparado para ese día, pues estaba listo para responder. Cristina le preguntó sobre su cautiverio. Salvador bajó la mirada y sonrió.

—Cautiverio doble —fue su respuesta.

Cristina le dedicó una débil sonrisa.

—No me tengas lástima. Todo se ve peor desde afuera —fue la respuesta de Salvador.

Salvador le habló de su nueva rutina, de cómo sus compañeros se sentaban frente a su reja para conversar, de todos los libros y películas que había planeado leer y ver en el transcurso de ese mes («¿Puedes creer que no he visto *El Padrino*?»). Y así, sin que ninguno de los dos se diera cuenta, se sumergieron en un diálogo en el que uno utilizaba sus palabras mientras la otra respondía con sonrisas y miradas. Cristina entendió que su, ahora amigo, llevaba mucho tiempo sin verdaderamente hablar; por un lado, cuidando todo lo que decía frente a sus compañeros y los comisarios y, por el otro, enmascarando la realidad frente a su familia. En Cristina, Salvador había encontrado una persona a quien no le tenía que hacer creer que todo estaba bien y que no tenía ningún tipo de relación con lo que corresponde a la jerarquía de una prisión. Además, Cristina era alguien que no conocía su pasado, y Salvador podía describirlo y narrarlo con las ansias de mostrarle que su vida no había sido siempre así, que siempre había sido muy similar al presente de su oyente, que conocían los mismos lugares, que recordaba las direcciones, y que, incluso, conocían a los mismos mesoneros de ciertos restaurantes populares. Cristina se convirtió en una ventana a ese pasado inasible, un espejismo de una realidad que extrañaba y cuyo recuerdo reprimía para no sucumbir a la desesperación, viviendo siempre en el presente e imaginando su futuro en un lugar lejos de allí.

—Yo siempre pedía la carne en Gourmet Market. Además, me encanta la pasta en todas sus formas. Iba mucho a Veranda, también.

Cristina no lo interrumpía.

—Me encanta pasar año nuevo en Camurí. Berro... cuando salga me quiero ir a Los Roques un fin de semana... ¿Pero sabes qué extraño? Sonará rarísimo, pero extraño bailar. Dos de mis amigos se han casado y no pude ir a sus bodas, y yo me gozo un «matri» como nadie. Sawu también era chévere.

—Ya vas a ver que vas a salir y vas a poder volver a Sawu, ir a la playa, estar con tu familia, subir al Ávila.

—No, ya va, cuando vea el Ávila, voy que si que a llorar. Y eso que yo nunca le paré mucho. Nunca fui de esos que ponen fotos del Ávila en Facebook y que «mi Ávila hermoso» y vaina. Pero, sí... ahora me muero por verlo... ¿No te estoy haciendo perder tu tiempo, verdad?

—Para nada —respondió Cristina con firmeza.

Salvador le dedicó una rápida sonrisa y le agradeció el no dormirse.

—No me aburres para nada. Me encanta saber sobre tu vida antes de esto.

Salvador sonrió de nuevo bajando la mirada. Ambos miraron hacia la puerta pues se oyeron voces que se acercaban. Un par de segundos después, apareció en el umbral la familia de Salvador. Salvador y Cristina se levantaron.

—¡Salva! —lo saludó una joven de unos dieciséis años, que tras besar a su hermano le sonrió a Cristina esperando a que Salvador los presentara.

—Cristina, ella es mi hermana, María Elisa. María Elisa, ella es Cristina, la que está haciendo un estudio psicológico sobre mí.

—Me imagino que ya descubriste que Salvador está loco —bromeó la joven, sonriendo con picardía.

Antes de responder, Cristina le dedicó una rápida ojeada a Salvador:

—No... más bien, superbién está para llevar tanto tiempo aquí. Más normal imposible.

La joven miró a su hermano y, sonriendo ahora con un destello de tristeza, lo abrazó por la cintura.

También habían llegado los padres de Salvador, su hermano y dos tíos.

—Tú eres la amiga de Bóreas, ¿no? —le preguntó a Cristina el hermano de Salvador.

—Sí... —respondió Cristina—, mucho gusto, Cristina Valverde.

Saludó también a los padres y los tíos y, disculpándose, dijo que ya debía irse.

—¿De verdad te tienes que ir? ¿No te quieres quedar un ratico más? —le preguntó a Cristina la madre de Salvador.

—No creo que nadie se quiera quedar un ratico más aquí —dijo Salvador—. Yo no quiero, por lo menos.

—Me da pena estorbar, ya les estoy quitando una hora con Salvador.

La hermana menor de Salvador, María Elisa, se encogió de hombros mientras decía:

—Qué importa. Ya estamos aquí con él. ¡Quédate!

Salvador y Cristina se miraron. Habló él:

—Mira, si te quieres quedar, todos aquí estaríamos encantados, no estorbas para nada. Pero, si te quieres o te tienes que ir ya, por supuesto que te entiendo.

—No vale, sí me puedo quedar un rato.

—¿Segura?

—Ay, Salvador, va a creer que no quieres que se quede, cuando por supuesto que sí —intervino su madre.

Salvador desvió su mirada de Cristina a su tía y de su tía a Cristina.

Cristina sonrió y dijo:

—Sí me quiero quedar.

—¿Viste, Salva? No hay más que preguntar —le dijo su mamá—. Consigue otra silla, por favor.

Salvador pidió prestada una silla que sobraba de la mesa donde recibía sus visitas Daniel Manrique y la colocó junto a la silla en la que él siempre se sentaba. Cristina se sentó junto a él. Los familiares de Salvador le preguntaron sobre su proyecto, su carrera, hasta sobre su familia. Cristina respondió a todas las preguntas con sinceridad y, la verdad es que encantada, pues le gustaba hablar de ella misma. Ella lo sabía y no se enorgullecía de ello. Así que, al darse cuenta de que ya había hablado demasiado, se dedicó a hacer preguntas a los familiares de Salvador, para desviar el foco de atención de ella hacia los demás. Estuvo simplemente unos cuarenta minutos más, ya que, sin importar cuánto le dijeran lo contrario, no quería interferir con el momento familiar. Cristina se despidió y Salvador la acompañó hasta la puerta.

—Gracias por quedarte un rato más. Hiciste todo más divertido —le dijo Salvador.

—No vale. Me encantó quedarme, pero no quería molestar.

—Te lo juro que no molestabas. A mí me gusta más cuando están también mis amigos, la visita es menos seria.

—Bueno, si quieres, la semana que viene me quedo más tiempo. No la pasé nada mal.

Salvador sonrió.

—Por mí, feliz.

Esta vez fue Cristina quien sonrió y dijo:

—Dale. Entonces, la semana que viene me quedo el domingo, no sé, ¿hasta las dos?

—Buenísimo.

Se sonrieron una vez más y Cristina atravesó la reja, por primera vez, sin querer irse de allí.

Miércoles, 2 de mayo de 2012

Escondiendo el celular detrás de su pupitre, Luna sonrió al recibir, por primera vez, un mensaje de Bóreas. El mensaje decía:

«Mucho éxito hoy en tu examen. Lo vas a hacer muy bien, estudiaste y entendiste todo. Avísame cómo te fue. −Bóreas».

No le sorprendió el que Bóreas escribiera así, cuidando sus acentos y signos de puntuación, aunque se tratara de un informal mensaje de texto. Escribiendo a su manera, Luna respondió:

«Graciass Boreas!! Yo te aviso! Tengo miedo jaja».

Guardó el celular en su bolso, pues el profesor de Matemática acababa de entrar al salón.

...

Al salir del examen, Luna se sentía satisfecha. No creía haber obtenido la máxima calificación, pero estaba segura de que lo había hecho mejor que en cualquier examen de Matemática que había presentado desde que estaba en bachillerato. Durante ese corto lapso de tiempo en el que el profesor de Matemática ya se había ido y la profesora de Sociología no había entrado, Luna sacó su celular del bolso y le escribió a Bóreas el siguiente mensaje:

«Creo que sali bien!!! Fue facil! Muchas graciassss :)!!!».

No pasó un minuto para que Bóreas respondiera, con la misma emoción, pero expresada de manera muy distinta:

«¡Excelente! Felicitaciones. ¿Viste que sí eres muy inteligente? Hay que celebrarlo».

Luna sonrió al leer el cumplido y respondió rápidamente, pues la profesora de Sociología acababa de entrar al salón, por lo que el mensaje que envió fue así:

«Siiu q quierea hacer?».

Envió el mensaje y guardó el celular en su bolso, al mismo tiempo que pretendía tener que sacar su cartuchera. Colocándose un mechón de pelo detrás de la oreja, Luna sonrió. Sabía que de no haber sido por el apuro, habría pensado más su respuesta y quizá no habría aceptado la invitación de una manera que para ella fue abrupta, pero ya el mensaje estaba enviado. Tuvo que volver a abrir su bolso para sacar su cuaderno. Pudo ver la lucecita roja titilar. Luna sonrió de nuevo y esperó con impaciencia a que se acabara la clase.

Domingo, 6 de mayo de 2012

Eran las seis de la tarde. Los cinco miembros de la familia Valverde ocupaban algo más de la mitad del último banco de la iglesia. Al señor Valverde le gustaba sentarse de último para, así, poder salir de primero. Era bastante religioso, pero se concedía esa licencia. La señora Andreína Valverde miró a Cristina con los ojos muy abiertos y la boca apretada, Cristina entendió que debía hacer silencio, pues les estaba contando a Julia y a Luna cómo le había ido ese día con Salvador y su familia.

—Cristina se va a enamorar de un preso —susurró Luna.

Julia se llevó el puño a la boca para ahogar la risa y, tras controlarse, dijo en voz baja:

—Qué irónico. Cristina siempre dice que las relaciones son como una cárcel. Si se llegara a empatar con Salvador, tendría cárcel doble pues.

Las tres hermanas Valverde rieron. La señora Andreína las volvió a mirar con severidad y les dijo en un susurro que nada tenía de discreto:

—La misa ya empezó. Se me callan las tres.

Las tres hijas callaron y se unieron al coro de feligreses que rezaba el «Yo pecador».

Todos se sentaron para escuchar la primera lectura. Julia prestó atención a las primeras dos frases que se leyeron, pero se distrajo al pensar en Octavio y en el hecho de que no habían hablado desde el día del cumpleaños de este. Ni un mensaje, nada. Julia repasaba cada momento de aquella noche, cada palabra dicha, cada gesto, cada mirada, intentando descubrir qué había hecho mal, pues para ella esa era la única explicación posible que se le podía dar a la ausencia de Octavio. Por otro lado, Julia pensaba que, si lo que verdaderamente quería era ser su amiga, pues le caía muy bien, no había problema en que ella lo llamara. Sin embargo, si él no la había llamado, era porque no quería hablar con ella y no estaba interesado ni siquiera en su amistad... y quizá era lo mejor, pues al no pasar tiempo con él, no corría el riesgo de enamorarse, y eso, por ser Octavio ateo, llenaría su vida de conflictos innecesarios para ella. Julia desistió de la idea de llamarlo y se abandonó a las circunstancias. El evangelio la tomó por sorpresa, se levantó de golpe e hizo un gran esfuerzo por prestar atención.

...

Al regresar a la casa, Luna Valverde fue rápidamente al baño a lavarse los dientes. Cambió su franela blanca de cuello en V por una blusa de seda, sin mangas, *beige* con bordados plateados, se dejó su *blue jean* acampanado y sus sandalias de plataforma. Se retocó su maquillaje y el pelo y, quince minutos después, fue a la cocina, donde se encontraba el resto de su familia.

–¿Y a dónde vas tú? –preguntó la señora Andreína al ver a Luna entrar.

–Como creo que salí bien en Matemática, voy a salir a celebrar con Bóreas, que me quiso invitar a cenar –explicó Luna, sabiendo que se acababa de hacer blanco de preguntas.

–Entonces, no te han entregado la nota, pero como crees que saliste bien, Bóreas quiere invitarte a cenar para celebrar. No pierde el tiempo, tan tranquilito que se ve –dijo el señor Valverde mientras se colocaba ambas manos detrás de la nuca.

–¿Tienes una cita con Bóreas? –preguntó Julia sonriendo sorprendida.

–Cómo sería un beso entre Luna y Bóreas... –comentó Cristina al vacío por el simple gusto de crear conflicto.

–¡Yo no me voy a besar con Bóreas! –exclamó Luna.

–Tranquila, hija. Yo sé que tú no le gustas a él.

Luna miró a su madre al tiempo que sus dos hermanas mayores reían el comentario. La señora Andreína continuó:

–Él te debe ver como una niñita.

–Tampoco es tan mayor que yo, solo me lleva cuatro años.

Luna sintió su celular vibrar en el bolsillo trasero de su *jean*. Era Bóreas diciéndole que estaba frente a su puerta.

–Ya está aquí –comentó Luna.

—Que pase a saludar — ordenó la señora Andreína.

—Ay, mamá... ¿de verdad?

—¡Claro! Por Dios, es Bóreas. Él es como de la casa —dijo Cristina.

Luna se alejó y, al abrirle la puerta a Bóreas, le pidió que entrara un momento. Ambos aparecieron en el umbral de la cocina. Bóreas saludó.

—Bóreas, muchas gracias. Luna me dice que todavía no le han dado la nota pero que cree que salió bien. Y ya eso es algo —dijo la señora Andreína.

—No vale, de nada. Un placer para mí explicarle.

Julia y Cristina se miraron.

—¿A dónde van? —averiguó el señor Valverde

—Il Grillo —respondió Bóreas, tras lo cual miró a Luna y le preguntó si le gustaba.

La joven asintió.

...

Bóreas levantó la mirada y vio a Luna mientras esta, con la cabeza baja, repasaba el menú. Qué bonita estaba. Desde que era amigo de las Valverde, Bóreas siempre había considerado a Cristina la más bonita y siempre había sentido un aprecio especial por Julia, que era la que más se parecía a él. Sin embargo, en ese momento no podía negar que Luna, a quien nunca le había prestado atención, era, a sus ojos, la más bella y, ahora que la conocía, no se explicaba cómo alguna vez no le había caído bien, si era encantadora. Bóreas sonrió ante el hecho de que numerosas veces había salido a comer con Julia o con Cristina, o con ambas al mismo tiempo, pero jamás había considerado esas salidas como una cita. Esta vez sí se sentía en una cita, y la verdad es que estaba nervioso.

—¿Ya sabes qué vas a pedir? —le preguntó.

Luna levantó la mirada:

—Podemos compartir la *pizza* de tocineta y cebollín, que me encanta pero que es muy grande para mí sola. Si no te gusta, no.

Bóreas sonrió.

—Es mi favorita. Perfecto, déjame pedir un *carpaccio* de entrada. Lo podemos compartir o puedes pedir el tuyo propio.

Luna negó con la cabeza y dijo:

—Te voy a quitar un poquito y ya. Gracias.

—¿Cómo te va con Literatura? —le preguntó Bóreas a Luna para así iniciar alguna conversación.

Luna suspiró antes de responder:

—Horrible. La profesora me odia. El otro día me humilló delante de todo el salón porque teníamos que hacer una exposición de un libro y yo la hice de *Crepúsculo*. Okey, yo entiendo que no es la mejor novela del mundo. Pero, ¿sabes?, ella no dio especificaciones. Un libro puede ser cualquier libro. Pude haber hablado ahí sobre el Álgebra de Baldor ese que te gusta tanto, Bóreas.

Bóreas rio.

—¿Y le dijiste eso? Porque es verdad, un libro es cualquier libro.

—No —respondió Luna encogiéndose de hombros—. Si decía algo, me bajaba la nota de 12 a 10... o a 9.

—Bueno, en lo que sí te puedo ayudar es que, si alguna vez vuelve a criticar tu análisis de un poema, tú le tienes que decir que un poema no es un solo poema.

Luna apretó los labios, tras lo cual confesó no entender. Bóreas se explicó:

—Un poema es tantos poemas como personas lo lean, porque todos vivimos vidas distintas y apreciamos las cosas de manera diferente. Incluso, ese mismo poema puede cambiar a los ojos del lector debido al paso del tiempo y a las nuevas experiencias que vaya adquiriendo. Así, tú le dices que, a menos que haya leído cartas del autor donde especifique cuál es el tema de su poema, ella no puede decir que tu interpretación no es válida. Y, ni siquiera, porque los autores mienten mucho, capaz y lo que el autor dice que quiso decir ni siquiera es la verdad.

Como respuesta, Luna rio levemente por la nariz y dijo:

—Tú sí eres inteligente.

Bóreas sonrió:

—Gracias, pero de verdad, dile eso.

—Me lo tendrás que enviar por mensaje para que así yo me lo aprenda de memoria, porque ya se me olvidó —dijo Luna riendo.

—Dale, pues —dijo Bóreas sacando su celular del bolsillo trasero de su pantalón.

Luna lo observaba mientras escribía, sonrió levemente y dijo un suave «gracias». Bóreas se limitó a levantar la mano como queriendo decir que no importaba.

—¿Te llegó?

Luna revisó su celular.

—Sí, hoy me lo aprendo al caletre, que mañana tengo Literatura.

—¿Es verdad que tú bailas bien? —preguntó Luna de golpe.

Bóreas levantó las cejas y rio mientras preguntaba:

—¿Cómo? ¿De dónde sacaste eso? O sea, sí... en verdad, sí.

—Es que Cristina dijo que tú bailabas bien. Y eso, me costó creerlo pues, porque yo pensaba que tú leías todo el día y ya.

Bóreas volteó los ojos, mientras recostaba su espalda en el asiento.

—Tampoco soy así. Yo salgo mucho con tus hermanas. Okey, no mucho, pero sí. Y me encanta bailar, la música es lo máximo.

—¿Qué te gusta bailar? —preguntó Luna inclinándose hacia adelante y apoyando los codos en la mesa al tiempo que entrelazaba sus largos dedos.

Bóreas se encogió de hombros y respondió:

—De todo.

—¿Te gusta el reguetón? —le preguntó Luna con curiosidad.

—No..., para salir, sí; no para estar oyéndolo en el carro. Pero, sí te confieso que me gustan mucho las letras de Calle 13. Calle 13 es el único reguetón que puedo escuchar en el carro.

—¡¿Calle 13?! —repitió Luna haciendo énfasis en cada sílaba mostrando su incredulidad.

Bóreas mostró sus manos como queriendo explicar que hablaba con toda la verdad y respondió:

—Son buenísimas. Por ejemplo, en la canción «Japón», cuando le responde al supuesto japonés que dice que en Japón hacen karate, entonces él responde que eso no importa porque en Puerto Rico le meten con un bate, ¡es buenísimo!

Luna se llevó una mano a la boca y Bóreas vio cómo su cara se enrojecía mientras reía. Sabía que si no estuvieran en un lugar público, se estaría riendo a carcajadas.

Luna apoyó ambas manos sobre la mesa y respiró hondo para intentar controlar su risa.

—Perdón —logró decir al fin—. Es que eso no me lo esperaba.

El mesonero se acercó a preguntarles si ya estaban listos para ordenar. Luna pidió una limonada y Bóreas una Coca-Cola Light.

—Cuando regrese con las bebidas, pedimos la comida —le explicó Bóreas a Luna, pues le pareció una buena excusa para alargar la cena así fuera por unos minutos.

—De verdad que jamás pensé que tú dirías que te gusta un grupo de reguetón, pensaba que para ti era basura.

—Es basura. Solo me gusta Calle 13. Sus letras no son malas. Vete a la Escuela de Letras de la UCAB y la UCV[4] y vas a ver que más de un profesor, y los alumnos también, te van a decir que las letras de Calle 13 son buenas. Y no se te ocurra decirles que te gusta Arjona. No lo soportan.

—Okey... —dijo Luna mientras asentía—. No creo que vaya nunca a las Escuelas de Letras, pero, si alguna vez conozco a alguien que estudie esa carrera, le voy a preguntar. Pero, ajá, ¿qué es lo que te gusta bailar?

—Me gusta mucho la salsa, me gusta el merengue. Juan Luis Guerra me parece buenísimo, tanto sus melodías como sus letras, por cierto, él estudió Letras en la universidad.

Luna soltó una corta risa nasal antes de decir:

—Tú sí sabes cosas *random*. Y ni siquiera es que estudias eso. Estudias Biología, ¿no?

Bóreas asintió.

El resto de la velada continuó igualmente animada. Al acabar la cena y regresar al edificio donde ambos vivían, Bóreas acompañó a Luna hasta su puerta y se despidieron con un beso en la mejilla. Luna les avisó a sus padres que había llegado y se dirigió a su cuarto sin hacer ruido, pues no quería responder a las preguntas que, seguramente, le quería hacer Cristina. Ya en su cama, Luna revisó su celular y sonrió al ver que tenía un mensaje de Bóreas, que decía: «Gracias por venir hoy. La pasé increíblemente bien».

Luna respondió:

«Graciass a ti por invitarmee! Yo tambn la pase muy, muy bienn!:)».

Luna buscó su iPod, que descansaba sobre la mesa de noche, se colocó los audífonos y escuchó un par de canciones de Calle 13 antes de irse a dormir.

...

Más temprano, ese día, Cristina Valverde había subido a pie la colina que daba hacia la entrada del centro penitenciario donde se encontraba Salvador, pues el bus se había dañado. Cristina caminaba lentamente mientras veía a las esposas de los presos subir delante de ella, arrastrando sus maletas de ruedas, en las que llevaban ropa, utensilios para el baño y probablemente comida. Mujeres que llevaban uno, dos, hasta seis años pasando sus domingos en la cárcel, así como cumpleaños, navidades, días de la madre y del padre. Cristina admiraba que, después de años, ellas

---

4. Universidad Central de Venezuela

seguían visitando a sus esposos, religiosamente, dos veces a la semana. Y se preguntó si ella amaría alguna vez a alguien lo suficiente como para hacer lo mismo. Pensó que, quizá, solo por el hecho de ser su esposo, ella no faltaría a las visitas, sin importar cuántos años hubieran pasado, lo que dudaba es si encontraría a alguien a quien amara tanto que, de hallarse en esa situación, visitarlo no sería nunca un tedio.

Llegó, por fin, a la entrada. Mostró su cédula de identidad, pasó por seguridad y, una vez más se encontraba en el blanco pasillo que la llevaba a la sala de visita de Salvador. Miró a su derecha y vio a Soledad Bahamonde detrás de su celda. Se sonrieron, Cristina le dedicó un saludo con la mano y siguió su camino. Salvador ya estaba allí, junto a Daniel Manrique y otro compañero. Al verla llegar, Salvador sonrió y se acercó.

—¿Qué más?

—¿Listo para la preguntadera de hoy? —le preguntó Cristina.

Salvador soltó una corta risa nasal y asintió mientras respondía:

—Listo.

Mientras se sentaban, Cristina le comentó que el bus se había dañado y que habían tenido que subir a pie. Le habló de su admiración por las esposas de los presos que llevaban años en la cárcel y que continuaban visitándolos todas las semanas.

—Alexander Ivanovich lleva como siete años preso, yo me acuerdo cuando lo metieron, y siempre que vengo están Pilar y sus dos hijos aquí con su maleta y bolsas —le comentó Cristina a Salvador.

—Sí... ¿lo quieres conocer?

Cristina se sorprendió y preguntó:

—¿A quién? ¿A Alexander Ivanovich? ¿Se puede?

—Qué cómico, estás emocionada como si te dijera que vas a conocer, no sé, a Billy Joel.

Cristina rio el comentario y Salvador agregó:

—Sí, bueno, es que para el Día del Padre vamos a tocar «Piano Man» de Billy Joel, entonces, como estamos practicando, lo tengo en la mente, pues.

—¡Ay, qué éxito! Yo amo esa canción... y, sí, Alexander Ivanovich es como una celebridad ahí afuera, cada vez que publica una carta o artículo todo el Twitter no hace sino hablar de eso, siempre se habla de él en los medios... yo siempre veo a Pilar en la tele hablando desde la sede de COPEI[5].

---

5. Comité de Organización Política Electoral Independiente, conocido además por su eslogan: Partido Social Cristiano.

—Yo sé, nada más tengo nueve meses aquí. Todavía me acuerdo cómo es el mundo de afuera —explicó Salvador en sus ansias de mostrar que tenía una vida afuera de la prisión, que Cristina no conocía su vida real, que él no había sido un preso siempre—. Pero, el punto es, ¿lo quieres conocer? Anda, déjame llevarte, si ya estás viniendo para acá, por lo menos déjame mostrarte las «atracciones» que hay aquí.

—«Atracciones» —repitió Cristina—. Qué cómico.

Salvador se levantó y le hizo un gesto a Cristina con la mano para que lo siguiese. Juntos salieron de la sala.

—Nunca había pasado por aquí —le comentó Cristina.

—Pues qué suerte —fue la respuesta de Salvador—, yo paso por aquí todos los días, porque por aquí se llega a los calabozos.

Salvador se dio cuenta de que Cristina frunció el ceño al escuchar el término «calabozos».

—¿Qué? ¿No te gusta esa palabra? Eso es lo que son, no voy a degradarme y decir, «los cuartos». Esos son unos calabozos de muerte.

—Sé que no me los puedo imaginar —dijo Cristina.

—Admito que hay cárceles mucho peores, pero de todas maneras.

Llegaron a una especie de sala común donde se encontraban dos puertas.

—Esa puerta de la derecha es la que lleva a los calabozos, la de la izquierda, que es donde está Alexander, es otra sala de visita.

Salvador abrió la puerta de la izquierda e invitó a Cristina a pasar. Cristina se encontró en un salón grande con mesas, cada una ocupada por una familia. Al fondo, Cristina reconoció a Pilar y a Alexander Ivanovich con sus dos hijos.

Salvador miró a Cristina.

—Estás nerviosa, qué cómico.

—Tienes razón, siento que voy a conocer a Billy Joel.

Al ver a Salvador y a Cristina acercarse a su mesa, Alexander Ivanovich se levantó.

—Hola, Pilar, Alexander. Aquí les presento a otra admiradora, Cristina Valverde.

—Ella y yo nos conocemos —dijo Pilar sonriéndole a Salvador.

—Sí, siempre nos vemos en la espera del bus, también conozco a tus hijos. Al que no conocía era a Alexander —dijo Cristina—. Mucho gusto, Cristina Valverde —saludó mientras extendía su mano para estrechar la de Alexander Ivanovich.

—Mucho gusto, Alexander Ivanovich —saludó él estrechando la mano de Cristina y sonriéndole.

Al soltarle la mano, Cristina se pasó el pelo detrás de la oreja y dijo:

—De verdad, encantada de conocerte. Obviamente ya lo sabes, pero igual te quiero decir que tienes a todo el país esperando por tu libertad. Admiro su fortaleza, la de los dos, y también el trabajo que sé que debe implicar mantenerse como noticia después de tanto tiempo. Eso es muy difícil, en serio, toda mi admiración.

Aunque los Ivanovich estaban acostumbrados a escuchar palabras de afecto, el que alguien nuevo se las dijera, les daba nuevas fuerzas para seguir luchando.

Salvador y Cristina no permanecieron mucho tiempo con los Ivanovich pues no querían quitarles tiempo de compartir en familia.

—Qué simpático —le comentó Cristina a Salvador en la caminata de regreso—, pensaba que iba a encontrarme con un hombre triste y nada que ver.

—Sí, el humor es algo que nos mantiene en pie.

Salvador rio para sí.

—¿Qué pasó? —le preguntó Cristina.

—Nada, acordándome que el otro día, Alexander le escribió una carta a la compañía del horno que usamos aquí para cocinar.

Cristina le dedicó a Salvador una mirada interrogativa.

—Okey, tienes que entender —explicó Salvador— que somos cuarenta hombres aquí dentro, que todos cocinamos, por lo menos, una vez al día, todos los días. En ese horno se ha hecho pollo, pernil, hemos hecho costillas. Hicieron pavo una vez. Ya lleva tres años aquí y está perfecto. Entonces Alexander les escribió una carta diciéndoles que aquí en la prisión, usábamos el horno, y que la calidad del horno era excelente... No sé para qué te lo estoy contando ni por qué es cómico, pero a mí me da mucha risa.

—¡Es cómico! Tampoco sé por qué, pero sí es.

Al llegar de nuevo a la sala de visita de Salvador, sus compañeros ya estaban sentados con sus respectivas familias.

—¿Y qué te dice tu familia de que vengas para acá? —le preguntó Salvador a Cristina mientras se recostaba en el asiento y colocaba ambas manos detrás de su nuca.

Ella se encogió de hombros antes de responder:

—Nada, que me cuide. Les preocupa más la manejada hasta acá que el hecho de que yo esté aquí. Dicen que este debe ser el sitio más seguro del país.

Salvador suspiró antes de decir:

—Sí es... créeme. A veces digo «me quiero escapar». Es prácticamente imposible.

—¿Y cómo va tu caso? —le preguntó Cristina con interés—. ¿Crees que puedas salir pronto?

Salvador levantó la mirada y nuevamente suspiró:

—Créeme que de lo último que quiero hablar con alguien que no tiene nada que ver con esta situación, me explico, no eres un abogado, no trabajaste conmigo, no eres de mi familia... de lo último que quiero hablar es de mi caso. Quiero hablar de otras cosas, cuéntame de ti. No sé, ¿tienes novio? Debes tener. ¿Qué te dice de que vengas para acá?

—Yo no tengo novio —respondió Cristina negando con la cabeza y levantando una ceja. Pensó en mencionarle su opinión de que para ella una relación amorosa era una suerte de cárcel, pero nunca se había encontrado en otra situación en la cual el comentario estuviera más fuera de lugar que en esa.

—No te creo... con lo bonita que eres. Tienes que tener novio.

—¡Aaah! ¿Te parezco bonita? Oye, gracias... Tú te pareces a Robert Downey Jr. —dijo Cristina, que se había dado cuenta del parecido desde la primera vez que había visto a Salvador.

Salvador sonrió y dijo:

—Me lo han dicho, pero gracias, es un cumplido que no está de más recibir.

—¿Y si resulta que a mí Robert Downey Jr. me parece horrible? —preguntó Cristina con una sonrisa.

Salvador la miró por dos segundos, sonriendo a su vez con suficiencia, antes de responder:

—No. No te parece feo. Es más —agregó mientras la apuntaba con el dedo—, estoy seguro de que te encanta Robert Downey Jr.

Era verdad.

Cristina rio con sarcasmo antes de preguntar:

—¿Y qué te crees tú?

—Yo no me creo nada —respondió Salvador encogiéndose de hombros—. Tú fuiste la que me comparó con un actor de cine.

Cristina entornó los ojos.

—Quién me manda —dijo.

—Tú te las das de la piedra —le dijo Salvador sacudiéndole el hombro—. Pero yo sé que debajo de todo eso eres una bolita de algodón.

Cristina rio por la metáfora.

—No me las doy de la piedra. Claro que tengo sentimientos, pero no sé tampoco si soy una bolita de algodón.

—Okey... te concedo esa.

La familia de Salvador llegó unos veinte minutos después. Cristina se encontraba sentada entre Salvador y María Elisa. La madre de ambos había llevado sándwiches y le ofrecieron uno a Cristina. Las dos horas que siguieron, Cristina las pasó escuchando, riendo y respondiendo preguntas. Al ver en su reloj que eran las dos de la tarde, le dijo a Salvador en voz baja que ya era momento de irse. Se despidió de todos y él la acompañó hasta la reja.

—Gracias por quedarte, en serio —le dijo Salvador.

—No vale, si la pasé muy bien. Todos son muy simpáticos y tu hermanita es una belleza.

—¿Nos vemos la semana que viene? —le preguntó Salvador a Cristina.

—Sí, claro. Todavía no he terminado con mi trabajo.

—Bien. Bueno... —dijo Salvador mientras extendía su brazo y se inclinaba hacia adelante—. Nos vemos entonces.

Cristina se inclinó también y respondió con un «dale», tras el cual se despidieron, por primera vez, con un beso en la mejilla.

Al regresar a la sala, los familiares de Salvador le comentaron sobre Cristina.

—Me gusta esa muchachita —le comentó su abuela—. Se le nota que tiene carácter, y tú, mijo, necesitas una así, porque con ese carácter tuyo, a cualquiera la pisoteas.

—Para nada, abuela. Yo no tendría a nadie pisoteado. Pero, sí. La verdad es que a mí también me gusta que tenga carácter.

...

Esa noche, luego de que Luna se hubiera ido a cenar con Bóreas, Cristina les contó a Julia y a sus padres que había conocido a Alexander Ivanovich.

—¿Y qué tal? ¿Cómo está? ¿Cómo le va con los dolores de la espalda? Siempre hablan en Twitter de sus problemas con la espalda. Yo no sé cómo no le dan, por lo menos, casa por cárcel a ese pobre hombre —comentó la señora Andreína.

—Lo vi bien —respondió Cristina—. O sea, no es que se va a quejar delante de mí de sus problemas. Estaba con su familia, fue muy simpático conmigo. La esposa, guao. Okey, pobrecito él que está preso, pero la esposa está como presa también.

—Yo pienso lo mismo —intervino Julia—. Ella tiene que ir al SEBIN dos veces a la semana y, además, como es figura pública, todo el mundo está pendiente para criticar. Seguro no puede ni salir a almorzar con una amiga. A cenar, imposible. Qué situación tan difícil.

Más tarde, mientras Julia leía en su habitación, Cristina entró y, acostándose junto a su hermana mayor, le contó los detalles de cómo había sido la visita en el SEBIN.

—Dijo que le pareces bonita, ¿crees que le gustas?

—No creo, pero sí fue como raro hoy.

Cristina le iba a preguntar a Julia por Octavio cuando escuchó los pasos de Luna en el pasillo hasta que la joven entró a su cuarto. Ambas se miraron y sonrieron con complicidad.

—¿Cómo crees que le fue? —preguntó Cristina.

—Yo creo que bien, a veces los veo cuando Bóreas le explica. Luna siempre se está riendo.

—Mañana la fastidio para que me cuente —volviendo a la pregunta que tenía en mente, Cristina le preguntó a Julia por Octavio.

—Hace una semana que no sé nada de él.

—Ay, chica... bueno, no le pares.

—Sí, bueno...

Viernes, 11 de mayo de 2012

El cumpleaños de Octavio había sido hacía dos semanas y, desde ese día, Julia no había hablado con él. Durante esos catorce días ella, que nunca le había prestado mucha atención a su celular, lo revisaba inmediatamente luego de escuchar que había recibido un mensaje. No se puede decir que estaba triste, pero sí lo extrañaba. Aprovechando los vidrios ahumados de su carro, Julia pensaba en voz alta:

Extraño escuchar música con Octavio, extraño bailar con Octavio, extraño que Octavio me presente a sus amigos, extraño que me llame... ah... soy una patética. Ni siquiera lo conozco en verdad. Pero ¿qué hice? Yo siento que la pasamos superbién en su cumple y yo solo quiero ser su amiga, él me cae buenísimo. ¿Será que cree que me gusta? Ay, no... seguro me vio como una desesperada. ¡Pero es que yo no hice nada! No. Ya sé lo que pasó. Conoció a una chama que le encanta y hoy va a salir con ella... y seguro es atea también. ¡Eso es lo que pasó! Le pareció una intensidad que me persignara cuando pasamos frente a la iglesia. Pues, entonces, si no quiere ser mi amigo por eso, pues que ni me llame más nunca, porque no me voy a dejar de persignar. Ay, obvio que es por eso. Bueno...

Se encogió de hombros y decidió escuchar música. Aprovechando el tráfico del mediodía, gracias al cual pasaba generosas cantidades de tiempo con el auto inmóvil, Julia sacó el iPod de su cartera y seleccionó la opción que escoge las canciones de manera aleatoria. «Las estrellas» de Caramelos de Cianuro comenzó a sonar.

Con ambas manos en el volante y bajando la cabeza, Julia rio. Levantó la cabeza mientras exhalaba un ruidoso suspiro y se dijo:

Parezco un personaje de los libros de Beatriz Blanco, que siempre ponen el iPod en aleatorio y aparece la única canción que no debería ponerse... Bueno, qué más. Acabó de decir mientras subía el volumen y cantaba junto a la voz de Asier Cazalis.

❧~❧

ESA NOCHE, JULIA VALVERDE SE preparó un chocolate caliente y fue a su cuarto a ver una película asumiendo que sus hermanas estaban ocupadas cn sus propios planes. Arrodillada frente al mueble donde descansaba su televisor, Julia ojeaba su discreta colección de DVD. Acabó por decidirse por la famosa película española *Tres metros sobre el cielo*. Se sentó en la cama con el chocolate caliente en sus manos y presionó el botón de *play*. No pasaron cinco minutos cuando su hermana Luna entró al cuarto sin tocar.

–¿Qué haces? –preguntó la hermana menor mientras se inclinaba para ver la pantalla. Al ver a Mario Casas, la joven exclamó–: ¡*Tres metros sobre el cielo*! ¿La puedo ver aquí contigo?

Asintiendo, Julia se arrimó para que Luna tuviera más espacio.

–¿No vas a salir? –indagó Julia.

Negando con la cabeza, Luna respondió:

–No, estoy cansada.

Cristina, que se hallaba en su cuarto, decidió salir al escuchar las voces de sus hermanas. Empujó la puerta del cuarto de Julia de forma teatral y preguntó:

–¿Qué hacen aquí sin mí?

–Estamos viendo *Tres metros sobre el cielo* –respondió Julia.

–¿Qué? ¿Y no me avisan? ¿Ustedes están locas? Ponla desde el principio. Déjame ponerme un pijama y vengo a verla con ustedes –acabó de decir Cristina mientras se alejaba.

–Menos mal que la película no llevaba casi nada, porque si nos hubiera encontrado en la mitad, nos hubiera hecho retrocederla de todas formas –comentó Julia, que esa forma de ser de su hermana siempre le provocaba sonrisas.

No habían pasado dos minutos cuando Cristina entró de nuevo a la habitación de Julia y se acostó en el extremo de la cama junto a Luna. La película comenzó de nuevo.

–¿No quisieran vivir una historia de amor así? –preguntó Luna sin quitarle la vista a la pantalla.

Mientras negaba con la cabeza, Julia respondió:

—No. No quedan juntos. Me quedaría demasiado triste.

—Pero ¿no crees que vale la pena estar triste si viviste un tiempo superfeliz? Te queda un recuerdo bonito...

Julia sonrió y volteó para ver a su hermana:

—¿No es mejor enamorarte de una vez del que vaya a ser sin pasar por el despecho y toda esa parafernalia?

Al escuchar esa última palabra, Luna rio.

—A mí sí me gustaría, soy joven. No me voy a estar enamorando nada más de un tipo... qué aburrido —comentó Cristina.

—A mí también me gustaría tener una historia de amor con un tipo así con tatuajes y moto y luego casarme con uno normal —fue el comentario de Luna.

Al momento de la película en que Babi se escapa del colegio para irse con Ache a la playa en su moto, Luna habló nuevamente:

—Yo siento que estos hubieran sido Julia y Octavio, si hubiera pasado algo. Así... en la moto.

Julia dijo:

—Si Octavio ni siquiera tiene moto.

—Okey... pero es como lo mismo —dijo Luna.

—Yo entiendo lo que dice Luna —intervino Cristina—. La moto es una metáfora de lo que nunca has hecho y Octavio te hubiera abierto las puertas a cosas nuevas.

Julia miró a su hermana y levantó la ceja.

—Oye, cuando digo «cosas nuevas» —se explicó Cristina—, me refiero a, no sé, a salir más, a ir a sitios a los que nunca has ido, como cuando te llevó a Teatro Bar, ¿entiendes?

Julia asintió.

—Bueno, yo no estaba pensando en metáforas, pues. Pero, sí. Tú eres la chama así toda buena, y él es... bueno, tú sabes, así. Y, como es ateo, es como más interesante... es la emoción de que sabes que se va a acabar.

—Eso debe ser cero emocionante —opinó Julia—. Estar con alguien que te gusta sabiendo que se va a acabar... Dios me libre de semejante experiencia.

Ante el comentario de su hermana Cristina rio y dijo:

—Julia, bróder, tú hablas como una vieja.

—Equis, el punto es que no le estamos parando a la película por hablar de algo que no pasó y que se acabó... es más, ni comenzó.

EN LA ESCENA DE LA fiesta de cumpleaños de Babi, Cristina comentó:

—Esta es mi parte favorita, cuando bailan «Forever Young».

—Ay, sí... pero no entiendo por qué esa canción, si no es romántica —dijo Luna.

Cristina se llevó una mano a la cara y suspiró.

—¿Qué? —preguntó Luna.

Julia sonrió y dijo:

—Yo le explico —agregó inclinándose para que su mirada se encontrara con la de Luna:

—La canción es perfecta, Luna, porque el amor de ellos va en contra de los parámetros sociales, y son los jóvenes los que siempre cuestionan y tratan de romper esos parámetros. Ellos solo podrán estar juntos mientras sean jóvenes, porque luego sucumbirán a los dictámenes de la sociedad. Es por eso que quieren ser «forever young», para estar juntos para siempre.

Hubo un corto silencio, interrumpido por Cristina, que preguntó a Luna:

—¿Entendiste a la profesora de Harvard?

—Sí, me parece muy bonito.

...

La película ya estaba cercana a su fin cuando Julia escuchó su celular vibrar sobre la mesa de noche. Creyendo que se trataba de su mamá o de alguna amiga queriendo salir a cenar, Julia extendió el brazo con desgana. Al leer en su pantalla «Octavio Ávila», la joven no pudo evitar exclamar:

—¡Cristina! ¡Es Octavio!

—¡Atiende! ¡Atiende!

Julia hizo un gesto con la mano pidiéndoles a sus hermanas que hicieran silencio y atendió intentando que su voz ocultara su emoción.

—¿Aló?

—Beeerrooo... si uno no te llama ni te escribe, tú ni un mensajito mandas.

Ante este comentario, y a falta de una respuesta, Julia optó por una leve risa.

—¿Cómo estás? —le preguntó Octavio.

—Bien. Ahorita en mi casa con Cristina y Luna viendo una película. ¿Tú?

Cristina y Luna, ambas incorporadas en la cama y tomadas de las manos, observaban a Julia sin pestañear.

—¿Y ese milagro que Cristina está en su casa? Yo estoy llegando a mi casa también. ¿Qué película están viendo?

—*Tres metros sobre el cielo* —respondió Julia—. Seguro no sabes cuál es.

—No la he visto pero créeme que es como si sí, porque la he oído nombrar demasiado y ya me tiene harto la peliculita.

—Pues no sabes de lo que te pierdes.

—Si es tan buena, te busco ya y la vemos en mi casa.

Cristina, que podía escuchar lo que decía Octavio, se llevó una mano a los labios para ahogar una risa.

—En verdad no creo que te gustaría.

—Ah... a la niña le da miedo venir a mi casa.

Las tres hermanas Valverde rieron.

—No es eso —intentó explicarse Julia en vano.

—Ya va, yo escucho más voces ahí, ¿tienes todavía a tus hermanas al lado? Ponme en altavoz.

Julia obedeció y posó el celular sobre su cama, en medio de los seis pares de rodillas.

—¿Qué más, Oto? —saludó Cristina.

—Epa... mira, Cristina, quiero invitar a tu hermana a salir, ¿a dónde le digo para ir para que me diga que sí?

Cristina tomó el celular.

—Llévala a un sitio *cool*, me haces el favor. ¡Llévala a Veranda! Le encanta.

—¿Sí? Ese es fino. Dale, pues. Pásamela ahí.

—Pero, ya va —dijo Cristina antes de pasarle el celular a Julia—. ¿Tú por qué andabas tan perdido?

—¡Beeerro! ¡Me robaron el celular! Me atracaron en la Francisco Fajardo. Estuve como una semana sin celular.

—Qué fastidio... Bueno, bueno, ya te paso a Julia.

Cristina quitó el altavoz y le pasó el celular a su hermana mayor.

—Aló...

—Entonces, ¿quieres ir a Veranda? ¿Te paso buscando en una hora?

Julia miró a sus hermanas, que asintieron.

—Dale, perfecto.

—Buenísimo. Nos vemos ahorita.

—Dale.

Trancaron. Retirándose el celular de la oreja, Julia volteó a ver a sus hermanas. Las tres soltaron al unísono una exclamación de júbilo.

—¡Te tienes que poner bella!

—¿Quieres que te preste ropa?

Luna no había terminado de hacer su pregunta cuando la señora Andreína abrió la puerta de golpe.

—¿Qué pasó aquí?

—¡Julia va a salir con Octavio, mamá! —respondió Luna.

—¿Pero él no y que es ateo, pues?

—Ay, mamááá... qué nube negra. ¡Que salga! Él es superchévere.

—Que salga, pero ya yo le advertí —le dijo enfocando su mirada en Julia, y agregó—: pero ya que vas a salir, ponte bonita. —Le sonrió a su hija y salió.

Una hora después, Julia recibió un mensaje de texto de Octavio indicándole que estaba abajo. Se despidió de sus hermanas y salió. Mientras se acercaba al carro de Octavio, Julia respiró hondo y apretó los labios para ocultar la involuntaria sonrisa que sabía que estaba dibujada en su cara.

—Hola —saludó Julia al abrir la puerta.

—¿Qué más? Estás superlinda hoy —le dijo Octavio tras darle un beso en la mejilla—. ¿Vamos a Veranda entonces?

—Si no te gusta, no. A donde quieras.

—No, vale, me encanta.

Justo antes de pasar frente a la Iglesia Don Bosco, Octavio dijo:

—Ya viene la iglesia, para que saludes a Jay Cee.

Entre risas, Julia preguntó:

—¿A quién?

—¡Jay Cee! Jotacé... Jesucristo, tu Alfa y Omega.

—Claro que entiendo —aclaró Julia aún riendo—, pero me dio mucha risa eso.

Efectivamente, al pasar frente a la iglesia, Julia se persignó.

...

Al llegar a Veranda, les dijeron que debían esperar unos cuarenta minutos por una mesa. Decidieron sentarse a tomar algo en un sofá mientras pasaba el tiempo. Julia se presentaba como una persona tímida, sin embargo, cuando decidía que se sentía cómoda con alguien, esa timidez desaparecía para siempre. Y ese esporádico acontecimiento ocurrió esa noche, gracias en parte a la tranquila personalidad de Octavio y, no se puede negar nunca, a la influencia del vino.

–¿Y, cuando algo te sorprende, qué dices? Porque uno dice «¡Dios mío!». ¿Tú qué dices? ¿«¡Por la ciencia!»?

Octavio rio ante esta pregunta.

–No, no digo eso. No sé, cualquier cosa, pero no digo «por Dios» ni ninguno de sus derivados.

–Y no crees en el Cielo. A mí saber que hay vida después de la muerte me encanta.

–No, no creo en el Cielo, me parece una locura eso.

–Pues yo sí. Y voy a pasar el resto de la eternidad comiendo y cantando todo el día y conociendo a las celebridades.

Ante este comentario, Octavio soltó una carcajada.

–¿Celebridades? Si yo creyera en el Cielo y en el Infierno, creería que todas las celebridades están en el Infierno. No me imagino a los Rolling Stones en el Cielo cantando «Start Me Up» con tu querido Jay C.

Julia, que le había dado un trago a su vino, se tuvo que llevar la servilleta a los labios para no escupir debido a la risa. Cuando pudo controlar la risa, dijo:

–Bueno, uno no sabe quién está en el Cielo porque no sabes quién se arrepintió el segundo antes de morirse, pero cuando digo que voy a conocer a celebridades en el Cielo me imagino, no sé, a Grace Kelly, Audrey Hepburn... ojalá que a Clark Gable.

–Tú de verdad sales con cada cosa... –dijo Octavio.

Se miraron y Octavio agregó:

–Hoy estás más simpática. ¿Es por el vino?

Julia negó con la cabeza y dijo:

–No. O sea, sí ayuda. Pero es más que todo por ti, porque eres super-*reasygoing*, ¿sabes?

Octavio asintió y sonrió mientras decía «gracias».

El resto de la velada continuó igualmente animada. De entrada pidieron una *sushi pizza* para compartir y de plato fuerte cada uno pidió una pasta.

–¿Y tú crees que puedas manejar de regreso después de todo este vino? –le preguntó Julia a Octavio.

–Sí, vale. A mí esto no me hace nada y, créeme que aquí no les importa, porque no estamos en Estados Unidos donde sí son estrictos con eso. Yo tengo amigos que han vomitado delante de policías y no les hacen nada. O sea, que están manejando, se bajan, vomitan y se vuelven a montar en el carro y el policía no los para.

—Qué desastre.

—Sí, aquí no hay orden de ningún tipo.

Ya en el camino de regreso, Octavio le dijo a Julia que podía escoger la música.

—¿No te gustaban los Goo Goo Dolls? —le preguntó a la joven.

—Sí... los escuchamos una vez y todo, creo que fue la primera vez que me monté en este carro. —Julia estaba segura del día en que había sido, pero había agregado ese «creo», para que Octavio no supiera que recordaba todo a la perfección.

—Seguro esta canción te encanta porque dice «Heaven» en una parte.

Julia volteó los ojos a modo de respuesta. La canción comenzó a sonar.

—Esta canción es muy bonita —comentó ella.

—Sí... a mí también me gusta.

Cada uno se dedicó a cantar la canción. Él mirando al frente y Julia a través de su ventana.

—Aquí viene otra vez la iglesia para que te despidas de Jay C.

Julia le dio a Octavio un ligero empujón en el hombro y se persignó como siempre. Al llegar al edificio de ella se despidieron con un beso en la mejilla.

—La pasé buenísimo —le dijo Octavio.

Julia sonrió.

—Yo también.

Se bajó del carro. Antes de atravesar la puerta, volteó para dedicarle a Octavio una última despedida con la mano... Cinco minutos después, Julia se hallaba acostada boca arriba en su cama. Al escuchar el timbre de su celular indicando que le había llegado un mensaje, levantó la cabeza para ubicar su cartera, extendió el brazo y sonrió al ver que el mensaje era de Octavio, que decía:

«La pase increible me caes super bienn!».

Estoy segura de que un «me caes superbién» por parte del que te gusta, vale mil veces más que todos los «te amo» de alguien por quien no sientes nada. Y ahí se admitió que le gustaba. Hizo una pausa en sus reflexiones para contestar el mensaje:

«Tú también, Octavio! Muy, muy bien!». Y lo envió sin pensarlo mucho.

Colocó el celular en su mesa de noche y se acostó boca arriba. Tomó la almohada que tenía al lado y se la colocó sobre su cara. Abrazando la almohada con todas sus fuerzas y hundiendo su voz en ella, dijo:

—En qué me estoy metiendo, Señor...

Miércoles, 16 de mayo de 2012

Luna Valverde apretó los labios antes de levantarse al escuchar su nombre. El profesor de Matemática estaba entregando los exámenes. Estiró el brazo y, sin atreverse a ver la nota, dobló el examen y lo metió en su carpeta. Estaba nerviosa. Decidió que no se atrevería a desdoblarlo hasta que no estuviera con Bóreas. Como el profesor estaba distraído entregando los exámenes, Luna se atrevió a encender su celular y enviarle un rápido mensaje a Bóreas, que decía:

«Me dieron el examen pero me da miedo ver la nota jaja. Manana cuando vengas a mi casa a explicarme lo ves tu y me dices».

Con impaciencia esperó con el celular en sus manos la respuesta de Bóreas, pues si tardaba, se vería obligada a apagarlo y esperar hasta que se acabara la hora de clases para encenderlo nuevamente. Para su buena suerte, Bóreas no tardó en responder:

«Hablé con tu mamá. Mañana no te puedo explicar porque tengo que trabajar en la tesis. Si quieres, nos vemos en la noche y revisamos la nota. Tranquila, estoy seguro de que saliste bien».

Rápidamente, pues el profesor ya estaban terminando de entregar los exámenes, Luna respondió:

«Manana voy l pinguino. Vente si quieres! Y lo vemos alla jajaja».

Estaba a punto de guardar el celular cuando vio con complacencia que Bóreas no tardó en responder:

«Perfecto. Te busco, si quieres».

«Dale! :)».

Tras esa última respuesta, Luna guardó el celular en su bolso y se incorporó en el asiento con una sonrisa en sus labios. Le agradaba la idea de ir con Bóreas al Pingüino, el bar del Country Club que todos los jueves en la noche se convertía en una especie de discoteca. Quizá bailarían... seguramente bailarían. Y la idea de este suceso le encantaba, pero al mismo tiempo, sabía que despertaría la curiosidad de sus amigas y la ahogarían con preguntas, pues antes de que Bóreas se convirtiera en su tutor de Matemática, Luna hablaba de él con sus amigas y lo describía como «el amigo gallo de mis hermanas». Y, como no se había tomado la molestia de poner a sus amigas al tanto de cómo iban sus clases de Matemática ni del hecho que Bóreas la había invitado a cenar, sabía que no entenderían y sería sometida a un interrogatorio. Decidió evitar bailar con Bóreas y tratarlo como el amigo de la familia que era, empezando por decirle que no era necesario que la buscara.

Jueves, 17 de mayo de 2012

Eran las ocho de la noche y había movimiento en la casa de los Valverde. El señor y la señora Valverde saldrían pronto pues era el cumpleaños de su amiga Anita Escalante y su esposo Santos le había organizado una reunión. La señora Andreína entró al cuarto de Cristina pidiéndole sus «perlas grandes, esas que te quedan tan bonitas a la cara». Levantándose de su cama, Cristina se dirigió a su tocador.

—¿A dónde van? —preguntó mientras buscaba entre sus zarcillos.

—Al cumpleaños de Anita Escalante que su esposo Santos le preparó una fiesta sorpresa.

—¿Quién es que es ese? Santos Escalante... me suena —interrogó Cristina arrugando la frente.

La señora Andreína se encogió de hombros mientras decía:

—No sé de qué te puede sonar... el esposo de Anita... ¡ah! Él es el exnovio de la escritora esta que publica con la editorial de tu papá. Seguro te suena por eso. —Y chasqueó los dedos mientras intentaba recordar—. Va pues, si es famosísima.

—Ya con los zarcillos en sus manos, Cristina levantó la mirada y con una sonrisa le preguntó a su madre:

—Ya va, ¿Bea Blanco?

—Esa —respondió la señora Andreína apuntando a su hija con su dedo índice para luego estirar el brazo para que Cristina depositara las perlas en sus manos.

—Papá debería traerla un día a la casa. Yo la vi una vez en Catar, pero no me atreví a saludarla. Todo el mundo se le acercaba y ya debía estar harta. No lo mostraba, pero seguro sí.

—Dile a tu papá a ver si organiza una cena. Gracias por los zarcillos —acabó de decir mientras se colocaba las perlas y antes de salir del cuarto.

Cristina saldría al Teatro Bar con un grupo de amigos, Luna iría al Pingüino con sus amigas, donde se encontraría con Bóreas, y Julia, por su parte, iría a cenar con un grupo de amigas al restaurante Mokambo de Las Mercedes. Más temprano, Luna le había escrito un mensaje a Bóreas diciéndole que iría con sus amigas, pero que se podían encontrar allí y que ella llevaría el examen doblado dentro de su cartera. Bóreas le había respondido que no había problema, sin embargo, la idea de llegar con Luna al Pingüino le había gustado bastante.

A las diez de la noche Luna se hallaba sentada, acompañada de tres amigas y dos muchachos que se estaban encargando de buscar las bebidas. De vez en cuando, Luna desviaba su mirada hacia la entrada para ver si había llegado Bóreas, y un promedio de dos veces por minuto revisaba su celular. Llevaba puesto un *short* color bronce con una franela negra de cuello redondo, manga larga y ceñida al cuerpo, con unos altos tacones negros. Una fugaz sonrisa se dibujó en su cara al ver a Bóreas, pero desapareció inmediatamente al ver que no venía solo, estaba acompañado de sus propios amigos, entre ellos, dos mujeres. Luna sabía que si ella no hubiera cambiado los planes, si hubiera accedido a llegar al Pingüino con él, sin importarle lo que fueran a pensar sus amigas, él estaría en ese momento junto a ella y ya habrían revisado el examen y habrían brindado sin importar la calificación. Luna no sabía si acercarse o simplemente dejar que él la encontrara. Decidió levantarse. Una amiga le preguntó a dónde iba y ella simplemente respondió con un «ya vengo».

Al verla acercarse, Bóreas sonrió. Se saludaron con un beso en la mejilla y él le presentó a sus amigos.

—¿Estás con tus amigas?

Luna asintió y le señaló la mesa en la que se encontraba.

—Chévere, si quieres en un rato paso por ahí, nos tomamos algo y vemos, por fin, tu examen.

Luna le respondió con un «okey» y una sonrisa. Se despidió de los amigos de Bóreas de manera general y volvió a su mesa algo decepcionada de que Bóreas no la hubiera invitado inmediatamente a sentarse con él o revisar su nota. Volvió con sus amigas, que le preguntaron quién era el muchacho al que había ido a saludar.

—Ese es Bóreas, el de las clases de Matemática.

—Ah, pero es lindo, ¡lo tenías escondidito! —dijo una.

Luna asintió y volteó para verlo nuevamente. Intentó concentrarse en la conversación que entablaban sus amigas, pero siempre preguntándose en qué momento se acercaría Bóreas... o si de hecho se acercaría. Bebió un sorbo de su trago, un vodka suave con jugo de naranja e, inconscientemente, buscó de nuevo a Bóreas con la mirada. Estaba en el bar ordenando alguna bebida, acompañado de una de sus amigas. Luna vio con vergüenza cómo su mirada se cruzó con la de la amiga de Bóreas y que esta sonrió con sorna, o así lo interpretó la joven, y le comentó algo a Bóreas, algo que, adivinó Luna, era sobre ella. Luna, apretando los labios, se prometió no volver a desviar la mirada. Una vez más, hizo el magno esfuerzo de adentrarse en la conversación que mantenía el grupo en el que se encontraba. Uno de los muchachos del grupo se sentó a su lado y le preguntó si estaba en el colegio o en la universidad, pues no lo conocía. Al momento de responder «en el colegio, con Nani e Isa», que eran las amigas con las que se encontraba, sintió una mano en el hombro. Levantó la mirada y vio, contenta, que se trataba de Bóreas, que con la otra mano sostenía dos *shots* de tequila. Bóreas hizo un gesto con la cabeza indicándole a Luna que fueran a otro sitio. Luna se levantó, tomó uno de los vasitos y acompañó a Bóreas a una mesa que aún no había sido ocupada. Se sentaron.

—No importa cuánto hayas sacado en el examen, vamos a brindar igualito porque, de verdad, te esforzaste. Y no creo que hayas salido mal. No, no. Lo vemos luego del brindis —se apresuró a decir al ver que Luna se disponía a abrir su cartera.

—Déjame sacarlo y lo tenemos en el medio, doblado.

—Dale, pues.

Luna extrajo la hoja blanca de su cartera, que estaba doblada en cuatro, para que cupiera sin problemas. Al momento del brindis, la canción «Como yo», de Juan Luis Guerra, comenzó a sonar. Ambos se miraron pues a cada uno le encantaba esa canción, aunque nunca antes habían conversado sobre ella.

—¿Vamos? —le preguntó Bóreas.

Luna asintió mientras respondía:

—¡Sí! Yo amo esta canción.

Cada uno bebió hasta el fondo. Luna tomó el examen, Bóreas lo guardó en uno de los bolsillos de su pantalón y, tomados de la mano, caminaron hacia la pista. Comenzaron a bailar.

Cristina tenía razón, este chamo baila superbién, pensó Luna.

—¡Seguro tú sabes quiénes son todos los que nombra en esta canción! —dijo Luna alzando la voz.

Bóreas sonrió y asintió.

—¿Tú? —le preguntó.

—Bueno —respondió Luna encogiéndose de hombros—, sé quién es Picasso y la Mona Lisa.

Bóreas soltó una carcajada y la abrazó.

—¡Vamos a ver tu examen de una vez!

—¿Aquí? —preguntó Luna sorprendida.

—¡Sí, vale! —respondió él mientras introducía una de sus manos en el bolsillo del pantalón donde había guardado el examen.

Luna se abrazó a Bóreas, este desdobló el examen con una mano pues con la otra rodeaba la cintura de Luna. Ambos se sorprendieron al ver un gran 18 en la esquina superior derecha de la hoja. Se vieron y soltaron una exclamación de júbilo. Luego, sin haberlo planificado, Luna rodeó con ambos brazos el cuello de Bóreas y este la cintura de la joven y, ahí, en medio de la pista, sin importar que los vieran, se besaron...

Se miraron por un segundo, con sorpresa, los brazos de la joven aún alrededor del cuello de él y, espontáneamente, soltaron una fuerte carcajada. Bóreas besó a Luna en la frente, guardó nuevamente el examen en su bolsillo y continuaron bailando.

Ninguno de los dos podía creer lo que acababa de pasar. La verdad es que Bóreas jamás imaginó que alguna vez besaría a una Valverde, y mucho menos a Luna, con quien prácticamente no había conversado nunca hasta que la señora Andreína le pidió que le explicara Matemática. Luna, por su parte, jamás se había tomado el tiempo de dedicarle a Bóreas algo más que un saludo o alguna que otra palabra aislada si se encontraba en su casa con sus hermanas. Sin embargo, allí, mientras bailaba, se admitió a sí misma que desde la primera clase vespertina, Bóreas había despertado en ella una sincera simpatía. Pasaron el resto de la velada juntos, olvidándose cada uno de sus respectivos amigos.

Bóreas le ofreció a Luna llevarla a su casa, proposición lógica pues ambos vivían en el mismo edificio. En el camino, hablaban al mismo tiempo. A pesar de que el hecho de que se habían besado no era nombrado, cualquiera hubiera podido darse cuenta de que estaban felices. Bóreas estacionó y se apresuró en bajarse para abrirle la puerta a Luna. Caminaron hacia el ascensor tomados de la mano. Luna bajó la mirada y, al ver los dedos de ambos entrelazados, sonrió.

—¿Qué pasó? —le preguntó Bóreas al momento de estirar el brazo para pulsar el botón del ascensor.

—Es que no puedo creer que nos besamos —respondió Luna entre risas.

—Créeme que yo tampoco.

—¡Y que estamos caminando agarrados de la mano! Hace nada fue la primera clase de Matemática, que me daba hasta fastidio y todo.

La puerta del ascensor se abrió y entraron.

—¿Ah sí? A mí tampoco me parecía muy chévere.

—¿No? —preguntó Luna mientras rodeaba el cuello de Bóreas con sus brazos.

—No, pero te confieso que desde la primera clase la pasé buenísimo.

—Yo también. Todo lo que decías me daba demasiada risa, y lo de los Torontos fue muy buena idea.

Se miraron por dos segundos en los que Luna contuvo su respiración, y se besaron nuevamente... El ascensor se detuvo en el apartamento de Luna. Se despidieron con un último beso...

Mientras se lavaba los dientes, Luna dirigió involuntariamente su mirada al celular al ver que la luz roja titilaba. Sonrió pues estaba casi segura de que había acabado de recibir un mensaje de Bóreas. No se equivocó, en el mensaje se leía:

«La pasé excelente».

Luna apretó los labios conteniendo la respiración, lo cual acabó en una risa de espontánea felicidad. Luna respondió con un simple «Yo tambien! :)», y pasó las siguientes dos horas sin poder dormirse.

Viernes, 18 de mayo de 2014

Como los exámenes parciales se acercaban, Cristina decidió visitar a Salvador únicamente los domingos, para así tener más tiempo de estudiar. Eran las nueve de la noche, Cristina había salido con dos amigas a cenar a Catar, su restaurante favorito, en el que había visto a Beatriz Blanco. Ese fin de semana no se iría de fiesta pues quería estudiar para sus exámenes y debía avanzar en su proyecto.

—Quiero que se acabe este semestre ya —comentó una—. Además que este proyecto de Psicología Social me está volviendo loca, es como una tesis.

—A mí el proyecto sí me gusta —dijo Cristina.

—Ah, bueno, porque tú escogiste algo interesantísimo. Conociste a Alexander Ivanovich y todo, que es que si nuestro Michael Phelps.

Cristina y su otra amiga se miraron y rieron el comentario pues no entendían la comparación. Estaban las tres compartiendo dos *pizzas*, una de jamón serrano y otra de champiñones, cada una acompañada de una copa de vino tinto. Cristina, sentada con la espalda recta, como siempre, riendo y con su copa en la mano, saboreándola de vez en cuando, había colocado su cartera junto a sí para cuidar que no se la robaran. Ella sintió su cartera vibrar. Dejando la copa sobre la mesa, Cristina la abrió y con una sonrisa que denotaba duda atendió:

—Hola, Salvador.

Vio a sus dos amigas mirarse con complicidad.

—¿Qué más? ¿Qué haces? —Escuchó a Salvador preguntar.

—Estoy aquí en Catar cenando con dos amigas.

–Ufff, Catar, lo extraño. Pide el plato de pollo al curry con arroz por mí.

–Lo siento… ya estamos comiendo *pizza*, la de jamón serrano.

–Ah, riquísimo también. Mira, no te quiero molestar, pero sé que ya te quedan como dos visitas y te quería invitar a la presentación que vamos a montar para el Día del Padre. Me imagino que vas a estar con tu papá, pero es un ratico. Si no puedes, entiendo, pero por eso te estoy avisando de una vez.

Cristina escuchó esa invitación adornada con disculpas con una sonrisa involuntaria en su cara. Agradecía la invitación, la verdad es que le apetecía ir y no dejaba de encontrar gracioso el cambio de actitud de Salvador hacia ella desde la primera vez que se habían visto hasta ese momento.

–No vale, yo voy como sea, tengo que ver eso ¿vas a cantar? –preguntó Cristina antes de soltar una corta risa nasal.

–No te burles, pero sí. Y a tocar piano.

–Es que ni que me paguen me pierdo yo eso. Ahí estaré. Gracias por invitarme.

–No vale, gracias a ti por querer venir. Bueno, no te quito más tiempo, disfruta con tus amigas.

–Gracias, tú… –no podía decirle que disfrutara debido a la situación en que Salvador se encontraba, así que Cristina optó por decir–: pásala lo mejor posible.

–Gracias. Nos vemos.

Ninguno pudo ver la sonrisa del otro al momento de trancar.

–¿Era el preso? –le preguntaron sus dos amigas al unísono.

–Sí –respondió Cristina mientras guardaba nuevamente su celular en la cartera. Y, tomando de nuevo su copa de vino, agregó–: me invitó al acto del Día del Padre. Van a cantar algo y él va a tocar piano.

–Nunca me imaginé que en la cárcel hicieran actos por el Día del Padre.

–Bueno, pero sabes cómo es el ser humano, siempre tratando de crear una cotidianidad agradable. –Al momento de agregar el final de la oración, sus amigas se unieron como un coro–: hasta en las situaciones más adversas. Pues uno de sus profesores había repetido esa frase hasta el punto en que todos sus alumnos la conocían de memoria.

Sábado, 19 de mayo de 2012

Eran las dos de la tarde y Julia estudiaba para un examen que tendría el lunes. Octavio la había invitado a la playa, pues iría con un grupo de amigos. Julia tuvo que declinar la invitación pues sabía que, aunque se llevara el libro, no estudiaría y quería obtener una buena calificación. Estaba sentada en medio de su cama rodeada de guías subrayadas con resaltador, dos libros y su cuaderno. Con la vista fija en una frase que había sido subrayada con el resaltador amarillo, Julia se distrajo, lo cual era bastante común de su parte en esos días. Sonreía para sí, hacía unos pocos minutos había recibido un mensaje de Octavio en el que le decía que le hubiera gustado que ella estuviera allí en la playa con él. Al leer el mensaje nuevamente, Julia tomó aire y rio por lo bajo. Colocó el celular en su mesa de noche, con la pantalla dando contra la madera del mueble. No quería distraerse. Tomó de nuevo la guía y se dispuso a leerla. No pasaron cinco minutos cuando, colocando la guía sobre uno de los libros, posó sus manos sobre sus rodillas y respirando hondo sonrió mientras esta pregunta atravesaba su mente:

¿Será que me voy a besar con Octavio?

Bajó la cabeza y rio. Tras años de expresar públicamente su opinión en contra de las relaciones amorosas entre personas de creencias distintas, ella estaba ahora dispuesta a lanzar por la borda todo lo que alguna vez había dicho sobre este tipo de relación, olvidar su orgullo y disponerse a ser feliz, así se tratara de una felicidad efímera. «Efímera»... no podía pensar en esa palabra sin recordar a la rosa de *El Principito*, aquella que no valía la pena nombrar en los libros de geografía debido a esta precisa cualidad. Julia se llevó una mano a sus labios para ahogar una risa que la había invadido tras caer en cuenta de que ya pensaba en relaciones y felicidades efímeras cuando aún no había besado a Octavio y el mayor cumplido que había recibido de él había sido ese: «La pase increible me caes super bienn!», luego de que habían salido a cenar a Veranda. Recordando ese mensaje, Julia tomó su celular para leerlo nuevamente. Subió a lo largo de la conversación, que ya era larga, hasta que dio con él. Apoyando la barbilla en su mano izquierda mientras con la derecha sostenía el celular, Julia sonrió ante el mensaje en sí, pues le halagaba ese cumplido tan simple, pero que significaba que alguien disfrutaba el hecho de conversar con ella. Por otro lado, la hizo sonreír el que en un mensaje tan corto hubiera cinco errores de ortografía. Faltaban tres acentos, un punto y un signo de exclamación, eso sin contar la «n» extra en la palabra «bien».

Colocó nuevamente su celular sobre la mesa de noche. Debía concentrarse si quería mantener su promedio en esa materia. Se dio unos golpecitos en la cara con las palmas de sus manos, tomó nuevamente una de las guías y se dispuso a leer cuando su hermana Luna entró sin tocar la puerta.

−¿Puedo pasar? ¿Estás ocupada?

El que estuviera ocupada era bastante notorio, sin embargo, Julia tenía el presentimiento de que su hermana le contaría algún hecho relacionado con Bóreas. Su curiosidad pudo más que su fuerza de voluntad, así que la invitó a sentarse en la cama, mientras colocaba los libros, el cuaderno y las guías sobre la mesa de noche.

Luna se acostó junto a Julia enterrando su cara en la almohada. Julia vio los hombros de su hermana menor moverse y no sabía si reía o lloraba. Posando su mano suavemente en la espalda de Luna, Julia preguntó:

−¿Luna, estás bien?

Luna levantó la cabeza y Julia pudo darse cuenta de que había estado riendo. Luna, con la cara roja y apretando los labios para evitar otra carcajada, miró a Julia antes de exclamar:

−¡Me besé con Bóreas! −Y de nuevo enterró su cara en la almohada.

Julia se cubrió la boca con ambas manos y rio también. Luna, levantando de nuevo la cabeza vio a Julia riendo y dijo:

−Por favor, no le digas a Cristina todavía. Me va a caer a preguntas.

−Tranquila −dijo Julia tras tomar aire para así evitar reír de nuevo.

Se miraron por un par de segundos, cada una sonriendo. Hasta que Julia preguntó:

−¿Y no me vas a decir cómo fue?

Luna relató toda la escena, sin obviar detalles. Le habló de la mano de Bóreas en su hombro, del tequila, del examen, de la canción, del 18, del impulso y del beso en sí. Tras escuchar atentamente a su hermana, y sabiendo que era su turno de hablar, Julia preguntó, con aún mayor incredulidad que con la que había recibido la noticia del beso:

−¡¿Cómo que sacaste 18 en Matemática?!

−¡Sííí! ¡Bóreas es un genio!

−¡Felicitaciones! −dijo abrazando a su hermana, antes de agregar−: no es nada más por Bóreas, tú pudiste no haber entendido. Tú también eres muy inteligente.

Luna se llevó las manos a la cara y repitió:

−Guao, es que no puedo creer que me besé con Bóreas. Hace un mes hubiera dicho que «imposible».

−Es que hace un mes prácticamente ni lo conocías. O sea... obvio, sí. Pero tú no hablabas con él.

−Para nada −dijo Luna mientras negaba con la cabeza.

−Él es muy bueno −opinó Julia.

−Y demasiado cómico −agregó Luna−. Sale con cada cosa... ¿sabes que le gusta Calle 13?

Julia asintió.

−Y sabe todas esas cosas raras pero que dan demasiada risa.

−Sí...

−Y me encanta cómo se ríe. Siempre se ríe de lo que digo, pero no siento que se burle... es que le da risa, pues.

Luna, más que hablar con Julia, se deleitaba a sí misma recordando esas cualidades de Bóreas que le gustaban. Luna le pidió a Julia ver una película. Y Julia se vio obligada a estudiar en la madrugada.

Martes, 22 de mayo de 2012

Luna Valverde caminaba de un lado al otro de la sala. De vez en cuando se quedaba de pie, por algunos segundos, con la vista fija en la nada para luego retomar su camino sin fin, ni comienzo, ni sentido. Bóreas llegaría en una hora. Luna se sentó. Se levantó y se volvió a sentar. Acabó acostada. Vio la hora. Se incorporó. No había hablado con Bóreas desde la noche en la que se habían besado. Bóreas era el segundo hombre al cual besaba, el primero había sido Robertico, su primer novio, en segundo año de bachillerato. Habían durado siete meses. Su relación había terminado porque Robertico tenía la costumbre de tratar mal a los mesoneros e, inconscientemente, Luna sabía que, de continuar en esa relación, terminaría siendo tratada de la misma manera que el mesonero que por error había servido Coca-Cola regular en vez de *light*. Sin embargo, Luna nunca decía la razón real porque no creía que alguien entendería esa causa. Ella a veces dudaba de su inteligencia, pero no se podía negar que haber terminado con Robertico, a sus quince años y por esa razón, había sido un acto de profunda sensatez.

Bóreas no había hecho acto de aparición desde el mensaje que le había mandado la madrugada del viernes. Luna había esperado una salida a comer el sábado o una cena el domingo. Nada. Ni un mensaje ni una llamada. Quizá él se había arrepentido y el beso había ocurrido porque Bóreas había caído víctima del alcohol y de la emoción de ver que su alumna había subido su nota de 9 a 18. Eso era lo que había pasado. Bóreas, tan académico él, había sido preso de una gran exaltación al ver la mejoría de Luna y, por su condición de hombre, la había besado. Pero no a Luna, al 18.

Todo esto lo pensaba Luna de esta manera: *Obvio, el chamo es supergallo, ve que, gracias a su genio, y tal, subí mi nota… se emocionó todo porque logró que la más bruta en Matemática entendiera y, bueno, es un hombre, pues, me quiso besar. Yo soy bonita… Me besó, llegó a su casa, me escribió ese mensaje porque había tomado y ya se olvidó de mí. Y, ahora, la clase de hoy va a ser superincómoda. Qué fastidio, que ni venga… que ni se le ocurra venir.*

Sonó el timbre. Luna se acercó a zancadas al espejo. Complacida con cómo se veía, fue a abrir la puerta. No quería parecer molesta ni herida. Decidió actuar como lo había hecho durante todas las clases anteriores.

—¡Hola! —saludó con una serenidad de la que ella misma se sorprendió. Invitó a Bóreas a pasar a la cocina.

Se sentaron, como siempre.

—El profe comenzó hoy con el nuevo tema. Entendí más o… —no pudo decir «menos» porque Bóreas la interrumpió.

—Luna… quiero hablar contigo.

—¿De qué? —preguntó Luna encogiéndose de hombros.

—De lo que pasó el jueves en el Pingüino.

Luna no dijo nada.

—Te voy a hablar con la verdad —dijo Bóreas arrimando la silla hacia adelante y entrelazando los dedos—. Yo quería que pasara. Tú me pareces encantadora, simpática, inteligente y bella, además.

Luna contuvo la respiración y dejó escapar una sonrisa.

—De verdad. Y, bueno, el alcohol y la emoción de tu nota ayudaron también. Pero pasé el fin de semana preguntándome si tú también querías verdaderamente que eso pasara o si fue la emoción del momento. Mira, Luna, sería un honor para mí comenzar una relación seria contigo.

Luna, sin dejar de observar a Bóreas, que no se atrevía a mirarla a los ojos, pensaba divertida en lo diferente que era él a los muchachos que ella conocía, o a cualquier muchacho en general, con su formalidad excesiva, sin embargo, la reconocía sincera. Tenía años viendo a Bóreas en su casa, y, aunque no fuera su amigo, lo era de sus hermanas y sabía que él, genuinamente, era así. Por otro lado, no podía negar que le encantaba lo que estaba oyendo.

—… Pero, si para ti eso fue algo del momento, cosa que no juzgo porque fui yo quien te sirvió el tequila, lo podemos dejar atrás y seguir como antes, yo como tu tutor y tú como mi alumna, y nos seguiríamos llevando bien.

Si Luna había sentido algún destello de enfado hacia Bóreas, este se había borrado. Sabía que era su turno de hablar.

—Bóreas, yo no soy una quinceañera para estar perdiendo el juicio por un tequila.

Igualita a las hermanas pensó él, divertido.

—Yo también quería que pasara y me da curiosidad ver a dónde puede llegar esto. Podemos salir y ver qué pasa. Tú... —dudó si continuar, pero ya él le había dicho que la consideraba bella, así que se sintió con la licencia de decir lo que quisiera— me gustas también. Yo te gusto, ¿no?

—Sí, tú me gustas, por supuesto. Es más, no entiendo cómo no puedes gustarle a alguien.

Luna agradeció el cumplido. Bóreas continuó:

—Entonces, ¿quieres comenzar a salir a ver qué pasa?

Luna asintió mientras respondía:

—¡Claro!

Bóreas sonrió y se inclinó para besarla en la frente.

El resto de la clase se desarrolló entre risas y fue interrumpida por cortas conversaciones que nada tenían que ver con Matemática...

Jueves, 24 de mayo de 2012

Eran las seis de la tarde. Julia, Cristina y Luna se hallaban en la cocina, cada una con un plato hondo de helado de vainilla enfrente.

−¿Por qué es que mamá nos pidió que no saliéramos hoy? −preguntó Cristina antes de probar el primer bocado de su helado.

−No sé, pasó rápido y dijo que teníamos una cena. Pero ni idea de con quién es −respondió Julia.

−Sí, no entiendo por qué nos tenemos que quedar. Hoy quería salir −comentó Luna.

Julia y Cristina se miraron con complicidad. Luna, dándose cuenta, preguntó:

−¿Qué?

−Nada −respondió Cristina con una sonrisa.

−Sí, quiero salir con Bóreas, ¿y qué? Ya todos saben.

−Es que no supero eso −dijo Cristina llevándose una mano a la boca pues acababa de saborear otra cucharada de helado. Cuando pudo hablar sin problema, agregó−: es Bóreas, bróder. Para mí él es como un hermano, lo que le falta es dormir aquí.

−Bueno, si no ha dormido nunca aquí, ahora menos papá lo va a dejar −dijo Julia, y le guiñó el ojo a su hermana menor.

Luna soltó una espontánea carcajada.

−¡Miren a la Julia! −exclamó Cristina−. Eso se te pegó de Octavio.

En ese momento, la señora Andreína entró a la cocina para verificar el estado del *roast-beef*.

—Mamá, las tres aquí queremos saber quién viene para que nos tenga-mos que quedar.

Inclinada delante del horno, la señora Andreína respondió con una frase interrogativa:

—¿No fuiste tú la que me pidió que invitara a Beatriz Blanco, pues? —y diciendo esto, se enderezó para ver a sus hijas.

Cuatro manos, las de Julia y Cristina, fueron apoyadas sobre la mesa debido a la sorpresa. Las dos hijas mayores miraban a la señora Andreína sin pestañear. Cristina habló:

—¿Me estás diciendo que Beatriz Blanco viene hoy a esta casa?

—Sí —respondió la señora Andreína tranquilamente mientras asentía—. Pónganse bonitas —agregó cuando se hallaba ya en el umbral de la puerta.

Tras ver a su madre salir, Julia y Cristina se miraron y, a continuación, lanzaron un grito, mientras Luna las miraba al momento que saboreaba su helado tranquilamente.

—No entiendo la emoción. ¿Quién es Beatriz Blanco?

Cristina se llevó las manos a la cara y, apoyando los codos en la mesa, dijo en un suspiro:

—Dios, Luna, ¿tú vives en esta casa?... Julia, hazme el favor de explicarle.

Julia miró a Luna con la dulzura que la caracterizaba.

—Beatriz Blanco es una escritora de aquí de Venezuela, muy famosa, que se ha ganado varios premios. Yo he leído como cuatro libros de ella, Cristina también. En verdad, son buenísimos.

—¿Pero qué tan famosa es? —preguntó Luna.

—Es superconocida —respondió Cristina—. La saludan todo el tiempo en la calle. Berro, es que si millonaria. Y para que un escritor sea millona-rio tiene que vender *full* y ser famoso, pues.

Luna asintió como si aprobara la visita.

—¿Y cuántos años tiene? —indagó Luna—. ¿Es vieja? ¿Joven?

—Debe estar en sus cuarentas. Es joven —respondió Cristina.

Julia se levantó y regresó al poco tiempo con su *laptop*.

—¿La vas a buscar en Wikipedia?

Julia asintió mientras tecleaba «beatriz blanco» en la barra de bús-queda de Google. Al abrirse la página de Wikipedia, las tres hermanas se inclinaron hacia la pantalla para leer.

—Ay, ¿es soltera? —preguntó Luna al leer que la última relación amoro-sa que se le había conocido había sido con Santos Escalante.

—Sí... —respondió Julia mientras continuaba leyendo.

—Papá y mamá fueron hace poco al cumpleaños de la esposa de su exnovio —comentó Cristina.

Continuaron leyendo.

—¡Ha escrito *full*! —comentó Luna al ver la lista de libros publicados de la escritora.

—¡Sí! Y aquí tenemos todos sus libros porque papá se los publica. Léete *De perlas al olvido*. Ese te va a gustar —dijo Cristina.

—Ahora hasta yo estoy emocionada de que viene —dijo Luna—. Le voy a preguntar por Santos Escalante.

Julia y Cristina miraron a Luna. Ambas pensaron en decirle que quizá no era la mejor idea, sin embargo, ellas también sentían curiosidad sobre el tema. Y, si era Luna quien hacía la pregunta, ellas podrían escuchar la respuesta sin culpa alguna. No dijeron nada.

...

Ocho de la noche. Las tres hermanas Valverde estaban en la sala. El señor Valverde apareció y preguntó cómo estaba la temperatura.

—Perfecta —respondió Julia—. No tengo ni frío ni calor.

Cristina le preguntó a su padre si vendría alguien más a la cena, o si la única invitada era Beatriz.

—No, también viene tu tío Diego con tu tía y Arturo Martínez con su esposa, la señora Caldera, Arturo es otro escritor.

Diego Herrera era el cuñado del señor Valverde, casado con su hermana Mercedes Valverde y era, además, el editor de los libros de Beatriz.

—No sé cómo no habíamos hecho esto antes —comentó Cristina—. Ella tiene años publicando contigo.

El señor Valverde se encogió de hombros.

—No sé, yo casi no tengo relación con ella; Diego, sí. Yo lo veía como trabajo y ya. Pero sí es una buena idea. Y es muy simpática, además. Las pocas veces que he hablado con ella me ha parecido agradable.

—¡Maritza, qué emoción! —exclamó Cristina.

El señor Valverde, sin entender la expresión, preguntó:

—¿Quién es Maritza?

—Nadie, papá —respondió Julia—. Inventos de Cristina.

Sonó el intercomunicador. El señor Valverde se dirigió a la cocina para atender e indicarle al vigilante que permitiera subir a quien hubiera llegado.

—¡¿Quién es?! —preguntó Cristina levantando la voz.

—Su tío Diego —respondió el señor Valverde desde la cocina.

Las tres Valverde recostaron su espalda en el respaldar del sofá, algo decepcionadas. A los pocos minutos, Diego estaba saludando a sus sobrinas.

—¿Qué tal es Arturo Martínez, tío?

Tras darle un sorbo a su copa de vino, Diego respondió:

—Un excelente escritor y una increíble persona. Parece pedante al principio, pero es un gran amigo.

—¡Hoy va a estar la *crème* de la *crème* de la intelectualidad en esta casa! —exclamó Cristina mientras hacía una especie de baile que consistía en subir y bajar levemente los brazos.

La señora Andreína entornó los ojos y, dirigiéndose a Diego y a su esposa Mercedes, dijo:

—Y no ha tomado nada. Imagínense cómo debe ser con algo de alcohol en la sangre.

—Tranquila que yo la he visto —respondió Diego.

Nuevamente sonó el intercomunicador y el señor Valverde se dirigió a la cocina. Al regresar a la sala y ver a sus tres hijas observándolo expectantes, dijo:

—Eran Arturo y su esposa.

Y las tres Valverde se recostaron de nuevo en el respaldar del sofá.

Se abrió el ascensor. Al ver que tres personas aparecían en el umbral de la puerta, Julia les dio un codazo a sus hermanas, pues se hallaba sentada en el medio. Cristina y Luna levantaron la mirada. Seguidamente, las tres Valverde se vieron la una a la otra sin pestañear y se levantaron para conocer a Beatriz Blanco.

Beatriz llevaba puesto un pantalón blanco y una blusa negra de lino estilo hindú. Las tres Valverde la vieron saludar a sus padres y a sus tíos Diego y Mercedes. Tras saludar a Diego, la mirada de Beatriz se posó en las tres hermanas. Diego se dio cuenta y, haciendo un gesto con la mano, invitó a sus sobrinas a que se acercaran.

—Bea, ellas son mis sobrinas: Luna, Julia y Cristina —las presentó él.

Beatriz estrechó la mano de cada una mientras decía «mucho gusto, Beatriz Blanco». Antes de que nadie pudiera decir nada, Cristina habló:

—He leído demasiados libros tuyos. Me encantan. Mi favorito es Ángela en la prisión.

Beatriz agradeció sinceramente el cumplido.

—¿Te importa si te lo traigo y me lo firmas?

—Ya la tienes aquí. Pídele que te firme todos —la animó su tío Diego.

Mirando a Beatriz, Julia se atrevió a preguntar:

—¿Te importa firmarlos todos? ¿No es como mucho?

Encogiéndose de hombros, Beatriz respondió:

—Por Dios, encantadísima. Tráiganmelos cuando quieran.

Julia se ofreció a buscarlos y desapareció por el umbral de la puerta que daba a las habitaciones. Todo el mundo se fue sentando. Al poco rato, Julia apareció cargando una pequeña torre de libros, que depositó en la mesa de centro delante de Beatriz y le pasó un bolígrafo.

—¿A mí me puedes dedicar *Ángela en la prisión*? —preguntó Cristina— Mi nombre es Cristina.

—¿Y a mí *Conversación en la alfombra*? —indagó Julia en voz baja—. Mi nombre es Julia.

...

Media hora después, las tres Valverde estaban sentadas alrededor de Beatriz escuchando la respuesta a una de las preguntas que le habían hecho, y preparando ya la siguiente.

—¿Y cuando escribes un libro tienes personajes favoritos? —le preguntó Luna.

Beatriz asintió mientras respondía:

—Sí. Hay inclusive personajes que yo sé que, de existir, no me caerían nada bien. Y hay otros que me encantan, que ojalá existieran tal cual.

—¿Y tus personajes están basados en personas reales? —averiguó Cristina.

—Los secundarios, generalmente, no. Pero los protagonistas, sí, casi siempre. Y, de vez en cuando, alguno que otro personaje secundario está basado en alguien que conozco... o en alguien de quien me hayan hablado.

—¿Alguno de tus personajes está basado en Santos? —preguntó Luna, con una imprudencia pueril que sorprendió a sus hermanas, quienes creyeron que abordaría el tema de una manera más suspicaz. Julia y Cristina se miraron. Para alivio de ambas, Beatriz no hizo sino soltar una espontánea carcajada.

—¿Cómo sabes de Santos? Hacía años que nadie me preguntaba por él —indagó entre risas—. Disculpen que me ría así, pero eso no me lo esperaba para nada.

—¡Perdón, perdón! —se disculpó Luna—. Es que sale en Wikipedia.

–Ya va –tomando su copa de vino de la mesa y recostándose contra el respaldar, Beatriz preguntó–: ¿cuándo tú me buscas en internet y te metes en Wikipedia, Santos aparece nombrado?

–Sí –respondió Luna.

–A lo que llegue a mi casa, me busco en Wikipedia –dijo Beatriz.

–Si quieres, te mostramos ahorita –dijo Cristina–. Voy a traer mi *laptop*.

Un minuto después, las cuatro estaban sentadas en el sofá con la vista clavada en la pantalla de la *laptop* de Cristina.

–Debo decir –admitió Beatriz– que todo lo que sale ahí es verdad.

–¿Y era simpático?... Santos –preguntó Julia, algo apenada.

Beatriz le dio un sorbo a su vino antes de responder:

–Sí... no hubiera sido mi novio si no lo fuera. Era encantador.

–¿Y hay algún personaje de tus libros que sea como él? –insistió Luna.

–No... a ver, cómo te explico. Sí ha pasado que cosas que alguna vez me dijo Santos las he puesto en boca de alguno de mis personajes. Pero eso pasaba antes, ya llevo más de veinte años sin hablar con él. No es que sea una fuente infinita de inspiración.

Beatriz nunca mentía, sin embargo, acababa de hacerlo, pues en la gran mayoría de sus libros había un personaje que, conscientemente, ella había basado en Santos. Pero eso no lo admitiría jamás. Ni siquiera se había atrevido a decírselo a ella misma en voz alta. Exhaló un tenue suspiro y dio otro sorbo de su vino.

–Bueno, pero ya que me preguntaron por Santos, ahora me toca a mí preguntarles a ustedes si tienen novio o no tienen novio... o si están saliendo con alguien.

–Bueno –comenzó Luna, adelantándose a sus hermanas–, Julia está saliendo con un chamo que es lo más diferente a ella que existe en esta tierra. Cristina está enamorada de un preso del SEBIN, y yo estoy saliendo con un gaaallo, pero que me encanta.

–Espero que un día me inviten a un café y cada una me cuente su respectiva historia, para luego escribir un libro sobre las tres –comentó Beatriz–. A ver, Julia, ¿por qué el muchacho con el que estás saliendo es tan diferente a ti? No me vayas a decir que tiene los brazos cubiertos de tatuajes y anda en moto.

–No... lo que pasa es que... es ateo pues. Yo soy muy católica. Entonces, es un problema –respondió Julia y se encogió de hombros.

Beatriz miró a Julia por un par de segundos, tras los cuales, apretó los labios y dijo:

—Sí... es un problema. No solo de ustedes dos, sino que la familia se mete, me imagino. Pero, te voy a decir algo: no desaproveches ninguna oportunidad de ser feliz que la vida te ofrezca.

Julia respondió con una sincera sonrisa.

—Eso de que a mí me gusta un preso es mentira, Beatriz —dijo Cristina—. Lo tengo que visitar por un proyecto de la universidad. Y, no te lo niego, es superchévere, pero cero que ver.

—¿Y por eso es que querías que te firmara mi libro *Ángela en la prisión*? —preguntó Beatriz, y Julia y Luna rieron junto a ella.

Pasaron a cenar. La cena fue bastante animada y todo el mundo se sirvió dos veces, lo que significaba que la comida había quedado bien. A la medianoche, todos se despedían en la entrada. Las tres Valverde se despidieron de Arturo y su esposa, de sus tíos y de Beatriz, cada una con un abrazo.

En el ascensor, Beatriz les comentó a Diego y a Mercedes:

—Sus sobrinas son encantadoras... las tres, cada una a su estilo. Cristina es una líder, Luna es simpatiquísima y Julia es, simplemente, adorable.

Sábado, 26 de mayo de 2012

Eran las once de la mañana, los cinco integrantes de la familia Valverde subían el Cerro Ávila con el fin de llegar al pico Sabas Nieves, típico ejercicio que hacen los habitantes de Caracas con la motivación de que al llegar a la cima los espera una vendedora de raspados de tamarindo y limón.

A la delantera iban el señor y la señora Valverde, que subían todas la mañanas antes de salir a trabajar. Unos cinco metros hacia atrás, los seguían Julia y Luna. Cristina se hallaba unos dos pasos detrás de sus hermanas y, con dificultad, se quejaba:

—Siempre... que tengo... tiempo... sin venir... digo «ay... me provoca... ir... al Ávila. No sé... por qué... no he ido»... Luego... vengo... y recuerdo por qué... no había... querido... venir.

—Pero cuando llegas a la cima... vale la pena —le respondió Julia con un poco menos de dificultad al hablar.

Cristina respondió negando con la cabeza, a lo que agregó:

—Luego... viene... la bajada...

—Cristina, no sabía que estabas en tan mala forma —dijo Luna.

Cristina, sin energías para discutir, se limitó a encogerse de hombros.

—Hay una pareja que nos ha pasado por al lado dos veces —dijo Julia, y tomó aire antes de continuar—: eso significa que, en el tiempo en el que nosotros subimos una vez, ellos suben, bajan y suben otra vez.

—Qué patéticas somos. —Fue la respuesta de Luna al comentario de su hermana mayor.

—¿Son esos? —preguntó Cristina apuntando discretamente con el dedo— ¿Que el señor... tiene... una... franela verde?

—Sí, que se ven mayores que nuestros papás.

Unos quince minutos después, las tres Valverde llegaron al pico Sabas Nieves. Sus padres ya habían comido la mitad de sus cepillados. El señor Valverde sacó dinero de su billetera y se lo dio a Julia para que cada una pudiera comprarse uno, ya que ninguna de las tres había llevado sus billeteras, mucho menos sus celulares, por miedo a la inseguridad. Julia y Cristina lo escogieron de tamarindo; Luna, por su parte, de limón.

Con su paleta en la mano, Cristina se acercó a sus padres y les pidió sentarse un rato. No quería descender la montaña de una vez. Los cinco Valverde se sentaron en la grama. La señora Andreína Valverde observó a sus hijas, las vio riendo y comiendo sus cepillados; vio, a su vez, a su esposo y sonrió. Y pensar que nunca le habían gustado los niños, hasta la primera vez que había cargado a Julia en sus brazos. Una pregunta de Cristina la sacó de su ensimismamiento:

—Papá... ¿a qué edad se casó la abuela?... Tu mamá.

—Diecinueve —respondió el señor Valverde, que se lavaba las manos con el agua que había traído en tu termo.

—¿Eso en qué año fue? —insistió Cristina.

—En el 46.

Tras hacer cálculos en su cabeza, Cristina continuó:

—O sea, hace sesenta y seis años... la edad de tío Joaquín.

La señora Andreína, que desde que Cristina había preguntado el año de la boda, sabía cuáles eran las intenciones que existían detrás de las preguntas, intervino en la conversación y, sarcásticamente, dijo:

—Claro, Cristina, tu tío Joaquín nació «cuatromesino». Nació cuatro meses después de la boda de tus abuelos.

—¡Seeegurooo! ¡Eso no se lo cree ni Julia, mamá! —exclamó Cristina.

—¿La abuela se casó embarazada? —preguntó Luna riendo y sorprendida.

—¿Cómo crees? —preguntó la señora Andreína en el mismo tono sarcástico—. Joaquín nació cuatromesino, eso fue lo que le dijeron a todo el mundo. Y el niño, supersano. No necesitó cuidados intensivos ni nada. Un milagro, si me preguntas.

Las cuatro mujeres que integraban la familia Valverde rieron mientras el señor Valverde permanecía callado, tomando agua.

La bajada fue más fácil para las jóvenes y, esta vez, fueron los seño-res Valverde quienes se quedaron atrás. Al regresar al apartamento, cada joven Valverde fue a su respectivo cuarto para revisar su celular... Julia sonrió al ver que había recibido un mensaje de Octavio, un simple «Holaaa q mass?», pero que bastó para alegrarle aún más su mañana. Al ver que había recibido el mensaje hacía casi una hora, Julia respondió de la siguiente manera:

«Hola! Estaba subiendo a Sabas Nieves y había dejado el cel en mi casa. Todo bien! Tú qué tal?».

Dudó si agregar los signos de puntuación que le faltaban pero acabó por enviar el mensaje tal cual estaba. Asumiendo que Octavio tardaría unos generosos minutos en responder, decidió bañarse en vez de espe-rar como Penélope (así decía ella) por la respuesta, con el celular frente a sí, sin hacer nada más que estar pendiente de la pantalla. Veinte minutos después, Julia estaba en toalla, nuevamente en su habitación. Antes de comenzar a vestirse, tomó su celular y se sorprendió al ver que Octavio le había respondido hacía quince minutos.

Ojalá no crea que lo estoy ignorando a propósito, pensó.

La respuesta de Octavio había sido:

«Q finoo tengo *full* tiempo sin subir a SN. Nadaa ahorita en mi ksa haciendo almuerzo».

Si había algo con lo que Julia no sabía lidiar era con los mensajes de texto que no incluían una pregunta, pues no sabía qué decir a continua-ción. Una regla que Julia aplicaba cuando recibía mensajes de un mucha-cho que no le gustaba consistía en no responder al menos que el mensaje incluyera una pregunta, lo que volvía la conversación más lenta. Pero esta vez quería responder y no sabía cómo. La única respuesta posible que se le ocurrió fue:

«Qué rico :) ¿Qué cocinas?».

Se vistió y, tomando su celular, fue a la cocina. Tenía hambre y quería ver si existía en su familia la motivación de hacer almuerzo o de salir a comer a algún sitio. La cocina estaba vacía, todo el mundo debía estar tomando un baño. Sintió el celular vibrar en su mano, Octavio había res-pondido con el vocablo inglés «hamburgers» acompañado de una carita feliz. Si al recibir el mensaje anterior Julia había tenido dificultades para responder, con este último se hallaba completamente a la deriva. Pensó en no responder, esperando por que Octavio le escribiera nuevamente. Al final se decidió por un simple «nice!». Si Octavio había escrito en inglés, ella podía responder en ese idioma. Sonrió ante la idea de todo el trabajo mental que implicaba escribir un simple mensaje de texto. Como tenía mucha hambre, abrió la nevera para servirse una lonja de jamón de pavo. Sintió su celular vibrar en el bolsillo trasero de su pantalón; con media lonja de pavo aún en la mano, usó la que tenía libre para extraer el celular y leer el mensaje.

–¿Y esa cara de felicidad?

Julia se sobresaltó ante la pregunta de Cristina, que acababa de entrar en la cocina. Generalmente, Julia era bastante reservada, sin embargo, el mensaje que acababa de recibir la había alegrado lo suficiente como para querer compartir su felicidad con su hermana. Julia colocó la pantalla de su celular a la vista de Cristina que exclamó «¡eeesooo!» tras leer el mensaje.

–Le vas a decir que no, ¿verdad? –preguntó Cristina, pues el mensaje de Octavio había sido un simple:

«Tienes planes hoy?».

–Le voy a decir que no sé, que por ahora no.

Cristina asintió, aprobando la respuesta y, como había hecho su hermana minutos antes, abrió la nevera para extraer una lonja de jamón de pavo.

Pasaron unos diez minutos que Julia sintió como treinta, hasta que Octavio respondió:

«Tengo un primo q se casa hoy, kieres venir a la boda? T va a gustar, se ksa por la iglesia jeje».

Quizá el mensaje no era gracioso de por sí, pero Julia rio como si hubiera acabado de leer el mejor chiste. Respondió de manera afirmativa y, seguidamente, llamó a la peluquería que frecuentaba para hacer cita de manos, pies y secado.

La celebración eclesiástica tendría lugar a las siete de la noche. Octavio le había ofrecido buscarla al momento de la fiesta, sin embargo, Julia dijo no tener problema con asistir a la iglesia también. Con las uñas rojas y un moño sencillo que resaltaba sus facciones y sus hombros delicados, Julia se vistió con un vestido de Cristina. El vestido era dorado, corto, de espalda algo descubierta y mangas tres cuartos.

–¡Estás bella! –dijo Luna al ver a Julia entrar en la sala–. ¡Y te ves altísima!

–Gracias… sí, estos zapatos son superaltos, pero son cómodos.

–¡Julia! ¡No te puedes ir sin que te veamos! –dijo la señora Andreína levantando la voz antes de entrar en la sala acompañada de Cristina.

—¡Míreeenlaa! —exclamó Cristina al entrar, y no pudo evitar agregar—: ¡hoy Julia se va a besar!

Julia abrió los ojos con sorpresa. No porque no hubiera pensado de antemano que quizá besaría a Octavio esa noche, sino porque lo dijo delante de la señora Andreína, sin embargo, qué otra cosa podría haber esperado de su hermana.

—Pero, Julia, tú estás clara que él es ateo, que eso no va a ningún lado.

—Mamáááá, vas a traumar a la pobre —dijo Cristina.

—No, ya va, que disfrute y la pase bien, pero que no se olvide de eso. A menos que el tipo se convierta —desviando su mirada de Cristina a Julia, la señora Andreína preguntó—: ¿hay posibilidades de que se convierta?

Julia apretó los labios antes de responder:

—Toda la familia es atea. Si fueran cosas suyas, te diría que sí. Pero, más bien, algunos están molestos con este que se casa hoy porque se va a casar por la iglesia y ni siquiera van a ir. O sea, sí van a la fiesta, pero a la iglesia, no.

—O sea, es como una religión la broma —dijo la señora Andreína antes de agregar—: bueno, Julia, no te voy a decir nada. Solo te digo: cuídate. Yo creo que este chamo te gusta mucho y lo que puedes terminar es pasando el sufrimiento hereje.

—Bueno, vamos a bajarle dos. Ni se ha agarrado de la mano con el pana —intervino Cristina—. No, ¿verdad?

Julia negó con la cabeza. Sonó su celular, Octavio la llamaba para avisarle que ya estaba esperándola abajo. Julia se despidió de sus hermanas y su madre y salió.

—Ya quiero que me eche los cuentos mañana —comentó Cristina.

—Y en unos meses voy a ser yo la que la voy a tener llorando con su cabeza en mis piernas —dijo la señora Andreína con una mano en la frente tras dar un suspiro.

—Mamá, pareces una película de terror —dijo Luna.

—Es que va a ser así, Luna.

…

Ya en la iglesia, Octavio tomó a Julia de la mano para guiarla hasta un puesto. En el camino, se encontraron con varios familiares de Octavio, ante quienes presentó a Julia como «una amiga». Cuando este le dijo que saludarían a sus padres, Julia se vistió con su mejor sonrisa, pues quería causar una buena impresión, quizá, si les caía bien y la consideraban bonita, le perdonarían lo católica. Y lo mismo tendría que hacer Octavio si quería que los padres de Julia le perdonaran lo ateo... lo cual, sabía ella, no pasaría.

Julia, deja de pensar estupideces que ni siquiera ha pasado nada. Apenas te agarró la mano y es para que no te quedes atrapada en este bululú. Se decía nuestra joven.

—Ella es Julia, una amiga.

Julia saludó a los padres de Octavio, estrechando la mano de cada uno y presentándose como «Julia Valverde» mientras sonreía como se lo había propuesto segundos antes. La saludaron muy amablemente, la madre de Octavio incluso le celebró el vestido, cumplido que Julia agradeció. Octavio le indicó a Julia dónde se podía sentar. La ubicó junto a su tío favorito en una de las últimas filas, ya que él no se podía sentar junto a ella pues formaba parte del cortejo.

—Te lo juro que, después de mí, él es la mejor persona que puedes tener al lado —le dijo Octavio.

Al momento en que Octavio se alejó, el tío le preguntó a Julia:

—¿Sabes si esto es muy largo?

—Dura como una hora —respondió Julia.

—Menos mal que cargué el celular antes de venir. Creo que voy a jugar lo que dure la ceremonia.

—Fernando, por favor —le dijo su esposa—. Es la boda de tu sobrino. Esto es importante para él y para Sofía. Así que me guardas el teléfono.

Julia rio por lo bajo. La esposa de Fernando se dio cuenta y le dijo a Julia:

—Es que así es que hay que tratarlos para que hagan caso.

—¿Ves con lo que tengo que vivir? —preguntó el tío de Octavio dirigiéndose a Julia. Luego, mirando a su esposa, agregó—: apenas nos está conociendo y mira lo que ha visto. No va a querer salir con Octavio más nunca.

—¿Estás saliendo con Octavio? —le preguntó a Julia la esposa de Fernando.

Julia respondió con un sincero:

—¡No sé! Creo que sí. Bueno, estamos empezando a salir.

—Disfruta —dijo la tía de Octavio—. Esa es la mejor etapa.

El tío Fernando miró a Julia y dijo:

—¿Viste? Es que ni siquiera me quiere. Perdón, ¿cómo te llamas?

—Julia.

—Bueno, Julia, qué nombre tan bonito, por cierto. ¿Ves con lo que tengo que lidiar? Tenemos once años de casados y te dice en mi cara que la

~ *Los complicados amores de las hermanas Valverde* ~   165

mejor etapa es cuando uno está empezando a salir. El otro día estábamos viendo «Piratas del Caribe» y le dije que, si por ella fuera, me dejaría por Johnny Depp y, ¿sabes lo que me dijo?: «¿Cómo te voy a dejar por Johnny Depp si yo no soy su tipo?». O sea, la garantía de fidelidad que me da es que ella no es del tipo de Johnny Depp.

La discreta risa de Julia se había convertido ya en una carcajada. La esposa de Fernando, riendo también, puso la cara de su esposo entre sus manos y le besó la nariz, y así, Julia supo que ella lo quería.

Comenzó la ceremonia. Julia vio a Octavio caminar lentamente hacia el altar, acompañado de una muchacha a quien ella no conocía, al ritmo de la famosa melodía del Canon en Re Mayor. Cuando todos los integrantes del cortejo ocuparon sus respectivos lugares, la suave melodía cesó dando paso a la marcha nupcial. Entró la novia.

—Qué bonita... —comentó Julia en voz baja pero lo suficientemente alto como para que la escucharan el tío Fernando y su esposa. Ambos voltearon y asintieron.

La ceremonia transcurrió como lo hace generalmente una boda. Fernando de vez en cuando hacía un comentario en voz baja y Julia debía hacer un esfuerzo inmenso para no estallar en risas.

—¿Qué es esta sentadera y paradera? —preguntó Fernando cuando el padre pidió a los invitados que se sentaran pues era el momento de presentar las ofrendas. Julia se llevó una mano a la boca para ahogar su risa.

—Déjala, que mira cómo está. La vas a hacer pasar una pena —le había dicho su esposa.

—Si la está pasando bien.

Al momento de la consagración, Julia se arrodilló junto a otros invitados. Con los dedos entrelazados en posición de oración, Julia vio a su alrededor paseando su mirada por cada rincón de la iglesia. Los invitados ubicados en los bancos que se hallaban del otro lado del pasillo estaban, en su mayoría, arrodillados. Sin embargo, del lado en el que se encontraba Julia, casi todos permanecieron de pie y, poco a poco, se fueron sentando. Al ver esto, Julia suspiró y, mirando la hostia que en ese momento elevaba el sacerdote y que acababa de convertirse en el cuerpo de Cristo, dijo en su mente:

Jesús... qué estoy haciendo...

Al momento de comulgar, fue la única de los invitados de su banco que se levantó para recibir la Comunión. El novio había recibido la Comunión, Julia se preguntó si sería la primera y última vez que lo haría en su vida.

Octavio se había sentado en la esquina del banco que daba al pasillo central. Julia no se había dado cuenta hasta que sintió que alguien halaba su vestido. Cuando su mirada se encontró con la de Octavio, le sonrió. Él le preguntó:

—¿Estás emocionada?

—¿Por qué? —preguntó Julia sin emitir ningún sonido, pero era fácil leer sus labios.

—Vas a recibir a Jay C.

Julia le dio una ligera palmada en la frente, sin dejar de sonreír en ningún momento. Como ya se estaba quedando atrás, aceleró el paso y recibió la Comunión, como siempre, diciendo «Amén»... De nuevo en su asiento, Julia se arrodilló para orar.

«Te pido por los que se están casando hoy, para que tengan una vida muy feliz, siempre teniéndote como base en sus vidas. Y, bueno, me encantaría que la familia de Octavio te conociera, pero no sé cómo pedir por eso. Como siempre, gracias por todo y ayúdame a ser mejor cada día... y que te vea en todas las personas para que pueda "en todo, amar y servir" como me han enseñado toda mi vida».

Se sentó.

—Una pregunta —dijo Fernando—, ¿cuando te arrodillas después de ir a recibir la oblea, ¿qué dices? ¿Qué dice la gente? ¿Es algo que se aprenden de memoria o es pedir cosas y ya?

—Sí, es como una conversación. Le agradeces por lo que tienes y le pides por ti o por otras personas. Puedes decir lo que quieras.

—Qué interesante eso, de verdad —le comentó Fernando a su esposa y, dirigiéndose de nuevo a Julia, agregó—: ¿y tú de verdad crees que estás hablando con Dios? O con Jesús, no sé.

Julia asintió.

—No te lo pregunto a mal, es por pura curiosidad —se apresuró a decir Fernando, sabiendo que el tema de la religión es siempre complicado.

—No, tranquilo, por Dios. Sí, yo estoy hablando con Jesús, que es Dios.

—Qué interesante...

Julia sonrió y se encogió de hombros.

—Para mí es normal, pero claro, para ustedes debe ser rarísimo.

•••

La ceremonia acabó. Julia se encontró con Octavio junto al carro de este.

—¿Cómo la pasaste? ¿Qué tal mi tío? —le preguntó Octavio.

—Muy simpático. Decía las cosas más cómicas, pasé toda la misa tratando de que mi risa no se oyera.

—¿Viste? Te dije que te estaba dejando en el mejor puesto posible... después de mí, claro.

Al entrar en la Quinta Esmeralda, Octavio le ofreció a Julia acercarse al bar a buscar un trago.

—¿Te había dicho que estás bellísima? — le comentó Octavio mientras esperaban que los atendieran.

Julia agradeció la tenue iluminación del salón, pues sabía que su cara acababa de enrojecerse y no quería que Octavio se diera cuenta. Le dio las gracias por el cumplido y, a su vez, se atrevió a decir:

—Tú también te ves muy bien.

—¿En serio? —preguntó Octavio levantando una ceja y sonriendo con suficiencia—. Gracias, gracias. Yo pensaba que te parecía feo.

Julia negó con la cabeza y dijo:

—Para nada, tu cara es muy linda.

Julia dijo esta última frase enfocando su mirada en el piso, pues no se atrevía a decir algo así mirando a su interlocutor a los ojos.

—Qué cuchi eres —escuchó decir a Octavio.

Julia se atrevió a levantar la mirada y sonrió tímidamente. Octavio iba a decir algo más, pero uno de los muchachos que atendía el bar le preguntó qué se les ofrecía. Pidieron un ron y un vodka con limón. Cuando cada uno tuvo su trago, Octavio la tomó de la mano y se dedicaron a caminar para, así, continuar presentándole a sus familiares y a algunos amigos. Conversaban por un corto rato con cada grupo al que Octavio la introducía.

Una hora después, ya varios invitados estaban bailando. Julia y Octavio habían encontrado sitio dónde sentarse y conversaban.

—Entonces, ¿sufriste mucho en la misa?

Octavio negó levemente con la cabeza mientras probaba un sorbo de su bebida. Cuando pudo hablar, respondió:

—Normal, tampoco así. No es una tortura, lo respeto. Y como tú debías estar en un estado de felicidad plena por estar con Jay C y conmigo en el mismo sitio, entonces yo estaba contento.

Julia rio al momento que preguntaba:

—¡¿Qué?!

—Claro, no creas que es muy fácil tampoco meterme en una iglesia, tuviste suerte que mi primo se dejó convencer.

Julia se enserió un poco. Para disimular, le dio un sorbo a su bebida. Ella no tenía problema en bromear sobre sus diferencias, pero comentarios como el último que había hecho Octavio le recordaban que no los separaba sino un abismo que ninguno de los dos estaba, ni estaría nunca, dispuesto a atravesar. Haciendo un esfuerzo por apartar estos pensamientos, Julia intentó enfocar su atención en pasar un buen rato, no fue difícil. No representaba para ella una gran hazaña el pasarla bien con Octavio. Continuaron conversando y, no había pasado un minuto, cuando Julia ya había olvidado la preocupación que la había asaltado hacía tan solo un momento.

En algún momento de la conversación, Octavio comentó:

—Berro, por hablar contigo no me había dado cuenta de la música, está superbuena.

—¡En verdad, sí! —dijo Julia, que tampoco se había percatado de que sonaba una canción de merengue que a ella le gustaba bastante.

—¿Quieres ir a bailar? —preguntó Octavio.

Julia asintió. Octavio le tendió su mano y no la soltó hasta que llegaron a la pista. Bailaron.

—¿De qué te ríes? —le preguntó Octavio mientras le daba una vuelta al ver que Julia reía suavemente, sola, como si recordara algo.

Julia lo miró y negó con la cabeza mientras decía:

—Nada, nada... la estoy pasando muy bien. Eso es todo.

—Qué cuchi —dijo Octavio mientras la acercaba a sí.

Se vieron a los ojos. Con su mano derecha tomada de la de Octavio y su mano izquierda apoyada en el hombro de este, Julia contuvo la respiración. Sentía su corazón en su pecho. Octavio sonreía, lo vio acercarse lentamente. Julia cerró los ojos... y fue así como, olvidando sus dudas, únicamente disfrutando del fugaz, y a la vez eterno presente, se besaron.

Nuevamente se vieron a los ojos. Julia, ya fuera por la felicidad o los nervios, no pudo evitar reír. Julia pensó que en ese momento, nadie, ni siquiera los recién casados, podían sentirse más felices de lo que ella se sentía.

...

—La pasé excelente —dijo Octavio, ya frente al edificio de Julia sin soltar su mano.

—Yo también, muchas gracias por invitarme. La pasé genial.

Octavio se inclinó hacia Julia, ella sonrió y, acercándose, lo besó en los labios. Se despidieron.

Al llegar a su habitación, Julia se sorprendió al ver que Cristina y Luna estaban durmiendo en la cama de ella. Encendió la luz y sentándose al pie de la cama, sacudió a Cristina y luego a Luna para así despertarlas. Al ver que ambas abrieron los ojos, exclamó:

—¡Octavio y yo nos besamos!

Luna, olvidando la luz a la cual no se había acostumbrado aún, abrió los ojos como platos y se incorporó rápidamente. Cristina, por su parte, sonrió y, bostezando, dijo:

—Cuéntanos. ¿Cómo fue?

Julia narró la escena con todos los detalles que recordaba.

—¡Qué beeeellooos!—exclamó Luna, cuando Julia acabó de describir el momento.

Sonriendo, aún acostada pues tenía mucho sueño, Cristina dijo:

—Ay, chica, me encanta... en verdad, Octavio es superchévere. Y tú te ves superfeliz.

Julia asintió mientras admitía:

—Muy, muy feliz.

Esa noche, las tres Valverde durmieron en la cama de Julia.

Domingo, 17 de junio de 2012

*D*ía del Padre. Un gran almuerzo familiar tendría lugar en casa de los Valverde. Cristina llegaría tarde pues le había prometido a Salvador asistir a la presentación del Día del Padre que habían preparado algunos de los presos del SEBIN. Ese día, Cristina cambió su acostumbrado *blue-jean* por un pantalón blanco, unas sandalias *beige* de tacón y una blusa sin mangas de seda rosada.

—¿Y esa pinta? —le preguntó la señora Andreína al momento en que Cristina se disponía a salir—. ¿Tú no ibas al SEBIN?

—Sí, pero como es el Día del Padre, no sé, sentí que me tenía que vestir mejor. No quiero ir en *converse*, como siempre.

—Pero, pídele ahí a Julia unas zapatillas bonitas, no se vaya a dañar el bus ese otra vez y tú subiendo la colina en tacones.

Cristina escuchó el consejo de su madre y fue al cuarto de Julia para pedirle unos zapatos que combinaran con el resto de su atuendo. Julia le prestó sus zapatillas de un rosa pálido con punta plateada decoradas con un discreto lazo negro.

—Qué raro verte vestida así —comentó Julia una vez que Cristina se había puesto las zapatillas.

—Yo sé. Me siento rarísima.

Cristina vio a Julia sonreír y le preguntó:

—¿Qué? ¿Estás pensando en Octavio?

Julia negó con la cabeza y dijo:

—No, estaba pensando que si estás yendo hoy para allá, ni siquiera por trabajo, solo por ir a ver el acto que montaron, es porque Salvador te tiene que gustar mucho. O sea, es el Día del Padre y vas al SEBIN sin que tu papá esté preso.

Cristina se encogió de hombros.

—No sé... no quiero que me guste. Ya de por sí una relación es algo complicado, ¿sabes? Imagínate con un tipo preso, que ni sabes si va a salir, porque con la situación como está... Ay, no.

Llegó al SEBIN. Para su buena suerte, el bus funcionaba. Al llegar a la sala de visita de Salvador, vio que había más movimiento de lo normal. Era fácil darse cuenta de que no era un día normal. Al verla, Salvador avanzó hacia ella y la saludó con un abrazo y un alegre «¡gracias por venir!».

—Pareces sorprendido, te dije que iba a venir —saludó Cristina.

—Bueno, pero uno nunca sabe. Y como no volvimos a hablar de esto. Te iba a escribir ayer para recordarte, pero no quería sonar insistente, además, es el Día del Padre.

—Te dije que iba a venir y vine —respondió Cristina; como le pareció que, a pesar de positiva, no era muy simpática, agregó—: y con todo el gusto del mundo.

Salvador sonrió.

—La presentación es en la sala de visitas grande, ¿te acuerdas donde recibe Alexander?

Cristina asintió.

—Bueno, movimos las mesas y hay espacio para nosotros y para que todo el mundo vea.

Unos diez minutos después, Cristina se hallaba de pie, junto a las esposas y familiares de los prisioneros del SEBIN. Había sillas para que algunos se sentaran, pero como Cristina no se consideraba una visitante «oficial« (así lo decía ella), decidió permanecer de pie y se colocó junto a la esposa de Daniel Manrique y sus hijos, que también estaban de pie. Cristina miró hacia la puerta y vio entrar a Pilar, Alexander y Alexandra Ivanovich.

Les sonrió y caminaron hacia ella, pues ya no había puesto para sentarse. Tras saludar, Cristina preguntó:

—¿Y Alexander va a cantar?

Pilar negó con la cabeza:

—Ni idea... —respondió—. No me ha querido decir nada. Ni siquiera sé qué van a cantar.

Cristina, a pesar de saber qué canción habían preparado, no dijo nada, pues quizá se trataba de una sorpresa. En la sección del salón que serviría de escenario, se hallaba un grupo de siete prisioneros. En el centro, detrás de un teclado, estaba Salvador. Junto a él, Daniel Manrique sostenía una guitarra. Alejandro Pérez Esclusa practicaba algunas notas con su armónica. A la izquierda, se encontraban Alexander Ivanovich y otros tres prisioneros a los que Cristina no conocía muy bien que, probablemente, cantarían. Pidieron silencio. La mirada de Cristina se encontró con la de Salvador. Ella le dedicó un mudo «suerte» y él le respondió guiñándole un ojo. Cuando los familiares que en este momento se convertían en público hicieron silencio, Daniel Manrique tomó la palabra:

—Buenas tardes, muchas gracias por venir... sabemos que este sitio no es el mejor plan y les queríamos agradecer por su apoyo, cariño y compañía, tanto los que llevan aquí algunos meses, como los que ya hemos estado aquí uno, dos o hasta seis años. Hoy les preparamos esto que, aunque no es suficiente como para agradecerles todo lo que han hecho por nosotros, por lo menos les muestra que, de que estamos agradecidos, lo estamos. Ustedes siempre vienen con la mejor disposición y nosotros sabemos que muchas veces los recibimos de mal humor, quejándonos... sabemos que no es fácil, que no somos fáciles. Así que, nuevamente, muchas gracias. Y, bueno, esperamos que el año que viene ninguno de nosotros esté aquí. Eso lo decimos todos los años, pero bueno, ya todos aquí estamos cansados de escuchar: «la esperanza es lo último que se pierde» o, la favorita de Alexander: «el tiempo de Dios es perfecto».

Varias personas rieron, pues era conocido por muchos que Alexander y su familia estaban cansados de escuchar esa frase de labios de personas que les comunicaban su apoyo. Daniel Manrique continuó:

—Bueno, esperamos que lo disfruten. El tema que presentaremos es «Piano Man» de Billy Joel. Gracias.

La introducción de la canción la tocó Salvador en su teclado, Cristina se sorprendió, pues sonaba exactamente igual a la original, o así le pareció a ella. Pérez Esclusa se unió con la armónica y Daniel con la guitarra. Para sorpresa de Cristina, quien empezó a cantar fue Salvador que, al momento del coro, invitó a sus compañeros a que se unieran a cantar con él y, así, todos los prisioneros cantaron.

～⁓⁖⁘⁖⁙～

ANTES DE COMENZAR A CANTAR el penúltimo coro de la canción, Salvador invitó a todos los visitantes a que cantaran:

—¡Vamos, que todos se la saben!

Al acabar la canción, los aplausos se extendieron por espacio de un minuto. Salvador buscó a Cristina con la mirada. Ella, con lágrimas en los ojos, le mostró ambos pulgares. Él le respondió con una sonrisa y una inclinación de cabeza. Cristina se quedó atrás, esperando a que los familiares de Salvador, e incluso de los otros presos, lo felicitaran. Se limpió las lágrimas de las mejillas con el dorso de la mano. Discretamente veía a Salvador agradeciendo los cumplidos. Sonriendo pensó: *Nadie se imagina que estas cosas pasan aquí adentro... es increíble cómo hasta en las peores situaciones, las personas se esfuerzan por crear una cotidianidad agradable.*

Escuchó a Salvador decir que llevaría el teclado a su calabozo. Él se acercaba sosteniendo el teclado. Cuando estuvo lo suficientemente cerca, Cristina le dijo:

—Me encantó, felicitaciones. Estoy sorprendidísima, tocas espectacular.

—¿Viste? No soy solamente un preso amargado —respondió él.

—Yo sé... —dijo Cristina—. Ya te he dicho que no me lo pareces.

—Déjame ir a guardar esto y vengo. Seguro te tienes que ir ya, pero para por lo menos despedirme bien de ti.

—¿Ni siquiera me vas a brindar un café? —preguntó Cristina—. Ya estoy aquí.

—Ah, ¿en serio? ¿Te puedes quedar para un café?

—Sí, vale —respondió Cristina subiendo y bajando los hombros rápidamente.

—Excelente... bueno, ya vengo. Te ves muy linda hoy, por cierto.

—Guaaaoo, jamás me esperé un cumplido de tu parte.

—Yo doy cumplidos cuando la persona se los merece —dijo Salvador—. Con eso sí puedes estar tranquila conmigo, yo no digo mentiras. Por eso a veces soy tan antipático.

Cristina pudo notar que el teclado le pesaba.

—Ve a llevar el teclado y hablamos.

—Dale, dale. Ya vengo. Quédate aquí.

Cristina aprovechó ese momento para saludar a la familia de Salvador y, rápidamente, saludar a Alexander Ivanovich y a Daniel Manrique, junto a sus respectivas familias, y felicitarlos por el Día del Padre y por la excelente presentación de la canción. Mientras conversaba, vio a Salvador pararse junto a ella y, dirigirse a Alexander y a Daniel diciéndoles:

—Disculpen, ella ya se tiene que ir.

Cristina les dedicó a todos una despedida general, los felicitó nuevamente y se alejó con Salvador.

—Gracias por quedarte para un café. De verdad, como dijo Daniel, quién quiere venir a pasar el Día del Padre aquí.

—Bueno, tampoco es que es Año Nuevo —dijo Cristina.

Salvador sonrió y dijo:

—Tienes razón.

—Pero igual hubiera venido si fuera Año Nuevo.

Se sentaron en la mesa de siempre, cada uno con su café en la mano.

—Entonces, tú no dices mentiras —dijo Cristina para iniciar la conversación—. O sea, que si nunca me habías dicho nada es porque te parecía que me veía fea todos los días.

—No, no —dijo Salvador negando con la cabeza y dejando el vasito de café sobre la mesa—. Pero, berro, Cristi, no me vas a decir que hoy no estás más bonita que los otros días.

Cristina reprimió una sonrisa ante el hecho de que Salvador se hubiera dirigido a ella como «Cristi».

—Bueno, es que ya estoy arreglada porque hoy hay un almuerzo en mi casa.

—Sí, claro. Jamás se me hubiera ocurrido que te arreglaste para venir al SEBIN. No soy tan iluso.

—Me hicieron llorar. Sabes, poco a poco te he tomado cariño. Para mí eres un amigo, de verdad, y quiero que salgas, Salvador. Tú no te mereces esto.

Salvador permaneció callado unos segundos observando a Cristina. Ella le sostuvo la mirada, sin saber qué decir y preguntándose qué estaría pensando él.

Cuando por fin habló, Salvador dijo:

—Gracias por decir que me consideras tu amigo. —Y bajó la cabeza.

No creo que haya bajado la cabeza porque se le aguaron los ojos... ¿o sí?. Se preguntaba Cristina.

Salvador levantó la mirada. Cristina no vio ningún rastro de lágrimas y respiró con alivio.

—Yo también te considero una amiga —dijo él—. Y, si no eres mi mejor amiga, es nada más porque nos conocimos aquí y las circunstancias no me permiten forjar una amistad como tal, porque si te hubiera conocido en cualquier otro sitio, ya te habría invitado a salir cien veces.

Cristina, contra su voluntad, se quedó sin aliento. Ahora fue su turno de bajar la cabeza. Se colocó un mechón de pelo detrás de la oreja. Al fin, logró decir:

—Cuando salgas, salimos al sitio que tú quieras.

—Perfecto. Es una cita. —Salvador le ofreció su mano para cerrar el trato.

Se estrecharon las manos.

—Y, ¿a dónde te gustaría ir? —preguntó Cristina ahora en un tono más animado.

Salvador cruzó una pierna y le dio un sorbo a su café antes de responder:

—Quiero subir demasiado al Ávila, a Sabas Nieves. Yo no subía casi. Bueno, sé que cuando suba voy a decir «ya me acuerdo por qué no me gustaba subir», siempre me pasa eso.

Cristina sonrió.

—... pero, sé que ahora lo valoraría muchísimo más. Después, quiero ir a desayunar a un sitio en Chacao que me dijeron que venden arepas hechas de distintas masas... que si de caraotas negras y que son de distintos colores, las arepas.

—Cristina asentía mientras Salvador describía el lugar; cuando fue su turno de hablar, dijo:

—Ese es Chacao Bistró. A mí me encanta. Perfecto, vamos para allá cuando salgas.

Cristina se dio cuenta de que Salvador había inhalado para respirar con algo de dificultad y se preguntó si él se sentiría como ella se sentía en ese momento, con conciencia de que su corazón latía en su pecho. No entendía por qué se sentía de esa manera, si no se habían dicho nada comprometedor, habían hablado de amistad.

Yo aquí emocionada y este tipo me acaba de «frenzonear» heavy. Se decía Cristina, pero en el fondo sabía que ese no era el caso.

...

Una hora después, Cristina llegó a su casa y pasó el resto del día distraída y haciendo mal los favores que le pedían, pues olvidaba al segundo lo que le habían dicho.

Había pasado un mes del primer beso entre Luna y Bóreas. Luna esperaba que Bóreas le preguntara oficialmente si quería ser su novia, sin embargo, ya se comportaban como si lo fueran. Bóreas estaba en casa de los Valverde con sus padres y otros invitados. Eran unas veinte personas. Luna y Bóreas conversaban en un sofá, Bóreas jugaba con el pelo de la joven.

—Hoy te ves muy lindo con esa camisa —le dijo Luna.

—Gracias... tú te ves bella como siempre.

—¿Te acuerdas cuando viniste con esa franela que tenía un dibujo de un ADN? —preguntó Luna.

—Por supuesto. Me la puse para molestarte. Sabía que te iba a parecer supergalla. Así como dices tú.

—Pues lo lograste. Jamás hubiera pensado ese día que un mes después iba a estar así contigo.

—En verdad, te admito, el chiste de la camisa no es bueno. Pero es que no venden muchas franelas con chistes de ADN.

—Por algo será —dijo Luna y rio.

—¿Ah sí? ¿Te parece que los chistes del ADN son malos? —indagó Bóreas.

—Sí.

—¿Ah sí?

—¡Sí!

—Okey... —dijo Bóreas y la tomó en sus brazos para que Luna no pudiera defenderse y la despeinó.

—¡Noooo! —exclamó Luna mientras reía.

—La próxima vez que salgamos voy a ponerme una franela que tengo de Darth Vader. Es más, ahora solo me voy a vestir así. Tengo otra de The Flash. ¿Sabes? La roja con el rayo amarillo en el medio, como las que usa Sheldon en «The Big Bang Theory».

—¡Bueno! Sal así. Ese es tu problema.

—¿No te da pena que te vean conmigo si estoy vestido así?

—No. Porque sé que eres mejor que todos esos que te mirarían raro. Unos idiotas todos.

Bóreas no supo qué decir.

La señora Andreína apareció en la sala con su *laptop* en las manos, caminando con pasos rápidos.

—¡Bóreas! Necesito tu ayuda.

—Sí, claro. ¿Qué necesita? —preguntó él, ya de pie.

La señora Andreína le mostró la pantalla de su computadora y le dijo con una voz que denotaba frustración:

—Es que quiero meterme en el Facebook para mostrar unas fotos que subió una amiga de cuando estábamos en el colegio y me sale algo de unas galletas.

Bóreas necesitó unos segundos para procesar lo que acababa de escuchar. Sentía unas casi incontrolables ganas de reír, pero no quería parecer irrespetuoso. Sin embargo, no pudo evitar una sonrisa y preguntar:

—¿Se refiere a las cookies, señora Andreína?

—Sí, sí. Dice ahí y que: *enable cookies*.

Bóreas asintió. Le pidió permiso a la señora Andreína para tomar la computadora y así resolver el problema, lo que le tomó unos dos minutos.

—Listo —dijo Bóreas mientras le devolvía la *laptop* a su dueña.

—Un millón, Bóreas —agradeció la señora Andreína antes de regresar a la cocina.

Una vez que se perdió de vista, Bóreas y Luna se vieron y estallaron en carcajadas.

—¡Yo no había entendido! ¡Yo me quedé como «¿galletas?»! —exclamó Luna con dificultad debido a la risa. Tras lo cual se quejó del dolor que le producía el reír tanto.

Domingo, 24 de junio de 2012

Esa mañana, Cristina se despertó a las nueve. Aquella sería su última visita a Salvador. Se mordió el labio y se llevó una mano a la frente mientras reía, incrédula, pues no quería que sus visitas al SEBIN terminaran. Sobre todo después de la última, en la que Salvador le había dicho que, de haberla conocido en otras circunstancias ya la habría invitado a salir cien veces. Antes de salir, Cristina revisó la despensa en busca de algún dulce que pudiera llevarle a su amigo. Encontró un Cri-Cri grande y lo tomó sin vacilar. Cristina llegó al SEBIN unos diez minutos antes de las once. Esperaba que le permitieran permanecer allí hasta las dos de la tarde. Mientras esperaba por el bus, sin hablar con nadie, Cristina se dedicó a pensar en su situación:

Okey, no sé cómo, contra todo pronóstico y abominablemente, este hombre me gusta. Cristina... está preso. No sabes cuándo va a salir. Es un problema en el que te estarías metiendo por puro gusto. Bueno, algún día saldrá, ¿no? Lo puedo esperar tal cual Penélope. Berro... parezco Julia con estos símiles literarios. No, en serio, focus. Okey... hoy es mi última visita. Puedo ser amiga de este hombre y, cuando salga, salir como él dijo y ver qué pasa. Porque, además, estoy segura de que lo último que este tipo quiere, con todos los problemas que tiene, es meterse en una relación. Y en una relación conmigo, que no es que voy a dejar de salir.

Llegó el bus, Cristina se sentó en un asiento de la primera fila:

Lo siento, entregadas esposas, dijo en su mente, hoy es mi última visita y quiero aprovechar cada minuto. Bróder, qué loca. Esto es increíble.

Sonrió hacia la ventana para que nadie la viera...

Yo que siempre me las di de la de sin sentimientos y, ahora, estoy así por este tipo, que es más amargado... pero es que, en verdad, él no es amargado. Se notó cuando cantó.

Tras entregar su cédula y pasar por el proceso de la revisión, Cristina siguió la ya conocida ruta del pasillo blanco que llevaba a las salas de visita de los presos políticos.

Al atravesar el umbral, vio con desilusión que la sala de visitas estaba vacía. Se dispuso a sentarse en la silla donde generalmente se sentaba cuando escuchó la voz de Salvador exclamar:

—¡Epa! Llegaste más temprano de lo normal. ¡Qué chévere! ¿Fuiste la primera en pasar?

—Sí... hoy, no sé por qué, me desperté más temprano y, bueno, hice todo más temprano pues. Nulo.

Salvador asintió mientras la miraba con cierta suspicacia, y la invitó a sentarse. Ya sentado, estiró el brazo hacia la cava que yacía junto a sus piernas. Buscaba algo dentro, revolviendo el contenido con la mano, y le explicó a Cristina:

—Un amigo viajó al imperio y me trajo cualquier cantidad de chucherías. ¿Quieres algo? Tengo Butterfinger, Snickers de los chiquitos, también me trajo un pocotón de cereales, si quieres uno... todos los Tostitos de todos los sabores que te puedas imaginar, además de *dips*.

Cristina, con su característica candidez, aceptó los Tostitos acompañados de cualquier *dip* que Salvador escogiera.

—Perfecto —dijo Salvador al momento de tomar una gran bolsa de Tostitos naturales.

Cuando ya todo estaba servido y dispuesto en la mesa, Salvador comentó:

—¿Sabes qué me gusta de ti?

—Esto sí que lo quiero oír yo —dijo Cristina introduciendo su mano dentro de la bolsa morada y transparente.

Salvador miró al suelo, rio por lo bajo y encontrando su mirada con la de Cristina dijo:

—Me gusta que te muestras tal y como eres. Cero pena. Cualquiera hubiera dicho que no quería nada y yo hubiera tenido que insistir. Tú, sin ser una aprovechada, dijiste que sí, porque eres natural, y una persona así es difícil de encontrar.

Cristina estaba sin aliento. Tuvo que suspirar para poder decir algo, pues había estado conteniendo la respiración sin darse cuenta.

—Creo que es la primera vez en mi vida que no sé qué decir... ¿gracias?

—Sí, claro. Si eso fue tremendo cumplido —dijo Salvador, ahora tomando él la bolsa para comer.

—Tú tampoco tienes miedo de mostrarte como eres —apuntó ella en un intento de serle agradable a Salvador.

—Es verdad, el problema es que yo soy un amargado.

—¡No eres! —exclamó Cristina y por fin pudo probar los Tostitos, que aún tenía en sus manos.

Salvador comió también. Cristina, siguiendo la costumbre, extrajo una hoja de papel de su zapato, así como un lápiz y dijo:

—¡Bueno! La última visita, Salvador. Debes estar feliz porque hoy se acaba toda esta preguntadera y ya no me tienes que ver más.

Salvador, molesto y abruptamente, respondió:

—Tú sabes que no estoy feliz.

Cristina necesitó unos segundos para que su mente procesara lo que acababa de escuchar. Normalmente, hubiera creado un chiste de la situación, pero sabía que no era el momento y, la verdad, es que no quería. Apretó los labios y se atrevió a decir:

—A mí también me pone triste no venir más.

—Te lo juro que... —había comenzado a decir Salvador, pero se calló al ver entrar a Daniel Manrique.

Cristina y Salvador se levantaron de sus asientos para saludarlo. Ambos se percataron de que en una de sus manos llevaba una corbata. Cristina no entendía por qué alguien usaría una corbata en la prisión. Quizá porque debía ir a tribunales, pero los domingos los tribunales no trabajaban. Percatándose de que cada uno, discretamente, se había fijado en la corbata que portaba en su mano, Daniel Manrique explicó:

—Mi hijo César se confirma el martes en el colegio y tiene que ir de corbata. Le voy a enseñar a hacerse el nudo.

Sin percatarse de ello, Cristina se llevó una mano al corazón, sonrió con tristeza y se vio en la obligación de voltear la cara al sentir que sus ojos se iluminaban. No sabía por qué encontraba tan dolorosa aquella situación. Quizá porque sabía que había otras formas en las que el joven podía aprender a hacerse el nudo de la corbata, y pedirle ayuda a su padre era una manera de sentirlo más cerca y expresarle que seguía siendo una persona crucial, irremplazable y extrañada en su vida diaria. Era el hijo quien le hacía el favor al padre al pedirle su ayuda.

Hablaron unos pocos minutos con Daniel Manrique, pues su familia no tardó en llegar. Cristina y Salvador se sentaron nuevamente. Ella, queriendo saber lo que él había querido decirle antes de haber sido interrumpido por la llegada de su compañero; él, queriendo decirlo; y ambos, obviando el tema completamente.

–¿Comenzamos?

Salvador asintió.

–¿Me puedes explicar...? –Cristina no pudo acabar de hacer la pregunta pues fue interrumpida por Salvador.

–¿Y si te llamo más tarde y me haces las preguntas?

Cristina no respondió. Salvador tomó aire y continuó:

–Disculpa, es que ahorita no quiero hablar de eso... ¿O tiene que ser ya porque hoy vas a salir? Si es así, vamos pues.

–No, no –respondió Cristina negando con la cabeza–. Hoy no voy a salir. Dale, pues. Llámame en la noche cuando puedas.

–Gracias –dijo Salvador, y se recostó en el respaldar de su asiento.

Permanecieron un rato en silencio. Cristina se dedicó a observar disimuladamente a Daniel Manrique y a su hijo mientras el primero explicaba con paciencia al adolescente cómo hacer el nudo de su corbata.

–Estoy harto de estar aquí –dijo Salvador, sacando a Cristina de su ensimismamiento.

–Me imagino... el encierro debe ser insoportable.

–No es solamente el encierro –dijo Salvador pasándose las manos por el pelo–. ¡Es que no puedo hacer vida! Sí, bueno, uno trata que esto no sea una total pérdida de tiempo, estoy aprendiendo francés, leí, por fin, *Cien años de soledad*, hago ejercicio, ¡pero igual! Hay un mundo que está girando en el que están pasando cosas y yo, ¡ni siquiera soy un espectador! Y... bueno, ¡luego llegas tú!

Nuevamente se recostó contra el respaldar del asiento y dejó caer sus brazos. Cristina, sin saber qué decir, pero con mucha curiosidad por saber a qué se había referido Salvador con su último comentario, preguntó:

–¿Qué pasó? ¿Te ofendí de alguna forma?

Cristina sabía que ese no era el caso, su único objetivo con esa pregunta había sido parecer ignorante a los sentimientos que creía haber despertado en Salvador, sentimientos que no eran ajenos a ella misma. Salvador apretó los labios intentando sonreír mientras negaba con la cabeza.

–No, no me ofendiste... ¿estás loca? –preguntó por último intentando adoptar un tono más relajado.

—Bueno, no sé. Como dijiste que luego había llegado yo, no entendí —dijo Cristina encogiéndose de hombros.

Salvador apoyó sus manos sobre la mesa. Miró a Cristina sin decir nada. Cristina le sostuvo la mirada.

—No es mentira que ya te hubiera invitado a salir cien veces si te hubiera conocido en cualquier otra circunstancia. ¿Tú sabes lo difícil que es para mí verte ir todos los domingos? ¿Vivir con la ilusión de que te voy a ver al final de cada semana, pero con el miedo egoísta de que conozcas a alguien allá afuera? Si por mí fuera, te escribiría mañana, tarde y noche. Podría pasar todo el día en mi calabozo nada más hablando contigo. Pero no puedo porque sé que tienes una vida allá y, berro, si fuera lo suficientemente suertudo como para que tú sintieras algo por mí, por otro lado me sentiría terrible de ser el culpable de que tengas un novio preso. Porque, de cierta manera, caerías presa tú también.

Cristina, que había escuchado la corta confesión conteniendo su respiración, bajó la mirada y suspiró. Sonrió y levantó los ojos buscando los de Salvador. Se miraron de nuevo en silencio.

—Mira, yo soy la que está por decidir si quiero estar presa o no. Ese es mi problema, no el tuyo.

Salvador permaneció callado. Cristina continuó:

—Y si yo quiero estar contigo y tú conmigo, ¡júralo que voy a estar contigo! A mí me da igual si estás preso.

—Es que tú eres increíble —afirmó Salvador cruzándose de brazos y mirándola, incrédulo ante lo que acababa de escuchar.

—Salvador, yo también quiero hablar contigo todo el tiempo. Yo no te escribo porque me da miedo que te descubran el celular y te lo quiten. Pero me han encantado las veces que me has llamado.

Nuevamente, silencio.

—Te estarías metiendo en un problema innecesario —dijo Salvador pasándose de nuevo la mano por el pelo.

—No es un problema innecesario —añadió Cristina inclinándose hacia él—. No es la situación más fácil, pero sí puede valer la pena. ¿A ti te parece innecesario?

—Desde mi situación no es nada innecesario, lo digo por ti. Tú tienes una vida superchévere que no tiene nada que ver con esto. Mientras tú a mí me traerías felicidad, yo a ti no te traería más que problemas...

—Eso no es así —lo interrumpió Cristina—. Yo he aprendido muchas cosas contigo. Mira, llevo tres meses estudiándote. Créeme que me siento con la autoridad de decir que eres una persona increíble. Además, me caes tan bien que has logrado hacer que me guste venir para acá. Y ¡eso! —Aquí Cristina no pudo evitar reír—. Es que si un milagro.

Salvador miró a Cristina sonriendo con cierta tristeza. Respiró hondo. Cristina continuó:

—Sé que no es una situación ideal, pero no me importa.

Salvador soltó una leve risa.

—Te estás metiendo en un problema —dijo.

—Bueno, mejor, así es más divertido y todo —agregó Cristina en un intento por amenizar la conversación.

Salvador tomó una de las manos de Cristina entre las suyas. No dijeron nada por un tiempo.

—Pues, espero que me llames hoy en la noche —dijo Cristina rompiendo con el silencio.

Salvador sonrió y asintió:

—Cuenta con eso.

Y se inclinó para besarle la frente.

Pocos minutos después, la familia de Salvador apareció por el umbral de la puerta. Cristina y Salvador se levantaron. Tras los acostumbrados saludos, Salvador escoltó a Cristina hasta la reja blanca que no podía atravesar. Se despidieron con un abrazo y Salvador le dio un fuerte beso en la mejilla. Tras atravesar la reja y dar un par de pasos, Cristina quiso voltear. Al ver que Salvador continuaba allí, observándola, le dedicó un saludo con la mano, que él devolvió con una sonrisa y un guiño. Cristina continuó su recorrido, haciendo un esfuerzo por esconder sus sentimientos. Al pasar frente al calabozo donde se hallaban Soledad Bahamonde y sus compañeras de celda, las vio rezando el Rosario frente a la reja que les servía de puerta. Ella les dedicó un saludo con la mano, y las tres mujeres se lo devolvieron.

Manejando de camino a su casa, Cristina repasó todo lo que acababa de ocurrir. De vez en cuando, se veía en la necesidad de respirar hondamente, pues se quedaba sin aire. Soltaba, a su vez, esporádicas carcajadas, ya fuera por recordar algún instante específico de la visita o por la ironía que representaba para ella involucrarse amorosamente con un preso, sobre todo, Salvador, que le había parecido tan repelente la primera vez que lo había conocido. Tuvo dificultades para estacionar, pues estaba distraída. Ya en el ascensor, respiró varias veces pues temía que su cara o su timbre de voz, probablemente un par de decibeles más alto, la delataran. Intentó disfrazarse con su mejor expresión de indiferencia y se dirigió a la sala de estar, pues escuchaba provenir de allá las voces de su familia. Apenas apareció en el umbral, la señora Andreína preguntó:

—¿Qué pasó?

Dirigiéndose hacia un puesto vacío en el sofá, junto a Julia, Cristina preguntó:

—Cómo que qué pasó.

—Cristina, te recuerdo que te parí. Te conozco como a mí misma y sé que pasó algo. Se te ve en la cara. ¿Qué pasó?

Cuatro pares de ojos la observaban. Cristina supo que no existía escapatoria posible a la verdad y, no lo podía negar, quería gritarla, así que dijo, no sin cierta dificultad, pues aún se quedaba sin aire:

—Creo que me empaté. —Y, a continuación, soltó otra carcajada al mismo tiempo en que con una mano se cubría los ojos.

Luna fue la primera en reaccionar con un grito inmediato, agudo y fugaz. Julia miraba a Cristina sin pestañear sonriendo con sorpresa. El señor Valverde murmuró algo para sí y la señora Andreína, asintiendo estoicamente, se dirigió a su esposo y le dijo, o más bien, le ordenó:

—Leo, vas a tener que ir al SEBIN a conocer al nuevo novio de tu hija.

—Eso mismo pensé yo —dijo él.

Luna se opuso inmediatamente, sin embargo, Cristina, entendiendo la posición en que se hallaban sus padres, aceptó sin problemas.

Apoyando los codos en sus rodillas y cruzando los dedos, el señor Valverde se preguntó en qué momento sus hijas, que unas semanas atrás eran solteras las tres, habían decidido convertirse en protagonistas de tres particulares y, cada una a su estilo, complicadas historias amorosas. Porque, si bien la relación de Luna con Bóreas no representaba ningún tipo de complicación, el señor Valverde jamás hubiera imaginado que pudiera haber surgido un sentimiento amoroso entre ambos, pues eran muy diferentes. Por otro lado, el caso de Julia era bien distinto, el señor Valverde apretó los dientes. No quería interferir en la vida de su hija mayor, pero estaba seguro de que el fin de la relación que estaba forjando con Octavio era inminente y su hija sufriría mucho por un tiempo que, esperaba él, no fuera muy largo. Dirigió ahora su mirada a Cristina, que, a petición de la señora Andreína, explicaba el caso legal de Salvador. El señor Valverde entendía que el gobierno, en su afán de control absoluto, había decidido expropiar los bancos, comenzando por los pequeños, y las casas de bolsa. Sabía, además, que estos prisioneros eran un nuevo estilo de preso político. Siempre se había considerado preso político a aquel que públicamente expresaba su descontento hacia el gobierno y, como consecuencia, era privado de su libertad. Ahora, existía un nuevo tipo de preso político, que eran estos banqueros y trabajadores de casas de bolsa, ya que el modelo económico que seguían iba en contra del modelo socialista que el gobierno quería implantar, por esto, acababan en la cárcel, todos con los mismos cargos de malversación de fondos, autopréstamo, asociación para delinquir...

—Qué desastre de país —murmuró el señor Valverde.

—Ya está —dijo la señora Andreína sacando al señor Valverde de sus pensamientos—. La acompañas el domingo que viene, Leopoldo.

—Ay, mamá... o sea, te lo juro que entiendo que estén preocupados y que papá quiera ir. Pero tampoco la semana que viene. ¡Ni siquiera sé si me empaté en verdad!

El señor Valverde miró a la señora Andreína que le sostuvo la mirada y levantó las cejas; supo que no había negociación posible.

—Quiero ir la semana que viene, Cristina. Es más, no sé cómo no he ido ya. Estás yendo al SEBIN, por Dios santo.

Cristina entendió que la situación no admitía mucha discusión ni oposición de su parte, así que accedió a que su padre la acompañara el siguiente domingo al SEBIN. Una vez que estos asuntos fueron acordados, Cristina prosiguió a narrar lo que había sido esa hora con Salvador en la que creía «haberse empatado».

...

A las diez de la noche, Cristina estaba en su habitación intentando concentrarse en una lectura sobre Jung, el psiquiatra y psicólogo suizo, cuando escuchó el timbre de su celular indicando que recibía una llamada. Al ver que era de Salvador, como se lo había imaginado, contestó inmediatamente.

—Hola... —saludó.

—Hola, ¿cómo estás? —saludó él.

—Bien, ¿tú? —sin darle tiempo a Salvador para responder, agregó—: hoy fue muy cómico cuando llegué a mi casa porque mi mamá, no sé qué carrizo me habrá visto en la cara, que me preguntó de una si había pasado algo. Yo, dándomelas de la inocente le dije que si «no entiendo de qué me hablas».

—¿Por qué, a ver, cómo era tu cara? —preguntó Salvador y Cristina supo que estaba sonriendo con esa sonrisa irónica tan típica de él.

—No sé, Salvador, me imagino que estaba sonriendo.

—Ah... ¿Te hago feliz?

—No tanto como yo a ti —se apresuró a decir ella para «ganar territorio» en esa batalla que acababa de comenzar.

—Aaaah, ¿es así la cosa? —preguntó él.

—Es demasiado así.

Salvador rio por lo bajo antes de hablar nuevamente. Adoptando un tono de voz un poco más serio, pero alegre aún, preguntó:

—¿Y qué le dijiste?

Cristina se cambió el teléfono de una oreja a la otra y dijo:

—¿De verdad quieres saber? Estaba toda mi familia allí.

—Claaaaro. Por supuesto que quiero saber.

—Pues les dije «creo que me empaté».

Salvador soltó una carcajada antes de decir:

—Qué excelente eso: creo que me empaté.

—Yo creo que me empaté... dije la verdad.

—¿Y por qué no les dijiste que te habías empatado? Que ahora eres la novia de un preso político... tremendo novelón.

—Bueno, Salvador, porque me las dio por dármelas de princesa medieval y no voy a decir que me empaté hasta que no me lo preguntes. ¿Qué te parece?

—¿No vas a decir que eres mi novia hasta que no te pregunte si quieres ser mi novia?

—Exactamente... voy a empezar a ser así.

—Bueno, pero por teléfono no va a ser.

—Espero que el jueves tengas esa sala decorada —bromeó Cristina.

—¿Vienes el jueves?

—Claaaro, ya es diferente. Quiero verte cada vez que pueda.

Salvador sonrió, pero dijo algo que nada tenía que ver con su sonrisa:

—¿Cómo es eso de la sala decorada?

Cristina rio.

—¡Pues decorada! No sé...

—La puedo limpiar y tenerla lo mejor posible, pero no te esperes corazoncitos rojos en las paredes.

—¡Asco, Salvador! ¿En qué momento hablé yo de corazones en las paredes?

—Eso fue lo que me imaginé cuando dijiste «la sala decorada».

Cristina, cambiando de tema, preguntó:

–¿Ahí quiénes limpian? ¿Ustedes mismos?

–Sí –respondió Salvador–. Y funciona porque Daniel y yo organizamos cuadrillas de limpieza. Entonces cada quien tiene un horario y una zona para limpiar. Por supuesto, no siempre te toca limpiar el mismo lugar. No es que a alguien le toca siempre el baño.

–O sea que a ti a veces te toca limpiar el baño –dijo Cristina.

–Sí... o la cocina o pulir el piso... no es que me encante pero tengo que hacerlo si quiero vivir en las mejores condiciones posibles.

–Mira, por cierto –dijo Cristina cambiando el tema–, tengo que hacerte las últimas preguntas para mi proyecto. Ese que odias tanto.

–¿Estás loca? Gracias al proyecto ese te conocí... y a tu amigo el del nombre que nunca se me va a grabar.

–Bóreas –dijo Cristina.

–Bóreas –repitió Salvador para acordarse pero sabiendo que lo olvidaría de nuevo–. Bueno, gracias también a él, que te trajo.

–Él es mi amigo de toda la vida y, desde hace nada, empezó a salir con Luna, mi hermana menor.

–No sabía que tenías una hermana menor llamada Luna. Oye, sí. Háblame de ti, de tu casa, de tu familia... siempre terminamos hablando de mí.

Cristina le habló a Salvador de sus padres, del carácter de su madre y de la ecuanimidad de su padre. Le habló de Julia y contó ciertas anécdotas sobre ella que le dieran a entender a Salvador el tipo de persona que era, incluso mencionó a Octavio. Describió su relación fraternal con Luna y le explicó por qué el que ella estuviera saliendo con Bóreas era una sorpresa para toda la familia. Salvador escuchaba con atención y sentía ganas de poder visitar a Cristina y pasar un domingo compartiendo con aquella gente a la que consideraba fascinante. Sabía que por estar encerrado su mente ensalzaba cualquier hecho que ocurriera afuera, pero aun así estaba seguro de que, aunque nunca hubiera estado preso, compartir con la familia de Cristina hubiera sido, siempre, un gran placer. Tras hablar un rato más sobre ella misma y responder ciertas preguntas de Salvador, Cristina mencionó nuevamente su proyecto.

–Dale, dale... pregunte pues –la invitó Salvador.

–¿Durante este tiempo que te han tenido encerrado en tu calabozo porque no quisiste decirles a los comisarios dónde escondían tus compañeros sus celulares, te han sobornado para que hagas o les digas algo diciéndote que si lo haces te van a dejar salir del calabozo?

—Claro que sí, todos los días. Me han pedido plata, que les diga dónde están, por lo menos, los celulares de los de mi pasillo. Les compré un televisor, que costaba menos que la cantidad absurda de dinero que me pedían. Entonces, ahora me dejan salir para limpiar (que es mejor que nada), y a las cinco de la tarde para hacer ejercicio con los demás. Es algo... y, bueno, por lo menos, nunca me quitaron las salidas al sol.

—¡No sabía que los dejaban salir al sol! ¿Cada cuánto salen?

—Sí... pero es porque está penado por la corte de los Derechos Humanos. Salimos cada dos semanas por dos horas. Unos salen los sábados y otros los domingos. Puedes escoger si salir a las ocho de la mañana o a las diez y, nunca, dos personas que estén presas por un mismo caso pueden salir juntas. Daniel y yo jamás hemos salido juntos al sol. Ahora, la salida al sol es un tema porque, okey, imagínate que a mí me hubiera tocado salir hoy y resulta que llovió. No es que me van a dejar salir más tarde, o mañana o en una semana. No. Tengo que esperar dos semanas más. O sea que pasé un mes sin ver el sol. Ha pasado que te llueve dos veces seguidas y, «mala leche» (como les encanta decir a los comisarios), pasaste dos meses sin ver el sol. Y, claro, cuando sales, todo supercontrolado. Hay como veinte hombres portando armas largas vigilando todo.

Cristina pudo notar que el tema de las salidas al sol era más importante y profundo de lo que habría podido imaginar, así que no quiso interrumpir a Salvador.

—Hay varios aquí deprimidos porque no pueden ver el sol, entonces, cada vez que les toca, uno tiene que animarlos y empujarlos y que «dale, chamo, deberías salir. Te va a hacer bien y lo sabes». Otros están tan deprimidos que no importa lo que les digas, es que están como tan dopados por la situación que el cuerpo no les da para que se despierten ni a las ocho ni a las diez. O sea, están deprimidos por no poder ver el sol, pero cuando tienen la oportunidad, no tienen ánimo para ir.

—Entiendo —dijo Cristina—. Espero que tú siempre salgas.

—Yo siempre que he podido, he salido. Así fuera, como al principio, que solo nos dejaban estar sentados por dos horas, ahorita es que nos están dejando caminar. Antes era pasar las dos horas sentado en un banco.

—Qué horrible —dijo Cristina.

—Terrible. Y es por las salidas al sol que te das cuenta de lo perjudicial que es estar aquí dentro. Mira, hay muchos aquí que luego de salir al sol caen rendidos a dormir.

—¿Por qué es eso?

—Bueno, tú sabes que el sol es una fuente de energía. Es como si sobrecargaras un celular y el bicho se te apaga, así. Muchos llegan agotados de las salidas al sol. ¡Por haber estado dos horas afuera! Eso solo te dice lo poco saludable que es estar encerrado aquí. Es tan así que hay unos que salen al sol los domingos, el mismo día en que reciben visita y, como saben que después de salir al sol van a estar agotados para ver a su familia, no salen. Otro, que me parece una soberana estupidez, no está de acuerdo con que las salidas al sol sean tan esporádicas (nadie está de acuerdo, obviamente), pero a este se le ocurrió que la mejor protesta era no salir nunca. Entonces el pana lleva seis meses sin salir al sol.

—Berro y ¿cómo va a hacer cuando salga en libertad? —preguntó Cristina.

—Ni idea... las únicas veces que ve el sol es en los traslados a tribunales... una vez, en un traslado, cometí el error de pedir que me pasaran por mi casa, para verla. Grave error... la verdad es que yo he llorado poco desde que estoy aquí. Esa fue una de las veces.

—Debe haber sido muy duro.

—Horrible —confirmó Salvador—. Ahora, estos tipos son tan ratas que, cuando yo entré, había cuarenta presos. Entonces, era difícil organizar el tema de las salidas al sol. ¿Sabes? Por el tema ese de que dos presos por un mismo caso no pueden salir juntos. Ahora, que varios han salido en libertad, es más fácil organizar las salidas. Daniel creó un horario donde perfectamente podíamos salir todos una vez a la semana (no una vez cada dos semanas) sin que dos personas de un mismo caso coincidieran. Por supuesto, no han hecho nada por eso y seguimos saliendo cada dos semanas.

—No puede ser.

—Es que son unos perros —sentenció Salvador.

—No sabía que eran tan malos. Siempre han sido respetuosos conmigo... alguna que otra vez me he molestado, pero, generalmente, bien.

—Si con eso piensas que son malos, no sabes las cosas que son capaces de hacer. Cuando Daniel recién llegó, que aún no tenía celular y solo podía llamar desde el teléfono de acá, lo despertaban en la madrugada y le preguntaban: «Mira, Daniel, ¿y tu familia cómo está?», y se iban y lo dejaban solo, en el calabozo, encerrado sin poder llamar, creyendo que a su familia le había pasado algo. Así hasta la mañana que llamaba apenas le abrían la reja. Y, bueno, por supuesto y gracias a Dios no había pasado nada. Era nada más por torturarlo.

−¡Imbéciles!

−Sí. Esto es inhumano.

−Ya quiero que salgas.

−Imagínate yo, que te llevo ocho meses de ventaja y que soy el que está encerrado.

Cristina dirigió su mirada hacia el techo y se mordió el labio inferior. Sabía que no entendía la situación en la que se hallaba Salvador. No importaba cuántos test psicológicos respondiera, o cuántas preguntas le hiciera, nunca lo entendería. Lo que significaba que no tenía idea de qué decirle.

−Vas a salir. −Fue lo mejor que se le ocurrió.

−Sí... y vamos a ir juntos a una clase de yoga.

Cristina más allá de la sorpresa que significó para ella ese comentario de Salvador, pues jamás habían hablado de yoga, sintió alivio de que el tono de la conversación cambiara.

−¿Tú haces yoga? ¿Desde cuándo? −preguntó Cristina.

−Comencé aquí. Hacemos varios con un DVD. Me encanta. Y ya sé que cuando salga quiero ir a Yoga Shala. Ahí en la Cuadra Gastronómica.

−Sí. Yo he ido algunas veces. En verdad me parece superchévere, pero me falta constancia. Me puedo dignar a acompañarte −dijo ella.

−Y es excelente. Es el mejor ejercicio.

−Sí vale, es buenísimo. Y, no sé tú, pero a mí me encanta cantar el «om» y el «shanti».

−Yo no hago eso. Pero, sí, lo haré cuando empiece en Yoga Shala, me imagino. Si Dios quiere y salgo de este sitio algún día.

−Esa es la típica cosa que a mi hermana Julia no le gusta. Le parece como si fuera otra religión.

−El yoga no es una religión, para nada −dijo Salvador−. Es más una filosofía. Yo puedo ser católico, judío, musulmán y hacer yoga sin problema.

−Dile a Julia cuando la conozcas y capaz y nos acompaña también. Podemos ir a las clases de la mañana o que si que a la de las siete de la noche con Bea.

−Yo iría al mediodía. Así trabajo en la mañana, voy al yoga, almuerzo después, me baño y otra vez vuelvo a salir al trabajo −explicó Salvador.

−La clase del mediodía la da una catira.

−Sochil...

−¿Cómo sabes?

−Ya averigüé todo.

Hablaron por hora y media. Sus temas de conversación fluctuaban entre temas banales, chistes y risas, y temas referentes a la situación de Salvador y sus descripciones nostálgicas sobre lo que hacía y lo que quería hacer. Salvador se despidió diciendo: «Buenas noches. Un beso», a lo que Cristina respondió: «Otro para ti. Buenas noches». Y cada uno se acostó sin dormirse.

Miércoles, 27 de junio de 2012

A las cinco de la tarde, las tres Valverde y Bóreas se encontraban en la cocina. Luna y Bóreas preparaban unos *brownies*, mientras Cristina y Julia, cada una en sus respectivas computadoras, escribían ensayos para alguna de sus clases.

—Yo quiero de la tanda que prepare Bóreas —dijo Cristina sin despegar su vista de la pantalla.

—Solo hay una tanda, que la estamos preparando los dos —corrigió Luna.

Cristina suspiró y dijo:

—Bueno, eso significa que hay un cincuenta por ciento de chance de que queden bien y otro cincuenta de que queden mal. Me arriesgaré.

Luna volteó los ojos. Bóreas le lanzó un trapo seco a Cristina mientras reía por lo bajo. Cristina sonrió, retiró el trapo de su cabeza y continuó escribiendo. Julia tomó su celular y Cristina la vio sonreír mientras escribía algo. Seguidamente, Julia se levantó, tomó su computadora y salió de la cocina. Bóreas y Luna no se dieron cuenta. Cristina sonrió para sí, pero no dijo nada. Unos cinco minutos después, Julia estaba de regreso en la cocina, había cambiado su computadora por una cartera y Cristina pudo notar que se había maquillado.

—¿Y a dónde vaaas? —preguntó Cristina.

Bóreas y Luna voltearon a ver a Julia.

—Nada —dijo Julia mientras se sentaba en el puesto que había estado ocupando unos pocos minutos antes—. Octavio me dijo que si quería acompañarlo al supermercado. Normal.

Ante esta respuesta, Cristina estalló en carcajadas.

—¿De qué te ríes? Te lo juro que es verdad. Mira el mensaje —dijo Julia mostrándole la pantalla de su celular a su hermana.

—No, no. Te creo que van al supermercado. Me río porque yo sé que si cualquier otra persona en la tierra te hubiera dicho ahorita para ir al supermercado, hubieras dicho que no. O quizá hubieras dicho que sí, pero sin querer ir en verdad. Por hacer el favor.

—No entiendo... o sea, no entiendo por qué es relevante.

—¡Julia! Porque tú, generalmente, vas a querer quedarte en la casa antes de elegir cualquier otra opción. Pero, yo sé que tú quieres ir demasiado al supermercado. Así eso sea lo único que hagan: ustedes dos ahí, caminando por los pasillos, viendo a ver si hay leche y comprando pan. Creo que es la primera vez en tu vida que quieres ir al supermercado.

—A mí me molesta cero ir al supermercado.

—No es que te moleste, pero ahorita quieres ir demasiado.

—Bueno, sí. Quiero ir, obvio.

—Estás enamorada —dijo Cristina, aún escribiendo.

—Yo no estoy enamorada.

Sin decir nada, Cristina volteó para ver a Bóreas y Luna buscando su apoyo. Bóreas se limitó a asentir. Luna dijo:

—A esta hora hay más cola... la única forma de que te provoque salir es porque vas a ver al que te gusta.

—¡Ajá! —saltó Julia apuntando a Cristina con el dedo—. Lo dijo Luna. A mí Octavio me gusta, pero yo no estoy enamorada.

Cristina, apoyando los codos en la mesa y juntando las yemas de sus dedos, dijo:

—*Ma chérie*... me veo en la obligación de informarte que *you are in love with no possible return.*

Julia se masajeó la frente y optó por no decir nada más, pues sabía que no había manera posible de ganar esa discusión. Podría decirle a Cristina que estaba haciendo una proyección de sus sentimientos hacia Salvador, pero no quería seguir hablando del tema, así que tomó su celular mientras esperaba por que Octavio le avisara que estaba abajo esperándola.

—Me voy —dijo por fin.

—Que te vaya bien —se despidió Cristina arrastrando las palabras.

—Qué cuchi Julia que ahorita se va a montar en el carro de Octavio y se van a dar un piquito —dijo Luna.

Bóreas rio el comentario.

—Qué cómico Julia saludando a un tipo con un piquito —coincidió Cristina.

«¡Bobas!», oyeron Cristina y Luna a Julia exclamar desde el ascensor antes de que este se cerrara.

Efectivamente, al montarse en el carro de Octavio, se saludaron con un fugaz beso en los labios. Una vez más, Julia se percató del olor de la colonia, pero no dijo nada. Acordándose de sus hermanas, sonrió. Octavio, percatándose de la sonrisa, preguntó:

—¿Qué pasó?

—Nada —respondió Julia. Y se colocó el cinturón de seguridad.

—No voy a arrancar hasta que no me digas qué pasa.

Julia levantó la mirada y se encontró con Octavio mirándola con una sonrisa de suficiencia.

—Sí eres nulo —se atrevió a decirle—. No pasa nada.

—Yo a ti te gusto —le dijo él levantando las cejas.

Julia fingió sorpresa y exclamó:

—¡Nooo! ¿En seriooo? —Mientras se llevaba ambas manos a la cara.

—Veo que se te está quitando la pena conmigo. Me gusta, me gusta. Por fin...

—No es difícil... tú haces que la gente se sienta cómoda contigo —dijo Julia encogiéndose de hombros y recostando su espalda en el asiento—. Además, yo a ti también te gusto.

Octavio no dijo nada.

—¿Verdad? —preguntó Julia ante el silencio de Octavio, que no tardó en soltar una carcajada y exclamar:

—¡Te asustaaaste! ¡Qué cuchi!

—Sí eres bobo —sentenció ella.

—No, tú eres la boba por asustarte. Claro que me gustas.

—Pues me parece muy bien.

Fueron al Luvebras. Octavio llevaba el carrito y Julia caminaba junto a él sin decir nada, viéndolo escoger ciertos productos.

—Voy a pedir jamón serrano y queso. ¿Cuál te gusta?

—Todos —respondió Julia sin pensar.

—¿En serio? Qué bien. Yo amo el queso, queda bien con cualquier cosa.

—¿Verdad que sí? No entiendo cómo vive la gente que no le gusta el queso. ¿Qué comen?

—Esa misma pregunta me la he hecho yo —coincidió Octavio.

—¿Y qué comen los viernes de Cuaresma, que no se puede comer carne?

Ante este comentario, Octavio miró a Julia sin decir nada por algunos segundos. Luego, rio y, negando con la cabeza, dijo:

—No puedo con el comentario tan gallo que acabas de hacer.

—¡Es demasiado verdad! ¡Esos días uno, generalmente, come *pizza*!

—Hay mucha gente que no le gusta el queso pero que come *pizza*.

—Tienes razón —concedió Julia.

Mientras esperaban su turno en la charcutería, Octavio le preguntó a Julia qué vino le gustaba. La verdad es que para Julia no existía mucha diferencia, ni siquiera entre el tinto y el blanco. Sin embargo, toleraba el blanco un poco más.

—Cualquier tipo de vino blanco —respondió.

Julia se preguntaba la razón por la cual Octavio le había preguntado qué vino quería. Él solo la había invitado al supermercado y ella había dicho en su casa que iba al supermercado y que luego volvería.

Dígame si este hombre me quiere llevar a su casa y mi mamá me llama cuando esté allá, ¿qué le voy a decir? Bueno, no es que esté haciendo nada malo, le digo que estoy en casa de Octavio y se acabó. Además, no es que vive solo, él vive con su familia. Sí, vale. Cero rollo. Voy a cenar jamón serrano, quesos y vino con Octavio y su familia... ojalá se le ocurra comprar melón. Me encanta el jamón serrano con melón.

Ya en el carro, las sospechas de Julia se confirmaron cuando Octavio no cruzó en dirección a casa de ella. A pesar de haber predicho esta conducta, nuestra joven, con el único fin de aparentar ignorancia frente a la situación, dijo:

—Mi casa no es por aquí.

—Yo sé —dijo Octavio—. Te estoy secuestrando.

—Bueno, mientras haya comida, no importa.

—¿Y para qué crees que fuimos al supermercado?

Luego de que Octavio estacionara, Julia se bajó del carro e intentó ayudarlo a llevar algunas bolsas. Él únicamente le permitió llevar la bolsa que contenía dos paquetes de servilletas. Al llegar a la puerta del apartamento de Octavio, Julia pudo notar que las luces estaban apagadas.

Okey... no hay nadie, pero seguro es que los papás están en el trabajo y ya van a llegar.

Después de abrir la puerta, Octavio encendió las luces y le pidió a Julia que lo acompañara a la cocina para guardar las cosas. Sin poder contenerse, Julia preguntó:

—Ay, ¿y tus papás? —Tras lo cual se reprochó su falta de sutileza.

—Están de viaje —respondió Octavio tranquilamente mientras abría el congelador para guardar un helado de mantecado marca EFE.

Julia asintió y, sin que Octavio la escuchara, murmuró:

—*Of course they are...*

—Ponte cómoda —le dijo él—. Si quieres conecta tu iPod para que pongas tu música, y luego te sientas aquí mientras yo preparo todo.

—¿Qué canción quieres que ponga? —preguntó Julia.

—Me da igual, si quieres lo dejas en *shuffle*.

El dejar su iPod en aleatorio no era una opción para Julia, pues ella había adquirido todas las canciones de «La novicia rebelde» y temía que alguna sonara de repente. Julia se dirigió a la sala donde, en una mesita junto al sofá, se encontraban unas cornetas.

—Uy, no. Si lo dejo en aleatorio, puede sonar cualquier cosa —dijo ella.

—Ajá, ¿y qué importa? —dijo Octavio desde la cocina mientras separaba las tiras de jamón serrano—. Si suena algo que no quieres, cambias la canción y ya.

Este hombre no se da mala vida por nada. Debe pensar que soy una complicada. Y tiene razón, o sea, si empieza a sonar My favorite things, *la cambio y ya.*

Dejó su iPod en aleatorio y la primera canción que comenzó a sonar fue «Skater Boy» de Avril Lavigne.

Bueno, pudo haber sido peor, pensó Julia y regresó a la cocina a conversar con Octavio.

—Guao, no escuchaba esa canción desde hace como mil años.

—A mí me encanta —dijo ella.

—No es mala. Es así la típica que les gusta a las chamas.

Octavio le sirvió a Julia una copa de vino. Con la copa en la mano y viendo a Octavio preparar el plato de quesos y jamón serrano, Julia recordó que le hubiera provocado comer melón con el jamón, pero había olvidado sugerírselo a Octavio en el supermercado. Aunque sabía que ya no había nada que hacer, quiso preguntar:

—¿Has comido jamón serrano con melón?

—Claro —le respondió Octavio—. Ahí en la nevera hay melón, ahorita lo pico.

Julia sonrió y probó su vino.

—¿Te gustó? ¿El vino? —le preguntó Octavio.

—Sí —respondió ella depositando la copa en la mesa—. Está rico.

Las bebidas alcohólicas nunca eran sus favoritas. En eso se parecía mucho a su padre. No tomaba alcohol por algún prejuicio, simplemente, no encontraba el sabor agradable en lo absoluto. Sin embargo, el vino era pasable y este en particular era lo suficientemente suave como para poder tomarse la copa entera sin hacer un gran esfuerzo.

La siguiente canción en sonar fue «Te veo venir soledad», de Franco de Vita.

—Ufff, me encanta esta canción —dijo Octavio y cantó mientras acababa de cortar el queso e iba a la nevera para buscar el melón.

—Qué chévere que tienes melón. Yo amo el jamón serrano con melón y, como no compraste ni dijiste nada, pensé que no te gustaba.

—¿Y usted por qué no dijo nada, señorita?

Julia no supo qué responder. Había sido por timidez, pero ella sabía que Octavio no entendía de timidez y, ahora que él le preguntaba de una manera tan resuelta por qué ella no había mencionado nada sobre el melón, a ella le parecía que su timidez no tenía razón de ser.

—Por boba —dijo por fin.

Octavio sonrió.

—No eres boba...

Estuvieron sin hablar por un par de minutos mientras Octavio terminaba de preparar el plato. La siguiente canción en sonar fue «Cantares» de Joan Manuel Serrat. Julia se levantó de su asiento y fue hacia donde estaba su iPod para cambiar la canción.

—¿Qué pasó? ¿No te gusta esa canción? —le preguntó Octavio.

—Me encanta, pero no creo que la conozcas ni que te guste —respondió Julia mientras de fondo, Serrat cantaba.

—Si te encanta, déjala. A mí no me importa. Además, uno nunca sabe, capaz y me termina gustando a mí también.

Julia regresó al asiento que había estado ocupando tan solo segundos antes. De fondo, la voz de Serrat declamó el poema de Machado.

—Ya va, no entiendo, ¿está diciendo un poema, el bicho?

Julia, que acababa de darle un sorbo a su vino, tuvo que hacer un esfuerzo inmenso por no escupirlo debido a la risa que le produjo esa pregunta de Octavio.

—Declamando, sí —logró decir entre risas.

—Tiene gustos raros, la niña —agregó él.

—¡No! —exclamó Julia sin parar de reír—. ¡Esa canción es famosísima! ¡En serio!

—Famosísima, bro, entre... no sé, los estudiantes de Letras de la Central, porque en mi vida la había escuchado.

Julia continuaba riendo.

—¿De qué te ríes tanto? —le preguntó Octavio a Julia.

—¡No sé! ¡Ni siquiera es tan cómico! ¡No sé de qué me río!

Octavio se acercó a Julia con el plato en una mano y su copa en la otra. Julia tomó la copa y Octavio se sentó. Poco a poco, la joven se fue calmando y pudo probar su tan deseado jamón serrano con melón. Comieron en silencio por algunos minutos, hasta que Octavio exclamó el tradicional:

—¡Había hambre! Porque ninguno está diciendo nada.

Luego de tragar un pedazo de queso envuelto en jamón serrano, Julia dijo:

—Sí, en verdad yo tenía *full* hambre y ni me había dado cuenta... gracias, por cierto, por comprar todo esto y prepararlo. Está todo superrico y la estoy pasando muy bien.

—De nada.

—Yo voy a lavar los platos, ¿okey? Porque me siento mal por no hacer nada.

—No vale, tranquila, ni te preocupes por eso —le dijo Octavio.

—No, en serio. Déjame lavar los platos. No me molesta para nada y te quiero ayudar. Anda.

—Bueno, si tú insistes, tampoco es que te voy a rogar que no laves los platos. Porque eso sí me da fastidio a mí.

—¿Viste? Y a mí no. Entonces, déjame lavarlos.

—Gracias —le dijo él por fin—. De verdad...

Tras acabar de comer y conversar un rato, Julia se levantó para lavar los platos. De fondo sonaba «Nada fue un error», de Coti.

—Está canción es demasiado hora loca de boda —dijo Octavio.

Julia asintió y dijo:

—A mí me encanta, no sé, me parece superalegre.

Octavio se acercó a Julia. De pie, junto a ella, tomando de su segunda copa de vino, le preguntó con un cierto aire pedante.

—Entonces... ¿fue un error o no fue un error?

Con las manos llenas de jabón, sosteniendo un plato, Julia miró a Octavio levantando una ceja. Rio y dijo:

—No entiendo la pregunta.

—No sé, la puedes ver de muchas maneras.

—Okey —dijo Julia resueltamente—. No creo que haya sido un error comprar jamón serrano. Tampoco creo que haya sido un error venir a comer a tu casa.

Octavio entornó los ojos y dijo:

—De verdad que tú sí eres polla. Pero, okey... entiendo.

—No entiendo qué entiendes —dijo Julia aún lavando los platos—. No hay nada que entender.

—No, sí hay... y yo entiendo.

Julia no dijo nada y se limitó a concentrarse en terminar de lavar los platos. Octavio se acercó a ella. Sus caras estaban a escasos centímetros de distancia. Julia sonrió y desvió su cara hacia el lado opuesto del que se encontraba Octavio.

—¿Qué te pasa? —le preguntó él, con el mismo aire pedante de hacía un momento.

—Nada —dijo ella—, que ya estoy alerta.

—¿Alerta? ¿Y por qué alerta?

—No sé, alerta y ya.

Octavio no se movió. Julia, al terminar de lavar los platos, se secó las manos y con su mirada buscó la de Octavio. Sonrió tímidamente antes de decir:

—No, no fue un error.

Octavio sonrió. Y, antes de que Julia se diera cuenta, se besaron. La melodía de una nueva canción se apoderó del ambiente. Julia abrió los ojos, pues supo, al segundo, de cuál se trataba. Pensó en pedirle unos segundos a Octavio para cambiar la canción. Luego, le pareció que no valía la pena y, probablemente, Octavio ni siquiera estaba prestando atención a la letra. Cuando la introducción instrumental cesó, una voz masculina cantó la letra de la canción cristiana «Cara a cara». Única canción cristiana que ocupaba la lista de canciones del iPod de Julia.

Contrario a lo que pensaba Julia, Octavio sí estaba prestando atención. Ella lo supo cuando lo sintió ahogar una risa. Una vez más, no pudo contener las ganas de reír. Octavio, riendo también, preguntó:

—¿De verdad?... ¿De verdad?

—Se llama «Cara a cara» —respondió Julia entre risas—. ¡En verdad es superlinda!

—¿La quieres cambiar? ¿No es pecado besarte mientras escuchas una canción religiosa? No creo que a «Jay C» le gustaría.

Con sus brazos rodeando el cuello de Octavio, Julia echó la cabeza hacia atrás para reír el comentario. Luego dijo:

—No, no es pecado, porque no estoy pecando besándote porque lo estoy haciendo con sentimiento.

—Ah... con sentimiento —dijo él, nuevamente con aire de suficiencia—. ¿Entonces, tú me quieres?

Julia, resueltamente, respondió:

—Sí... claro, Octavio. Yo a ti te quiero, si no, no te besaría. Claro que te quiero.

Octavio se puso serio por un par de segundos. Colocó un mechón de pelo de Julia detrás de su oreja y se atrevió a decir:

—Yo también.

Se miraron por un corto instante y se besaron nuevamente mientras «Cara a cara» continuaba sonando, lo cual a Julia le parecía gracioso.

...

Julia y Octavio se hallaban ahora sentados en el sofá. Julia con la computadora de Octavio en sus piernas buscando un video en Youtube que le había mostrado Cristina y que le había parecido muy gracioso.

—Copia el *link* y me lo mandas a mi e-mail, porfa. Que lo quiero enviar al grupo de Whatsapp de mis amigos.

Julia seleccionó la barra donde aparecía el enlace para llegar al video. Seguidamente, le dio clic a la ventana de «edit». Al ver esto, Octavio le preguntó:

—¿Quieres que te enseñe a copiar y pegar con el teclado?

Julia apretó los labios y rio por la vergüenza.

—¡Sí! ¡Ay, qué pena! Vas a pensar que soy una bruta.

—No vale, lo que eres es humana —dijo Octavio.

Julia le dedicó una sonrisa casi imperceptible. No sabía por qué le había gustado tanto esa respuesta. Quizá era porque no se sentía juzgada porque estaba en compañía de alguien que entendía que ella iba a cometer errores y no parecía importarle.

Estuvieron un rato más viendo videos. Octavio le mostró algunos videos de olas gigantescas que, para sorpresa de Julia, le encantaron y, posteriormente, la llevó a su casa.

...

Al llegar a su casa Julia encontró a su familia, todos sentados en la cocina, haciendo sobremesa. Saludó y se sentó en el puesto que habitualmente ocupaba junto a Luna.

—¿Y cómo te fue con Octavio? —le preguntó la señora Andreína.

—Bien —respondió Julia sin intención de decir nada más.

—Sí, pero, qué hicieron —intervino Cristina—. Porque no creo que hayan estado todo este tiempo en el súper.

Julia suspiró antes de responder:

—En el súper compramos, bueno, compró él jamón serrano, quesitos, vino y luego nos lo comimos todo en su casa. Fue muy chévere.

—Qué buen plan —opinó el señor Valverde—. ¿Y viste a los papás?

Esa era, justamente, la parte de la historia a la que Julia no había querido llegar y no había estado un minuto sentada con su familia cuando el tema salió a relucir.

—No, no los vi —respondió Julia negando con la cabeza y sin hacer ninguna especificación.

—¿Por qué? —preguntó la señora Andreína.

—Están de viaje —respondió Julia mientras se aclaraba la garganta.

—O sea —comenzó a decir la señora Andreína—, que estuviste sola en su casa con él.

Cristina y Luna se miraron, cada una conteniendo la risa.

—Sí —respondió Julia, muy seria.

Tras pasarse la mano por el pelo, la señora Andreína dijo:

—Bueno, ¿cuándo lo vas a traer a la casa? Porque recuerdo que, desde la primera vez que vino a buscarte, yo dije que se tenía que bajar a saludar. Las tres me dijeron de loca para abajo y lo dejé pasar, pero recuerdo que dije que la próxima vez sí se tenía que bajar y no se bajó. Y ahora tú te vas sola a su casa con él, ¿y yo no lo conozco? No, señor. Esta semana lo quiero aquí —acabó de decir mientras apoyaba su dedo índice en la superficie de la mesa.

Cristina y Luna reían.

—Sí. Yo también quiero que venga —dijo el señor Valverde—. Porque, generalmente, cuando el chamo no quiere conocer a la familia de la novia...

—Octavio y yo no somos novios —interrumpió Julia rápida y muy seriamente.

—Bueno, de la muchacha, es porque no tiene buenas intenciones.

—Octavio no tiene malas intenciones con Julia —intervino Cristina, que ya no reía—. En serio, si tuviera malas intenciones, créanme que no se buscaría a Julia. Creo que hay objetivos más fáciles que Julia para... descargar las malas intenciones, pues. Si él está saliendo con ella es porque de verdad quiere salir con ella. Y no creo que tenga problemas en venir. Coye, es mi amigo. No es que se va a sentir incómodo aquí en la casa.

—Y si es tan amigo tuyo, ¿por qué no lo conocemos? —preguntó la señora Andreína.

—Berro porque, o sea, tampoco es de mis mejooores amigos. Pero sí es cercano, le tengo *full* cariño. Y lo conozco lo suficiente como para saber que, si está saliendo con Julia, es porque quiere estar saliendo con Julia.

—Bueno —comenzó a decir la señora Andreína mientras se levantaba y, dirigiendo una severa mirada a Julia, dijo—: lo puedes traer mañana, el viernes, el sábado. Pero espero que sea bien pronto.

Jueves, 28 de junio de 2012

El señor Valverde acompañó a Cristina al SEBIN. Ya ella había puesto a Salvador al tanto de aquella resolución de sus padres. Cristina tuvo que esperar por que el oficial tomara todos los datos del señor Valverde, así como había tomado los de ella el día de su primera visita. El señor Valverde caminó junto a ella por el pasillo blanco y, en algún momento de la caminata, murmuró:

—Ay, Cristinita. Las cosas en las que te metes.

Ella lo vio y sonrió. El señor Valverde continuó:

—Tú nunca has tomado un no por respuesta, tienes el carácter de tu mamá.

—Yo sé... por eso es que antes chocábamos tanto. Ya no, porque maduré.

Llegaron a la sala de visitas de Salvador. Él ya estaba allí, vestido con unos pantalones caqui y una camisa blanca de botones. Al verlo, Cristina sonrió deleitada. Salvador saludó primero a Cristina con un beso en la mejilla y, seguidamente, le estrechó la mano al señor Valverde. Los invitó a sentarse mientras él se acercaba a la mesa de Daniel Manrique para pedirle tres vasos de café. Cristina lo saludó de lejos con la mano y se inclinó hacia su padre para decirle en voz baja:

—Él es Daniel Manrique. Él trabajaba con Salvador en Venevalores, una casa de bolsa.

—Yo sé cuál es esa casa de bolsa —dijo el señor Valverde.

—Daniel tiene una esposa y cuatro hijos —continuó explicando Cristina—. Siempre vienen, se ven una familia superlinda. Le puedo decir a Salvador que te presente a Alexander Ivanovich. Él también recibe visitas hoy.

—Sabes que eso sí me gustaría bastante. Yo siempre he estado muy pendiente de su caso y de sus cartas.

—¿Tú crees que yo no sé? ¿No te acuerdas que una vez nos leíste una carta que escribió para Navidad en voz alta en la cocina?

Cristina ayudó a Salvador con los vasos de café y arrimó su silla para que él pudiera sentarse. Cada uno probó su café y el señor Valverde fue el primero en hablar:

—Salvador —dijo mientras depositaba el vaso plástico sobre la mesa—, antes que nada quiero que entiendas que mi familia y yo, sinceramente, creemos que tú eres inocente y que no mereces estar aquí.

Este comentario introductorio del señor Valverde produjo una sensación de alivio en Salvador.

—... pero, tienes que entender que tenía que venir. Es más, tenía que haber venido antes. Ha sido una irresponsabilidad de mi parte dejar a Cristina venir aquí dos veces a la semana porque, aunque entiendo que es una cárcel de presos políticos, y eso implica un nivel más alto al de una cárcel normal, es una cárcel al fin. Es decir, Salvador, yo sé que aquí hay narcotraficantes también.

Salvador asentía a cada frase del señor Valverde y se atrevió a decir:

—Entiendo perfectamente y no tiene por qué dar explicaciones, yo también me habría sentido en la obligación de venir si me encontrara en su posición. Además, es un placer para mí conocerlo.

Cristina desviaba su mirada de Salvador a su padre y de su padre a Salvador dependiendo de quién tuviera la palabra.

—... No sé qué les habrá contado Cristina, pero, por consentimiento de ambos, hemos decidido entablar una relación.

Cristina encontraba muy gracioso la formal selección de palabras que hacía Salvador, pues él no hablaba así normalmente. Supo que estaba nervioso.

—... Discutimos los problemas que una relación así puede traer, entendiendo, al mismo tiempo, que hay problemas con los que no hemos contado que se presentarán. También teniendo en cuenta que no sabemos hasta cuándo voy a estar aquí. Debo decir que, a pesar de querer entablar una relación con Cristina y de estar muy feliz por haberme embarcado en ella, traté de persuadirla de que, para ella, no era la mejor idea.

—Pero no le hice caso —interrumpió Cristina.

El señor Valverde sonrió y comentó:

—Ya te irás acostumbrando, Salvador, a que Cristina, como su mamá, cuando deciden que quieren algo, no van a dejar de luchar hasta conseguirlo.

—Esa es una excelente cualidad —opinó Salvador y, volviendo a su tono formal, agregó—: creo que es muy importante que sepa que no pienso ser ningún obstáculo para Cristina en ningún sentido. Es decir, yo quiero que ella siga saliendo como está acostumbrada a salir, que salga con amigas, con amigos... no le quiero coartar su vida para nada.

El señor Valverde asintió satisfecho.

—Y, bueno, si antes estaba luchando con todo lo que tengo por salir de acá... ahora lucharé hasta con lo que no tengo.

—Salvador, en lo que necesites estamos, Cristina, yo y toda mi familia a la orden.

—Gracias —dijo él. Y Cristina pudo notar que estaba un poco emocionado.

Tras esa conversación introductoria, el ambiente se hizo más relajado. Salvador presentó a Daniel Manrique al señor Valverde y fue a la sala de Alexander Ivanovich para pedirle que pasara por la suya un rato.

—Para que saludes a mi suegro, que te quiere conocer —le había dicho a Alexander.

—¿De cuándo acá tienes tú un suegro?

Salvador sonrió y miró a Alexander de una manera que este entendió:

—No, chamo, no me digas... no, te pasaste. ¿Con la muchachita? ¿La psicóloga?

Salvador asintió.

—Solo tú, Salvador —había dicho Alexander mientras le daba un par de palmadas en la espalda a su compañero—. Solo tú entras al SEBIN solo y sales con novia. Diles que ya voy. Déjame terminar de almorzar y paso un ratico.

Tras conocer a Alexander Ivanovich, el señor Valverde no pasó mucho más tiempo en el SEBIN. Salvador les había pedido a sus familiares que no fueran a visitarlo ese día con la excusa de que no se sentía bien. Cristina permaneció allí hasta las dos de la tarde conversando y riendo con Salvador. Cuando llegó la hora en que las visitas debían irse, se despidieron con un fuerte y largo abrazo en el que Cristina sintió el deseo de Salvador de que ella no se fuera.

Viernes, 29 de junio de 2012

Los cinco integrantes de la familia Valverde y Bóreas se hallaban en la cocina preparando *pizzas*, mientras de fondo sonaba «Bohemian Rhapsody», canción que Luna ahora conocía de memoria.

—¿A qué hora llega Octavio, Julia? —preguntó la señora Valverde mientras colocaba los champiñones sobre la *pizza* cruda, distribuyéndolos equitativamente.

—Me acaba de escribir que está saliendo —respondió Julia que untaba pasta de tomate sobre una masa blanca y circular.

—Hoy vamos a conocer al ateo, entonces —dijo la señora Andreína sin dirigirse a nadie en específico.

Julia levantó la mirada y la dirigió a Cristina que, entendiendo el gesto de su hermana mayor, exclamó:

—Mamá, por favor, no vayas a tocar ese tema. O sea, lo estás conociendo. Va a ser muy incómodo y todo el mundo va a «maltripear».

—Niñas, ustedes hablan como si supieran más que uno. Por supuesto que no voy a tocar el tema.

Unos diez minutos después, Julia avisó que Octavio ya había llegado al edificio y que pronto atravesaría el umbral de la puerta de entrada.

—Todo el mundo pórtese normal —dijo Cristina.

—A mí no me van a incluir en eso, yo soy la más normal de la casa —agregó Luna.

—Estás conmigo —comentó Bóreas—. Eso te quita puntos de normalidad.

Luna permaneció callada por unos segundos, mirando a Bóreas, y rompió a reír.

—Me da mucha curiosidad ver qué va a opinar todo el mundo de ti hoy —le dijo Luna a Bóreas cambiando de tema.

—¿Por qué? ¿A dónde van? —preguntó la señora Andreína.

—Al cumpleaños de Fabiana —respondió Luna.

La señora Andreína volteó los ojos como con tedio y le preguntó a Luna:

—¿Le vas a hacer eso a Bóreas? ¿De verdad? ¿En la primera salida en la que va a conocer a tus amigas?

—No entiendo —dijo Luna.

—Luna, por Dios. Yo entiendo que es amiga tuya, pero la niña es insoportable. Te lo juro que, en mi vida, he visto a esa niña sonreír.

—Sí, ella da como miedo —comentó Julia.

Se oyó la puerta del ascensor abrirse. Todas las miradas se enfocaron en Julia, que rápidamente se quitó el delantal y fue a recibir a Octavio.

...

—¡Otooo! —exclamó Cristina al ver a Octavio entrar a la cocina.

—¿Qué más? —la saludó él y se acercó a los padres de Julia para presentarse.

A Julia le llamó la atención que inclusive a sus padres se les presentaba como «Oto» y no como «Octavio». La velada transcurrió de manera normal, sin ningún momento incómodo, y a todo el mundo le gustaron las *pizzas*.

—Hey y, ya va, ¿ustedes siempre han estado juntos? —preguntó Octavio dirigiéndose a Bóreas y a Luna antes de darle una mordida a su *pizza* de pepperoni.

Ambos respondieron negando con la cabeza.

—El día ese que fuimos a tu casa todos —respondió Cristina—, ellos que sí se odiaban.

Bóreas esperó a tragar para intervenir:

—Berro, Cristina, tampoco así. Era que nunca habíamos hablado hasta que empezamos con las clases de Matemática.

—Bueno, a mí no me caías bien —dijo Luna.

Octavio y Bóreas se miraron y se sonrieron casi imperceptiblemente como diciendo «te entiendo, yo también sé lo que es salir con una Valverde».

El señor Valverde le preguntó a Octavio por sus estudios universitarios. La conversación era normal hasta que Octavio y el señor Valverde coincidieron en que ambos habían asistido al concierto de Metallica en marzo de 2010 en La Rinconada.

—Ay, no —murmuró la señora Valverde e, inclinándose hacia Cristina, agregó—: ahora quién lo aguanta. Yo creía que ya se le había pasado lo del concierto.

—Saca las carpas, que aquí lo que vamos a estar es horas —respondió ella.

—Abrir el concierto con «Creeping Death»… no, chamo, eso fue alucinante —comentó el señor Valverde, que no por ser un hombre serio, había abandonado su gusto por este grupo.

—Cuando tocaron «Nothing Else Matters» —comentó Octavio—, yo me volteo a ver cómo está el público. Te lo juro, que tú veías a todos esos tipos llorando por la emoción. Pero te digo que llorando a moco tendido.

—Claro, si los emos lloran todo el día, ¿no? —comentó Luna.

Cristina y Julia se miraron. Julia rio y Cristina, levantando la mirada al techo, dijo:

—Ay, Señor, de verdad, mi pana… perdónala porque no sabe lo que dice.

—Por lo menos ya se sabe «Bohemian Rhapsody» —intervino Bóreas.

—«Whiplash» fue otra… que no, brutaaaal. Es que no hay otra palabra. Es que no hay palabras —decía el señor Valverde, aún hablando con Octavio del concierto.

—Qué risa, papá diciendo «brutal» —le comentó Julia a Cristina—. Como que adaptando su vocabulario.

—Ay, mija, cuando habla de música… de ese tipo de música, olvídate, es otra persona —comentó la señora Andreína.

—Yo de Metallica solo conozco «One» —dijo Julia encogiéndose de hombros.

—¿Y papá con quién fue a ese concierto? —preguntó Cristina—. Porque no fue contigo, mamá. O sí…

La señora Andreína negó con la cabeza, mientras con los ojos muy abiertos, decía «gracias a Dios que no».

—Fue con dos de sus amigos del colegio, Iván y Manuel…

La señora Andreína les pidió a sus hijas que la ayudaran a recoger los platos.

—Tú también puedes ayudar, Bóreas, que veo que no eres parte de la conversación del concierto ese.

Bóreas ya se había levantado y tenía su plato en la mano. Julia tomó el plato de Octavio.

–Gracias –le dijo él, y le apretó levemente el brazo–. Ya voy a ayudarte.

–Tranqui –dijo ella–, sigan hablando.

El señor Valverde le ofreció a Octavio un trago y, levantando la voz, se dirigió a Bóreas y dijo:

–Bóreas, ¿te provoca un ron?

Bóreas asintió y dijo:

–Sí, vale. Gracias.

El señor Valverde se levantó y sirvió tres vasos de ron Zacapa sin mezclarlo con nada.

–Este ron se toma así –explicó–. Cuando lo prueben, van a ver por qué. A mí ni siquiera me gusta tomar, pero este ron es excelente. El mejor del mundo, para mí...

El señor Valverde, Octavio y Bóreas chocaron sus vasos («salud») y cada uno bebió. Julia los miraba mientras colocaba un par de vasos dentro del lavaplatos automático. Sintió un brazo que le rodeaba los hombros, era Cristina, que le dijo:

–Parece que Octavio encaja perfecto...

Julia no dijo nada, pues sabía que, en el fondo, no era así.

Todos estuvieron conversando por espacio de otra hora. Ese día, Octavio debía asistir a una reunión por el cumpleaños de un amigo suyo del colegio y le pidió a Julia que lo acompañara. Ella aceptó la invitación. Le pidió unos quince minutos para lavarse los dientes, la cara, maquillarse, cambiarse la blusa y salir.

–Tómate tu tiempo, tu papá me está sirviendo otro ron.

...

Al momento en que Julia y Octavio desaparecieron cuando se cerró la puerta del ascensor, Cristina extendió los brazos, apoyando las manos sobre la mesa en la que todos habían comido y preguntó:

–¿Qué les pareció?

–El chamo es bien chévere, Cristina –dijo el señor Valverde.

–Sí es –coincidió al señora Andreína–, y es muy sangre liviana, y Julia necesita a alguien así. Pero me sigue preocupando lo ateo...

–Ay, mamá... Julia no va a dejar de creer por estar con él.

–No es eso –dijo la señora Andreína rápidamente–. Es que no es algo de él, es toda la familia, y nos deben ver a los creyentes como unos bobos.

Si Julia sigue con él, va a llegar un momento en que esas diferencias van a salir.

—Ay, va pues, ¿no está Andrés Izarra casado con la hijastra de Ledezma? Y ahí están... —dijo Cristina.

—Es verdad, Andreína... no es que el chamo le va a pedir que se convierta. No es otra religión —opinó el señor Valverde.

—Tú quedaste encantado con el chamo porque fue al concierto ese, ahorita tu opinión no cuenta. Estás muy parcializado —le respondió la señora Andreína.

—Ya va, ya va, ya va... no entiendo por qué la palabra «convertirse» está siendo pronunciada, cuando Julia y Oto ni siquiera son novios —dijo Cristina—. Déjenlos ser, si Julia de verdad ve que no puede estar con él porque las diferencias son demasiadas, ¡bueno! Dejará de salir con él. ¿Que va a sufrir? Va a sufrir, porque todo lo sentimental que no soy yo, le tocó a ella. Pero ajá, ¿quién no ha estado despechado en esta vida? Son experiencias, va pues. Y ahorita está contenta.

Luna y Bóreas observaban. La mirada de la señora Andreína y la de Bóreas se encontraron. Ella le preguntó:

—¿Tú qué opinas, Bóreas?

Bóreas lo pensó un poco antes de responder:

—Si la que estuviera saliendo con Oto fuera Cristina, yo no estaría preocupado. Pero como es Julia, que no creo que se ponga frenos a la hora de sentir, sí creo que va a sufrir. Porque, no es que es católica normal, Julia es religiosísima. Un día le va a empezar a molestar que este chamo ni siquiera crea en una fuerza superior. Se va a dar cuenta de que es imposible seguir juntos y, bueno... el final inevitable. Yo sí creo que va a sufrir pero, por otro lado, digo: si lo corta ahorita, que están empezando, que no ha habido ninguna pelea, lo va a recordar así. Entonces, va a idealizar la relación y eso puede afectar relaciones posteriores, porque las va a comparar con una en la que nunca hubo problemas. Así que yo creo que, lo que queda, es dejar que siga, que tengan algunas discusiones, que ella vea que el chamo tiene defectos. Como apenas están empezando, más allá de su ateísmo, ella no le ha encontrado nada malo. Si sigue con él, va a verle los defectos... esa es mi opinión.

Luna le tomó la mano. Todos vieron a la señora Andreína que, algo frustrada por no encontrar apoyo en ninguno de los presentes, dijo:

—Buenísimo. A ver cuántos de ustedes la van a abrazar cuando se despierte llorando en las madrugadas. Yo la conozco como nadie... va a sufrir mucho. Además, eso que dices tú, Leopoldo, de que no es que le va a pedir que se convierta, porque no es que es de otra religión... es que yo preferiría que tuviera religión. Dios mío, los musulmanes creen en nuestro mismo Dios, los judíos también. Este chamo es ateo. Tiene una manera muy distinta de ver el mundo. Imagínense, okey... vamos a imaginar que siguen saliendo, se enamoran y deciden «¿sabes qué? No importa, podemos lidiar con nuestras diferencias, vamos a casarnos». ¿Saben lo que va a pasar? Van a venir problemas, como en todos los matrimonios. ¿Qué va a hacer Julia? Además de tratar de ayudar y lidiar con la situación, se va a poner a rezar. Y este hombre lo que va a ver es que su esposa está perdiendo el tiempo, hablando con un ser invisible que para él no existe... y se va a frustrar. Son diferencias que no son reconciliables si ambos son tan arraigados a lo que creen... o a lo que no creen.

—¿Pero quién dijo que se tienen que casar? —intervino Luna—. Pueden seguir saliendo sabiendo que eso se va a acabar... cero rollo. Super*chill*.

—Eso sí no —dijo el señor Valverde—. No es que tú empiezas a salir con alguien pensando que te vas a casar, pero, por lo menos, tienes la tranquilidad de que no le ves un final. Si tú estás con alguien a sabiendas de que existe un final inminente... eso sí es una soberana pérdida de tiempo.

—Gracias... por fin —dijo la señora Andreína.

La discusión acabó sin que nadie cambiara la opinión que tenía cuando esta había comenzado. Bóreas y Luna se fueron para no llegar tan tarde al cumpleaños de Fabiana, la amiga de Luna. Cristina se quedó en su casa.

—¿Y eso que no vas a salir? —le preguntó la señora Andreína.

—No me provoca —dijo Cristina encogiéndose de hombros.

—Hmmmm...

Se miraron y cada una supo lo que la otra pensaba. Cristina exclamó «¡déjame!» y fue a su cuarto para poder hablar con Salvador tranquilamente por teléfono.

···

Bóreas le sirvió un trago a Luna y se sentaron en un sofá que estaba libre a excepción de una montaña de carteras. Luna ya le había presentado a varias personas al llegar y habían conversado un rato con sus amigas y amigos. Luna, contenta, veía cómo Bóreas se adaptaba a la situación y a la conversación. Ahora que estaban sentados, le señalaba a algunas personas indicándole sus nombres y contándole alguna anécdota.

–Ella es Mariana Prince. Parece bruta porque es catira y gritona, pero quedó de primera en la Simón para Ingeniería Química. Es muy chévere –explicó Luna.

La mirada de Luna y la de Mariana Prince se cruzaron. La segunda, se acercó y ambas se saludaron con cariño, Bóreas se levantó para estrecharle la mano y Luna los presentó.

–Me dice Luna que vas a estudiar en la Simón –comentó Bóreas–. Yo estudio ahí, Biología. Ya me gradúo el año que viene.

–¡Sí! Voy a estudiar ahí. Amo esa universidad. ¡Qué *cool*, Biología! A mí me gusta, pero no sé, me fui por Ingeniería Química.

–Eso me dijo Luna.

–¿Me puedo sentar? –preguntó la joven–. Que estoy cansada y me encanta cada vez que conozco a alguien de la Simón para poder hacerle preguntas. Si no te importa que te caiga a preguntas –terminó de decir mientras se sentaba y apartaba el pelo de la cara con un movimiento rápido.

–Sí, siéntate –la invitó Luna, pero la verdad es que no quería que se sentara. Ya se había arrepentido de haberlos presentado.

Sentada en medio de ambos, Luna escuchó las preguntas de Mariana seguidas por las respuestas de Bóreas. Bóreas, a su vez, le hacía preguntas a la joven. Diálogo en el que Luna no tenía herramientas para participar, y así, el tema de conversación pasó de ser la Universidad «Simón Bolívar» a ser, específicamente, sobre química, materia que Luna había logrado pasar con un 12. Palabras como «isótopo», «valencia», «enlace covalente», «anión»... Luna las escuchaba sin poder intervenir. De vez en cuando, la mano de Bóreas le acariciaba la espalda y esto le traía cierta tranquilidad. A nuestra joven no le quedaba más que asentir y reír levemente cuando tenía que reírse. Bóreas le tomó la mano, ella ladeó su cabeza para verlo y lo encontró escuchando atentamente lo que fuera que Mariana estuviera diciendo sobre los gases nobles. Apretó los labios y decidió recostar su espalda contra el respaldar del sofá, movimiento que hizo de una manera más brusca de lo que había querido.

–¿Qué pasó? ¿Te pasa algo? –le preguntó Bóreas.

–No, nada. Creo que es por lo que tomé. Me siento como mareada –mintió Luna.

–Si quieres me levanto y te acuestas –agregó Mariana.

–Tranquila –dijo Luna–. Así estoy bien.

En ese momento, la amabilidad de Mariana le molestó. Sentía que cualquier gesto educado o palabra inteligente de la joven era una amenaza hacia ella y su reciente relación con Bóreas. Bóreas ofreció traerle un vaso de agua, Luna no lo aceptó.

—Así estoy bien —dijo con una sonrisa educada—. Tranqui. Sigan conversando que yo los oigo.

Y así ocurrió. Luna cerró los ojos mientras los escuchaba y se perdió en sus pensamientos. Quizá Cristina había tenido razón al decir «lo raro es que a Bóreas le guste Luna». Quería irse. Nunca había pensado que quizá Bóreas encontraba aburrida su conversación. *No, yo lo hago reír. Ajá, pero cuánto tiempo puede durar eso. Ahorita se está dando cuenta de que hay chamas de mi edad que pueden hablar sobre la Tabla Periódica y esas galladas que le encantan. Ya no va a querer salir conmigo. Okey, okey, tengo que ir haciéndome la idea de que esto se acabó...*

—Luna, ¿te dormiste? —le preguntó Bóreas interrumpiendo sus pesimistas pensamientos.

Luna abrió los ojos y levantó la cabeza:

—No, no. Cero. Es nada más por las náuseas —mintió de nuevo.

—Te voy a traer una soda con limón —dijo Bóreas levantándose y sin esperar por que Luna dijera algo, se alejó.

—¿Por qué no se van? —le aconsejó Mariana a Luna—. Yo también me quiero ir pronto... Qué chévere es tu novio, se ven superlindos juntos, por cierto.

—Gracias... pero no es mi novio. Estamos saliendo apenas —dijo Luna con una sonrisa que disimulaba muy bien su mal humor.

Bóreas no tardó en regresar con la soda para Luna.

—Le estaba diciendo a Luna —dijo Mariana—, que por qué no se van. Total, ya Fabiana se quiere ir a rumbear. No es que se tienen que quedar para picar la torta ni nada de eso.

Bóreas miró a Luna y le preguntó si se quería ir.

—No te quiero arruinar la noche —dijo Luna—. Siento que la estás pasando bien. Y si tú la estás pasando bien, yo la estoy pasando bien.

—No vale, Luna. La estoy pasando bien, pero ya podría irme, además, tú te sientes mal. Anda, vámonos.

Bóreas le ofreció su mano, Luna la tomó y se levantó. Gesto que imitó Mariana Prince, que se despidió de ambos:

—Chao, Luna, que te mejores... nos vemos el lunes.

—Chao... ¿Bóreas? Ajá, ¡mucho gusto! ¡La cuidas!

Bóreas y Luna se alejaron. Ya en el carro, de camino a su edificio, Luna, compartiendo esta característica con sus hermanas de no poder mantener en silencio algo que les molestara o que las hiciera felices, preguntó:

—¿Yo te parezco bruta?

Antes de responder, Luna vio a Bóreas asentir para sí, como si acabara de caer en cuenta de alguna cosa.

—Entonces eso era lo que te pasaba —dijo él.

—No. Pero te lo pregunto, porque como tú y yo no podemos hablar de esas cosas, que si la Tabla Periódica y eso, capaz y quieres a alguien que sí hable de esas cosas. Como mi amiga...

—¿Eso era todo lo que te pasaba? Tú no te sentías mal, tú lo que estabas era toda molesta.

—¡Sí me sentía mal! —exclamó Luna, que ya no se iba a retractar.

—¡Mentirosa! ¡Todo lo que te pasaba era que te daban celos que esta chama y yo habláramos de química. Luna, por Dios. ¡No puedo creer que estés celosa!

—¡Y yo no puedo creer que estés feliz! ¿Te gusta que esté celosa?

—No te puedo negar que me halaga, pero ajá, admite que no te sentías mal, que todo eso era un *show* porque estabas brava. Ya sé la verdad, solo tienes que admitirlo.

—¡Ay, okey! ¡No me sentía mal! ¡Estaba celosa y ya!

Bóreas soltó una carcajada y exclamó:

—¡Esto es excelente!

Luego, un poco más serio, agregó:

—Luna, tú a mí me encantas y, ¿te digo la verdad? Me pareces inteligentísima. Ahí, con unas cuantas clases de Matemática, sacaste 18 en tu examen. Y, me encantan las cosas que dices, tienes un excelente sentido del humor y eso denota mucha inteligencia. Además, me pareces la chama más bonita del mundo y también una excelente persona. Luna, yo hablo de ciencia todo el día, ¿crees que de verdad quiero estar con alguien que quiera seguir hablando de ciencia? No. Tú le traes cosas nuevas a mi vida.

Ya Luna no estaba molesta. Sonriendo se inclinó y, tomando la cara de Bóreas, lo besó en la mejilla.

—Yo te quiero mucho, Luna —dijo Bóreas tras recibir su beso.

—Yo también te quiero —dijo ella a su vez.

Tras un minuto de silencio, Bóreas se atrevió a decir:

—Mira, Luna... yo sé que habíamos quedado en que íbamos a seguir saliendo para ver qué pasaba, pero... mira, lo siento, pero para mí tú eres mi novia.

Desde el asiento del copiloto, Luna miró a Bóreas sin dejar de sonreír.

—Y... ¿tú cómo te sientes con respecto a nosotros? —preguntó Bóreas, pues Luna no decía nada.

—Igual que tú.

Miércoles, 4 de julio de 2012

Ese día, Cristina cumplía veintiún años. Se despertó temprano, a pesar de que había estado hablando con Salvador hasta altas horas de la noche. Aún no había nadie. Con el pelo todavía mojado y goteando sobre sus brazos, Cristina se dispuso a prepararse un café. Le gustaba levantarse temprano e ir a la cocina cuando todavía no había llegado nadie y tomarse el café disfrutando del silencio. Buscó una taza y abrió la nevera para prepararse algo de desayuno. Sonrió al ver que habían quedado bolitas de harina PAN, así que decidió prepararse una arepa. Encendió la plancha e iba a servirse el café cuando un alegre y ruidoso saludo de Luna acabó con el ambiente sereno que había esa mañana.

—¡¿Cómo está la cumpleañera?!

—Con sueño —respondió Cristina.

—¡¿Cómo que con sueño?! —exclamó nuevamente Luna mientras dejaba su bolso escolar en el piso—. ¡Tienes veintiuno! El último cumpleaños emocionante. Ya eres mayor de edad en todo el mundo.

—Ya puedo tomar en Estados Unidos —dijo Cristina levantando una ceja.

—¡E ir a Las Vegas y poder entrar a los casinos!

—Podemos ir Julia, tú y yo a Las Vegas y, mientras Julia y yo salimos a rumbear y vamos a los casinos, tú te puedes quedar en el hotel comiendo, que es lo que hacen los menores de edad.

—Estás loca, me voy a la piscina a tomar sol.

Luna también tomaba café. Buscó una taza y al llegar junto a Cristina le dio un abrazo.

—Feliz cumpleaños a la hermana más insoportable pero que no puedo vivir sin ella.

—Gracias, enana. Yo también te quiero.

—¡Feliz cumpleaaaños! —saludó la voz de Julia.

Cristina y Luna voltearon en dirección a la voz y vieron a Julia acercarse a Cristina con los brazos extendidos y una bolsa de papel morado en una mano.

—Ay, ¿eso es un regalo para mí? —preguntó Cristina llevándose una mano al pecho.

—No, para el papa —dijo Julia—. ¡Claro que para ti!

Cristina tomó la bolsa y abrazó a su hermana mayor. Cristina abrió la bolsa y tuvo entre sus manos un grueso libro empastado.

—¡*La interpretación de los sueños* de Freud! ¡Graaaciasss! —Seguidamente abrazó a Julia con efusividad.

Luna observó la escena y dijo:

—De pana que ustedes no son normales. La una que le da el libro y la otra que se emociona.

—Enana, tú no entiendes porque no estudias Psicología y porque no te gusta leer. Este es un regalazo. Gracias, Julia —agradeció nuevamente Cristina mientras hojeaba el libro.

Las tres se sirvieron café. Luna se sirvió, además, un cereal, y Julia quiso, como Cristina, prepararse una arepa. Las tres Valverde desayunaron en silencio, pues aún tenían sueño a pesar de haberse dado generosos baños de agua caliente. Al acabar con su cereal, Luna preguntó:

—¿Crees que Salvador te tenga un regalo?

—Capaz y me tenga algo mañana —respondió Cristina sin ni siquiera levantar la cabeza.

—¿Como qué? —insistió Luna.

—Bueno, no sé qué pueda hacer desde allá, pero quizá una carta y algún detalle. Sí creo que me va a tener algo, pero no creo que sea la gran vaina.

—Ay, pero qué cuchi con su cartica —dijo Luna.

—Ay, yo, feliz —aclaró Cristina—. Me escribe una carta, así la carta solo diga, qué sé yo, «me encanta verte», y soy la más feliz del mundo.

—¿Y no crees que te llegue nada para acá? —preguntó Julia.

Cristina negó con la cabeza y respondió:

—No creo... ya hoy me va a llamar y mañana lo voy a ver. Con eso me basta.

—Nunca me imaginé a Cristina así —dijo Luna cambiando ligeramente de tema.

—Tranquila que yo tampoco —añadió Cristina antes de probar uno de los últimos bocados de su arepa.

Ese día, Julia llevó a Luna al colegio.

—¿De qué tienes final hoy? —le preguntó Julia a Luna mientras cruzaba a la derecha frente a la iglesia de la Guadalupe para así entrar al colegio Mater Salvatoris por la entrada de bachillerato.

—Ciencias de la tierra... —respondió Luna sin emoción.

—Uy... —fue la respuesta de Julia—. Bueno, pero la profe Milagros es chévere, por lo menos. No puede ser tan grave.

—No es tan grave. Grave el lunes que tengo Literatura.

—Si quieres te ayudo a estudiar —se ofreció Julia—. ¿Qué te va? ¿«Martín Fierro»? ¿«Vuelta a la Patria»?

—Todas esas cosas locas —respondió Luna mientras asentía.

—Yo te explico, en serio.

—Gracias, creo que Bóreas también me va a ayudar.

—Ah, bueno, perfecto... De verdad que es impresionante cómo Bóreas sabe de todo.

—Sí, es increíble. Sabe hasta de series de televisión que, ¿sabes?, uno se imagina que, entonces, de esas cosas no va a saber. Pues, no. Sabe también de eso. Te puede hablar hasta de «The O. C.», te lo juro...

Luna se bajó del carro, despidiéndose de Julia con un rápido «¡chao, gracias!». Julia la vio alejarse y continuó su camino hacia la universidad.

...

Cristina estaba de regreso en su casa a las cinco de la tarde. Había recibido un pin de Salvador en la mañana deseándole nuevamente un feliz cumpleaños y prometiéndole que la llamaría esa noche. Al momento en que se abrió el ascensor, Cristina se encontró con un gran ramo de rosas rojas sobre la mesa de la entrada. Sonrió y buscó el sobre que contenía la dedicatoria. Dejando su bolso en el piso, Cristina leyó:

«Feliz cumpleaños a mi alegría más grande. Espero que este ramo te saque la sonrisa que tú me sacas cada vez que sé que pronto te voy a ver. Salvador».

Cristina leyó la nota tres veces y se llevó una mano a la frente mientras que sin aire decía:

—Ay no... ay no... qué bello... lo amo demasiado... No, no lo amo. Pero qué bello...

Con la nota en la mano, tomó su bolso y fue a la cocina a ver si había alguien. Allí se encontraba Luna estudiando. Al escuchar los pasos de Cristina, la joven levantó la cabeza.

—¡Chama! —exclamó Cristina.

—¡¿Viste las flores?! Qué bello. Yo estaba cuando las trajeron. Demasiado bello. Ya lo quiero conocer. Quería ver demasiado qué decía la nota, pero mamá no me dejó.

Cristina se aclaró la garganta y leyó la nota de Salvador.

—¡Ay no! ¡Me lo comoooo! —exclamó Luna tras escuchar a su hermana leer la nota.

—¿Y yo, bróder? Estoy *in love*.

Cristina dejó la nota sobre la mesa para abrir la nevera. Luna la tomó para leerla nuevamente. Cristina se sentó en la cabecera, de cara a Luna, con un vaso de agua en la mano.

—Cristina... —comenzó Luna.

—Qué pasó.

—¿Y ustedes ya se besaron? Me imagino...

Cristina negó con la cabeza y dejando el vaso sobre la mesa, dijo:

—No, chama... no sé, y ya conoce a papá y yo conozco a su familia. No sé si, como está ahí, no sabe cómo reaccionar... capaz y el encierro le ha afectado... o no quiere que nuestro primer beso sea en ese sitio.

—Sí, pero, quién sabe cuándo va a salir... No van a estar años así.

—Obviamente no, pero aún no ha pasado. ¿Qué raro, verdad? O sea, el bicho tiene treinta y tres años.

—Ya va, ¿qué? —dijo Luna apoyando ambas manos sobre la mesa.

Cristina asintió riendo.

—¡Sí, chama! ¡¿No sabías?! ¡Es supergrande!

—¿Supergrande? ¡Chama! ¡Es un viejo! ¡Tú estás cumpliendo veintiuno!

—Eso no importa —añadió Cristina encogiéndose de hombros—. Ese ni siquiera ha sido un tema. Yo creo que a él hasta se le olvida que nos llevamos tanto. Y no es que es viejo, Luna. Un hombre de treinta y tres es joven.

—O sea, obvio. Pero es viejo para ti pues. Te lleva doce años.

—Ay, nulo.

Cristina fue a su cuarto a darse un baño y vestirse cómodamente, con ropa que le haría pensar a cualquiera que estaba dispuesta a hacer ejercicio, que no era el caso. Regresó a la cocina llevando su *laptop* para dedicarse a arreglar ciertos detalles en su proyecto sobre Salvador. Cristina y Luna permanecieron en silencio, cada una dedicándose a sus estudios, por algunos minutos.

—Y tú que creías que no te iba a dar nada hoy —dijo Luna con la vista clavada en el libro de texto pero sin prestar atención.

—Bueno, ajá, ¿qué iba a saber yo? El hombre está preso. Yo no sé cómo funcionan las cosas ahí dentro.

—No supero que eres novia de un preso político.

—Yo no supero que soy la novia de alguien y que *I am ok with it.*

—¿No te parece cómico que cuando Julia cumplió años las tres estábamos solas y ahora, que tú estás cumpliendo años, las tres estamos con alguien? —preguntó Luna.

—Sí, chama. Así es la vida.

...

Como regalo de cumpleaños, Cristina había pedido que la familia saliera a cenar a su sitio favorito, El cine, en El Hatillo. El señor Valverde había hecho reservaciones para las ocho y media de la noche. Llegaron a las ocho y veinte.

—Papá... no has dicho nada del ramo de flores que Salvador regaló a Cristina —dijo Luna.

—Claro que sí, le dije a Cristina que muy bonito.

—Bello —concordó la señora Andreína.

Mientras los pasaban a su mesa, decidieron esperar en el bar. Los señores Valverde se sentaron un poco apartados de sus hijas y de Bóreas, para permitirles conversar solos por algunos minutos.

—Leo, sabes que a mí me asusta que este muchacho esté preso. No porque crea que es culpable, sino porque, amor, uno no sabe cuándo va a salir. Esto puede durar años. Y uno no sabe si cuando salga, después de tanto tiempo sin ver mujeres, solo a Cristina, el chamo se vuelva loco y Cristina venga de pendeja a sufrir. ¿Te imaginas que después de que se caló al tipo preso, este le vaya a salir con una vaina? Lo mato.

—Andreína, mira. Nadie sabe lo que va a pasar. El muchacho me gustó, de verdad, lo vi serio y con buenas intenciones. Sinceramente, no sé qué vaya a pasar. Puede pasar eso que tú dices, pero esa es la vida. Uno no puede andar con miedo. ¿Y si resulta que es lo que es? ¿Que la cosa va en serio? Además, tú sabes que Cristina no te va a hacer caso si le dices que su relación con Salvador no te parece. Más va a ir. Es más, quizá ella hasta trataría de que le dieran permiso para las visitas conyugales.

La señora Andreína apretó los labios y dijo muy seria apuntando a su esposo con el dedo índice:

—Eso no lo digas ni en broma… visitas conyugales… eso sí sería el colmo.

—Solo te digo, lo que es Cristina y Julia, ya no queda sino dejarlo fluir.

Con un trago en la mano y mirando al vacío, la señora Andreína dijo:

—Ni me nombres a Julia que esa me preocupa más todavía.

—Yo sé —dijo el señor Valverde, y le dio la primera probada a su mojito—. Pero, sabes que concuerdo con Bóreas.

—¿Cómo así? ¿En que tiene que seguir saliendo para que le encuentre los defectos?

El señor Valverde asintió.

—Sí, porque ahorita… ¿tú te sabes la letra de la canción «Aléjate de mí» de Camila?

La señora Andreína frunció el ceño y soltó una leve carcajada antes de decir:

—Tú todavía me sorprendes, a ver, qué dice la canción.

—El cantante le dice a la mujer que se aleje de él porque sabe que ella aún está a tiempo. Bueno, ya Julia no está a tiempo. Ahora lo que queda es ver qué pasa.

La señora Andreína suspiró y le dio un sorbo a su trago. Ladeó la cabeza para observar a sus tres hijas, que bromeaban con Bóreas al otro lado del bar. Las tres se veían felices. La señora Andreína sonrió ante su mayor logro, solo quería verlas siempre así, pero sabía que ese deseo era un imposible, que la vida tiene altos y bajos, y los bajos llegarían inminentemente.

…

La cena fue bastante animada y, al momento del postre, un grupo de mesoneros se presentó con una torta.

—¡Ay, no! —exclamó Cristina.

—Este es el único momento del año en el que Cristina no tiene idea de qué hacer o decir —comentó Julia.

—¡Nadie sabe! Esta es una tortura universal. ¿Qué hago? Canto, no canto, miro la torta. Bueno, vamos, que pase ya.

—Pero le podemos cantar lo que quiera, señorita, si no quiere que le cantemos cumpleaños —le dijo un mesonero.

—¿Ah sí? —preguntó Cristina con incredulidad.

—Por supuesto —respondió el mesonero.

—¡Así sí! —dijo mientras se levantaba—. ¿Qué les parece «Si nos dejan»?

Los mesoneros se miraron entre ellos y asintieron. Comenzaron a cantar y Cristina con ellos. Los Valverde y Bóreas cantaron también, y gran parte de los comensales se unió con palmadas, o incluso cantando.

❦

CRISTINA CANTÓ SIN NINGÚN TIPO de pena, ya que su problema no era el miedo escénico, sino el no saber qué hacer cuando le cantaban cumpleaños. Al acabar la canción, mucha gente aplaudió. Cristina agradeció el detalle y se sentó con su familia a comer la torta de chocolate que le habían traído como obsequio. La estaba pasando muy bien, pero, la verdad, es que no veía la hora de regresar a su casa para escribirle a Salvador diciéndole que ya la podía llamar.

Jueves, 5 de julio de 2012

Al entrar a la sala de visitas, no había nadie. Cristina sonrió al ver que todas las mesas tenían manteles y estaban decoradas con pequeños centros de mesa que consistían en yerberas anaranjadas. No podía decir que la sala había estado sucia en sus anteriores visitas, sin embargo, ahora se veía más limpia de lo normal y hasta olía bien. Cristina se fijó en una bolsa de colores anaranjados y fucsias con papel celofán de los mismos colores sobre la mesa donde Salvador y ella se sentaban siempre.

No te creo que este hombre me tiene un regalo, pensó. Berro, es que así sea un Cri-Cri, voy a llorar.

Decidió sentarse a esperar e ignorar el regalo, haciendo como si no supiera que era para ella. Salvador no tardó en entrar. Al verlo, Cristina sonrió y se levantó casi de un salto.

—¿Cómo estás? —saludó ella mientras se acercaba para abrazarlo.

Se saludaron con un fuerte abrazo que duró varios segundos y Salvador le dio un largo beso en la mejilla.

—Feliz cumpleaños —le dijo una vez que la había soltado.

—Gracias —dijo Cristina—. Y gracias por haber decorado la sala. De verdad no tenías que hacerlo, pero se ve hasta bonita.

Salvador la invitó a sentarse.

—Bueno, no es que se vea bonita, pero creo que la puse decente.

Se sentaron en las mismas sillas donde se habían sentado desde la primera visita de Cristina.

—¿Y no has abierto tu regalo?

Pasándose la mano por el pelo, Cristina respondió:

—Berro, me daba pena. ¿Y si no era para mí?

Salvador se levantó la ceja con sus dedos medio e índice y preguntó:

—¿De verdad tú crees que hay alguna ínfima posibilidad de que este regalo no sea para ti?

—¡Berro, no sé! O sea, ¿tú, de verdad, juras que yo iba a abrir la bolsa sin ti? No, bróder, no.

—«Bróder» —repitió Salvador.

—¿Qué? ¿Ahora te vas a burlar de cómo hablo?

—No... para nada. Me da risa y ya. Tú debes ser de esas que dicen «maltripear».

—Demasiado —admitió Cristina riendo—. Te parece horrible y tal.

—No —aclaró Salvador negando con la cabeza—. Así es como hablan los jóvenes de hoy en día. Mi generación dice *cool* y de ahí no pasamos.

—«Mi generación» —repitió esta vez Cristina—. Como si tú y yo nos lleváramos, no sé... chamo, yo hago los mismos planes que tus amigos, seguro. Te apuesto a que van a Sawu, y a Le Club, y a Camurí.

—Okey... no es que somos de mundos distintos, pero coye, Cristina, nos llevamos doce, casi trece años.

—Es algo, es algo... —concedió Cristina.

—Bueno —dijo Salvador dando una palmada—. El regalo, quiero ver qué te parece.

—Dale, dale —dijo Cristina mientras estiraba el brazo para tomar la bolsa. Una vez que la tuvo en sus manos dijo—: te lo juro que no tenías que darme nada. Ya con el ramo de rosas de ayer era más que suficiente. No sé si mostré toda mi alegría con todas las caritas y signos de exclamación que te envié.

—Me diste una idea, sí —dijo Salvador mientras se llevaba las manos detrás de la nuca—. Anda, ábrelo. Te estás tardando más que mi salida de aquí.

—Entonces ya deberías haber aprendido a tener algo de paciencia.

—¡Chamo, tú sí eres mala! —exclamó Salvador mientras llevaba las manos de su nuca a sus rodillas.

—¡Perdón! ¡Perdón! ¡Perdón! —rogó Cristina riendo y juntando las manos como en señal de oración—. Me arrepiento, me arrepiento.

—¡El regalo! —insistió Salvador.

—¡Voooy!

Cristina abrió la bolsa y dentro había un par de *converse* doradas. Cristina las extrajo de la bolsa con la boca abierta, mostrando verdadera sorpresa y no actuando, en lo más mínimo, su expresión.

–Veo que te gustan las converse y me pareció que un par doradas te podía parecer *cool*. Si te parece de mal gusto, tú me dices y pido que las devuelvan.

–¡Salvador! –exclamó Cristina sosteniendo las *converse* en sus manos–. ¡Están espectaculares, geniales, radicales, mortales, brutales, súper! ¡Cualquier adjetivo que quieras! ¡Las amo!

–¿De verdad? ¿Te gustaron? –preguntó él aún con dudas de si a Cristina le había gustado su regalo.

–¿No me ves la cara? ¡Debo estar que si roja! ¡Las amo! Es que me las quiero poner ya. Van a ser mi nuevo «nipa».

–¿«Nipa»? –preguntó Salvador ladeando un poco la cabeza y frunciendo el ceño.

–¡Sí, nipa! ¿No has oído eso? «Ni pa' bañarse se lo quita».

Salvador rio.

–¡Qué excelente! No. Te cuento que jamás había escuchado eso.

–Pues sí.

–Pues me alegro que te hayan gustado.

–¡Me encantaron! Pero, Salva... de verdad no tenías que darme este regalo. Me siento mal –dijo ella que, después de la agradable sorpresa que fue su regalo, sintió algo de culpa.

–Cristina, el solo hecho de que tú me hayas ofrecido tu amistad, después de que me conociste ya estando preso, y de que hayas venido el Día del Padre, aunque no tenías que venir, ya hace que yo te deba mucho más que un par de zapatos.

–No –respondió ella rotundamente–. Porque yo hice todo eso con todo el gusto del mundo.

–¡Y yo también! Te escogí este regalo con mucha ilusión.

Cristina bajó la mirada hacia sus nuevos zapatos y, seguidamente, buscó los ojos de Salvador. Le dedicó una sonrisa que, si bien denotaba alegría era, al mismo tiempo, algo triste y se inclinó para darle un largo beso en la mejilla. Pasaron el resto del tiempo que duraba la visita conversando. Salvador les había pedido a sus familiares que ese día tampoco lo visitaran.

...

—Entonces... —comenzó a decir Luna—, ustedes no se han besado.

Con la cabeza recostada en la almohada y mirando al techo Cristina respondió con un tranquilo «no». Las tres Valverde se hallaban en la cama de Julia, todas ya en pijama y acostadas, cada una boca arriba y con la vista clavada en el techo.

—¿Por qué crees que no te ha besado? —insistió Luna.

—Yo creo que, por más que hayan decidido establecer una relación, él no quiere que Cristina se «malpegue» con él porque, al final, él no tiene ni idea de cuándo va a salir. Y sabe que existe la posibilidad de que Cristina sufra mucho. Entonces, al no besarte, Cristi, te está concediendo cierta libertad para que conozcas a alguien más —explicó Julia.

—Pero es que yo no quiero libertad —dijo Cristina golpeando el colchón con los puños—. Yo lo que quiero es estar con él.

—Berro, Cristina, provoca grabarte —dijo Luna incorporándose.

Julia rio.

—«Yo no quiero libertad» dice la que decía que tener novio era como una cárcel y que quería estar sola —continuó Luna—... Y ya que entramos en este tema, ¿cómo serán los besos de Julia y Octavio?

Cristina soltó una sonora carcajada.

—¡Ay ya! —exclamó Julia—. ¡Son normales! ¡Te lo juro!

—Normales... —repitió Cristina—. Te lo creo, pero no va a pasar mucho tiempo para que Octavio quiera más que «besos normales».

—Pues no sé qué irá a hacer, porque yo no pienso hacer nada más.

—Julia, yo te amo tanto —dijo Cristina buscando la mano de su hermana y, levantando la cabeza para verla, le preguntó—: ¿ya Octavio sabe que te quieres casar virgen?

Julia negó con la cabeza y dijo:

—No, pero no es porque no le quiera decir, sino porque no ha habido necesidad.

—Créeme que pronto va a haber necesidad.

—Me imagino, pero ¿cómo en cuánto tiempo crees? ¿Un mes?

Luna y Cristina rieron espontánea y ruidosamente.

—¡¿Un mes?! —exclamó Cristina—. ¡Bróder, que si mañana ya le vas a tener que decir!

—¡No vale! ¡No creo!

—¡Aaaay, Juliaaa! Lo que te falta por aprender —sentenció Cristina.

—¡Cristina! ¡Tú eres menor que yo! Y hablas como si fueras la superexperimentada...

—Yo sé que no soy experimentada, pero conozco a Octavio desde hace tiempo, bro. Cuando se dé cuenta de que tú nada de nada... ese chamo va a «maltripear», pues. Yo que te lo digo. Me da hasta lástima con el pobre.

—Ay, ya —cortó Luna—. Cero chévere, imágenes de Julia y Octavio en mi cabeza.

—No creo que sea tan malo—agregó Julia—. O sea, no creo que sea lo más chévere para él, pero ni que eso fuera todo.

—Okey... no va a «maltripear», pero sí es como chimbo.

—Dios, Cristina, hablas como una malandra —dijo Julia—. Y lo peor es que sabes lo suficiente como para hablar buenísimo, pero te gusta hablar así.

—Okey, ya va. Puede ser que yo meta esas palabras tipo «bróder» y esas cosas, pero yo no cometo errores, o sea. Yo sé conjugar mis verbos, yo sé que no se dice «en base a», sino «con base en» y sé que no se dice «se los dije», sino «se lo dije». Pero, ajá, ¿qué quieres que haga si me gusta meter una que otra palabra «malandreada»? No sé, es divertido...

Y así, las tres Valverde continuaron conversando en la cama de Julia hasta que decidieron ver una película. Escogieron *The Bridges of Madison County*; como se sentían cansadas, cada una creía que se dormiría en medio de la película, sin embargo, las tres llegaron hasta el final, llorando y, cada una, entre lágrimas, hablándole a la pantalla:

—En verdad, qué fuerte ese personaje. Mira el sacrificio tan horrible que está dispuesta a hacer por su familia —decía Julia, que se limpiaba las lágrimas con el dorso de la mano.

—¡Bróder! ¡¿Qué se hace en esos casos?! ¡Ellos en verdad se amaban, pues! ¡Y la familia de ella ni le para bolas! ¡Que se baje de la camioneta! —exclamaba Cristina.

—¡Amo a Meryl Streep! —decía Luna.

Viernes, 6 de julio de 2012

Tras pasar un rato en casa de los Valverde, conversando con Cristina y Julia, Octavio le preguntó a Julia si quería salir a comer algo.

—¿Y tú no te quieres venir? —le preguntó, a su vez, a Cristina.

Cristina negó con la cabeza y dijo estar cansada. Octavio, con sorpresa, replicó:

—No te conozco. ¿Qué te pasó? ¿Quién eres y por qué poseíste el cuerpo de mi amiga habiendo miles de mujeres más bellas por ahí?

—Sí eres idiota, Oto —dijo Cristina, pegándole en la cara con un cojín que estaba a su alcance.

—Ya Cristina no sale para poder hablar en las noches con Salvador —explicó Julia con una sonrisa de picardía.

—¿Ese es el preso? —preguntó Octavio.

Cristina asintió.

—Berro, Cristina, como tu amigo, nada más te voy a hacer esta pregunta una vez...

Cristina apoyó su barbilla en su mano izquierda, sabiendo ya lo que Octavio le quería decir:

—¿No crees que estás «maltripeando» de a gratis? Bro, no sabes cuándo va a salir el pana. No sabes si cuando salga, después de... no sé... los años que tenga ahí, lo que quiera es estar con toda Caracas, porque, bróder, el tipo no ha visto mujeres desde que lo encerraron, prácticamente solo a ti... Y tú entres en pálida porque te imaginabas la historia perfecta con arco iris incorporados de que cuando él saliera iban a estar juntos, y él ande en otro plan completamente distinto. Además, ¿no tiene que si cuarenta el bicho?

−Treinta y tres −corrigió Cristina, aún en la misma posición.

−Es lo mismo, bro. Es un viejo para ti.

−Oto, en verdad −comenzó a decir mientras enderezaba la espalda−, yo estoy superfeliz y te lo juro que siento que él me quiere. Entiendo demasiado que pienses así, que el tipo lo que está es aburrido y, bueno, «vamos a estar con la chamita mientras me convenga». Pero no siento que sea así, no me siento utilizada para nada. Además, él mismo me dijo que no, así como me estás diciendo tú, que me estaba metiendo en un problema innecesario y tal. Y fui yo la que le dijo que no me importaba, pues. Que quería estar con él y punto. Y, bueno, tú sabes cómo soy yo de terca...

−Bueno, espero que sepas lo que estás haciendo. Pero, igual, sabes que si el bicho te sale con algo y te hace sufrir, yo mismo me encargo de que lo dejen ahí para siempre. O, mejor, de que lo manden al Rodeo.

Cristina rio:

−Gracias, Oto. Qué chévere saber que tienes tantas influencias... no, pero en serio, gracias por preocuparte. En verdad, yo entiendo que la gente que me quiere esté medio «frikeada», pues. Es un preso. Eso no se ve todos los días. Y no es que lo conocí, nos empatamos y lo metieron preso... es que lo conocí ahí dentro, bróder.

−Es que tú estás loca −sentenció Octavio.

...

Tras la discusión sobre la situación de Cristina, Octavio y Julia salieron a comer algo.

−¿A dónde vamos? −preguntó Julia.

−Te voy a llevar a un sitio que me encanta −respondió Octavio.

−¿Cómo se llama?

−Serrano y Manchego.

−¡Ay! ¡Yo amo ese sitio!

−¿Sí? −preguntó Octavio, desviando por un segundo su mirada de la vía para ver a Julia.

Ella asintió y replicó:

−He ido como dos veces nada más... pero me encanta.

−Pues me alegro, porque para allá vamos.

Serrano y Manchego está ubicado en El Hatillo, la misma zona donde está ubicado El cine, el restaurante donde Cristina había celebrado su cumpleaños tan solo dos noches antes. Llegar hasta allá desde el edificio donde fijaba su residencia la familia Valverde implicaba un recorrido de, más o menos, media hora. Estaban en silencio, Julia miraba por la ventana. Octavio le acarició el hombro, ella desvió su mirada de la ventana hacia él y le dedicó una débil sonrisa. Octavio colocó un mechón de pelo de Julia detrás de su oreja para acariciarle la mejilla con el dorso de la mano. Ella ladeó la cabeza para besarle la mano de manera fugaz.

—Estás muy bonita hoy —dijo él.

—Gracias —agregó ella mientras recostaba su cabeza contra el respaldar del asiento, sin dejar de mirarlo—. Tú también te ves muy bien.

Julia tenía la costumbre, después de que hacía a un lado su barrera de timidez, de expresar las cosas que le preocupaban sin previo aviso, lo cual, muchas veces, causó reacciones como la siguiente:

—Octavio... te tengo que decir algo...

—A ver, qué pasó —dijo Octavio, de nuevo, con ambas manos en el volante.

—Yo me quiero casar virgen, pues.

—¡¿Aaaah?! —exclamó Octavio, pero no por la sorpresa que le generara la noticia en sí, sino por lo inesperado y fuera de contexto del comentario— ¡Bróder! ¡Qué *random*!

Julia comenzó a reír debido a la pena, los nervios y la reacción de Octavio, que encontraba cómica.

—¡Qué frita, bróder!

Julia se cubrió la cara con las manos. Incapaz de controlar la risa, se llevó un puño a los labios.

—De verdad que eso no me lo esperaba. Es que ni siquiera me sorprende tanto que te quieras casar virgen. Creo que, inconscientemente, ya me lo imaginaba. Te lo juro. Sino que, no sé cómo funciona tu cerebro para que hayas pensado que este era el mejor momento para decírmelo. Así de la nada.

—¡No sé! —respondió mientras se ahogaba en sus risas—. ¡Perdón!

—No vale, no me pidas perdón. A mí lo que me da es risa imaginarme cómo funciona tu cerebro. Siento que es como un arbusto de marihuana.

—¡Hey! ¡No he probado ni el cigarrillo!

—No tiene nada que ver. Ese es tu cerebro. Listo. Decretado.

...

Tras unos segundos de silencio, Octavio dijo nuevamente:

–De verdad que tú no dejas de sorprenderme. Qué *random*, bro. Es que no lo supero.

–Ya...

–No, no, no. Es que yo quisiera poder ver cómo funciona tu cerebro. Eso debe ser culpa de Jay C.

Julia se masajeó la sien con sus dedos índices.

–¿Qué tiene que ver Jesús en esto?

–Nada... que esas ideas que tienes de la vida eterna y tal, te ponen la cabeza loca. Y, entonces... te quieres casar virgen... ¿Tú estás clara de que no te vas a casar virgen, verdad?

–Me voy a casar demasiado virgen, Octavio.

–En verdad me da risa que tengas esas ideas medievales. Entonces, tú eres que si cero métodos anticonceptivos, nada más que si el método del ritmo y esas cosas que no sirven para nada.

–Exactamente...

–Y el aborto...

–Imposible.

–Claaaro, imposible... yo, si supieras, no estoy a favor del aborto. Yo creo que uno tiene que asumir la responsabilidad de sus actos. Pero, en ciertos casos, como violación, una enfermedad de esas en que el niño igualito se va a morir a los meses... ahí sí. ¿Tú? Ni eso, me imagino.

–No, porque cuando el óvulo es fecundado ya hay un alma.

–O sea, que ni la pastilla del día siguiente.

–No, porque si ya hay un alma, tomar la pastilla es un asesinato.

Octavio asintió mientras procesaba la información. Al final, dijo:

–Bueno, como yo no creo en el alma... eso me da igual.

–¿De verdad tú no crees en el alma? Y todos los sentimientos, actos de bondad, muestras de amor...

–Bróder, eso se puede explicar demasiado con ciencia. Todas esas cosas tienen una explicación científica. Eso que tú llamas «caridad»... ajá, yo puedo ayudar a alguien porque me gusta resolverle los problemas a la gente y eso hace que libere endorfinas. Tú lo ves como un acto guiado por el Señor, que estás cumpliendo con su voluntad y por eso te sientes bien. Tú sientes que lo haces por un bien mayor, yo lo hago por el aquí y el ahora, porque no soporto ver a alguien mal sabiendo que yo puedo hacer algo.

Julia observaba a Octavio desde el asiento del copiloto. Octavio, dándose cuenta, le preguntó:

—¿Por qué me miras? ¿Me odias ahora?

—Para nada —respondió Julia y se aclaró la garganta antes de continuar—: en verdad admiro mucho que tú, sin creer en Dios, seas tan buena persona. De verdad, me parece increíble.

—¿Si tú no creyeras en Dios fueras una mala persona?

—No creo —respondió Julia pasándose la mano por el pelo—. O sea, primero, gracias por decir que soy una buena persona. Oye, no creo que sería mala gente, pues. Pero, creer en Dios sí me ayuda a querer ser una mejor persona. Y, no te miento, mi meta es ir al Cielo.

—A conocer a... ¿a quién es que era? Que si Grace Kelly...

—Sí, exacto, Octavio. Toda mi vida gira en torno a conocer a Grace Kelly —respondió Julia ya a modo de chiste.

—Sí eres galla.

—Más gallo tú por estar saliendo conmigo. Sabes que dicen que más loco que Don Quijote era Sancho, porque Sancho era el que conversaba con Don Quijote. O sea, Don Quijote se buscó a un compañero normal, Sancho aceptó a un loco... por ende, Sancho estaba más loco.

—¿Aaaah? Berro, ese comentario casi le gana al de que te quieres casar virgen. Es muy difícil que algún día un comentario le gane a ese, pero este estuvo bien cerca.

Permanecieron un rato en silencio hasta que Octavio dijo:

—... Es que eso de que Dios te habla, ¿no es como esquizofrenia eso?

Julia le dirigió a Octavio una mirada muy seria y le explicó:

—Octavio, o sea, no es que yo oigo voces.

—Yo sé, pero igual, seguro sientes que te deja señales. Los esquizofrénicos también creen que les dejan señales.

—O sea, que tú crees que los millones de personas en el mundo que pertenecen a una religión es porque tienen una enfermedad mental.

—No... te lo juro que entiendo esa necesidad humana de aferrarse a algo perfecto cuando todo va mal, porque te da cierta esperanza... Y lo respeto, pero por otro lado es como «¡pana! ¿Qué carajo estás haciendo? Deja de rezar y ¡ponte a resolver tu problema!». Además a mí me parece que uno hace más trabajando y ayudando a la gente que hablándole ahí a un viejo invisible y, bueno, según yo y muchas personas más, inexistente.

—No es así, Octavio. Nosotros ayudamos a la gente y tratamos de resolver nuestros problemas. Hay un dicho que dice: «Reza como si todo dependiera de Dios y trabaja como si todo dependiera de ti».

—Está buena esa frase, si supieras...

—Octavio, tú no sabes de lo que te pierdes. No sabes la tranquilidad que da saber que el Amor es la fuerza que gobierna el universo.

—Bueno, mejor dejamos de hablar de esto. Yo no te voy a convencer, tú no me vas a convencer, y la quiero pasar bien hoy. ¿Qué te parece?

—Me parece buenísimo.

···

Se habían sentado en una de las mesas altas de afuera y habían pedido sangría. Cuando el mesonero se alejó, Julia se enderezó en su asiento y se dedicó a observar a las personas sentadas en las mesas contiguas.

—¿Buscas a alguien? —le preguntó Octavio antes de darle el primer sorbo a su sangría.

Julia no dijo nada, se limitó a negar con la cabeza y a devolver su atención en su acompañante.

—Y ahora, una pregunta... —comenzó Octavio.

Julia depositó el vaso sobre la mesa y, cruzándose de brazos, dijo:

—A ver.

Entrelazando sus dedos, mientras apoyaba sus antebrazos en la mesa, Octavio preguntó:

—Y a todas estas, mujer, ¿por qué me dijo que se quiere casar virgen?

Julia entrecerró los ojos e hizo una ligera mueca con los labios, antes de decir:

—Cómo que por qué.

Octavio decidió recostarse en su asiento y cruzar una pierna. Mientras jugaba con las yemas de sus dedos, reiteró su pregunta:

—A ver... ¿por qué te viste en la necesidad de decirme que te quieres casar virgen? —Al terminar de formular la pregunta, levantó una ceja.

Julia lo miró, sin responder, por algunos segundos. Sabía que Octavio la estaba retando y, como siempre que se encontraba en una posición en la que era necesario actuar rápido, no sabía qué hacer. Optó por decir la verdad:

—Porque estoy saliendo contigo. Nos besamos.... me imagino que dentro de poco vas a querer que pasen más cosas y yo no quiero que pase más nada. Por eso te lo dije.

Octavio se llevó las manos detrás de su nuca. Miró a Julia sonriendo con suficiencia y dijo:

—Es sincera la niña.

Julia se encogió de hombros y dijo:

—Para qué te voy a caer a mentiras.

Octavio descruzó la pierna y volvió a apoyar sus antebrazos en la mesa, sin embargo, no abandonó la sonrisa.

—Bueno, después de que te dio pena pedir que comprara melón en el supermercado, me puedo imaginar cualquier cosa.

—Eso era diferente. Aquí me estás haciendo una pregunta de frente y no veo la necesidad de decirte mentiras.

—Me parece excelente. Yo tampoco digo mentiras.

—Me he dado cuenta —dijo Julia y le dio un sorbo a su sangría.

—Algo en lo que nos parecemos... no sé si te has dado cuenta, pero tú y yo somos muy diferentes.

—¡No me digas! —exclamó Julia mientras apoyaba su barbilla sobre la palma de su mano derecha.

—Pero se la pasa bien contigo.

—Gracias. Yo también la paso bien contigo —dijo Julia enderezándose en su asiento.

Octavio levantó su vaso, Julia lo imitó y los chocaron. Continuaron conversando el resto de la cena. Julia regresó a su casa un poco después de la media noche. Mientras se lavaba los dientes, recordó aquel preciso instante en el que Octavio dijo no creer en la existencia del alma y cuando había comparado a los creyentes de todas las religiones con personas que padecían de esquizofrenia. Julia no le había hecho mucho caso en el momento porque estaba pasando un buen rato y eso la hacía perdonar cualquier diferencia que pudiera haber entre ellos. Sin embargo, ya en su casa, sola, sin la mirada ni la sonrisa de Octavio que neutralizaran cualquier pensamiento negativo, tenía toda la libertad de abandonarse a sus deducciones, emociones e ideales. El que Octavio no creyera en la existencia del alma ni en la vida eterna significaba que ambos, así como había dicho la señora Andreína hacía tan solo unos días, veían el mundo desde perspectivas muy distintas, que chocarían ante la llegada del primer problema. Julia estaba consciente de esto y sabía que dos pensamientos tan arraigados, pero a la vez tan diferentes, jamás serían compatibles.

Se acostó boca arriba en su cama y, subyugada por la oscura noche, en la cual todos los problemas se presentan en magnitudes escalofriantes, Julia supo que debía, tarde o temprano, dejar de ver a Octavio. Ante la presencia de este final inminente, y sin dejar de ser quien era, Julia tomó la decisión de hacerlo más pronto que tarde. Sabía que sería difícil. No sabía con certeza cuándo lo haría; podría decirse a sí misma «mañana le digo», pero no quería. No quería decírselo mañana, ni al día siguiente, ni al siguiente...; por otro lado, no quería que la presencia de Octavio se hiciera cada vez más y más rutinaria, si no es que lo era ya. Decidió ponerle fecha, porque ella era así. Lo había conocido un 19 de abril, así que lo haría el 19 de julio. Era perfecto, porque el primero de agosto se iría con su familia de vacaciones a Bogotá y Cartagena, así que pasaría la tristeza allá. No sonaba tan terrible. Además, objetivamente hablando, había conocido a Octavio hacía apenas dos meses y medio. Había pasado veintidós años en los que su única referencia sobre Octavio era un nombre más que Cristina pronunciaba de vez en cuando. No sería difícil acostumbrarse nuevamente a vivir sin su presencia, ya fuera física o manifiesta a través de mensajes de texto y llamadas. No podía ser tan difícil... se decía ella.

Domingo, 8 de julio de 2012

Los cinco Valverde estaban en misa. Julia estaba sentada entre Cristina y la señora Andreína. Había vuelto a ver a Octavio el día anterior y le había parecido que esa conclusión a la cual había llegado la madrugada del sábado era muy radical y extrema. Estaba, simplemente, saliendo con alguien. ¿Por qué tenía que encontrar un problema en una situación tan inofensiva?... Sabía que no era inofensiva, pero tampoco veía la necesidad de acabarla tan pronto. Las circunstancias se encargarían de trazar su camino, ¿no? Al final, ¿no se cumplía siempre la voluntad de Dios? Ella podía abandonar todo a la voluntad de Dios y Él se encargaría de que su relación (a falta de una palabra que explicara exactamente su situación sentimental) siguiera o acabara. ¿No y que ni una hoja de un árbol se mueve si no es por la voluntad de Dios? Además, quizá Octavio había entrado a su vida para que ella lo convirtiera. ¡Claro! Ella lo iba a convertir.

—«Yo les aseguro que nadie es profeta en su tierra» —decía el padre citando a Jesús y recuperando la atención de Julia.

Habían asistido a la misa de la una y media de la tarde en la iglesia de Campo Alegre. El sacerdote siempre lograba mantener a la gente interesada, pues hablaba de política y temas de actualidad, prácticamente nunca apegándose a las lecturas leídas. Ese día, tras hablar por un espacio de tres minutos acerca del evangelio, se extendió hablando de la tentación.

—... es que el diablo es hermoso. ¿Ustedes creen que si se les presenta con esos cuernos y el tridente van a caer en la tentación? Hombre, pues no. Que no, que no. Esas son simples imágenes. Las tentaciones, en un comienzo, ni siquiera se presentan como tentaciones, se presentan como oportunidades inofensivas. Pero uno en el fondo sabe —acabó de decir, mientras apuntaba al vacío con su dedo índice.

¿De verdad?, decía Julia en su mente mientras escuchaba al sacerdote.

—... Si uno tiene una conciencia recta, uno sabe identificar las tentaciones. Ah, pero por supuesto, al momento en que se nos presenta la bifurcación... ahí está el problema. Porque no siempre vamos a querer escoger el camino correcto y, yo mismo les digo, es bien difícil. Es por eso que veneramos a los santos que, aun así, pecaban. ¿No negó Pedro tres veces a Jesús? Y, miren, es la piedra sobre la que Jesús edificó la Iglesia. El diablo siempre está al acecho para alejarnos de Dios. Debemos estar alertas y, yo personalmente, recomiendo aferrarnos a María...

Y, por supuesto, nuestra querida joven no pudo evitar pensar:

¿Y si Octavio es mi tentación? Porque, claro, Octavio ni siquiera es una mala persona. Si fuera malo, yo no saldría con él. Y por eso es que él es tan peligroso, porque confío en él. Dios, ¿quieres que deje de salir con él?.

...

En el carro, la señora Andreína comentó:

—Estuvo buena la misa. Me gustó cómo habló el padre.

—Sí... —dijo Julia viendo por la ventana, más para ella misma que para su familia—, aunque ese padre tiene demasiadas digresiones en su discurso.

Luna volteó a ver a su hermana haciendo una mueca con los labios y levantando una ceja:

—¡Julia! Te lo juro que no entendí nada de lo que dijiste...

Cristina rio antes de decir:

—¡Yo les juro que no sé cómo hacen Oto y Julia para entenderse cuando hablan! Porque, berro, hablan dos idiomas distintos. Lo juro.

—Dios sí... —coincidió Julia.

—Yo hablo con fluidez los idiomas de los dos —dijo Cristina con satisfacción.

—Pero ¿qué? ¿Habla muy malandrea'o, el chamo? —preguntó la señora Andreína.

—No —respondieron Julia y Cristina. Y Cristina agregó:

—No es que hable como un malandro, habla como un chamo, pues. Pero se nota más cuando está con Julia, porque Julia habla como si estuviera dando cátedra todo el día.

...

Los siguientes días representaron para Julia un conflicto entre sus deseos y sus ideales. Cada vez que veía a Octavio se sentía contenta y dudaba ante la decisión que había tomado. Es más, inclusive la llegaba a considerar absurda. Luego, al llegar a su casa, se trataba de convencer a sí misma de que la resolución de no verlo más era la correcta. A este conflicto que, en menor grado, había existido desde que él le había revelado su condición de ateo, se le unía ahora la culpa que sentía cada vez que miraba a Octavio a los ojos sabiendo que él estaba ignorante de sus dolorosas resoluciones.

Nuestra joven se sentía partícipe de una realidad inasible. Julia, que siempre había disfrutado de una vida tranquila, sin mucho ruido y sin mucha pompa, gozando de la felicidad que trae la simple serenidad, se enfrentaba ahora a una nostalgia que ya se había convertido en una constante en su día a día. Porque no solo se siente nostalgia por el pasado. El saber que la felicidad presente tiene un final, genera el mismo sentimiento nostálgico que se sentirá en el futuro. Situaciones cotidianas como aquella nimia escena en la que Julia no le había sugerido a Octavio que comprara melón... Julia sabía de antemano que, cada vez que comiera jamón serrano con melón recordaría ese momento. No solo eso, cada vez que fuera a ese supermercado y viera los melones, cada vez que se viera en la necesidad de ordenar jamón serrano, el supermercado en sí, aun sin acercarse al área de las frutas ni a la charcutería... Cada buen momento se convertía en un bloque que se adhería a esa pirámide de recuerdos felices que la asaltarían en un futuro cercano. Ese futuro cercano en el cual Octavio ya no existiría. Y por eso, cada momento feliz era, al mismo tiempo, triste. Nuestra joven vivía la tragedia de experimentar una felicidad amenazada.

Lunes, 9 de julio de 2012

Ese día era el examen final de Literatura de Luna, último examen del año. Había estudiado con Bóreas a lo largo del fin de semana y, si bien no lo sabía todo como para sacar un 20, sí veía posible la idea de un 16. Ese día, Bóreas la llevó al colegio.

—Sabes que aquí, que dejen entrar hombres es un problema.

—¿En serio? —preguntó Bóreas.

—En serio. Es por eso que cuando llega un profesor menor de cincuenta años y que no es horrible, ni siquiera tiene que ser bonito, solo tiene que no ser horrible, todas las chamitas se emocionan. Al único que sí queremos de verdad es al gordo de Matemática.

—¿Al gordo de Matemática?

—¡Sí! ¡Así le dice todo el mundo! Mira, él puede llevar a todo el salón a reparación y no importa, todas lo amamos igualito. Es un viejo más cuchi... Es como el abuelito de bachillerato. Y usa una colonia que, cuando él pasa, todo el mundo la huele. ¡Te lo juro! Todo el pasillo huele a su colonia.

—Interesante... —dijo Bóreas, que no sabía qué otra opinión se podía emitir con respecto a un profesor de Matemática que impregnara los pasillos con el olor de su colonia.

Antes de bajarse del carro, Luna le dio un discreto beso a Bóreas en los labios. Él le deseó suerte y la vio alejarse y subir la escalera de piedras. En el examen, Luna tuvo que analizar varios extractos de poemas y, al final, hacer un análisis general de la «Silva Criolla» de Francisco Lazo Martí.

Al terminar el examen, Luna se acercó al escritorio de su profesora para entregarlo. La profesora, al sentir a alguien acercarse, levantó la mirada y vio a Luna por encima de sus lentes para leer. Luna le dedicó una sonrisa y, dejando el examen sobre el escritorio, dio un paso hacia la puerta mientras decía «hasta luego». Sin embargo, se vio en la obligación de detenerse, cuando la profesora la llamó por su apellido:

—Valverde.

—¿Sí? —preguntó Luna.

La profesora se quitó los lentes.

—Mire, Valverde, yo le voy a decir una cosa —comenzó mientras limpiaba los vidrios de sus gafas con la punta de su suéter—. Yo estuve todo este año viéndola a usted, sentada en su pupitre, allá, pegada a la pared. A veces, ni siquiera teniendo la decencia de abrir el libro; ni se le ocurra hacer eso en la universidad. Pero, le debo decir que ese día histórico en el que usted hizo esa interpretación tan equivocada del «Romance Sonámbulo» de García Lorca, me quedé pensando. Y llegué a una conclusión, Valverde. Bueno, primero, usted no estaba prestando atención y se vio en la posición de inventar algo rápido a ver «si la pegaba», como dicen aquí. Pero, debo decir, que aunque su interpretación no fue la correcta, me sorprendió lo rápido que llegó a ella. Y que incluso les prestó atención a metáforas como «ojos de fría plata» e hizo alusiones a la superficialidad y al materialismo. Le repito, el poema nada tiene que ver con lo que usted dijo ese día. Pero, pude ver, Valverde, que usted tiene una gran habilidad para inventarse cuentos. ¿Usted nunca ha pensado en ser escritora?

Luna se quedó mirando a su profesora y balbuceó un poco antes de poder hablar:

—Profe... no sé qué decir. ¿Gracias?

—Hombre, pues, por supuesto que eso ha sido un cumplido.

Luna sonrió y repitió:

—Gracias... profe. Pero, no creo que lo haría bien. Yo no escribo bien. Casi que ni me sé las reglas. O sea, me sé lo importante. Julia sí sabe esas cosas.

La profesora asintió y dijo:

—Es cierto, su hermana Julia escribe de una manera impecable. El problema de Julia es que tiene una mente muy cerrada y llena de prejuicios. No se atrevería a expresar sus sentimientos y mostrarlos al público. Jamás. Y, Cristina, ella también escribe bien, el problema es que no la veo con la voluntad de sentarse, por espacio de ocho horas, todos los días. Ella siempre tiene que estar haciendo algo. Usted, por otro lado, con algo de madurez, podría.

—Ay, profe. De verdad que no sé qué decir. Jamás pensé que usted me diría eso. Yo pensaba que me odiaba.

—Por Dios, Valverde. Cómo voy a odiarla por esas nimiedades... peque-ñeces —agregó al ver el gesto de duda en la cara de Luna, que no sabía el significado de la palabra «nimiedad».

—A ver, ¿qué va a estudiar usted en la universidad? —preguntó.

—Comunicación Social en la Monteávila.

La profesora asintió y recostó su espalda en el asiento.

—Muy buena carrera en una excelente universidad. Intuyo que por sus notas no pudo entrar en la UCAB, donde estudian sus dos herma-nas. Entonces, presentó el examen de admisión de la Monteávila y fue aceptada.

—Sí —dijo Luna mientras asentía.

—Esa es una buena universidad. No digo que la UCAB sea mejor. Sim-plemente, que es necesario tener buenas notas para entrar puesto que eliminaron el examen de admisión y usted, venga pues, no las tiene. Pero usted pudo haber sacado buenas notas, Valverde, si se lo hubiera propuesto.

—Gracias, profe.

—Espero que eso cambie en la universidad.

—Lo prometo. Ya está bueno ya.

—Pues vaya y échele pichón, como dicen aquí. Nos vemos el día de su graduación.

—Sí. Nos vemos. Gracias, profe. Me hizo el día.

Y, sin esperar respuesta, Luna salió del salón y bajó las escaleras para encontrarse con varias de sus amigas, que habían terminado el examen antes que ella. Ese día, todas las integrantes de la promoción XLV irían a la casa de una de ellas, que tenía piscina. Luna y sus amigas esperaban ahora a dos más de su grupo para salir todas al mismo tiempo.

—Ey, Luna, ¿y qué hablabais vos con la de Literatura? Mi alma, mija, te quedasteis instalada. Yo dejé el examen mío y ni vos ni ella se dieron cuenta. Yo oí algo ahí de que tu hermana Julia escribe impecable. Y yo «veeeeerga, a Luna no la van a dejar en paz nunca». Desde que te conoz-co vos estáis siendo comparada con tus hermanas —le comentó Fernan-da, una amiga de Luna que había llegado al colegio hacía tres años y era originaria de Maracaibo. Los tres años que llevaba en Caracas no habían logrado neutralizar, ni un poco, su acento tan marcado.

Luna no podía evitar reír cada vez que Fernanda hacía un comentario, esto debido al acento.

—En verdad no puedo creer lo que me dijo —dijo Luna por fin—. Me preguntó que si no quería ser escritora, porque tenía una buena habilidad para inventar cuentos. Y, lo que me dijo de Julia, es que ella, es verdad que escribe impecable, pero que tiene la mente como muy cerrada.

—¿Se imaginan a Luna de escritora? Si de vaina y se leyó *Crepúsculo* —les preguntó Fernanda al resto de sus amigas y todas, inclusive Luna, rieron.

La verdad es que Luna no quería ser escritora. Nunca había sido su ambición y nunca lo sería. Sin embargo, no dejó de sentirse inmensamente halagada por el comentario.

Jueves, 19 de julio de 2012

Octavio llegaría en unos veinte minutos a su casa pues verían «Batman. The Dark Knight Rises», promesa que él le había hecho la primera vez que habían salido solos. Julia estaba sentada en la sala, con los brazos cruzados apretando su estómago. Recordó el día en que lo había conocido y todos los recuerdos almacenados desde ese primer día se hicieron conscientes, uno detrás del otro, cada uno fugaz, cada uno importante.

Caramelos de Cianuro, pedir tequila para salir del paso, «¿te persignas cuando pasas por una iglesia?», el Teatro Bar, «Don't Stop Believing», «no soporto que nadie la pase mal y menos si es en mi casa», Veranda, «eso no le gusta a Jay C», Grace Kelly en el Cielo, jamón serrano con melón, Le Club, la boda del primo, «¿qué es esta paradera y sentadera?» como había preguntado el tío, su primer beso, «qué random», «qué frita», «sí eres penosa», «entonces, ¿fue un error?», conversar con Octavio mientras preparaba el plato de jamón serrano y queso, que sonara una canción religiosa mientras se besaban... la pena que había pasado, pero lo cómico que había sido al mismo tiempo...

Sintió el celular vibrar en su pantalón, lo cual la sacó de su ensimismamiento. Era Octavio avisándole que ya estaba subiendo. Luego de dos minutos, Octavio apareció con varias cajas de películas en una mano y una bolsa de Tostitos en la otra.

—¿Qué otras películas trajiste? —le preguntó Julia con curiosidad.

—Hoy vas a comenzar a formar parte del mundo. No hemos hablado de eso, pero estoy demasiado seguro de que no has visto *Star Wars*...

vamos a ver *Star Wars* así tenga que amanecer aquí. Y, bueno, *Batman*, obvio.

Julia sonrió, dudando sobre si actuar como si nada o invitar a Octavio a sentarse y decirle que no podía verlo nunca más. Todo dependía de ella y eso no le gustaba, pues sabía que estaba en sus manos pasar una tarde agradable creando más recuerdos o llorar toda la noche pero con la serenidad que genera el saber que se está haciendo lo que se debe hacer. Nuestra joven, con un corazón no endurecido por experiencias amargas que lo volvieran egoísta, solo guiada por el simple hecho de querer hacer lo correcto, decidió tomar el camino difícil. Le pidió a Octavio que se sentara un momento...

Antes de decir nada, sentada frente a él, lo vio y trató de grabar la última imagen que sabía que tendría de Octavio en su sala.

Julia tenía la vista fija en sus rodillas.

—Octavio...

Levantó la mirada y abrió la boca, aunque por un par de segundos no pudo decir nada. Por fin, habló:

—Octavio, tú me encantas. De verdad. Sé que te conocí hace poco pero, no lo puedo evitar, tú me encantas. Me encantas. Fíjate cómo no lo puedo dejar de decir. —Una triste sonrisa se dibujó en su rostro—. Pero... —Apretó los puños y los labios.

Octavio la miraba muy serio, con un cierto gesto de duda y en silencio.

—... Tú y yo somos muy diferentes y los dos estamos muy aferrados a lo que creemos. Ninguno va a cambiar. Tú, bueno, no parece que fueras a creer en Dios nunca. Y yo, jamás, o sea, cómo te explico, jamás voy a dejar de creer en Dios. Y yo creo que nuestras diferencias, en gran parte por lo aferrados que estamos a ellas, son irreconciliables. Mira... yo amo salir contigo. Es lo más divertido que hay. Y yo, no es que salgo con alguien pensando que me voy a casar, pero sí con la tranquilidad de que no le veo un final. Y yo sé que lo nuestro tiene un final. Y, si se va a acabar, creo que es mejor acabarlo de una vez, porque el sufrimiento (hablando exclusivamente de mí, porque tú vas a estar bien), va a ser cada vez mayor. Entonces prefiero estar triste ahorita, que estar deprimida en un año ya con un pocotón de recuerdos contigo y acostumbrada, bueno, más acostumbrada todavía, a tenerte en mi vida. Entonces, por eso, creo que tenemos que dejar de salir... Sí. Tenemos que dejar de salir, Octavio. Yo no te puedo ver más. Perdóname. No puedo.

Julia hizo silencio esperando por que Octavio dijera algo.

—De verdad que yo no entiendo cómo funciona tu cerebro. ¿Sabes que estaba convencido de que me ibas a salir con esto? Te lo juro. Yo sabía que tarde o temprano me ibas a decir algo así... lo que yo no entiendo es tu *timing*, bro. El día más nulo, que vengo aquí con películas, queriendo pasar un rato chévere y tranquilo contigo y, no se te ocurre mejor día para hacer esto que hoy, ¿por qué no esperaste, al menos, a que ya te fueras a ir de vacaciones?

Julia solo deseaba poder retroceder el reloj unos cinco minutos, para así recibir a Octavio en la puerta e invitarlo a pasar a la sala de estar, donde verían las películas, comenzando por Batman, y quizá ofrecerle algo de tomar y alguna salsa para los Tostitos. Sintió sus ojos llenarse de lágrimas, pero logró controlarlas. Se encogió de hombros y lo miró como pidiendo perdón.

—Octavio, yo... mira... este momento iba a llegar. Era obvio. Dos posiciones tan distintas con respecto a la vida iban a terminar chocando. Y, como no quiero pelear contigo ni terminar molesta o hasta con cierto resentimiento, prefiero que se acabe ahorita y que me queden recuerdos bonitos.

Julia tomó aire. Le había costado mucho hacer esa explicación sin que su voz se entrecortara. Pasó su dedo índice por debajo de su párpado.

—... Y yo sé que ni siquiera es que somos novios, pero... Dios, Octavio... —Julia soltó una leve risa al momento de acabar con la frase—: yo te quiero como si lo fueras.

Se puso seria nuevamente y acabó por decir:

—Entonces, sí. No podemos salir más.

—Berro, Julia. Tú también me encantas, ¿sabías? Te lo juro que yo no te entiendo. ¡Berro! Yo te gusto, tú me gustas... ¿cuál es el problema? Luego se ve, ajá... Me parece que esto que estás haciendo es una estupidez.

Julia apretó los labios y tomó aire antes de decir, de una manera muy tajante, con un tono de voz que muy pocos le habían escuchado adoptar:

—A mí tú no me vas a decir «estúpida», Octavio. Yo soy una mujer de veintidós años y sé perfectamente lo que estoy haciendo. Perfectamente. Créeme que lo sé, porque lo he pensado muy bien.

—Yo no te dije «estúpida». Pero esto sí es una estupidez.

—No lo es.

—Sí es.

—No lo es, Octavio. Yo sé lo que estoy haciendo y, de verdad, no podemos seguir saliendo.

Al darse cuenta de que Julia estaba verdaderamente decidida, Octavio supo que era el momento de irse. Tomó las películas, le dedicó a Julia una última mirada, que ella interpretó como de enojo, y se dirigió al ascensor. Julia permaneció de pie en la sala. Con la vista fija en el suelo, escuchó la puerta del ascensor abrirse. Cerró fuertemente los ojos y apretó los labios. Al escuchar la puerta del ascensor cerrarse, se llevó las manos a la cara. Suspiró y decidió acostarse en el sofá. Su mirada tropezó con la bolsa de Tostitos que había llevado Octavio. Se sentó en el sofá y tomó la bolsa con ambas manos. Sabía que los Tostitos se adherirían a la pirámide de situaciones, palabras y objetos que, desde ese día, la harían evocar el recuerdo de Octavio con tristeza, tristeza que, esperaba ella, se disiparía con el pasar del tiempo. Se acostó en el sofá sosteniendo la bolsa con ambas manos y lloró.

Domingo, 22 de julio de 2012

Cristina se despertó a las cuatro de la mañana al escuchar a Julia levantarse de la cama y salir del cuarto. Julia le había pedido a Cristina que durmiera con ella. Quiso volverse a dormir, pero sintió que debía acompañarla. Julia había ido a la cocina y Cristina la encontró abriendo la nevera y sacando un pedazo de *pizza* que había sobrado de la cena para calentarlo. Al ver a Cristina, Julia dijo:

—Perdón que te desperté...

—Tranquila... ¿tienes insomnio?

Julia se encogió de hombros:

—Será... —fue su respuesta.

Cristina arrastró una silla y se sentó.

—No me tienes que acompañar —dijo Julia mientras programaba el microondas—. Vete a dormir, me da pena.

—Mija, rela... es prácticamente tu primer guayabo. Quiero estar contigo.

Julia le sonrió a su hermana en señal de agradecimiento.

—¡Eeeesoo! De verdad que me merezco unas palmaditas en la espalda por haberte sacado tu primera sonrisa desde el jueves.

—Tampoco así... yo he sonreído.

—Te lo juro que no has sonreído... —recostándose en su asiento y cruzada de brazos, Cristina agregó—: en verdad, para mí es como superraro verte a ti triste por Octavio. ¡Por Oto Ávila, bróder! Demasiado raro. Como siempre ha sido mi amigo y ¡créeme que jamás! lo vi como otra cosa, es como que «¿cómo alguien puede estar triste por Oto?».

—Sí, bueno... jamás pensé que podía estar triste por un hombre que escribe «quisistes».

—¡Exacto! —exclamó Cristina extendiendo los brazos—. Primero, es como que a ti no te pasan esas cosas de despecharte, siempre has sido como que muy tú, feliz en tu mundo. Segundo, ¡bróder! El chamo es que si lo opuesto a ti. Te lo juro que como futura psicóloga de la República, tu caso me interesa. ¿Qué carrizo hizo ese tipo?

Julia se encogió de hombros y sonrió con un aire melancólico antes de responder:

—Te lo juro que yo tampoco tengo idea.

—Yo creo que es por lo relajado que es. Tú siempre has sido muy reservada y él te hizo sentir lo suficientemente cómoda como para que te abrieras, ¿sabes? Y mostraras tu sentido del humor y toda tu personalidad sin miedo.

Julia se sentó en la cabecera de la mesa, frente a su hermana. Al ver a su hermana mayor probar su *pizza*, Cristina se preguntó por qué no había hecho lo mismo y se levantó para buscar un pedazo, sin embargo, a ella le gustaba la *pizza* fría de nevera, así que no se molestó en calentarla. Mientras masticaba, Julia apoyó su frente en la palma de la mano.

—Te sientes débil... qué increíble —comentó Cristina.

Julia levantó la mirada y dijo:

—Veo que soy una paciente interesantísima.

—¡Muy!... pero me gusta ver que estás comiendo.

—Sí, bueno, es que almorcé al mediodía y no cené. En algún momento me tenía que dar hambre. Y ya tenía como dos horas despierta.

Hubo un momento de silencio en el que las dos estaban concentradas en lo que comían. La verdad, solo Cristina estaba concentrada en su comida; desde el jueves, Julia no se concentraba en nada. Fue Julia quien rompió el silencio:

—No sabía que era verdad eso de que te podía doler el corazón.

Cristina levantó la mirada y vio a Julia con la barbilla apoyada en las palmas de sus manos y mirando hacia la nada. Seguidamente, Julia cerró los ojos y los apretó fuertemente.

—Duele *full* —agregó, tras lo cual exhaló un suspiro.

—Sí, Julia, duele *full*. Es de los dolores más grandes que hay. O sea, de los comunes. Es como un duelo, prácticamente... Lo bueno es que no salieron tanto tiempo.

Julia buscó con sus ojos los de Cristina:

—Cristina, yo te lo juro que no sé qué más triste se puede estar. Es que, me parece imposible que alguien que duró un año con el novio pueda estar más triste que yo. No entiendo qué más dolor se puede sentir.

Cristina observó a su hermana mayor por algunos segundos mientras analizaba qué era lo mejor que podía decirle. No pudo evitar reprocharse a sí misma el que Julia se hallara en ese estado ya que, gracias a ella, Julia había conocido a Octavio, y había sido ella, a pesar de que conocía a ambos lo suficiente como para saber que quizá no era la mejor idea, quien le había proporcionado a Octavio el número del celular de Julia. Cristina optó por extender su brazo y pedirle a Julia que hiciera lo mismo. Tomó la mano de su hermana mayor y mirándola a los ojos, sin pestañear, le dijo con voz firme:

—Julia, mira, yo te prometo que tú vas a estar bien y un día va a llegar en que esto no te va a doler nada. ¿Entendiste? Un día nada, ¡nada! de esto te va a doler. Te lo prometo. Y también te prometo que esa emoción que sentiste, la vas a volver a sentir. ¿Okey?

Julia esbozó una débil sonrisa y respondió con un casi mudo «gracias». Cristina la vio nuevamente apoyando su frente en la palma de su mano y cerrar fuertemente los ojos al tiempo en que apretaba los labios. Sabía que estaba reprimiendo las lágrimas.

Quién me manda..., se decía Cristina en su mente.

...

A las once y cinco minutos de la mañana, Cristina le dictaba su número de cédula al oficial del SEBIN. Caminó con paso acelerado por el pasillo blanco, eso sin olvidar dedicarle un saludo con la mano y una rápida sonrisa a Soledad Bahamonde y sus compañeras de celda. Al atravesar la reja, vio a Salvador esperándola en el umbral de su sala de visita. Se sonrieron y se saludaron discretamente mientras estaban aún bajo la mirada curiosa de los oficiales. Al entrar en la sala, ya protegidos por la pared de concreto, se dieron un fuerte y largo abrazo. Salvador había mandado a comprar comida de Gourmet Market. Había pedido dos *carpaccios* de lomito, unos ravioli sorpresa, el especial de carne del día, los representativos panes redondos del restaurante (dos blancos y dos negros) y dos financieras de postre.

—¡¿Quééé?! Noooo —exclamó Cristina cuando Salvador le enumeró los platos que ya venían en camino—. ¡Yo amo Gourmet Market! ¡Desde el pan hasta el postre!

Salvador estaba satisfecho con la reacción de Cristina.

—Pedí todas esas cosas porque no sé qué te gusta.

—Yo siempre pido los raviolis —reveló Cristina—. Entonces, sí. Me puedo comer uno de los *carpaccios* y los raviolis.

—Perfecto. Me imaginé.

—¿Quién te fue a comprar esas cosas?

—Cheverito... uno de los que nos cuida aquí. Yo, a veces, le pido favores. Le di plata extra para que se comprara algo también para él. Así le pagué.

—Qué emoción. Ya quiero que llegue la comida.

Se sonrieron y Cristina terminó por decir:

—Gracias, de verdad. Pero te lo juro que no tienes que hacer estas cosas. En serio, a mí me gusta verte y ya. No tienes que esforzarte por disfrazar este sitio. Yo sé en lo que me metí y acepto que esto es una cárcel.

Salvador posó su mano en el hombro de Cristina y dijo:

—Gracias. Aprecio mucho que me digas eso. Pero es que, y perdona por lo que voy a decir, también lo hago por mí. Me gusta, si no puedo estar afuera, tener, por lo menos, ¿cómo te digo?, destellos de la vida de afuera. Que tampoco es que es genial, porque el país se está cayendo, pero es el paraíso comparado con estar aquí adentro. Y, ¿sabes? Quiero pasar un momento chévere contigo, dentro de lo que cabe.

Cristina asentía.

—Bueno, te entiendo perfectamente. Es que me daba pena que sintieras que tienes que hacer estas cosas por mí, y nada que ver. Yo vengo a verte con toda la felicidad del mundo.

Salvador colocó ambas manos sobre los hombros de Cristina y, con una sonrisa, le dijo:

—No sé en qué momento me gané la lotería.

Cristina sonrió también.

—Qué bien que estás claro —dijo. Tras lo cual rio y atrajo la cara de Salvador hacia sí para darle un beso en la mejilla.

Se sentaron.

—Y tú comes de lo que tu familia te trae. Me imagino que la comida de aquí es cero buena.

—Sí, los fines de semana cocino con lo que me haya traído mi familia o, a veces, como hoy, mando a comprar algo. Pero los días de semana me traen comida lista. ¿Nunca hemos hablado de eso?

—No... —respondió Cristina negando con la cabeza—. ¿De qué?

–Hay una familia en Cerro Verde que se encarga de cocinarles comida a los presos. Yo les pago una mensualidad, y de lunes a viernes tengo almuerzo y cena caseros.

–¿Es en serio? –preguntó Cristina–. ¿Y rica la comida?

–Deliciosa –respondió Salvador haciendo un gesto tajante con la mano–. Hay hasta postre, que si *strudel* de manzana a veces. Hasta con *créme brûlée* me he encontrado.

–¡Ay, pero qué excelente! Y qué buenos ellos, pues.

–No, sí. Superbuena gente.

Cristina y Salvador almorzaron a la una de la tarde. No habían acabado con el postre, cuando la familia de Salvador llegó. María Elisa, la hermana de Salvador, se sentó junto a Cristina.

–Ustedes dos se llevan *full* edad –le comentó Cristina a Salvador–. En verdad no había caído en cuenta de que se llevan dieciséis años.

–Sí, bueno... cada uno a su manera fue una sorpresa –respondió Salvador–. Literal que mis papás se casaron el 4 de marzo y yo nací el 4 de octubre. Los amigos de mi papá le decían «¡Dile a Elsa (mi mamá) que ya puede dar a luz, que le creemos, dile!».

María Elisa siempre reía al escuchar esta historia.

–... Y bueno, María Elisa, que mi mamá salió embarazada de ella a los cuarenta años. Te imaginarás el miedo. Hubo amigas de mi mamá que le insinuaron que abortara porque de seguro iba a salir con alguna enfermedad. Y mira, más inteligente y más bonita, imposible.

–No le pares –le dijo María Elisa a Cristina.

A la sala entraron dos amigos de Salvador. Uno de ellos, al ver a Cristina, le dijo mientras depositaba la bolsa de chucherías que había llevado:

–Nos habían invitado a la playa, pero Salvador nos dijo que tenía novia y teníamos que conocer a la chama, a la heroína que accedió calarse a Salvador preso. Porque no es solo calarse a Salvador, que ya eso es casi imposible, no, calarse a Salvador preso, chamo. Cristina ya los había visto una vez, pero no los había conocido propiamente.

–¡Bueno! Siéntense aquí –los invitó Cristina.

–Te vamos a interrogar –le dijo uno mientras se alejaba para pedirle una silla a Daniel Manrique, pues se necesitaba una más.

–Pregunten lo que quieran –dijo Cristina alzando un hombro.

–Me gusta tu actitud. Ya me caes bien –dijo el que sí había encontrado puesto en la mesa.

Salvador suspiró, algo apenado pero encantado al mismo tiempo y dijo:

−Cristina, te presento a estos dos locos, que son mis panas desde el colegio: Eduardo Sacco y Ricardo Zúñiga.

Cristina estrechó la mano de cada uno. Todos estaban sentados alrededor de la mesa tomando refresco y bromeando. Por un momento, Cristina se detuvo para analizar la situación en que se encontraba. Estaba en una cárcel de presos políticos, deteniéndose en ese detalle, vivía en un país cuyo gobierno tenía presos políticos. Estaba sentada junto a un preso con el cual había iniciado una relación sentimental, tras conocerlo porque un proyecto que le había asignado un profesor la había llevado hasta allá. Estaba además rodeada de la familia y los amigos de este preso, que pasaban el domingo en la cárcel haciéndole compañía, y ella, sin darse cuenta, había comenzado a formar parte de este grupo y de esa rutina. Ella estaba allí, tomando Coca-Cola en el SEBIN, sin saber cuándo no tendría que volver, por la razón que fuese.

A Cristina no le gustaba el sintagma «privativa de libertad», le parecía que se trataba de asignarle un nombre elegante al robo que, verdaderamente, era. Salvador, dándose cuenta de que su novia se había distraído, tomó su mano para captar su atención, por el simple hecho de que ella se sintiera involucrada en ese grupo al que las circunstancias la habían obligado a ingresar. Su mirada se encontró con la de él. Se sonrieron casi imperceptiblemente. Ella tuvo ganas de reír pero se contuvo. Devolviendo su atención a la conversación que sostenía el grupo, Cristina se tomó un segundo para pensar:

Emocionada porque el pana me agarró la mano... Dios, ni me conozco ni me soporto.

Cristina escuchó con interés las anécdotas que los amigos de Salvador le contaban sobre el colegio. Le gustaba imaginarse a Salvador en otro ambiente. Eso le recordaba que él, alguna vez, había sido partícipe de lo que ella llamaba «la vida real». Muchas veces tenía que recordarse a sí misma que Salvador y ella habían tenido una vida parecida y que la situación actual era únicamente circunstancial.

Se podría decir que, a pesar de las circunstancias, habían pasado un rato agradable. Si hubiera sido exactamente igual pero en cualquier otro sitio, Cristina podría haber dicho fácilmente que su domingo había sido perfecto.

...

A las seis de la tarde con dos minutos, los Valverde hacían su entrada en la iglesia de Campo Alegre. Había algunos puestos dispersos disponibles, todos se miraron y decidieron permanecer de pie junto a la puerta de entrada. Julia escuchaba con mucha atención. Desde su conversación en la madrugada con Cristina había decidido que le pondría especial atención a cualquier actividad que realizara o a la circunstancia en la que se encontrara para así librar, así fuera por momentos, a su mente del recuerdo de Octavio. Tarea que implicaba un esfuerzo titánico. Durante la homilía, Julia solo pudo prestar atención por espacio de segundos que no llegaban al minuto. La asaltó un recuerdo nuevo e, inconscientemente, cerró los ojos. Generalmente, las mismas escenas rondaban por su cabeza y, a pesar de que no le dejaban de causar dolor, ya las reconocía y no la tomaban por sorpresa, lo que la ayudaba a controlar sus emociones. El problema venía cuando recordaba algún instante que, de cierta forma, había olvidado. Estas memorias sí la tomaban por sorpresa, y el dolor llegaba como una ola desprevenida. Julia necesitaba ciertos segundos para recobrar la compostura que le había causado la llegada de aquel nuevo recuerdo que ahora, como los demás, se asentaría en su conciencia. El recuerdo que la había tomado por sorpresa fue aquella primera vez en la que Octavio se dirigió a ella luego de presentarse como «Oto sin doble T». Ella le había estrechado la mano y se había presentado como «Julia Valverde», a lo que él había comentado «qué risa, te presentas con apellido y todo». Ese primer encuentro había resumido lo que serían los meses siguientes, pero Julia no lo había sabido en ese momento.

Julia devolvió su atención al sacerdote cuando les pidió a los feligreses que se levantaran para rezar el Credo. El Credo… nunca se hallaba más lejos de Octavio que cuando rezaba esa oración. Dirigió su mirada al sagrario y rezó, como lo había hecho ya tantas veces, pero prestando atención como nunca a cada palabra:

—Creo en Dios Padre Todopoderoso,

Creador del Cielo y de la Tierra.

Creo en Jesucristo, su único Hijo, Nuestro Señor …

Al terminar la oración sonrió levemente y oró en su interior:

«Dios… acepto y asumo todo el dolor que siento ahorita y que sé que sentiré. Acepto este dolor que me trae el creer en Ti, porque, no importa cuánto sufra yo por Ti, jamás podrá ser comparado con lo que Tú sufriste por mí. Y, por eso, te estoy eternamente agradecida».

Julia exhaló un suspiro y se sintió bien. Por primera vez, desde el jueves, se sentía con las fuerzas suficientes para enfrentar su situación.

...

En la noche, los señores Valverde, Cristina y Julia se hallaban en la sala de estar conversando. Bóreas y Luna habían salido a cenar. Cristina les hablaba de su día en el SEBIN:

—A todas estas, madre, yo me sentía como una quinceañera, emocionándome porque el tipo me agarró la mano en público. ¡Porque el pana me agarró la mano! ¿Okey? ¿Ustedes se están dando cuenta de este nivel de «pendejitud» en el que he caído? Justamente hoy me decía a mí misma: *¡Cristina, bróder! ¿Qué te pasa? Estás insoportable.*

La señora Andreína reía a carcajadas, el señor Valverde sonreía disfrutando del candor de su hija. Julia sonreía también, sentada en el piso, escuchando la historia de su hermana, detallando su sonrisa y sus gestos, conociendo exactamente las emociones que la asaltaban. Eran las ocho y media de la noche, Octavio la llamaba generalmente a esa hora, todos los días. Ya Julia sabía, sin ver el nombre en la pantalla, que si su celular sonaba alrededor de esa hora era porque la estaba llamando Octavio, muy pocas veces se equivocó. Ese día no la llamaría. Ni al siguiente, ni al siguiente...

Quizá nos parezca algo desproporcional el dolor que siente nuestra joven con respecto al corto tiempo que había salido con Octavio, sin embargo, debemos entender que estamos en presencia de alguien que nunca antes había sentido nada. Esto significa que Julia no tenía idea alguna de cómo lidiar con estos sentimientos, completamente nuevos para ella.

Miércoles, 25 de julio de 2012

Ese día se había celebrado en el colegio el acto de graduación de Luna de bachiller. Había durado unas tres horas. Los Valverde, que ya sabían a qué atenerse, habían llevado bolsitas de maní y chicles para comer durante la ceremonia. Al momento en que la madrina de la promoción dijo el nombre de Luna para que esta se levantara y se dirigiera hacia la tarima para recibir su diploma, en medio de los aplausos, se pudo escuchar claramente a Cristina gritar:

—¡De milagro!

Los asistentes al acto rieron y a los profesores y la directora no les quedó más remedio que reír también.

...

Ya en la fiesta, los Valverde compartían mesa con los Pittier. Isabel Pittier se había graduado con Luna, era de sus mejores amigas y se puede decir que su graduación también había sido «de milagro». Todos estaban sentados conversando. Bóreas y Luna conversaban con Isabel y su hermana. Los señores Valverde conversaban con los señores Pittier, y Julia conversaba con Cristina mientras ella se tomaba fotos y grababa videos del entorno para enviárselos a Salvador:

—¡Saluda, Julia! —le ordenó Cristina, mientras filmaba a Julia con su celular.

—Holaaa —dijo Julia a la cámara mientras saludaba con la mano.

—Esta es mi hermana Julia —le decía Cristina a la cámara—, que ahorita anda despechada. Tienes que mandarle un abrazo.

—No vas a enviar ese video, ¿verdad? —le preguntó Julia a Cristina. Julia estaba sentada con la espalda recostada en su asiento y las manos descansando sobre sus piernas.

—Ya se lo envié —dijo Cristina con una sonrisa.

Julia no dijo nada, pero mostró su enojo al voltear los ojos y exhalar un suspiro.

—¡Juliaaa! ¡Deja el amargue! —le dijo Cristiaa mientras con la mano le sacudía el hombro.

—No estoy amargada —respondió Julia de manera cortante y con la vista en la base del centro de mesa.

—Ah, okey. Entonces tú siempre has sido así. Sentada toda encorvada, mirando al piso y sin hablar con nadie.

Julia miró a su hermana con enojo.

—¡Julia! Chama, no me mires así. Perdón. ¿Quieres un abrazo? ¿Te doy un abrazo?

La mirada de Julia pasó de enojo a tristeza y, sin decir nada, asintió.

—Vente, vente —le dijo Cristina mientras se inclinaba hacia ella y extendía sus brazos.

Julia se inclinó también y fue rodeada por los brazos de Cristina. Al sentir el contacto amoroso de su hermana, Julia no pudo contener algunas lágrimas que, hasta ese momento, había logrado controlar.

—Julia... mira, esto te duele así porque es la primera vez que te pasa. Pero, mira, te lo juro que esto va a pasar. En serio. Te lo juro. El tiempo lo cura todo. Sé que suena supertrillado, pero es demasiado verdad.

El señor Valverde, al darse cuenta de lo que ocurría, se excusó con su esposa y los señores Pittier y fue hasta el otro lado de la mesa. Posó su mano en el hombro de Julia y preguntó:

—¿Qué pasa?

—Nada —respondió Cristina rápidamente.

Julia, liberándose del abrazo de Cristina, enderezó su espalda y, mientras se limpiaba la nariz con una servilleta, dijo:

—Nada, tranquilo, esto se me va a pasar. Lo prometo. Perdón.

—¿Cómo que «perdón»? —preguntó el señor Valverde.

—Berro, sí, qué manía la tuya de andar pidiendo perdón por todo —agregó Cristina.

—Bueno, o sea, perdón. Ustedes no tienen por qué lidiar con mis problemas.

—Ven —dijo el señor Valverde ofreciéndole su mano a Julia.

La señora Andreína se dio cuenta de que algo pasaba. El señor Valverde comprendió su mirada interrogativa y le indicó con la mano que no se preocupara. Julia tomó otra servilleta y se levantó. Siguió a su padre a un sitio donde no hubiera tanta gente.

—Cuéntame, Julia. ¿Qué te pasa?

—Nada —respondió Julia sin mirar a su padre a los ojos—. Tú sabes lo que me pasa. ¿Qué más me va a pasar?

—Mira, Julia, es normal que estés triste. Pero ese dolor que tú sientes... y, no sé si esto te sirva de consuelo, piensa que es un dolor universal. No eres ni la primera ni la última persona en sentirlo. Es parte de la vida. Casi toda la humanidad ha pasado por lo que tú estás pasando. Casi toda la humanidad. No digo que te alegres de la tristeza ajena, pero te lo digo para que no te sientas sola. En este preciso instante, Julia, hay miles de personas que están sintiendo exactamente lo mismo que tú estás sintiendo. Pero ahí están, todos juntos, en su condición de seres humanos. Y como todos los que en años y siglos anteriores han superado ese dolor, tú y todos los que están sufriendo en este momento, lo superarán también. Y, Julia, tú... con novio, sin novio, con esposo o sin esposo eres una persona completa. Tú eres una persona que provoca tener al lado todo el tiempo. Te prometo que, no importa cómo vaya a ser tu vida, tú vas a ser feliz. Mírame y óyeme bien. Julia, tú... vas... a ser... feliz. Y, mira, si fue tu decisión cortar eso, que me imagino que te debe haber costado y que sabías que te iba a doler, pues siéntete orgullosa de ti, por haber tenido la fortaleza, el guáramo de haber tomado el camino difícil porque sentiste que era el correcto. Julia, casi nadie toma el camino difícil. Tú lo hiciste y, por eso, tienes todo mi respeto y toda mi admiración.

Julia se limpió algunas lágrimas con el dorso de la mano. Y, sonriendo tristemente, pero sonriendo al fin, dijo:

—Gracias, pa. De verdad. Qué bonito eso. Gracias.

Se abrazaron.

—¿Quieres que busquemos algo de tomar?

Julia asintió y respondió que quería un agua.

—Y de paso me acompañas a pasar por la mesa de bombones. Capaz y te provoca uno.

Ya con su vaso de agua en la mano, Julia guio a su padre a la mesa de bombones. Ella tomó un platico y juntos escogieron varios que llevarían a la mesa. El señor Valverde probó dos de licor y Julia probó uno de mazapán. Volvieron a la mesa y Julia se sentó nuevamente junto a Cristina, que conversaba con Salvador por PIN. Al ver a Julia sentarse, levantó la cabeza y le preguntó si se sentía mejor.

—¿Qué te dijo papá? ¿Te salió con uno de sus discursos motivacionales?

—Sí —respondió Julia mientras se sentaba—. Pero me ayudó *full* en verdad.

—Ah no, ya va, son los mejores. O sea, tú puedes estar en el foso, hablas con él, y sientes que puedes con todo, chama.

—Sí... —coincidió Julia—. ¿Quieres un bombón?

—Obviameeente —respondió Cristina mientras arrastraba el plato hacia ella para tomar uno.

Isabel y Luna se habían levantado pues ya varias de las otras graduandas estaban bailando. Bóreas permaneció sentado y arrastró su silla hacia Julia y Cristina.

—¡Pero miren quién se digna a hablar con nosotras! Después de que nos tiene en el olvido desde hace como un mes. O más, creo.

—Cristina, por Dios. Me la paso en tu casa. Cualquiera jura que no me vieron más —se defendió Bóreas.

—Bóreas... —comenzó a decir Cristina.

—Ay, Dios mío, qué.

—¡Mira cómo me tiene miedo! —exclamó Cristina.

—Cristina, si hay alguien a quien yo no le tengo miedo es a ti. Pero, ajá, qué me quieres decir. Sé que me quieres decir algo.

Julia pasaba su mirada de Bóreas a Cristina y viceversa, dependiendo de quién tuviera la palabra.

—No vale, Bóreas, te quería decir que, en verdad, estoy contenta de que, entre todos los novios que se pudo haber conseguido Luna, te haya escogido a ti. ¿Sabes? Yo te conozco de toda la vida, y me da mucha tranquilidad saber que está con un hombre tan bueno.

—Es verdad —dijo Julia.

Bóreas vio a sus dos amigas y extendió sus brazos para rodear a cada una de ellas.

—Yo las quiero a las tres muchísimo.

—Y nosotras a ti —agregó Cristina.

—Sí... —coincidió Julia.

Cuando la pista de baile no estuvo únicamente ocupada por las graduandas, Luna fue hacia la mesa a buscar a Bóreas e invitó a sus hermanas, incluso a sus padres, para que fueran a bailar. Todos en la mesa se levantaron. Cristina llevaba a Julia por el brazo.

—A ver si la música te alegra un poquito —le decía Cristina a su hermana mayor.

Todos formaron un círculo. Era un ambiente de mucha alegría, la menor de las Valverde se había graduado del colegio. La señora Andreína podía decir que todas sus hijas eran bachilleres.

—¿Tú de qué la quieres, Luna? —le preguntó Julia a su hermana menor.

Luna, elevando la mirada de la pantalla de su celular hacia Julia, respondió:

—Con queso y ya. —Y su atención volvió a enfocarse en las conversaciones que sostenía por Whatsapp.

—Luna la quiere de queso —le especificó Julia al señor Leopoldo Valverde—, yo la quiero de pavo y queso, y Cristina de carne mechada.

Los cinco Valverde se encontraban en la feria de comida del Aeropuerto Internacional «Simón Bolívar» de Maiquetía. Estaban en el puesto de arepas y el señor Valverde intentaba hacer el pedido. Al ver que el pedido estaba casi listo, la señora Andreína le pidió a Luna que la acompañara a buscar una mesa.

—En verdad, estoy muy emocionada por ver a nuestra familia —comentó Julia, ya sentada y con su arepa entre las manos.

—Ay, sí —coincidió Cristina—. Yo tenía aaaaños queriendo volver a Bogotá. Todos esos primos son más panas.

—¡Y vamos a ir a Andrés! —exclamó Luna.

Julia y Cristina se miraron y cada una supo que la otra estaba pensando lo mismo. Fue Cristina quien lo dijo:

—Me encanta Luna. Eso es lo único que ha dicho desde que decidimos que nos íbamos a Bogotá. Como si no hubiera más nada...

—Es lo único que me interesa —respondió Luna subiendo y bajando los hombros rápidamente.

—A mí me emociona mucho Cartagena —comentó Julia.

Irían a Colombia por dos semanas, pues todos los primos de la señora Andreína vivían allá y los Valverde no visitaban ese país desde el año 2008, habían ido para asistir a la boda de un miembro de la familia.

Al terminar de comer, las mujeres fueron al baño. Mientras se lavaba las manos, Julia vio a su madre a través del espejo, que se acercaba para usar el lavamanos contiguo al de ella. Julia le dedicó una serena sonrisa a su madre. Cuando estuvieron al lado, la señora Andreína dijo:

—Julia... ¿y cómo estás?

Secándose las manos, Julia respondió:

—Estoy bien... o sea, sí estoy medio triste. Pero estoy bien. No te preocupes. Y estoy emocionada por el viaje.

—Mira, Julia, que estés triste es normal. Aquí no tienes que ser fuerte para nadie. ¿Okey? No tienes que ponerte ninguna careta. Claro, no es que vas a armar un *show* frente a todo el mundo, pero...

—Yo entiendo, mamá. Gracias —interrumpió Julia—, de verdad.

—Nada más quiero que entiendas que no tienes que guardar la compostura siempre, que yo sé que, aunque nunca los muestres, tú tienes sentimientos muy profundos. Te he visto crecer y sé cómo sientes... y quiero que entiendas que tienes todo el derecho a estar triste.

Julia tenía los ojos luminosos. Al acercarse, Cristina se dio cuenta de que algo ocurría.

—¿Qué pasó?

Al ver a Julia, agregó:

—Te escribió Octavio. ¿Lo llamo y le digo que no te moleste?

—No, no, Cristina. Nada de eso. Fui yo que le estaba diciendo que tiene derecho a estar triste algunas veces en su vida —aclaró la señora Andreína.

—Ay, claro, Julia. Mira, ya qué, gózate ese despecho y canta «Inevitable» y «Que alguien me diga» todo el día. Además, cuando estás despechada, esas canciones se vuelven mejores.

Julia le sonrió a su hermana. Qué fácil sonaba «gozarse el despecho». La verdad, la idea no le parecía ni tan descabellada, pero era más fácil decirlo desde la situación en la que se hallaba Cristina.

...

Ya en el avión, antes del despegue, Cristina le escribió a Salvador diciéndole que, si podía, la llamara para despedirse. Luna llamó a Bóreas.

Julia estaba sentada en el medio de las dos. Atrapada entre las dos conversaciones, Julia sonrió para sí y se dispuso a buscar su iPod para escuchar música hasta que la aeromoza le indicara que era el momento de
apagar los dispositivos electrónicos.

Sábado, 4 de agosto de 2012

E se día, toda la familia fue a Andrés Carne de Res en el pueblo de Chía. El grupo incluía unas veinticinco personas, tanto jóvenes como adultos. Ocupaban una mesa larga, pero eso no era raro en ese sitio, pues lo más normal era que cualquier evento, ya fuera cumpleaños, graduación, aniversario, se celebrara allí.

Las tres Valverde eran alentadas por sus primos y primas para hacer *shots* de aguardiente.

—¡Esa vaina sabe horrible! —exclamaba Cristina.

—Prima, tiene que tomar para vivir la experiencia completa —le decía una de sus primas.

—¿Y cuándo ponen vallenato? —preguntó Luna—. Yo pensaba que aquí ponían puro vallenato. Ya quiero bailar Carlos Vives.

Un par de primos que la escucharon rieron.

—No, prima, Carlos Vives no es el vallenato verdadero. Usted lo que tiene que decir es que quiere que pongan Silvestre.

—¿Silvestre? —preguntó Luna.

—Sí, sí... —intervino Julia—. El de «me gusta, me gusta, me gusta...». ¿No?

—Ese mismo.

—Julia, mire vea, ¿y usted cómo conoce a Silvestre? —preguntó Cristina intentando imitar el acento de sus primos.

—A Octavio le gustaba —respondió Julia como sin darle mucha importancia, recordando un día cualquiera en el que Octavio había colocado esa canción en el carro.

El comentario pasó desapercibido, pues se saltaba de una conversación a otra y todos hacían un esfuerzo por ser escuchados por encima de la música y las distintas voces que se agolpaban en una feliz cacofonía.

—Ya quiero que vengan a traerme mi banda de Miss con la bandera de Colombia —comentó Cristina.

—Mire, prima, deje de hacerse la paisa y tómese el aguardiente —la incentivó nuevamente su prima—. O deje que yo pida uno para mí y tomamos las dos. No puede ser que hasta Julia tomó y usted no. Debería avergonzarse.

Julia abrió la boca con sorpresa, mientras Cristina y Luna se reían a carcajadas por el comentario.

—¡Qué bueeeeno! «¡Ya hasta Julia tomó, debería avergonzarse!» —parafraseó Cristina en medio de su risa—. ¡Okey! ¡Okey! ¡Pide un aguardiente para ti! ¡No, para todos, para que todos hagamos el *shot* juntos!

—Nooo. No se vale —dijo Julia—. Ya yo hice el mío. Y tampoco me gustó.

—¡Aaay, Juliaaa! ¿Cuándo vamos a volver a este sitio con todos nuestros primos? ¡Anda! Además te tienes que sacar ese despecho ahí que tienes.

—¿Qué despecho? ¿Qué cosa? —preguntó un primo.

—¡Julia está triste por un man! —exclamó Cristina aún intentando imitar el acento de Bogotá.

—Aaay, no, prima. Déjese de eso. Mire que, si quiere, yo le presento unos manes para que se olvide de ese tipo. ¿Es el Octavio ese?

Julia miraba a Cristina fijamente, como preguntando «¿por qué tuviste que decir eso?». Cristina se encogió de hombros mientras sonreía y, luego, le guiñó un ojo mientras comenzaba a decir:

—¿Viste, Julia? Te van a presentar unos «manes».

—De verdad, no se preocupen. No me tienen que presentar a nadie —les dijo Julia a sus primos.

—¡Primaaa! ¡Vamos! ¡No tiene que ser nada serio! ¡Le puedo presentar a Camilo! Así pasa usted una noche divina y ya después se olvida.

Todos los primos colombianos rieron. Las Valverde rieron también pero no entendían la gracia del comentario. Uno de los primos, al notarlo, les explicó:

—Camilo es su exnovio.

Las tres Valverde se miraron y rieron también. Uno de los primos llamó a un mesonero y pidió once *shots* de aguardiente.

—No te preocupes. No me tienes que presentar a Camilo —dijo Julia.

—A mí no me molesta —insistió la prima.

—No, en serio, no te preocupes —dijo Julia.

—¡Yo vine aquí a bailar vallenato y no entiendo por qué no está sonando! —se quejó de nuevo Luna.

—¡Prima! ¿Y cree usted que eso es lo único que bailamos aquí?

—No... pero, o sea, estoy en Colombia.

—O sea, estoy en Colombia —la imitó su primo, con más éxito que Cristina a la hora de hablar con un acento extranjero.

Todos los que lo oyeron rieron. El mesonero se acercó con los *shots* de aguardiente. Cuando cada uno tuvo su vasito enfrente, uno de los primos preguntó por qué brindar.

—Podemos brindar por la familia —opinó Julia.

—Tan bonita mi prima. Bueno, hagámosle caso —dijo el primo que estaba sentado junta a Julia.

Todos levantaron sus vasitos, inclusive Cristina, y brindaron «¡por la familia!».

—¡Esta vaina sabe horrible! —exclamó Cristina una vez más tras beber el *shot* de aguardiente.

Una prima tomó el vaso y, al ver que estaba vacío, dijo:

—Ah, pero muy bueno que se lo tomó. Ahorita nos paramos todos a bailar para que se le pase.

—¿Cómo que para que se le pase? Aquí a nadie se le va a pasar nada. Voy a pedir más aguardiente entonces.

—Yo creo que hay que darles un descanso —opinó una de las primas.

—Nooo, ¿qué descanso? —preguntó la prima que era exnovia del tal Camilo—. Julia, ¿ahora sí quiere que le presente a Camilo?

Julia negó con la cabeza.

—¿Ya ve usted? Ningún descanso. Sí, Juan, pida más aguardiente.

Las tres Valverde, nuevamente se miraron y rieron. La canción «Esta vida» de Jorge Celedón comenzó a sonar. A Luna se le iluminaron los ojos.

—Pusieron vallenato para la primita —dijo un primo.

—¡Vamos a bailar, por fa! —rogó Luna.

Todos se vieron y se levantaron para ir a la pista de baile.

⚜

LAS TRES VALVERDE BAILABAN JUNTO a sus primos. Cristina y Luna le pasaron, cada una, un brazo a Julia por encima de sus hombros.

—¡Julia, la vida es bonita, ya no estés triste! —exclamó Cristina.

—¡Sí son bobas! ¡Yo estoy bien! ¡En serio! —exclamó Julia, y la verdad es que, en ese momento, sí estaba bien, pues estaba pasando un muy buen rato.

Bailaron por espacio de media hora hasta que decidieron regresar a la mesa y pedir otra ronda de *shots* de aguardiente. Los adultos también disfrutaban, riendo, comiendo y tomando aguardiente. Julia, se había separado por unos segundos de la conversación y pasó su mirada sobre cada uno de los que estaban sentados alrededor de la mesa, suspiró con satisfacción, feliz con su familia.

—¡Ay, miren! ¡Ahí hay unas venezolanas como ustedes! —comentó una de las primas.

—¿Cómo sabes que son venezolanas? —preguntó Luna, con cierto asombro.

Julia y Cristina, tras ver a la muchacha, respondieron al mismo tiempo:

—Porque tienen sandalias.

—¡Eeeeso! —exclamó seguidamente Cristina y le ofreció la palma de su mano a Julia para que esta le chocara los cinco.

—¿Sí? —preguntó Luna.

—Sí, aquí no usamos sandalias y así es como distinguimos a las venezolanas.

—Ay, yo traje sandalias en la maleta. No me las voy a poner —dijo Luna—. ¿Ni para Cartagena?

Todos los que la oyeron rieron con la pregunta.

—No, prima, por supuesto que para Cartagena sí. No va a querer que se le cocinen los pies —respondió uno de los primos.

Pasaron una noche increíble con sus primos, sus padres y sus tíos. Al llegar al apartamento de la tía abuela Enriqueta, que no les había permitido, de ninguna manera, dormir en un hotel, Cristina y Luna buscaron conectarse al wifi, pues Cristina quería hablar con Salvador y Luna con Bóreas. Julia se fue a dormir.

...

Las Valverde nunca olvidarían esas dos semanas en Colombia. Bogotá les encantaba, aunque a Cristina siempre le había parecido algo gris. Nunca habían ido a Cartagena y las tres habían acordado que debían volver. En Cartagena habían disfrutado tranquilos días de playa, intercalados con divertidas noches de fiesta. En algún momento, en un local nocturno playero, luego de tres *shots* de aguardiente, Cristina comentó:

–Ya quiero que Salvador salga y mostrarle todas estas cosas.

Julia le sonrió y le puso la mano en el hombro.

–Ya va a salir. Ya vas a ver que el 7 de octubre ganamos y lo primero que va a hacer Capriles es soltar a los presos políticos.

–No, chama. El que hablaba de soltar a los presos políticos era Diego Arria –dijo Cristina como si estuviera a punto de llorar.

–Obviamente, Capriles también va a soltar a los presos. Tener presos políticos se ve muy mal en el exterior.

–Yo quisiera poder votar... –comentó Luna.

–¿Qué pasa, primitas? O sea, ¿qué pasa? –les preguntó un primo intentando imitar el acento de las Valverde.

–Nada, que Cristina quisiera que su novio estuviera aquí.

–Ajá, ¿y usted por qué no se lo trajo? –preguntó el primo.

–¡Porque está preso! –respondió Cristina y rompió a llorar.

–¿Cómo que está preso?

Julia acariciaba el pelo de Cristina. No había querido llegar a ese tema y, menos con Cristina en el estado de embriaguez en el que se encontraba, pues significaba que ella sería la encargada de contar la historia.

–Cristina visitó una cárcel de presos políticos para un proyecto de su carrera y se enamoró de un preso y ahora son como novios.

–¡Somos novios! –exclamó Cristina aún llorando y golpeando la mesa con las palmas de sus manos.

Luna le tomó una foto con el celular con el fin de enviársela a Bóreas al llegar al hotel.

–Okey... son novios –corrigió Julia.

–Ay, prima. Mire, y oiga, ¿cree que vaya a salir pronto?

Cristina se encogió de hombros y extendió las manos.

–¡No tengo ideaaa!

El mesonero había traído una ronda de *shots*, otro primo que se encontraba allí le indicó discretamente que no le colocara uno a Cristina.

–Es que ese presidente de ustedes está loco. Yo siempre lo he dicho, ¿no es cierto, Gisela? –preguntó el primo dirigiéndose a su hermana.

La hermana asintió y agregó:

–Loco y mal acompañado.

–Oye, sí, ¿qué son esas alianzas con Irán? Si hay otra guerra mundial ustedes van a estar del bando que no es.

Julia asintió.

–Yo sé...

—¡Pobrecito! Yo aquí, pasándola bien... ¡y él allá encerrado! —exclamó Cristina.

—Entonces... Cristina anda con un novio preso; usted, Julia, a usted la acaban de dejar... y Luna anda con ese, que ella me contó, que era su profesor de Matemática.

—Sí. Pero, algo importante, primito: a mí no me dejó nadie. Fui yo la que lo dejó.

—Ah, discúlpeme, discúlpeme. Gracias por corregirme, esa es una diferencia muy importante. Ajá, y, ¿por qué no dejó que le presentaran a nadie?

Julia negó con la cabeza mientras se encogía de hombros.

—Ahorita no quiero —dijo por fin.

—¿Y qué fue lo que más les gustó? —preguntó una prima dirigiéndose a las tres Valverde.

—Ay, a mí, Cartagena —respondió Luna.

—¿Y a usted, Julia? —insistió la prima.

—Me gustó pasar tiempo con ustedes. Eso fue lo más me gustó, de verdad.

—Ay, usted sí es querida. Pero, de lugares...

—Bueno, me encantó la Catedral de Sal. Y, bueno, hoy cuando nos pasaron por la casa de García Márquez.

—Fíjese qué gracioso —comentó otro primo—. Yo nunca había ido a esos lugares.

—¿No? —preguntó Julia asombrada.

—¿A la Catedral de Sal? Jamás. Así como los gringos, que no van a Disney.

—Sí van... ¿no? —intervino Luna.

—Ay, pero le apuesto, prima, que un latino va más veces a Disney en su vida que un gringo. Es que apostaría toda mi plata.

—Nosotros también fuimos como turistas —comentó la prima—. Yo había ido al Museo del Oro, pero no había ido al de La Esmeralda.

—Pues... nos alegra que hayamos servido para que conocieran su ciudad —dijo Julia.

...

En su última noche en Bogotá, los Valverde salieron a cenar con toda la familia a Club Colombia. Al regresar al apartamento de la tía Enriqueta, esta le pidió a Elvia, quien había trabajado allí por más de veinte años, que les preparara a todos chocolate caliente. Sentados en la sala, únicamente iluminada por una pequeña lámpara que descansaba sobre una mesita redonda, cada uno, Elvia inclusive, con su taza de chocolate caliente entre las manos y ya en sus pijamas, escuchaba las graciosas historias de la tía.

–... es que a su abuelo, niñitas, lo sacaron de la escuela de arquitectura cuando se empeñó en poner el sanitario en el medio de la sala.

Las tres Valverde reían a carcajadas, sus padres reían también, pero sin tanto estruendo, pues ya conocían la historia.

–Pero ¿cómo que el sanitario? ¿El baño completo o la poceta? –preguntó Cristina.

–¡Eso! ¡La poceta! Él decía que si Luis XIV podía ir al baño delante de todo el mundo, que por qué él no, que estaba en todo su derecho. Aquel fue el último día que su abuelo pisó esa universidad.

Las historias de la tía Enriqueta no tenían fin:

–Fíjense que cuando se murió mi esposo, a mí me invitan a una boda... ahí de la sobrina de una amiga y, bueno, yo voy. Me han puesto en una mesa, con todas las divorciadas y viudas del matrimonio. ¡No! Aquello fue una tortura. Las divorciadas lo que hacían era criticar al exesposo, y las viudas hablando de que les dolía el manguito rotador, que si la rodilla, las articulaciones... apenas terminé de comer, me levanté y no volví a esa mesa. Al siguiente matrimonio que me invitaron, llamé al novio y le dije que si no me sentaba en una mesa donde hubiera hombres, que no me saludara más nunca.

Ninguna de las tres Valverde había escuchado hablar jamás del manguito rotador, pero eso no fue obstáculo para que igualmente rieran con esa historia.

–A mi mamá le pasó una vez algo comiquísimo –comenzó a contar la señora Andreína–. ¿Tú sabes, tía, ese cuento de Amorfiel Ramírez en Barquisimeto?

–Ah, pues claro, ese cuento es buenísimo.

–¿Amorfiel Ramírez? ¿Es maracucho, verdad? –preguntó Cristina.

–Fíjate que no, guaro –explicó la señora Andreína–. Entonces, resulta que mi mamá va a Barquisimeto para la procesión de la Divina Pastora y la invitan a un desayuno en casa de unos amigos de mis papás de toda la vida, ¿tú los conoces, tía? Félix y Sara.

La señora Enriqueta asintió.

–En este desayuno, mi mamá conoce a una señora muy simpática. Entonces, ella, que nunca fue prudente, le dice a la señora: «Mira, chica, y tú que eres de acá, ¿tú conoces a estos, que son padre e hijo, que se llaman Amorfiel Ramírez y Amorcito Ramírez? Qué locura de nombres, ¿no?». La señora le ha respondido: «¡Claro! Si son mi papá y mi hermano».

Las tres Valverde estallaron en carcajadas.

—¿Cuáles son las probabilidades? —preguntó Julia entre risas.

—Mi mamá se iba a morir de la pena —continuó la señora Andreína.

No se fueron a dormir sino hasta la una de la mañana. A todos les hubiera encantado continuar con la amena conversación, pero los Valverde viajaban al día siguiente y debían levantarse temprano.

Domingo, 7 de octubre de 2012

—Hace una semana no nos habían cambiado de centro de votación, pero revisa a ver si se les ocurrió cambiarnos en el último segundo —indicó la señora Andreína al momento en que se cercioraba, por tercera vez, de que tenía la cédula original dentro de su billetera.

Esta indicación se debía al hecho de que el gobierno, para impedir que el candidato de oposición, Henrique Capriles, ganara las elecciones, cambiaba, sin aviso previo, el centro de votación de los votantes que vivieran en zonas que mayoritariamente eran de la oposición. Más de una vez pasó que un votante llegó a su centro de votación y allí, en medio de una gran frustración, se enteró de que el gobierno le había asignado votar en otro estado.

—No —dijo Cristina con la vista fija en la pantalla de su *laptop*—. Todos votamos en el Loyola.

Eran un poco más de las cinco de la mañana, mientras Luna dormía, pues aún no tenía la edad para votar; sus padres y sus dos hermanas estaban ya despiertos y listos para salir. Bóreas iría con ellos. Julia y Cristina llevaban puesta la gorra de la bandera de Venezuela que distinguía a los seguidores del candidato Henrique Capriles, que había recorrido el país en su campaña «casa por casa» portando la gorra todo el día, todos los días.

—Ajá, mamá, ¿y qué hubiera pasado si nos hubieran cambiado de centro de votación? —preguntó Cristina.

—Cristina —respondió la señora Andreína con firmeza—. Yo hoy voto porque sí. Así tenga que coger una avioneta a Tucupita. Hoy se vota.

—Qué bella, mamá —fue la respuesta de Cristina.

El señor Valverde entró en la cocina y, al ver a sus hijas, dijo:

—Se tienen que quitar esa gorra, niñas.

—Ay, verdad... qué boba —dijo Julia con cierto pesar y quitándose la gorra inmediatamente.

—Y, ¿por qué? —preguntó Cristina, nunca cediendo a la primera.

—Porque representa un partido político —le recordó Julia—. Y hoy no se puede hacer campaña.

—¡Ajá y va pues! ¡Es la bandera de mi país!

—Sí, pero es que si el *trademark* de Capriles —explicó Julia.

—Yo sé, yo sé —se rindió Cristina mientras se quitaba la gorra—. Tan bello, mi flaco... Qué fastidio. Yo me quería tomar una foto después de votar, con la gorra, todos mostrando el meñique con la tinta y que el *caption* fuera: «Nosotros cumplimos con nuestro deber, ¿y tú?», y subirla a Instagram...

—¿No está como chimbo ese *caption*? —preguntó la señora Valverde con una taza de café entre sus manos—. No sé, me parece como el típico.

—Bueno, ajá. No soy escritora para dármelas de la creativa. Iba a ser que si que mi único *post* en Instagram. Bueno, ese y cuando salga Salvador... ¡Que llegue ese bendito día!

—Ay, sí, pobre muchacho —coincidió la señora Andreína—. ¿Cuánto tiempo le quedará ahí?

—Miren, mujeres de poca fe, ¿no vamos hoy, precisamente, a votar por un nuevo presidente? Salvador va a salir ya, porque hoy ganamos. ¡Hoy ga-na-mos! —dijo Julia subyugada por las emociones que envolvían a todos ese día.

—Sí... espero que el CNE[6] no salga con una trampa. Y, bueno, si perdimos, perdimos, pero que no metan fraude.

—Y, a todas estas, ¿a Salvador lo dejan votar? —preguntó la señora Andreína.

—Bueeeno... en teoría, sí. Ellos piden permiso al tribunal y el tribunal se lo puede dar o negar. Obviamente se lo negaron.

Escucharon la puerta del ascensor abrirse y, segundos después, Bóreas apareció en la cocina. Al ver a Bóreas saludar a sus hijas, el señor Valverde sonrió y comentó:

—Bóreas, sabes que a mí a veces se me olvida de qué hija mía es que eres novio tú.

---

6. Consejo Nacional Electoral.

Julia y Cristina se miraron y sonrieron. Bóreas encontró el comentario divertido y dijo:

—¡Me imagino! Si tengo años viniendo a esta casa y siempre estoy con sus hijas, es normal. Y, justamente, soy novio de la que ahorita no está.

—Oye, Bóreas, por supuesto que lo pienso y me acuerdo. Yo estoy claro. Pero sí... si te veo entrar, tengo que pensarlo: «¿por quién es que este chamo viene ahora?».

...

Diez minutos después, los cinco se hallaban en camino al colegio San Ignacio de Loyola para votar.

—¡Voy a poner la canción! —exclamó Cristina mientras se inclinaba hacia adelante y estiraba el brazo para tomar el cable auxiliar y conectar su iPod.

—¿Qué canción? —preguntó la señora Andreína.

—Ay, mamá. ¿No es como obvio?

La canción «Hay un camino», canción oficial de la campaña de Capriles, inundó el carro.

CRISTINA NO DESPERDICIÓ LA OPORTUNIDAD de enviarle un video a Salvador.

Fue una grata sorpresa para muchos, menos para la señora Andreína, que la cola para votar no fuera tan larga.

—Tranquila, la gente viene más tarde. Siempre es así. La gente sí está motivada para votar —le decía el señor Valverde a la señora Andreína.

—Okey, okey... sí, pero es que a mí me gusta cuando hay cola para hablar con la gente —explicó la señora Andreína.

Todos se miraron sin entender cómo alguien podía decir que quería hacer cola para votar. Una hora después, todos estaban de nuevo en el auto con sus meñiques manchados con tinta indeleble, indicación de que ya habían ejercido su derecho al voto.

—¡Todos pónganse para una foto! —exclamó Cristina mientras levantaba el brazo para que todos pudieran aparecer en la foto—. ¡Y muestren sus meñiques morados!

Cristina publicó la foto en la red social Instagram con la siguiente leyenda:

«Los Valverde (menos la enana @LunaVerde94) y #BóreasQueNoSe-DignaAabrirseUnInstagram ya cumplimos con nuestro deber y ahora nos vamos a 'La casa del llano'. Y tú?».

—Deberíamos llamar a Luna a ver si quiere que la busquemos —sugirió la señora Andreína.

—Ya le escribí —informó Bóreas—. Está dormida.

—Sí, son las siete y cuarto. Esa se despierta en tres horas.

Y así se fueron a desayunar a La casa del llano, donde cada uno pidió una arepa. Bóreas pidió la suya y una extra con queso para llevarle a Luna, a quien extrañaba.

...

Cinco de la tarde...

—Salvador me escribe que en el SEBIN dicen que vamos ganando —dijo Cristina mientras escribía algún mensaje en su celular.

Los cinco Valverde, además de Bóreas y sus padres, estaban en la cocina.

—Ay, ya empezamos con los resultados tempraneros. Aquí es cuando me empieza a entrar el estrés —dijo la señora Andreína.

—Yo, en verdad, creo que podemos ganar —dijo Luna—. Siento que hasta los chavistas quieren a Capriles.

Bóreas sonrió ante el inocente pero, a la vez, acertado comentario de su novia.

...

Siete de la noche...

—¡Ganemos o perdamos yo me tomo un *whisky*! —dijo el señor Valverde mientras sacaba una botella. Les ofreció un vaso a Bóreas y a su padre. Los dos lo aceptaron.

—¡Salvador me dice que, de verdad, parece que vamos a ganar!

—¿Se imaginan que mañana Capriles sea el presidente? —preguntó Julia con una amplia sonrisa.

—Suena como imposible... ¡pero es posible! Es posible. No estoy siendo nube negra, es nada más que sería como increíble, pues —apuntó Cristina.

El ambiente en la cocina era bastante animado.

—Si gana Capriles, Salvador saldría y por fin lo conoceríamos. Y, lo más importante, por fin se atrevería a darle un beso a Cristina.

Cristina, sin poder creer lo que acababa de escuchar, presa de la vergüenza, le dedicó a Luna una mirada casi amenazante. Julia cubrió su boca con ambas manos mientras intentaba reprimir una carcajada.

...

Diez de la noche...

—Salvador me está diciendo que perdimos... —dijo Cristina sentada en el piso de la sala de estar, frente al televisor.

—¡¿Por qué?! —preguntó Luna, y en su voz se sintió ya tristeza.

—No se sabe nada en verdad hasta que no salga Tibisay Lucena con los resultados —añadió Julia.

—Qué te dice Salvador, Cristina —exigió el señor Valverde.

—Nada, que le están diciendo que perdimos, que ganó Chávez...

La madre de Bóreas se tuvo que secar las lágrimas de sus mejillas con el dorso de la mano.

—Ya voy a traer los *kleenex* —dijo la señora Andreína levantándose.

—Vamos a esperar los resultados... nunca se sabe —insistió Julia.

—Bueno, Julia, ganemos o perdamos, vamos a necesitar *kleenex* —dijo la señora Andreína antes de desaparecer por el umbral de la puerta.

...

Diez de la noche con veinte minutos...

Nadie decía nada en la casa de los Valverde; todos, inmóviles, tenían su vista clavada en el televisor y escuchaban atentamente a Tibisay Lucena:

«... y de conformidad con lo establecido en la Ley Orgánica de los Procesos Electorales y su reglamento general procede a emitir el boletín parcial con el resultado de la totalización de las actas de escrutinio automatizadas... actas de escrutinio automatizadas sin transmisión y actas de escrutinio. A saber, el candidato Hugo Rafael Chávez Frías con el 54,42 % de los votos 7.444.082. El candidato Henrique Capriles con el 44,97 % de los votos 6.151.544...».

Ninguno pudo oír nada más.

—Dile que le hice esta torta de plátano con todo el cariño del mundo —dijo la señora Andreína mientras colocaba cuidadosamente la torta en el asiento trasero del carro de Cristina, que ya estaba lista para salir a visitar a Salvador.

—Pobrecito... está supertriste y me dice que los ánimos allí adentro están supercaídos. Pero no depresivo, parece que a muchos lo que les dio fue por amargarse.

—Superhostil me imagino que debe estar el ambiente —dijo Julia que también había bajado para despedir a Cristina.

—Exacto...

—Ay, bueno, Cristi... suerte. Dile que de esto sale.

—Mamá... creo que está cansado de oírlo. Así como Pilar Ivanovich, que ya está harta de que le digan que el tiempo de Dios es perfecto... así.

—Yo también lo estaría si mi esposo llevara preso siete años —dijo Julia.

Cristina, ya sentada en su carro con la ventana abajo, dijo con preocupación:

—Te lo juro que no tengo idea de qué decirle —dijo—. Tengo que sí miedo.

—Mira, dale apoyo, que él sienta que quieres estar allí con él, que para ti no es un deber. Llega con buen ánimo, pero tampoco exagerado, ¿entiendes? Él lo que debe necesitar ahorita es serenidad —le aconsejó su madre.

Cristina asintió y dijo:

—Okey, okey... voy a tratar de comportarme.

...

En el carro, Cristina quiso escuchar música, alguna melodía suave. En un momento en que el tráfico se lo permitió, Cristina buscó en su iPod el tango que Al Pacino baila en la película *Scent of a Woman*. La melodía comenzó a sonar. Esa era su escena favorita de la película, como la de muchas personas, que la prefieren a la escena del discurso. Cristina suponía que para la mayoría de quienes habían visto esa película, Al Pacino gozaba de la increíble suerte de bailar con una joven tan linda y delicada. Ella lo veía como que la suerte estaba de parte de la joven.

—Lo que yo daría por haber filmado esa escena con Al Pacino, bróder... qué hombre tan bello... en esa época, obvio. Ya está como llevadito...

Dijo entre dientes para que quien se hallara en el carro de al lado no se diera cuenta de que estaba hablando sola. De repente, se percató de que jamás había hablado con Salvador sobre sus gustos con respecto a las películas. Esa era su película favorita, se preguntó si a Salvador le gustaría. Quizá ni siquiera la había visto...

—Imposible, bróder... todo el mundo conoce esa película.

Movía la cabeza ligeramente al ritmo de la melodía.

—Claro que sí... además, él es viejo, seguro la ha visto.

A Cristina se le ocurrió que, discretamente, podía introducir el tema de las películas, para así distraer a Salvador de los pensamientos negativos que probablemente asaltaban su mente todas las horas, si no todos los minutos. O quizá, Salvador quería desahogarse y ella tendría que escucharlo atentamente, eso no le molestaba, además, esa era la esencia de su profesión, ¿no? A veces la gente solo quiere ser escuchada, no quieren un consejo, ni una respuesta, solo que los escuchen con atención. Unos simples minutos de atención.

La canción se terminó y Cristina la volvió a poner, y fue así hasta que estacionó. Antes de bajarse, colocó ambas manos en el volante, bajó la cabeza y respiró hondo. Debemos entender que Cristina, al final del día, era una joven de veintiún años. Es normal que olvidemos su edad debido a su carácter y actitud con respecto a lo que implicaba una visita al SEBIN, pero seguía siendo una muchacha joven que apenas tres años antes se había graduado del colegio. Es normal que estuviera nerviosa sobre cómo lidiar con un hombre de treinta y tres años que acababa de perder casi todas sus esperanzas de salir en libertad.

Cristina se bajó de su carro y no olvidó llevar consigo la torta de plátano que había preparado la señora Andreína para Salvador y sus compañeros. Cristina se sorprendía de lo bien que había sido aceptado Salvador en su casa por sus padres y sus hermanas, a pesar de que únicamente su padre lo había conocido. Sabía que ayudaba el hecho de que fuera amigo del hermano mayor de Bóreas y que ser preso político de un gobierno prácticamente dictatorial no representa un deshonor. Además, les había mostrado una foto de Salvador y tanto su madre como sus hermanas lo habían encontrado muy atractivo. Recordó que Julia, al ver la foto, había exclamado: «¡Cristina, es bello! ¡Parece un actor de cine!». Pensando, entonces, en Julia, recordó a Octavio. Ya hacía tres meses que Julia no salía con Octavio y la verdad es que se veía bien y nunca lo mencionaba.

Pero es que ni por error. Hasta yo hablo de Octavio a veces, se decía en su mente mientras se acercaba hacia la parada del bus.

Decidió que en la noche, tras regresar de la universidad, le preguntaría a su hermana cómo se sentía. Era posible que aún lo extrañara, pero sabía que Julia nunca lo admitiría por sí sola.

Además... ella nunca contó que él intentó llamarla o escribirle. Y yo sé que él trató varias veces porque me llamaba a preguntarme por qué Julia no le atendía el teléfono... es que Julia... bróder... no.

...

Caminaba por el pasillo blanco llevando la torta de plátano en sus manos. Antes de cruzar la reja que daba a la sala de visita donde recibía Salvador, respiró hondo. Atravesó el umbral de la puerta y lo encontró con la vista fija en su celular. Al sentir la presencia de Cristina, Salvador levantó la mirada. Ella le sonrió y elevó unos centímetros la torta de plátano como para indicarle a Salvador que la había traído para él. Salvador le dedicó una sonrisa que no ocultaba su seriedad y le indicó que se sentara empujando con el pie la silla en la que Cristina se sentaba siempre, esto último con la vista clavada nuevamente en su celular. Ella se sentó, no sin antes depositar la torta de plátano sobre la mesa.

—¿Qué es eso? Huele rico —preguntó Salvador sin cambiar su pose.

—Torta de plátano —respondió Cristina con sus manos sobre sus rodillas.

Salvador respondió con un simple movimiento de cabeza, aún con toda su atención en la conversación que sostenía a través de su celular. Cristina recostó su espalda en el asiento.

—Disculpa, estoy aquí en una conversación con mis abogados —se excusó Salvador.

—Tranquilo.

Por espacio de unos tres minutos, ninguno de los dos dijo nada. Salvador continuaba concentrado en su conversación y Cristina, con su vista fija en la nada, simplemente pensaba.

—Listo. Disculpa —dijo Salvador mientras introducía su celular en el bolsillo trasero de su *blue-jean*.

—Tranquilo —repitió Cristina.

Salvador tenía ahora sus dedos entrelazados sobre la mesa. Miró a Cristina por unos segundos y ella vio la tristeza que se escondía detrás de su débil sonrisa. Cristina le apretó el hombro y atrayéndolo hacia sí, le dio un largo y fuerte beso en la mejilla. Él, entendiendo que su novia comprendía su situación, extendió sus brazos y la abrazó. Estuvieron así por espacio de unos diez segundos. Al soltarla, Salvador fue el primero en hablar:

—Muchas gracias por la torta de plátano. ¿Yo te había dicho que me encantaba?

Cristina negó con la cabeza.

—No, pero a todo el mundo le encanta cómo la hace mi mamá y no pensé que fueras a ser la excepción, pues.

—¿Quieres probarla ahorita? —preguntó Salvador.

—No vale. Yo como esa torta siempre. Esta es para ti y para quien le quieras dar.

—¿Y cómo estás? —preguntó él.

Cristina lo notaba diferente, pero asumió que era por la tristeza que representaba el que Capriles hubiera perdido las elecciones presidenciales.

—Bueno, bien. Triste porque perdió Capriles. De verdad quería que salieras...

—Imagínate lo que quería salir yo. Pero, bueno... pa'lante.

Cristina sonrió. Iba a decir algo cuando Salvador le dijo que necesitaba ir al baño. Él se levantó y ella lo vio alejarse. Uno, con la sensación de tener el corazón en la garganta; la otra, totalmente ignorante de lo que estaba a punto de ocurrir. Mientras esperaba, Cristina se puso de pie y se asomó al ventanal que se encontraba detrás de una polvorienta cortina vino tinto. Vio el cielo y suspiró, a pesar de que la vista no era la más bonita, le hizo pensar en la libertad perdida de Salvador y, por primera vez, sintió un miedo real a que esa situación se prolongara por años. Siempre había pensado en meses, pero años, nunca. Nunca. Ella estaba dispuesta a permanecer junto a Salvador el tiempo que fuera necesario, pero, por primera vez, desconfió de su buena voluntad. ¿Podría, realmente, mantener una relación así por, digamos, cuatro años? Presionó las yemas de los dedos contra el vidrio. Escuchó unos pasos acercarse y vio a Salvador entrar a la sala y sentarse en la silla que había estado ocupando antes. Ella regresó a su puesto. Él no decía nada. Ella le tomó una mano, no sabía qué decir y pensó que el contacto físico lo ayudaría. Salvador, que había tenido la vista clavada en sus rodillas, levantó la mirada buscando la de Cristina, que le devolvió una sonrisa tímida. Salvador apretó los labios y soltando la mano de Cristina dijo:

—No puedo...

—Cómo que no puedes, qué cosa —dijo ella, que ya sentía una rara sensación en el estómago.

Salvador se encogió de hombros, ahora evitando la mirada de nuestra joven.

—No puedo hacerte esto.

—No, Salva.

—Déjame hablar, por favor.

Salvador permaneció unos segundos en silencio, con la vista clavada en el piso y los dedos entrelazados. Por fin, levantó la mirada y habló:

—Yo, de verdad, creía que el domingo íbamos a ganar. Ahora lo pienso y digo «qué inocentes somos todos». Cristina, no tengo ni idea de cuándo voy a salir de aquí. Ni idea. Y, si voy a estar más años aquí, no puedo apresarte conmigo. Sería una maldad de mi parte. Un egoísmo imperdonable. Tú tienes veintiún años. Tienes toda tu vida por delante. Yo me arriesgué a meterme en esta relación porque creía que esta situación no se iba a extender por mucho tiempo más. Y también porque, bueno, me gustabas demasiado. Pero, no te puedo seguir haciendo esto.

—Salvador, no... no te hagas esto. Yo soy feliz de venir. O sea, obviamente no venir aquí, pero para verte. Por favor. Yo estoy dispuesta a todo. En serio. No me importa, ¿y si tú eres el que es? ¿No se supone que uno debe arriesgarlo todo por lo que quiere? Bueno... ¿no puedo darte mi libertad? Por lo menos la estoy dando con mi voluntad, no como tú. Anda, la libertad que te falta te la doy yo.

No sabía cómo se le había ocurrido decir algo así, ni siquiera estaba segura de si tenía sentido, pero es que no quería dejar de verlo. Si por ella fuera, las visitas serían todos los días. Y pensar que un sitio que trae tristezas y angustias se había convertido para ella en la cuna de sus ilusiones.

Mientras escuchaba a Cristina, Salvador negaba con la cabeza, se le veía el dolor en los ojos, pero la determinación al mismo tiempo. Cristina sabía en el fondo que la lucha sería en vano y que perderían los dos. Pero estaba dispuesta a pelear de todas formas para que Salvador entendiera lo difícil que era para ella dejarlo.

—Cristina... la decisión está tomada. Mira, me lo estás haciendo más difícil de lo que es. Porque, berro, yo sé que tú me quieres. Yo a ti te quiero como no te lo imaginas, pero no te voy a hacer esto y, entiende... —le tomó una mano e intentó sonreírle—. Tú te vas a volver a enamorar. Ahorita crees que no, pero te lo prometo que sí.

¿Se me nota tanto que estoy enamorada? Pensó ella, olvidando por un segundo la situación en la que se encontraba.

—Eso mismo se lo dije yo a Julia —dijo ella.

Salvador asintió.

—Es que es verdad, Julia y tú van a estar bien... aunque, Julia, me dices que ya está bien, ¿no?

—Bueno, tiene meses sin hablar de Oto y se ve normal... pero ella es tan reservada que se puede estar muriendo y nadie se entera. Okey, pero ese no es el problema ahorita —dijo de pronto Cristina dándose cuenta de que se estaban alejando del tema crucial de ese momento—. Salva, yo no quiero dejar de venir. No voy a dejar de venir.

—No me hagas pedirles a los guardias que no te dejen pasar si intentas venir. Por favor, no vengas. No es una prueba de tu amor, ni nada de esas estupideces. Es la pura verdad. No vengas, Cristina. Por favor. Si decidí acabar con esto, aunque me cuesta mucho, es porque necesito que se acabe de raíz.

—¿Cómo así? ¿Que no hablemos más? ¿Nada? ¿Nunca?

—Te lo juro, por lo que tú más quieras, que eso que estás diciendo me duele más a mí que a ti.

—¡Berro, Salvador! ¡No te hagas esto! ¡Qué ganas tienes! Por favor... —exclamó Cristina, perdiendo por un momento el control de sus emociones, con la voz algo temblorosa y los ojos luminosos.

Salvador se llevó una mano a la frente y cerró los ojos. Cuando habló, solo dijo:

—Cuando llegues al carro, no empieces a manejar de una. Date unos minutos para calmarte, que es peligroso manejar así.

Cristina abrió la boca, incrédula ante lo que acababa de oír. Salvador ni siquiera le estaba dando la oportunidad de pelear, así fuera por unos cinco minutos más. Ya, para él, ella no estaba. Ante esta derrota, Cristina no hizo sino levantarse y salir rápidamente de la sala sin decir palabra. Salvador la vio hasta que se perdió de vista al salir por la puerta. Con la vista clavada en el piso y las manos apoyadas en sus caderas, Salvador escuchó al guardia abrir la reja, a Cristina decir gracias y la reja cerrarse nuevamente. Cristina caminaba con paso acelerado, con la vista fija al frente. Al llegar a su carro, no se dio unos minutos para calmarse, en cambio, golpeó el volante con la palma de su mano, seguidamente, se cubrió la cara con las manos, ahogó un grito, encendió el carro y comenzó a manejar mientras «Back in Black» de AC/DC sonaba a todo volumen.

Domingo, 28 de octubre de 2012

Eran las cuatro de la mañana y Cristina regresaba a su casa de una fiesta. Se quitó los zapatos al segundo de haber entrado a su cuarto. Revisó su celular únicamente para ver la hora, al percatarse de que era domingo y que por segunda semana consecutiva no tendría que hacer el esfuerzo de levantarse temprano para ir al SEBIN, lanzó el celular en su cama con frustración y fue al baño a lavarse la cara. Decidió que era mejor bañarse pues había sudado un poco. Al sentir el agua rodar sobre su cuerpo, Cristina cerró los ojos y se pasó los dedos por el pelo, apretó los ojos y los labios para reprimir un grito. Cada Valverde tenía una forma distinta de expresar su tristeza. Mientras Julia lloraba de manera silenciosa para, después de algunas semanas, ocultar su dolor completamente pues sentía que sus sentimientos no eran problema de nadie y, mucho menos, de algún interés para alguien, Cristina ya había lanzado varios cojines o ahogado sus gritos en ellos. Mientras Julia se pasaba las noches viendo por la ventana con alguna canción sonando una y otra vez, Cristina salía con sus amigas a tomar algunas copas de vino. Dos formas muy diferentes de lidiar con el dolor, pero legítima cada una. Sí compartían aquel sentimiento de añoranza cuando veían a Luna y a Bóreas juntos. Nunca lo habían comentado, pero cada una se reflejaba en la felicidad de su hermana menor, deseaban haber gozado de su suerte y se preguntaban por qué habían decidido embarcarse en historias tan complicadas, cuando, de haber esperado, quizá hubieran conocido a alguien que no trajera tantos problemas a sus vidas. O, por lo menos, no cargarían ese sentimiento de tristeza y frustración.

—¡Imbécil! —exclamó Cristina de repente—. ¡Qué idiota! ¡Qué idiota! Él, por querer amargarse solito... ahí encerrado. Y yo, por haberme querido meter en ese paquete... ¡un preso, bróder! ¡Un preso! ¡Berro, quién me manda! ¡Nadie! ¡Yo de idiota! Y era obvio que me iba a salir con ese cuento un día.

...

Eran las nueve de la mañana y los cinco Valverde desayunaban. Cristina comía con el codo apoyado en la mesa. Todos comían en silencio, un silencio que Cristina rompió cuando, ensimismada, mirando el tenedor que sostenía con su mano libre, dijo:

—Ahorita ya estaría apurándome para ir al SEBIN... pero como Salvador es medio imbécil, no me estoy apurando.

—Cristinita, el muchacho hizo lo correcto, no le digas imbécil. Claro que sientes rabia, pero no la pagues insultándolo. Estoy seguro de que él está sufriendo más que tú. Mucho más. Tú estás en tu casa, con tu familia, en tu universidad y saliendo con amigos. Él está preso y, ahora, además de estar privado de libertad, está privado de lo único que le traía felicidad —dijo el señor Valverde.

Cristina se enderezó en el asiento y se pasó las manos por los ojos.

—¿Saben que me borró del pin? Y se me ocurrió intentar llamarlo al día siguiente de que nos vimos y me trancó ahí mismo.

—Me parece un hombre muy serio, déjame decirte —agregó el señor Valverde.

—Ay, papá, si te parece tan perfecto, dale un hijo —dijo Cristina molesta.

—No es perfecto, pero me gusta la forma en que decidió actuar. Es que tiene razón, Cristina, por Dios. Le pueden quedar años ahí. No te podía hacer eso, no hubiera estado nada bien de su parte. Nada. Con el tiempo todo el mundo que te rodea le hubiera agarrado rabia.

Cristina apoyó su cabeza sobre la mesa. Con una mano decidió tantear la superficie de vidrio de la mesa y, al encontrar una servilleta, la hizo añicos con ambas manos. Julia la observaba en silencio. Sabía perfectamente cómo se sentía su hermana, pues ella hubiera querido reaccionar de esa misma manera, pero no lo había hecho en su momento, y ya no podía. Ya había fingido estabilidad durante tres meses, no podía permitirse mostrar sus verdaderos sentimientos después del magno esfuerzo que había hecho durante ese tiempo. Ya no lloraba, pero aún sentía un gran peso sobre sus hombros.

Nadie sabía. Absolutamente nadie sabía que Julia aún lidiaba con una tristeza viva y, según ella, inmarcesible, sin importar cuánto tiempo había pasado y cuánto pasaría. Julia hacía un esfuerzo por salir a cenar de vez en cuando con sus amigas, tras lo cual llegaba a su casa para dirigirse directamente a su cuarto y sentarse junto a la ventana. Esta costumbre no era nueva, pero ya no lo hacía con el placer y el gusto de antes, se había convertido en el único momento del día en el que se permitía sentir. Como no era raro verla sentada junto a la ventana, a nadie le llamó la atención su conducta. Ese domingo en la noche, Julia estaba sentada con los brazos abrazando sus rodillas. Observaba las pocas estrellas que aparecían a pesar de la iluminación de la ciudad.

Un día más..., pensaba, *por favor... una hora más, con eso me basta. Una conversación más. Solo una. Una bailada más o que vayamos al supermercado solo una vez más. Por favor. Eso es lo único que pido. Un beso más y lo recordaré para siempre. Y prometo no estar triste, lo llevaré en mi memoria con felicidad. Por favor, por favor... una canción más, que me cocine una vez más. No quiero nada más. Un abrazo más. Lo que sea... lo que sea.* Esta última frase sí fue dicha, no solo pensada, en medio de un suave suspiro.

Julia apoyó su cabeza en sus rodillas, aún observando el cielo.

Un día más y no necesito nada más en mi vida. No necesito conocer a nadie, me bastará para vivir el recuerdo de ese día. Por favor, Dios, no te pido más nada por el resto de mis días. Que pueda decirle cómo me siento, que sepa lo difícil que fue para mí decirle que no quería verlo más, que sepa lo horrible que era no atenderle sus llamadas y la infeliz alegría que era para mí recibir un mensaje de él.

Por otro lado, Cristina en su cuarto escuchaba «Mr. Brightside», de The Killers, a todo volumen mientras ordenaba su clóset, actividad a la que se entregaba con una dedicación sorprendente cuando era presa de alguna rabia o tristeza muy fuerte.

Mientras una suspiraba la otra gritaba. No por eso se puede decir que los sentimientos de una fueran mejores o más fuertes que los de la otra, al final, eran hermanas y, en el fondo, sorpresivamente iguales.

Lunes, 12 de noviembre de 2012

Eran las seis y media de la mañana y las tres Valverde estaban en la cocina. Julia y Cristina tomaban café mientras que Luna desayunaba un cereal.

—¿Lista para alistarte hoy en las filas del Opus? —le preguntó Cristina a Luna haciendo alusión a la universidad en la cual estudiaba la menor de las Valverde, que había sido fundada por la conservadora orden religiosa católica conocida como Opus Dei.

—Si vamos a comparar a congregaciones religiosas con ejércitos, tendría que ser a los jesuitas —dijo Julia con la taza en sus manos y los codos apoyados en la mesa.

Cristina y Luna se miraron y cada una rio por lo bajo.

—Sí, estoy lista... hoy nada más tengo dos clases, entonces chévere —respondió, por fin, Luna.

Julia y Cristina acabaron de tomarse su café en silencio. Al levantarse para lavar su taza, Cristina preguntó:

—¿Ustedes creen que Salvador me va a llamar cuando salga?

—Tú nada más estás preguntando eso para que te digamos que sí, ¿verdad? No creo que, de verdad, tengas esa duda —dijo Luna.

Cristina se encogió de hombros y dijo:

—Capaz y no, bróder. Capaz y fue una excusa porque no quería verme más.

Julia y Luna reaccionaron de la misma manera ante este comentario de Cristina, llevándose una mano a la frente y negando con la cabeza.

—Cristina, ese hombre no ve el día en que vaya a salir para poder llamarte y casi que pedirte que te cases con él.

Antes de hablar, Cristina sonrió.

−Tampoco así... pero sí puedo creer que me va a invitar a salir.

−¿Viste? Tienes esa ilusión −comentó Julia.

−Ay, sí... yo lo quiero conocer. Creo que me va a caer bien −dijo Luna.

−Salvador es lo máximo −dijo Cristina, cuya rabia se había convertido en una profunda nostalgia que era llevadera gracias a la esperanza de que Salvador lograría su libertad algún día y quizá podrían, por fin, estar juntos.

−Pasó de ser un imbécil a ser lo máximo −dijo Luna como de pasada.

−Ay, sí. Él no es un imbécil, me arrepiento de haber dicho eso. Es que estaba demasiado dolida y molesta. Pero ayer ya pasó un mes, bro. Un mes sin hablar con él.

−¿Lo extrañas? −le preguntó Julia, que continuaba sentada con la taza ya vacía entre sus manos.

Cristina, de pie mientras se preparaba un sándwich para el camino, se mordió el labio inferior y buscó la mirada de su hermana mayor antes de responder:

−Chama, te lo juro que todos los minutos. Qué broma más horrible.

Julia asintió.

−Entiendo...

Lunes, 24 de diciembre de 2012

—No entiendo a las personas que mandan mensajitos de Feliz Navidad el 24 de diciembre. Navidad es mañana, bróder. Hoy es un día nulo. Yo entiendo que lo hagan medio temprano en la noche porque luego las líneas colapsan, pero aquí en el grupo de mis amigas todas deseándose Feliz Navidad al mediodía —dijo Cristina mientras ayudaba a la señora Andreína a condimentar el pavo.

—Esa es de las pocas cosas en este mundo que me chocan —coincidió Julia.

Los cinco Valverde se encontraban en la cocina. Esa noche visitarían la casa de su abuela, la madre de la señora Andreína. Irían sus primos, cercanos y lejanos, formando una reunión de unas cuarenta personas. Cristina y la señora Andreína se encargaban del pavo, que luego sería cortado en rebanadas por el señor Valverde. Julia se encargaba de la ensalada de gallina y Luna terminaba de preparar un ponche para servirles un vaso a todos y, posteriormente, buscar las cornetas del iPod, pues consideraba que hacía falta música.

Navidad era la festividad favorita de los cinco Valverde.

—Sé que el Domingo de Resurrección es más importante, pero la Navidad me gusta más, no sé, es más alegre. Lo siento —comentó Julia de repente.

Cristina rio antes de decir:

—Berro, Julia, y sigues con tu manía de pedir perdón por cualquier cosa. No seas boba. Eso sí me gustaba de que salieras con Octavio, que te estaba quitando todas esas mañas.

–¡No estoy pidiendo perdón! Pero no es mentira que el Domingo de Resurrección es más importante, o sea...

Luna colocó un vaso de ponche frente a Julia sin decir nada.

–Te quedó rico, Luna –comentó el señor Valverde tras probar el ponche y sin percatarse del bigote blanco que adornaba su labio superior.

–¿Por qué el Domingo de Resurrección tiene que ser más importante? O sea... Jesús está naciendo, eso es *full* importante. Son como lo mismo pero lo contrario, deberían ser iguales –opinó Luna.

Julia y Cristina se miraron.

–¿Le explicas tú o le explico yo? –le preguntó Cristina a Julia.

–Yo puedo... –se ofreció Julia.

–¡Sí son malas! ¡Como si yo no supiera nada!

–Qué pasó... –preguntó la señora Andreína con cierto tedio sin desviar su atención del pavo que tenía enfrente.

–¡Mamá! Que Julia y Cristina creen que se tienen que estar turnando todo el día para explicarme cosas. ¡Berro! ¡Yo entiendo!

–¡Okey! ¡Entonces explícanos! –la retó Cristina.

Luna colocó sus brazos en jarra y dijo:

–El Domingo de Resurrección es más importante que Navidad porque fue cuando Jesús demostró que... que Él es el que es, pues.

Cristina y Julia se miraron nuevamente y asintieron como aprobando la respuesta.

–Okey, okey... no estás tan perdida entonces.

Julia iba a decir algo cuando escuchó que acababa de recibir un mensaje de texto. Tomó su celular con la mente aún en la conversación que tenía lugar frente a ella... Involuntariamente se llevó una mano al pecho y abrió los ojos como platos al leer el nombre «Octavio Ávila». Abrió el mensaje, que contenía una oración:

«No te olvides de cantarle feliz cumpleaños a tu amigo JC».

Leyó el mensaje varias veces. Julia depositó el celular donde había estado antes, con la pantalla de cara a la mesa. Sin escuchar las conversaciones que se desenvolvían a su alrededor, se preguntaba qué responder. Hacía unos cinco o cuatro meses, la opción de responder al mensaje hubiera sido totalmente inexistente, pues nuestra joven se había mantenido muy firme en su decisión. Sin embargo, el paso del tiempo, conocido por ensalzar e idealizar las alegrías y obviar las preocupaciones de un pasado que en general había sido bueno, había jugado sus cartas, sembrando en nuestra joven la duda sobre el acierto de su decisión pasada.

Tomó nuevamente el celular y fue a su cuarto con la excusa de que quería ir al baño, pues todos, al verla levantarse, le preguntaron por qué se iba. Se acostó en su cama, boca arriba, con la vista fija en la pantalla. Decidió que respondería con un simple:

«Jajaja, ¡nunca!».

No, sin los signos de exclamación. ¿O sí? Después de los mensajes y llamadas que ella no había respondido o atendido, él le escribía nuevamente, a pesar de sus antipatías, se merecía unos signos de exclamación. ¿Colocar o no colocar una carita feliz? No. Tampoco así. Envió el mensaje. No pasaron tres minutos, cuando recibió esta respuesta:

«Jajja q risa tu poniendo todos los signos como son, no supero eso. Q mas?? Tiempo sin saber de ti...».

Al leer el mensaje, Julia necesitó hacer consciente el acto de respirar, pues se había quedado sin aliento. Con el celular entre sus manos, se preguntaba si no había sido un error el haber respondido pero, por otro lado, verdaderamente quería responder y estudiaba en su mente cuál sería la mejor respuesta. Estas fueron las opciones que pasaron por su mente:

Opción uno: «Jaja sí... nada, aquí en mi casa preparando todo para la noche, ¿y tú?».

Opción dos: «Jejeje. Sí... tiempo sin hablar. ¿Cómo has estado? Yo estoy en mi casa con mi familia cocinando todo para esta noche».

Opción tres: «Nada. En mi casa, preparando todo para el cumple de JC jaja. ¿Cómo estás?».

La segunda opción quedó totalmente descartada porque la consideraba muy larga para el corto mensaje que él había escrito. La primera le parecía algo aburrida, sin embargo, la tercera le parecía demasiado «estoy feliz de que me escribas, quiero salir contigo de nuevo». La opción tres era su favorita, pero acabó enviando la uno. Al ver que la respuesta se había tardado ya más de cinco minutos en llegar, Julia decidió volver a la cocina, eso sí, colocando su celular en modo silencioso.

—¡Mija! Ya te iba a buscar —dijo Cristina al verla entrar.

—Ah, sí... me sentía medio mal —se excusó Julia.

—¿Qué te pasa? ¿Qué tienes? —preguntó la señora Andreína levantando su mirada del pavo que no terminaba de rellenar.

—Nada. Ya estoy bien. Me dolía el estómago.

Julia sintió el celular vibrar en su bolsillo. Antes de sentarse, lo tomó para abrir el mensaje. Se decepcionó al ver que era de Movistar, haciéndole una promoción a un plan de pago. Julia borró el mensaje y depositó el celular sobre la mesa.

Si no responde en cinco minutos, borro la conversación y no le respondo más. Se decía ella.

Cuatro minutos después, Julia recibía esta respuesta:

«Q finoo. Nadaa aki en mi ksa sin preparar nada jaja pero hoy voy a casa de un amigo que me invito a celebrar navidad con el y su familia. Voy a celebrar navidad por primera vez en mi vida jeje».

Ja... quizá hubiera venido para acá, en el hipotético caso de que continuáramos saliendo, se dijo Julia al leer el mensaje que acababa de recibir de Octavio.

Escribió el siguiente mensaje:

«¡Qué fino! Ya vas a ver que te va a encantar. No tienes que ser religioso. La comida, la música, la gente... todo es chévere :)».

Al ver la hora y percatarse de que había recibido el mensaje de Octavio hacía apenas dos minutos, decidió que no lo enviaría hasta que no pasaran cinco minutos más. Cinco minutos que se sintieron como quince. La respuesta de Octavio no tardó en llegar.

«Si valee, va a ser bien cheveree. Despues vamos a Le Club kieres venir?».

Sí quería. Por supuesto que quería ir a Le Club, pero sabía que no debía, por dos razones; la primera, el hecho de que para ella nunca había sido una opción salir en Nochebuena. Cristina y Luna sí lo tenían como costumbre, a pesar de que a sus padres no es que les

encantaba la idea. Julia consideraba que no era la mejor manera de celebrar una fiesta religiosa... el cumpleaños de su amigo Jay C, como le decía Octavio. Por otro lado, sabía que ir a Le Club con Octavio significaría retroceder. Aunque podía, quizá, si bien no salir con él esa precisa noche, salir con él algún otro día con la firme resolución de que solo sería una vez. Ella misma había pedido varias veces «solo un día más»... aunque sabía que eso era tentar su fortaleza con exorbitantes probabilidades en su contra. Declinó la invitación con pesar y cuidando que Octavio entendiera que se debía a que ella nunca salía a discotecas en Nochebuena, no porque él, precisamente él, la hubiera invitado.

«De verdad, gracias por la invitación, pero es que yo no salgo en Navidad jaja :$ (sí, locuras mías). Pero ¡disfruta mucho! Y gracias de nuevo :)».

Leyó el mensaje y decidió borrar la frase que había escrito entre paréntesis, pues no eran locuras. El resto del mensaje fue enviado como en principio había sido escrito. Julia no recibió respuesta sino hasta die-ciséis minutos después:

«Jajjaja te lo juro q sabia demasiado q ibas a decir esoo. Bueeno te aviso para salir otro dia. Disfruta hoy con tu family. Un besoo».

—Qué manía la de terminar las palabras con doble letra —dijo Julia en un murmullo para sí, murmullo que no escapó a los oídos de Cristina.

—¿Qué pasó? —le preguntó Cristina.

Julia desvió la mirada de la pantalla hacia el rincón desde dónde venía la voz de su hermana y respondió:

—Nada, nada. Esta manía de la gente de terminar las palabras con doble letra.

—¡Ay, te escribió Octavio, bróder!

—¡No! ¡Eso lo hace todo el mundo! —respondió Julia sin esperar un segundo luego de que su hermana había exclamado la delatadora frase.

—¡Sí! Pero a nadie más le hubieras hecho caso. ¡Te escribió demasiado! ¡¿Qué te dijo?!

De más está decir que ya los tres Valverde restantes se habían dete-nido en sus labores para escuchar la conversación que sostenían Julia y Cristina. Julia vio a sus padres y suspiró antes de responder:

—Nada, me dijo que no me olvidara de cantarle cumpleaños a Jay C, me preguntó cómo estaba y me dijo para ir hoy a Le Club.

—Julia, ¿y tú qué le hiciste a ese hombre, que sigue ahí? —preguntó Luna, verdaderamente sorprendida.

—¡Nada le hizo! —intervino la señora Andreína—. Y por eso mismo es que lo tiene ahí, detrás. Porque no hizo nada con él —dijo mientras pre-sionaba repetidamente su dedo índice contra el tope de granito.

Cristina rio llevándose una mano a la frente y dijo:

—Berro, mamá, tú no pelas una. Guao.

—No sé, Luna. Y no es que «sigue ahí», le caigo bien y ya.

—Ah, claro. Le caes bien y ya. Qué cuchi eres, Julia —dijo Cristina.

—Chama, han pasado cinco meses, de broma se acordó de mí hoy por-que seguro le oyó a alguien decir que Navidad era como celebrar el cum-pleaños de Jesús y dijo «vamos a escribirle a la hermana de Cristina que no se olvide de cantarle cumpleaños a Jay C».

—¡Bróder! ¡Cinco meses no es nada! —exclamó Cristina—. Ay, sí «a la hermana de Cristina», como si no se acordara de tu nombre.

—¡En cinco meses pueden pasar mil cosas!

—Es verdad —concedió el señor Valverde—, pero al mismo tiempo, Cristina tiene razón. Cinco meses son un instante.

—Ajá... pero, qué más te dijo —insistió Cristina.

Julia se pasó una mano por el pelo y respondió fingiendo desgana:

—Ay, nada, que si quería ir a Le Club.

—Ay, Señor, uno no puede respirar en paz... de verdad —dijo la señora Andreína, para luego preguntar—: ¿y cómo le respondiste que no? Porque asumo que le respondiste que no.

—Mamá... Dios mío, déjala ser —añadió Cristina.

—Sí le respondí que no —dijo Julia, con un tono que dejaba escapar su molestia—. Que gracias por la invitación pero que no iba a ir.

—Ay, qué chimbo... —opinó Luna— porque, en verdad, Octavio es super-chévere y la hubieras pasado superbién. Los reencuentros son lo mejor que hay.

Julia no dijo nada. Ya de por sí, había sido muy difícil declinar la invitación que le había hecho Octavio para que encima su hermana le mencionara lo espectacular que la hubiera pasado de haber aceptado.

...

A las nueve de la noche, los cinco Valverde y Bóreas, que iría por un rato antes de reunirse con su familia, se encontraban en casa de los padres de la señora Andreína. En el fondo sonaban gaitas:

«Le doy gracias al Señor por haberte conocido,

pues los años que vivimos fueron de dicha y amor,

pero una sombra cubrió nuestro amor y, en un momento,

ese bello sentimiento, además de sufrimiento,

desilusión me dejó».

Cristina, con un vaso de ron con Coca-Cola en la mano conversaba con su abuela:

—¿Y no han hablado más?

—¡No, abuela! Ese hombre me borró de su vida.

—Ay, claro que no, mija. Ese debe preguntar todos los días si usted fue a visitarlo y segurito se la pasa pegado al celular a ver si usted le escribe.

Hablaban de Salvador.

—¿Tú crees?

Estaban sentadas en un sofá. La abuela de Cristina miró a su nieta por encima de sus anteojos y se pasó el dedo índice por la cabeza mientras decía:

—¿Y usted cree que estas canas son de a gratis, mija? Vamos, escríbale.

Cristina tomó su pequeña cartera dorada. Mientras la abría, decía:

—Ay, abuela, mira que si esto sale mal va a ser tu culpa.

—Asumo toda la culpa porque mal no va a salir. Además, mija, es Navidad, así sea por caridad tiene que llamar usted a ese hombre, que está ahí en ese lugar horrible.

—Ay, Dios... —dijo Cristina mientras recorría rápidamente su lista de contactos hasta llegar al nombre de «Salvador»— no es por caridad para nada, es porque en verdad quiero.

Al llegar hasta el nombre «Salvador», Cristina dudó. Su abuela se dio cuenta y le preguntó:

—¿Y qué pasó ahora, mija?

—¿Y si por mi culpa los guardias le quitan el celular?

—Ay, ¿y usted se cree que él es bruto o qué? Por supuesto que ese tiene su teléfono bien escondido. No lo van a cachar. Si no le puede contestar, que por lo menos vea la llamada perdida pa'que así la llame más tarde.

Cristina disfrutaba enormemente conversar con su abuela. Levantó su vaso de ron, su abuela hizo lo mismo con su vaso de *whisky* y brindaron:

—Por la libertad de su novio, mija.

Cristina sonrió, pues no sabía si «novio» era la palabra que mejor describía a Salvador, pero sabía que una discusión con su abuela era inútil pues ya estaba perdida.

—Por la libertad de Salvador —dijo Cristina.

Al tomar el sorbo correspondiente que se debe hacer tras un brindis, Cristina sintió su celular vibrar en su pierna.

—¡Ah! ¡Abuela!

—¡¿Qué pasó, mija?!

—¡Es él! ¡Me está llamando! ¡Salvador!

—¡Pues deje de gritar y atienda!

Cristina exhaló aire pues no quería que su voz delatara su emoción en su totalidad, quería por lo menos, sonar como una persona que estaba en sus cabales.

—¿Salvador?

—Ponga ese aparato en alta voz —le ordenó su abuela.

Cristina obedeció, pues no le importaba que la abuela escuchara su conversación ya que ella, de todas formas, le contaría todo sin filtro alguno.

—No sabes lo que me alegra oír tu voz. En serio, es que no te lo puedo explicar. —Oyeron las dos decir a Salvador.

Cristina y su abuela se miraron mientras cada una sonreía.

—A mí también me pone muy feliz oírte —respondió ella, tras lo cual miró a su abuela, que asintió de manera aprobatoria.

—Mira, perdón por llamarte, sé que después de lo que te dije no debería, pero es que, coye, te extraño no sabes cuánto y, bueno, es Navidad... No quiero que me tengas lástima tampoco. No es así, pero de verdad quería llamarte.

Cristina y su abuela escuchaban a Salvador, cada una con la mano en el pecho.

—Salvador, por Dios —dijo por fin Cristina—, no sabes lo que me alegra que me llames. Y cero lástima. Yo a ti no te tengo lástima para nada. Eres víctima de una injusticia, pero nunca te he visto bajar la cabeza. Y... ¿cómo estás? ¿Cómo has estado?

—Bueno, igual... tú sabes cómo es. Pero, mira, tampoco te quiero molestar, puedo oír que estás con tu familia, escucho hasta en el fondo la Gaita Onomatopéyica...

—No, pero no tranques todavía, quiero saber sobre tu caso, si ha pasado algo...

—De verdad, no quiero entrometerme, fui yo el que te dijo que no debíamos hablar más mientras yo siguiera en esto y, bueno...

—Le entró la tocoquera al muchacho —murmuró la abuela.

Cristina la escuchó y asintió mientras con sus labios hacía un puchero.

—Bueno, Cristina, espero que estés muy bien, tú sabes que yo te quiero muchísimo y te deseo una Feliz Navidad a ti y a toda tu familia. Un besote.

Salvador trancó sin darle tiempo a Cristina de decir nada, ni siquiera de devolverle sus deseos de una Feliz Navidad.

—Esta fue la prueba de cómo afecta la cárcel —dijo la abuela mientras se acomodaba su chal negro.

—Sí... qué impresionante —dijo Cristina, y sintió sus ojos llenarse de lágrimas.

Percatándose de ese hecho, la abuela pasó su brazo por los hombros de la nieta y dijo:

—Pero a pesar de lo afectado, está perfecto para lo que lleva ahí, y la quiso llamar. No pudo dejar pasar esta fecha sin llamarla. Y fíjese que, sí, es verdad que trancó rápido, pero ¿qué le dijo?

—Que me quería muchísimo —dijo Cristina mientras sonreía y se limpiaba una lágrima con el puño.

—Exactamente. Él va a salir, mija, y los dos van a ser muy felices.

La abuela hizo una pausa antes de agregar:

—Eso sí, vaya consiguiéndole un psicólogo, porque lo que le hace es falta. Porque está perfecto para el tiempo que lleva ahí, pero sí está afectado, el pobre muchacho.

—Sí... ya lo había pensado.

Por otro lado, Julia se encontraba conversando con su padre, su abuelo, Bóreas, su prima María Teresa y dos de sus tíos.

—...y por eso es que la madre de Nicolás II no aprobaba a Alexandra, porque sabía que tenía que ser portadora de hemofilia —explicaba el abuelo de las Valverde.

—Y no se equivocó —dijo el señor Valverde—. Alexis les salió hemofílico.

—Eso fue una desgracia... porque, además de la enfermedad en sí, les encasquetaron a Rasputín. Entonces Alexandra diciéndole a Nicolás que siguiera los consejos de Rasputín, todas las mujeres de la corte acostándose con Rasputín, que el muchachito no se sentía bien si no estaba con Rasputín —dijo el abuelo.

—Y, bueno, fíjense que lo mandaron a matar, y fueron los mismos de la corte quienes lo ordenaron...

Luna había formado parte del grupo, pero al percatarse del tono que estaba tomando la conversación, y que no parecía que fuera a cambiar pronto, decidió alejarse y sentarse con sus primas.

—Saben que esa familia, o sea, Nicolás II, su esposa y los hijos fueron hechos santos según la Iglesia Ortodoxa Rusa... —comentó Julia, que poco sabía sobre el tema, pero alguna vez había escuchado ese dato.

—No sabía, Julia —añadió el señor Valverde.

—Mis conocimientos sobre Rusia están limitados a la película *Anastasia*, la de comiquitas —comentó María Teresa—. Y, de verdad, no me interesa saber más.

—Cuidado y te casas con un ruso —le dijo su abuelo.

—Cero, abuelo, yo me caso con un latino o no me caso. Se acabó.

—¿Pero tú no te vas a Miami, pues? Ahí hay de todo.

—Sí, de todo, entonces hay mucho latino. Yo, mi amor, de este continente no salgo.

La discusión no se extendió mucho más. Cuando ya faltaban cinco minutos para las doce, toda la familia se reunió en la sala.

—¿Quién quiere leer el evangelio? —preguntó el abuelo—. Vamos... alguien de la juventud.

—Cristina seguro se muere por leer sobre el nacimiento del Salvador, como ahora ama ese nombre —dijo la señora Andreína.

—Madre, qué chiste tan malo —apuntó Cristina que, sin embargo, se levantó de su asiento para tomar la Biblia que sostenía el abuelo.

—Lectura del Santo Evangelio según San Juan...

Mientras se hacía la señal de la cruz, Julia sintió su celular vibrar junto a ella. Decidió leer el mensaje rápidamente y contestar luego de que su hermana acabara de leer y toda la familia se deseara una Feliz Navidad. Pensando que sería alguna amiga, Julia abrió el mensaje sin cuidado...

«Q tal el cumpleaños? Activo?», decía el mensaje que le había acabado de enviar Octavio.

Julia tuvo que llevarse una mano a la boca para evitar que sus risas se oyeran, no lo logró. Varias miradas se posaron sobre ella. Luna, desde el otro lado de la sala la interrogó con un mudo «¿qué pasó?».

Julia levantó el celular y, señalando la pantalla, pronunció «Oc-ta-vio».

Luna levantó una ceja y sonrió. Cristina terminó de leer y Julia aún intentaba controlar su risa que, en el momento menos oportuno, llega para quedarse.

A las doce en punto, todos se desearon una Feliz Navidad y, seguidamente, se dispusieron a cenar. Habían colocado varias mesas redondas con manteles color vino tinto afuera. Las tres Valverde se sentaron en la misma mesa. Todas se habían servido pavo y ensalada de gallina, sin embargo, Cristina, al contrario de sus hermanas, no se había servido hallaca, pues no le gustaba.

—Imagínense a la Virgen en el burro sufriendo las contracciones, bróder, qué horrible —comentó Cristina, que picaba un pedazo de su rebanada de pavo.

Luna y Julia se miraron y rieron.

—Cristina, qué *random*, eso pareció que si un comentario de Julia —dijo la menor de las Valverde.

—¡Pero es que es verdad! —exclamó Cristina y, dirigiéndose a su prima María Teresa, que también se había sentado en esa mesa, preguntó—: ¿tú qué opinas, Mate?

María Teresa esperó a terminar de masticar y limpiarse los labios con una servilleta para responder:

—Chama... para mí lo peor es dar a luz con un poco de animales ahí. No, no, no. Demasiado amor al arte...

—Es amor a nosotros —intervino Julia.

—¡Ay, ya empezó esta! —exclamó Cristina—. A ver, Julia, a ver qué tienes que decir al respecto.

Julia se encogió de hombros y dijo:

—Bueno, claro, o sea, la gente esperaba que el Mesías llegara de forma majestuosa y, todo lo contrario, ¿saben? Llegó al mundo de la manera más humilde, hijo de una muchacha humilde, en un pesebre sucio, con animales... así tenía que nacer Dios. Y, todo eso, por nosotros. A mí me parece muy bonito.

—Y por eso es que Octavio y Julia no funcionaron —fue el comentario de Cristina.

—Ya va... qué Octavio —preguntó María Teresa con un tono que denotaba que ya imaginaba de quién hablaba Cristina.

—El que te estás imaginando —respondió esta mientras apuntaba a su prima con el tenedor.

—Noooo —dijo María Teresa, que miraba a Julia, incrédula—. ¡¡Oto Ávila?!

Las tres Valverde asintieron, disfrutando con la reacción de su prima.

—¡Chama! ¡No! ¡Combinan cero! Aunque... ay, chica, en verdad... me pongo a pensar y lo veo pasando... ¡Ay, sí! Oto a veces sorprende con sus gustos.

—¡¿Cómo?! —saltó Julia y sus dos hermanas soltaron una carcajada.

—¡No, chica! No digo que Oto sorprende porque sea imposible que le gustes a alguien, sino que a él, hecho el loco, le gustan así... buenecitas pues.

—Es verdad —corroboró Cristina.

—Pero, de todas formas, ¡sigo en *shock*! ¡Julia y Oto! ¡Qué broma más bizarra! ¿Me pueden explicar cómo es que yo nunca me enteré de esto? Pero ¿qué? ¿Ya dejaron de salir?

Nuevamente, las tres Valverde asintieron.

—Qué chimbo que me perdí eso... me hubiera encantado verlo.

—¡Ya va! ¡Pausa! ¡Octavio le escribió a Julia cuando Cristina estaba leyendo! —interrumpió Luna.

—¿Por eso eran las risas? ¡Berro! ¡Gracias por recordarme! Yo quería preguntarle por qué se reía... ajá, Julia, entretennos. ¿Qué te escribió mi amigo?

—Me preguntó si la fiesta de cumpleaños estaba activa.

—Por supuesto... cómo no lo supe antes de que lo dijeras —dijo Cristina.

Mientras apartaba las pasas hacia un lado del plato, María Teresa preguntó:

–Cómo... no entiendo. Qué fiesta de cumpleaños.

–Julia, ¡por favor! Responde eso –exclamó Cristina y, dirigiéndose a su prima, agregó–: vas a ver que es demasiado Octavio, lo que va a decir.

–El cumpleaños de Jay C –respondió Julia–. Jay C es Jesucristo.

Como estaba masticando, María Teresa se vio en la necesidad de llevarse la servilleta a los labios para no escupir la comida debido a la risa. Cuando, por fin, pudo tragar, dijo:

–Sí, definitivamente, ese es Octavio... es que aún no lo puedo creer. Ajá, ¿y qué le respondiste?

–Que estaba activísimo... no sabía qué más responder a eso.

–¿Y qué más te dijo? –insistió la prima.

–Más nada.

–Sí... ese es Octavio, ya no hay duda... pero ¿no te dijo que si para hacer algo hoy?

–La invitó a Le Club, pero le dijo que no –respondió Luna.

–¿Por qué? Y te prometo que termino con el interrogatorio.

–Porque ya dejé de salir con él y no quiero retroceder.

María Teresa sentía curiosidad y quería conocer el resto de la historia, pero al mismo tiempo, no quería entrometerse y ya había prometido que no preguntaría nada más.

A las tres y media de la mañana, las tres Valverde estaban ya en su casa. Cristina, que había planeado salir esa noche, había cancelado sus planes, tras recibir la llamada de Salvador. Bóreas no acostumbraba a salir en esa fecha y Luna no tuvo problema en únicamente disfrutar de la cena familiar. Así que las tres Valverde se fueron a dormir al mismo tiempo.

Sábado, 29 de diciembre de 2012

Salvador se sirvió una taza de café y se dirigió al calabozo de Daniel Manrique para preguntarle si quería ver una película. Su compañero aceptó la propuesta y le ofreció sentarse arrastrando una silla plástica hacia el centro de la habitación. Ya habían decidido que verían *Skyfall*. Mientras Daniel Manrique buscaba la caja de la película, comentó:

—Qué vaina lo de las boletas de excarcelación...

—Me dijeron que llegaban hoy, pero no creo, chamo, es sábado.

—Alexander me dice que él trata de ni pensar en eso —dijo Daniel. Ya había insertado el DVD en el reproductor y se sentó junto a su compañero con el control remoto en la mano para colocarle subtítulos a la película.

—Bueno, es que recuerda que nos contó que un día le dijeron «recoge todo que sales hoy». Lo hicieron recoger, lo tuvieron horas sentado afuera y, como a las diez de la noche le dijeron «no te vas, lleva tus cosas otra vez para adentro» —contó Salvador con la espalda recostada en el respaldar de su silla y los dedos cruzados sobre sus piernas.

—Qué pesadilla... bueno, él, supuestamente, sale hoy junto con los casos financieros. Vamos a ver...

—Vamos a ver si, de vaina, salen los de caso financiero. Supuestamente, no es solo acá, a los de la DIM[7] también los liberan hoy... o uno de estos días.

La película comenzó y ambos hicieron silencio. Tras unos veinte minutos, Daniel Manrique preguntó:

---

7. Dirección de Inteligencia Militar.

–Chamo... si sales hoy, o uno de estos días, ¿vas a llamar a la mucha-cha? ¿La psicóloga?

Salvador soltó una corta risa nasal antes de responder:

–Chamo, si salgo hoy, le pido matrimonio hoy y nos casamos mañana.

–Va a decir que no... –comentó Daniel a modo de chiste.

–Bueno, por lo menos la veo hoy.

Permanecieron en silencio unos cinco minutos hasta que Salvador no pudo evitar comentar:

–Sabes que la llamé el 24 en la noche.

Daniel, entendiendo que su amigo quería conversar sobre el tema, tomó el control remoto y detuvo la película.

–Y, cómo fue, a ver... ¿quieres papitas? –preguntó de repente pues iba a buscar una bolsa de papas en la cava que utilizaba para guardar los alimentos que no necesitaban refrigerio.

–Unas Lay's, si te quedan.

Inclinado sobre la cava roja, Daniel pudo ver una bolsa amarilla de Lay's, estiró el brazo y la lanzó a su amigo, que la atrapó sin problema. Él, por su parte, escogió unos Doritos. Una vez que estuvo sentado nueva-mente, Salvador relató:

–Nada, chamo, me atendió y hablamos como por tres minutos. Creo que me impulsó la nostalgia que ya, de por sí, nos da el 24, más el hecho de que supuestamente salíamos al día siguiente. Entonces, bróder, yo decía «no es una maldad llamarla, porque quizá mañana pueda comenzar una vida normal de la que ella sí pueda formar parte». Tendría aún pro-hibición de salida del país con régimen de presentación, pero bueno, la podría llevar a Los Roques.

–¿Y cómo la sentiste? –le preguntó Daniel, con un puñado de Doritos en su mano.

–Bueno, yo le dije que me ponía muy feliz poder hablar con ella, ella me dijo que a ella también le hacía muy feliz oírme y me quería preguntar que cómo estaba, pero quise trancar, estaba con su familia, además de que se oía contenta, entonces, coye, comencé a pensar «dígame si no salgo mañana (como, de hecho, pasó), ni ninguno de estos días, y la cha-ma otra vez pensando en mí. Porque ya habían pasado algunos meses, ya debía estar más tranquila.

–Claro... bueno, chamo, tú sabes que ella lo que pensó es que estás loco.

Salvador rio levemente.

–Bueno, tiene que entender que dos años en esta vaina vuelven loco a cualquiera.

–Yo salgo de aquí y comienzo ir a un psicólogo... de verdad. Uno cuando está adentro no se da cuenta, pero cuando salió Lázaro, el tipo como que no salía del cuarto y escribía por el celular medio escondido como si se lo fueran a quitar si se lo veían.

–Y, tú sabes que Soledad, cuando sale... ella me llama y me cuenta que, llega a su casa, que está toda su familia haciendo las hallacas y que tuvo que subir al cuarto porque no estaba acostumbrada a estar con tanta gente. Que los hijos subieron al cuarto preocupados, que si le pasaba algo y tal... y no, era que ya se había acostumbrado a estar sola y no soportaba estar con gente. Tú sabes que a una de sus compañeras la habían trasladado y la otra salió antes que ella, entonces ella estuvo varios meses sola en ese cuarto sin hablar con nadie.

Continuaron viendo la película, intentando no pensar en la posibilidad de su cercana libertad.

–¿Será que le pedimos el favor a Elkin a ver si hoy le provoca hacer arepas para cenar?

–Vamos a ver, si dice que no, hacemos hamburguesas –respondió Daniel.

...

Eran las ocho y media de la noche, Salvador se encontraba en la cocina con Daniel y Elkin. Elkin había aceptado preparar las arepas y, mientras ejercía este talento, Salvador y Daniel le hacían compañía. Habían jugado *ping pong*, así que los tres portaban ropa de ejercicio y estaban algo sudorosos. Salvador y Elkin hacían comentarios burlescos sobre el saque el Daniel que, tras dos años de jugar *ping pong* todos los días, no estaba cerca de ser bueno.

–¡Chamo!

Escucharon los tres exclamar a Alexander Ivanovich que, con paso acelerado, se dirigía a la cocina.

–¿Qué pasó, Alexander?

–Ya llamaron a Arné y su combo que les van a dar sus boletas de excarcelación. Nos están llamando a todos a la reja de la entrada que las van a repartir.

Ninguno celebró. Se habían encontrado en situaciones similares anteriormente y no querían crearse ilusiones. Salvador se negó a recoger sus cosas hasta que su salida no fuera completamente segura. Los cuatro se dirigieron a la reja, la reja que Cristina había atravesado tantas veces, aquella que Salvador no había podido cruzar, sino cuando debía ir a tribunales. Caminando hacia la reja, Daniel y Salvador se miraron. Salvador le dio a su amigo dos palmadas en la espalda y le dijo:

—Si solamente sale uno de los dos, espero que seas tú. Tienes una esposa y cuatro hijos esperándote.

Todos aquellos que estaban presos por motivos financieros se hallaban frente a la reja, en silencio.

—Arné y todo su combo, aquí está su boleta. Recojan rápido y se van. No empiecen con la despedidera. Vamos.

Arné y todos los que habían sido apresados por el mismo caso, no hicieron sino obedecer. Nadie jamás hubiera imaginado que esa hubiera sido la reacción al anuncio de la libertad recuperada. Y así fueron repartiendo las boletas.

—Venevalores... Manrique y Salvador, su boleta. Recojan y se van.

Ambos pensaron lo mismo. No pensaron en la llegada a sus casas, ni en el día siguiente, ni en que por fin verían la luna, ni en el Ávila que escalarían. Ambos disimuladamente miraron a Elkin y a Alexander. La suya había sido la última boleta de excarcelación. Lo que significaba que ni Alexander ni Elkin saldrían esa noche. En un futuro, Salvador recordaría la sensación de ese instante como una alegría que no se permitía ser plena porque dejaba a dos compañeros a quienes había tomado cariño y se había creado un sentimiento de empatía. No se atrevió a celebrar. Abrazó a Alexander y al soltarlo le dijo:

—Alexander, yo sé que tú eres inocente y, te prometo, que voy a hacer todo lo que esté en mi poder para sacarte de aquí.

Seguidamente, abrazó a Elkin. No supo qué decirle, pues Elkin era el único de los que habían sido privados de libertad por motivos financieros que no había recibido su boleta de excarcelación. Fue Elkin quien habló y dijo:

—Tranquilo que no te tengo envidia, chamo. Tu libertad nada más significa que la mía está más cerca. Esto yo lo veo como un paso más. Uno menos aquí para que ya me toque a mí. Tú sabes lo que siento porque lo has sentido cuando otros salían y tú no. Sabes que hay tristeza pero, al mismo tiempo, esperanza. No te preocupes por mí, sal y dile a Caracas que ya pronto me va a ver a mí también.

Salvador apretó los labios antes de decir:

—Le mando tus saludos.

—Vamos, vamos... apúrense que tienen que salir ya —dijo el comisario.

Salvador miró al comisario y asintió y, junto a Daniel, Alexander y Elkin fueron a los calabozos. Ninguno hablaba. Al entrar en su calabozo, Salvador respiró hondo y recogió los pocos libros y la poca ropa que tenía. Pocos minutos después, se encontró con Daniel en el pasillo, cada uno con un morral en la espalda. Alexander y Elkin se habían acostado a dormir.

Por primera vez, sonrieron. Daniel hizo un movimiento rápido con la cabeza indicándole a Salvador que avanzaran. Caminaron en silencio por un tiempo hasta que Salvador preguntó:

—¿Qué vas a hacer hoy?

Daniel Manrique respondió como si la pregunta hubiera sido hecha en circunstancias distintas, en las que carecería de relevante importancia:

—No sé, quedarme en la casa y cenar con la familia. ¿Tú?

—Me imagino que ir a casa de mis papás y que todo el mundo vaya para allá.

—¿Vas a invitar a la psicóloga?

—La voy a llamar y le voy a ofrecer irla a buscar.

Como lo había hecho anteriormente, Daniel le dio dos palmadas a su amigo en la espalda.

—Estoy muy feliz por ti, chamo.

—Y yo por ti, bróder. Por fin vas a estar con tu familia.

Al llegar al final del pasillo, les indicaron que entraran a una sala. El resto de quienes habían recibido su boleta de excarcelación se hallaba allí.

—¿Y ahora? No me van a decir que era todo mentira —se atrevió a decir Daniel Manrique.

—No creo... —dijo Salvador en voz baja.

—Mira, chamo, yo he sabido de casos que la boleta de excarcelación llega al penal y la rompen, o sea, «no me da la gana de que este hombre salga, así que no sale».

—¿Crees que nos hagan como a Alexander? ¿Que nos tengan aquí un tiempo y nos devuelvan?

—Yo creo cualquier cosa de estos tipos, lo único que me hace pensar que la broma es verdad es que se empeñaron mucho en que saliéramos rápido.

La espera se prolongó una hora y media. Eran alrededor de las diez de las noche...

—¡Yo les voy a decir algo! —exclamó Gustavo, uno de los que había recibido su boleta de excarcelación—. Si hoy es verdad que salimos de aquí, yo voy directo a mi casa a bañarme, y de ahí a Sawu. Está invitado el que quiera.

Todos rieron, pues no esperaban una conducta distinta de su compañero de cautiverio. Gustavo miró a Salvador y le preguntó «si se activaba».

—Otro día, pana. Hoy voy a estar con la familia. Pero gracias.

El comisario entró en la habitación. Todos levantaron la cabeza. Salvador enderezó la espalda y se cruzó de brazos. Miró a Daniel Manrique, que pronunció la palabra «suerte». Salvador levantó el pulgar como queriendo decir que, sin importar lo que pasara, iba a estar bien. Todo era silencio y todos los ojos estaban clavados en el comisario que, sabiéndose poseedor de toda la atención que podía recibir alguien que se encontrara en aquella habitación, dijo:

—Buenas noches, señores. Es mi deber informarles que se les ha otorgado una medida sustitutiva de privativa de libertad y que a partir de este momento dejan de ser nuestra responsabilidad, así que llamen a sus casas para que los vengan a buscar lo antes posible... felicitaciones —agregó tras una breve pausa mientras hacía una leve inclinación de cabeza y una prudente sonrisa se dibujaba en su rostro.

—¡Bravo! —se oyó exclamar a Gustavo.

Todos aplaudieron y se fueron abrazando, uno por uno, los que se habían hecho amigos, los que solo se habían dirigido un par de palabras, los que habían peleado más de una vez, los que no se soportaban. Salvador estrechó por último la mano de Daniel Manrique y cada uno le dio al otro una amistosa palmada en la espalda.

Salvador sacó su celular del bolsillo trasero de su *blue-jean* y llamó a María Elisa, su hermana:

—¡Salva! ¿Cómo estás? —saludó la joven, que no sabía nada.

—Muy bien, mira, necesito que me hagas un favor —comenzó diciendo Salvador, fingiendo normalidad.

—Dime...

—Me provoca *pizza*, ¿puedes ir llamando a Papa John's y pedirles como cuatro *pizzas* grandes, para que cuando yo llegue a la casa ya les falte poco para llegar? Que me estoy muriendo de hambre.

No hubo respuesta inmediata.

—Ya va... ¿quieres que pida *pizza*?

—Sí...

–Para acá para la casa.

–Sí...

–Para ti.

–Exacto. Bueno, no solo para mí, para ustedes, la familia, los amigos. Me imagino que vamos a celebrar, ¿no?

Salvador tuvo que alejar el celular de su oreja debido a la fuerte exclamación de alegría de su hermana. Pudo escuchar a su madre preguntar qué ocurría. Un segundo después, solo escuchaba gritos y no entendía nada. Cuando, por fin, logró que su hermana recobrara un destello de calma, le avisó que debía trancar para preguntarles a alguno de sus amigos si lo podían ir a buscar.

...

Mientras Salvador llamaba a su hermana, Cristina estaba con Julia en la cocina horneando una bandeja de «ponquecitos».

–Me dijeron para ir a Le Club, ¿quieres ir? –le preguntó Cristina a Julia. Julia negó con la cabeza.

–No, gracias. Pero ve tú.

–Me provoca cero.

Julia vio a su hermana con la barbilla apoyada en su mano y le preguntó:

–¿Todavía estás pensando en la llamada de Salvador?

Antes de contestar, Cristina sonrió para sí.

–Todo el bendito día. ¿Te acuerdas cuando en el colegio nos daban como ejemplo de metáfora la frase «pienso en ti cada momento»? Decían que eso era una exageración porque es imposible que pienses en alguien a cada momento... Chama, nos mintieron. Eso no es ninguna hipérbole. Tú de verdad puedes pensar en alguien todos los segundos del día.

Julia no dijo nada. Se limitó a observar los «ponquecitos» a través del vidrio, para ver si ya les faltaba poco.

–Recuerda que tienes la esperanza de que va a salir –dijo por fin.

–Yo sé, bróder, pero igual, eso puede ser que si en tres años, ¿sabes?

Julia se acercó a su hermana, que había cubierto su cara con las manos y, pasándole el brazo por los hombros, le dijo:

–No van a ser tres años, tranquila.

La pantalla de Cristina se iluminó, lo que captó la inmediata atención de Julia, que leyó el nombre «Salvador». Julia no tuvo tiempo de reaccionar, pues todo había ocurrido muy rápido. Al escuchar su celular y leer «Salvador» en la pantalla, Cristina exclamó:

—¡Bróder es él!

—¡Atiende, entonces!

—¡Salvador! —fue el saludo de Cristina.

Julia rio ante la falta de disimulo de su hermana y deseó ser así.

—¿Cómo estás? —preguntó Salvador.

—Aquí, en mi casa. ¿Tú?

—Yo aquí con un amigo en camino a mi casa, ¿quieres que te pasemos buscando?

Julia vio a Cristina abrir los ojos como platos y la escuchó balbucear antes de poder pronunciar alguna frase con sentido.

—No entiendo, cómo que pasarme buscando.

Julia sí entendió y se cubrió la boca con las manos. Cristina escuchaba la explicación de Salvador con la boca abierta, miró a Julia, cuyos ojos brillaban. Ahora fue el turno de Cristina el llevarse una mano a la boca mientras sus ojos se llenaban de lágrimas.

—... Entonces, ¿te podemos pasar buscando o ya es muy tarde? No es nada *fancy*, pedimos *pizza* y ya. Vente así como te venías al SEBIN, que además te veías muy linda siempre.

—¡Bobo! ¡Saliste de esa broma! ¿Crees que me importa la hora? Además, ¿qué hora es que es? —dijo Cristina mientras buscaba la hora en alguno de los aparatos de la cocina—. ¡Bróder! ¡No son ni las once! Vente ya que yo estoy lista.

Julia reía escuchando a su hermana. Cristina trancó y, enseguida, gritó con todas sus fuerzas mientras agitaba sus manos en el aire.

—¡Salió! ¡Julia, salió! ¡Salvador salió! ¡Salió, chama! ¡Y viene para acá! ¡Bróder! ¡Me tengo que apurar!

Cristina salió corriendo a su habitación para arreglarse. Julia permaneció en la cocina y, mientras reía a carcajadas, revisó de nuevo el estado de los ponquecitos. Al ver que parecían listos, apagó el horno, los sacó y olvidándose de ellos fue al cuarto de Cristina para acompañarla mientras ella se arreglaba.

—Me dijo que iban a estar en su casa tipo *chill*. Me dijo que fuera como iba al SEBIN, pero, ay no... y tampoco es que quiero ir muy arreglada. O sea, no es que voy a ir en tacones.

—Ponte unas cholitas bonitas.

—Exacto, a eso iba. Me voy a poner unas cholitas, con un *jean* blanco y esta blusa negra por fuera —dijo mientras sacaba una blusa negra sin mangas de su clóset y se la mostraba a Julia.

—Bella —dijo Julia, que estaba sentada al pie de la cama de su hermana, con las piernas cruzadas.

Cristina se cambió, siempre pendiente de su celular y en diez minutos estuvo lista.

—¡Berro! ¡No les he avisado a mis papás! —Cristina se dirigió a la habitación de sus padres y tocó la puerta.

—¿Qué pasó? Ya iba a salir a decirles que bajaran un poco el volumen…

—¡Mami! ¡Salió Salvador!

—¡¿Qué?! ¡Ay, mentira!

—¡Síííí! ¡En serio! ¡Y viene ya a buscarme!

—¿Qué pasó? —preguntó el señor Valverde desde el interior de su habitación.

—¡Leo! ¡Salió Salvador! —contestó la señora Andreína—. ¡Y no perdió el tiempo! Ya le dijo a Cristina que la venía a buscar.

El señor Valverde salió al encuentro de su esposa y su hija. Cristina narró cómo había transcurrido la llamada.

—Qué bueno vale… bueno, tenemos que bajar todos a saludarlo.

—¡Ay, pues claro! ¡Eso ni se pregunta! Déjenme retocarme —dijo la señora Andreína y, enseguida, se dirigió a su baño a lavarse los dientes y maquillarse un poco.

Cinco minutos después, Cristina recibió otra llamada de Salvador, en la que le avisó que ya estaba abajo.

—¿Me bajo a saludar a tus papás o ya están dormidos? —preguntó Salvador.

—Ellos van a bajar conmigo —respondió Cristina mientras, haciendo un gesto con la mano, les indicaba a todos que se acercaran pues ya había llamado al ascensor.

En el ascensor, la señora Andreína admitió estar muy emocionada.

—¡Ay, imagínate yo, es que no lo puedo creer! Y, justo cuando llamó, estábamos hablando de él —contó Cristina.

—¿De verdad? —preguntó el señor Valverde.

—Cristina justo se estaba quejando de que seguro le faltaban años para salir —mencionó Julia.

—Y, en eso, escucho mi celular y leo «Salvador» en la pantalla. ¡Ay, no, qué felicidad! —Esta última exclamación la hizo dando palmadas y saltitos en el ascensor.

Los cuatro salieron al encuentro de Salvador, que esperaba a Cristina en el asiento del copiloto de una camioneta azul marino junto al amigo que lo había ido a buscar a la sede del SEBIN; salió al ver a Cristina acompañada de tres personas. Reconoció al señor Valverde, a Julia y a la señora Andreína por las fotos y los videos que Cristina le había mandado.

—¡Hola! —saludó Cristina, mientras agitaba la mano, y se acercaba a la camioneta seguida de su familia.

Salvador levantó un brazo para saludar y se acercó unos pasos hacia los miembros de la familia Valverde que habían ido a saludarlo. En primer lugar saludó a Cristina con un abrazo discreto y un beso en la mejilla; sin embargo, al soltarla, se miraron por una fracción de segundo y él le guiñó un ojo. Seguidamente, saludó al señor Valverde estrechándole la mano y se presentó ante la señora Andreína y ante Julia como «Salvador Arbeláez».

—Oye, felicitaciones —dijo el señor Valverde y, así, abrió una corta conversación.

Cristina y Julia se limitaban a observar a sus padres y a Salvador conversar, a veces mirándose con complicidad. El amigo de Salvador, al ver que la conversación ya se había extendido más de dos minutos, se bajó a saludar. Los seis conversaron por unos cinco minutos, hasta que el señor Valverde sugirió que se fueran, pues no era seguro conversar en la calle. Cristina se despidió de su familia, lo mismo que Salvador y su amigo. Salvador le abrió la puerta trasera de la camioneta, esperó por que se sentara y cerró la puerta. Cristina estaba sentada en el asiento del medio. Salvador pasó todo el trayecto con la cabeza girada hacia la parte trasera de la camioneta para conversar con ella.

—Chamo, si quieres te pasas para atrás —comentó su amigo a modo de chiste—. Ya entendí que no pinto nada en esto. Soy un chofer y ya.

—Sí... debí haber traído a mi hermana Julia para que te hiciera compañía —comentó Cristina.

—¿La que estaba ahí? Era bien bonita.

—Sí, Julia es muy bonita.

—¿Cómo está ella, por cierto? —preguntó Salvador—. Con el tema este del chamo...

—Bueno, él le escribió en Navidad, y estaba como contenta, pero ella no dice nada. Y la veo bien, en verdad, tranquila...

—O sea que Navidad fue el día en que aparecimos los ex.

—Ah, pero ustedes ya están en otro nivel... ya son «exes» y todo. Yo pensaba que estaban en la etapa esa sabrosa de cuando están empezando.

—Es que... se podría decir que también estamos en esa etapa —explicó Cristina—; es como raro.

—Sí, no tiene ni pies ni cabeza —agregó Salvador.

—Bueno, bróder, estabas en prisión, no sé qué esperabas... por cierto, qué broma lo de Alexander.

—Sí... me dio una vaina con él, y con Elkin, chamo. Ese es más buena gente. Pero yo creo que Elkin podría salir pronto. Alexander, lo veo más complicado porque el gobierno lo odia. Yo creo que a él, si acaso, le darán una cautelar de casa por cárcel... y eso si tiene la mala suerte de enfermarse más. Que sigan los dolores en la espalda y todo eso...

Llegaron a casa de Salvador. Aún en el carro, Cristina pudo ver a través de la ventana cómo había ya decenas de personas en la casa de Salvador que, al ver la camioneta, salieron a su encuentro.

—¡¡¡Salvaaaa!!!

—¡Mi amor!

—¡Bróder! —exclamó uno que sostenía una botella de champaña por el cuello.

En pocos segundos, Salvador ya estaba rodeado de gente que lo abrazaba, la primera, su hermana María Elisa que, tras abrazar a su hermano por un largo tiempo, saludó a Cristina.

—¡Qué bueeenooo que vinisteeee! ¡Hacías falta en el SEBIN! ¡Las visitas sin ti eran más aburridas! ¿Cómo estás?

—¡Feliz como tú de que tu hermano haya salido!

Poco a poco todos fueron entrando a la casa. Salvador buscó a Cristina entre la gente y, haciendo un gesto con la mano, le pidió que se acercara para así entrar juntos. Las *pizzas* aún no habían llegado. Salvador pidió permiso para irse a bañar.

—Hay ropa tuya aquí —le indicó su madre—, que te la había lavado para llevártela al SEBIN. Está en el lavadero.

Salvador fue al lavadero y tomó ropa interior, un par de medias, una camisa blanca y un *blue-jean*. Se dio un buen baño, pero trató de que fuera lo más rápido posible pues quería estar abajo, en la sala, con su familia, con sus amigos y con Cristina. Quince minutos después, Salvador ya estaba bajando las escaleras. Al verlo, su madre lo abrazó de nuevo y le pasó un plato plástico con dos pedazos de *pizza* de pepperoni. Cristina estaba sentada en un sofá entre María Elisa y el amigo de Salvador que lo había ido a buscar al SEBIN. Los tres comían *pizza*. Al verlos, Salvador sonrió, Cristina se dio cuenta y le devolvió la sonrisa.

—¡Siéntate! —Lo invitó ella, y señaló con la cabeza un sillón que se encontraba vacío.

Salvador se sentó y todo el mundo se ubicó en la sala, algunos se sentaron en el piso, otros permanecieron de pie. Él entendió que debía decir unas palabras, pues había bastante silencio considerando el número de personas que se hallaban dentro de la casa, además de que muchos lo miraban expectantes. Supo que por varios días sería una especie de payaso de circo a quien todos observarían y aceptó asumir su papel. Tras limpiarse la cara con la servilleta y tomar un sorbo del vaso de agua que su madre le había colocado frente a sí, Salvador comenzó:

—Creo que se imaginan que estoy muy feliz de estar aquí. Más que ustedes. No saben lo que se siente poder estar aquí de nuevo y verlos a todos en este ambiente, porque nunca los dejé de ver, ya voy a eso, pero la felicidad que siento por no estar ahorita con ustedes en el SEBIN es... de verdad, indescriptible. Ahora, los veo a todos y los recuerdo, a cada uno, en las visitas. Muchas, muchas... berro, infinitas gracias por dignarse a pasar sus domingos o parte de sus jueves allá. Eso lo aprecio, y todos los presos lo apreciábamos muchísimo. Sabemos que no era fácil y que no era, ni cerca, el mejor plan. ¡Coye, era el peor plan! Ir un domingo a la cárcel a acompañar a un preso que siempre estaba de mal humor. Gracias a todos, créanme que de no ser por ustedes, me habría vuelto loco... loco, loco. Ese sitio es una locura... A todas estas, yo me imagino que ahorita estoy en *shock* y no sé si estoy hablando coherentemente.

—Sí, vale. Ahí, más o menos, se te entiende —dijo un amigo de él.

—¿Más o menos? —preguntó Salvador y rio—. Bueno, no los quiero aburrir. Entonces, gracias a todos por estar ahí. Les juro que salvaron mi vida y, gracias ahora por estar aquí, celebrando conmigo. Los quiero a todos mucho.

—¡Tan leeeeendooo! —exclamó su mejor amigo.

—¡La cárcel le sacó su lado cariñoso! —afirmó otro.

—¡Ajá, Salva! Pero, ya va, cuéntanos de tu historia de amor carcelaria —pidió otro.

María Elisa miró a Cristina, que masticaba su *pizza* fingiendo que no había entendido a lo que se refería el amigo de Salvador con aquel último comentario. Cristina sintió cómo el silencio se iba apoderando de la sala y sabía que varios pares de ojos la observaban. Se limpió los labios con la servilleta y, como todos los demás, se limitó a no hacer nada, esperando por que Salvador hablara, como si no tuviera idea de lo que estaba pasando.

—Bueno, Cristina es estudiante de Psicología en la UCAB...

Ya Cristina sentía sus mejillas arder.

—Y, por un trabajo que yo nunca entendí muy bien, decidió, valientemente, visitar el SEBIN. Ella llega y se encuentra con este zarrapastroso preso que, para colmo, lo primero que le dice es «yo no entiendo qué vienes a hacer acá».

—Sí, definitivamente, Salvador cien por ciento —dijo el amigo que lo había llevado a su casa.

—Salvador a la enésima potencia —replicó Salvador—. Entonces... bueno, a mí me llega esta chamita a decirme que me tiene que hacer pruebas psicológicas para un trabajo y yo no sé qué... el punto es que yo no entendía nada y a mí lo único que me interesaba saber era si me iban a poner a dormir o no... como de psicología lo único que sé es eso... bueno, eso y la prueba esa de las manchas.

—Sí, estuvo como las primeras cinco visitas preguntándome si le iba a hacer hipnosis —intervino Cristina—. Y era como que «bróder, no... la psicología no es solo eso».

Todos rieron, incluso Salvador, y continuó:

—Pero a mí me llamaba la atención que la chama, con todo y lo insoportable que yo era, seguía viniendo... ¡los jueves y los domingos! Y eso me comenzó a llamar la atención. Porque alguien que se esfuerce así por un trabajo de pregrado tiene todo mi respeto.

—¡Bravo! —exclamó uno de los amigos de Salvador y, enseguida, todos aplaudieron.

Cristina se llevó una mano a la cara, apenada. De más está decir que el ambiente que reinaba en la casa de Salvador era de euforia.

—... Y, además, la chama me parecía superlinda. Pero, a todas estas, yo decía «cómo me va a parar esta chama que, primero, es trece años menor que yo. Segundo, no he hecho sino tratarla mal. Y, tercero, estoy preso, pana». No tenía nada a mi favor.

—De pana que nada —comentó un amigo.

—Además, yo decía «pana, seguro tiene novio».

—Ajá, ¿pero cómo empezó todo? —preguntó una prima de Salvador.

Salvador y Cristina se miraron y se encogieron de hombros. Cristina respondió primero.

—Bueno, yo puedo hablar por mí... —comenzó ella, pues ya la pena había desaparecido—. En verdad, equis, yo iba por trabajo y ya pero, de repente, me di cuenta de que «berro, como que me está gustando ir. No entiendo. Me está gustando ir al SEBIN... me debo estar volviendo loca».

—Exacto, por mi lado, yo me di cuenta de que ya no me alegraba tanto cuando llegaban ustedes, porque significaba que era hora de que la chamita se fuera.

—¡No joda! ¡Y uno yendo como un esclavo! —exclamó un amigo.

—¡Le hubieras dicho a ella que hoy te fuera a buscar!

—¡Tanta revisión en el baño que me calé! —exclamó otro.

Todos reían.

—¡A ustedes les habría pasado lo mismo! —agregó Salvador—. El punto es que, yo me doy cuenta, empiezan a pasar ciertas cosas como que, ella me ponía la mano en el hombro... y cosas así.

—¡Ah, claro! ¡Era yo sola! ¡Es mi culpa, pues! —saltó Cristina.

—¡Ay! Se molestó la visita —comentó alguien, pero la verdad es que Cristina reía también.

—Déjenme decirles —comenzó Cristina—, que fue él el que un día me dice que está harto de estar encerrado. Yo como que «claro, Salvador, llevas demasiado tiempo aquí». Y él es el que empieza a decirme que la vida está pasando y él no es parte de ella y que, además, para colmo había llegado yo a su vida...

—¡Ajáááá! ¡Ahora sí se puso bueno esto! —exclamó alguien.

—Cuéntanos, Cristina, qué más te dijo Salvador —pidió otro.

Cristina miró a Salvador con suficiencia y levantó una ceja. Salvador sonrió mientras negaba con la cabeza.

—A ver... qué más me dijo —comenzó Cristina, que gozaba con la situación—. Me dijo cosas muy lindas. Creo que fue ese día que me dijo que, de haberme conocido en cualquier otra situación, ya me habría invitado a salir cien veces.

Se oyeron exclamaciones como:

«¡Saaalvaaa!»; «¡Qué cuchi Saaalvaaa!»; «¡Eeeesooo, Salvaaaa!»; «¡Esa labia, mi pana!».

—Cristina, no me hagas esto —decía Salvador—, no me van a dejar en paz nunca.

—Bueno, bueno, tampoco quiero que Salvador se moleste conmigo. No debería contar más —dijo Cristina, que sí quería seguir narrando la historia.

—¡¿Estás loca?! ¡Ya no puedes parar! —dijo alguien.

—¡Sigue! —gritó otra persona.

—¡Ah, bueno! Pero si insisten...

Alguien le pasó un vaso de *whisky* en las rocas a Salvador.

—Para que pases la pena más fácil —le dijeron.

Él lo agradeció.

–... Entonces, después de decirme que ya me habría invitado a salir cien veces, me dice que, si fuera por él, me escribiría mañana, tarde y noche. ¡Eso fue todo en la misma conversación! Se lanzó ese discurso de que si él tuviera la suerte de que yo le parara, pero eso significaría que yo estaría presa también, que él no me podía hacer eso... que sí, que no, que sí quería pero que no podía...

–Y, a todas estas, ¿tú qué le dijiste? –preguntó uno de los amigos de Salvador.

–Ah, yo le dije que yo hacía lo que quería, que él no estaba para tomar decisiones por mí, y que si yo quería entablar una relación con él, me daba igual que estuviera preso.

–¡Uuuupaaa! ¡Hey, pero, ya va! ¡Entonces ustedes son novios!

–Si son novios, entonces cuenten cómo fue su primer beso en la cárcel. Me parece superromántico –pidió una prima de Salvador.

Cristina y Salvador se miraron y esta estalló en carcajadas mientras Salvador se pasaba las manos por el pelo.

–¡Cuenten! –insistió.

Todo el mundo quería escuchar la historia.

–¿Les dices tú o les digo yo? –le preguntó Cristina a Salvador.

–Explícales tú –dijo Salvador, rendido, antes de darle un sorbo a su *whisky*.

–Bueno –comenzó Cristina mientras cruzaba una pierna sobre la otra y entrelazaba los dedos de sus manos–, lamento decepcionarlos pero eso nunca pasó.

No pudo continuar inmediatamente pues la sala se llenó de abucheos y de exclamaciones de frustración, que evolucionaron en burlas a Salvador:

–¡Veeeeeeeee!

–¡¿Qué te pasó, Salva?! Tú no eras así. ¿Perdiste el *touch*?

–¿Te daba miedo, Salva?

–¿Te metiste a cura?

Cristina intentaba recuperar la atención del público para explicar la que era su teoría de por qué un beso no había tenido lugar en el SEBIN, pues no le gustaba que se burlaran de Salvador, a pesar de que nadie lo hiciera con malas intenciones. Al darse cuenta de los intentos fallidos de Cristina, Salvador colocó sus manos alrededor de su boca, imitando un megáfono y exclamó:

–¡Silencio!

Todos hicieron silencio. Al ver que era dueño de la atención de la audiencia, Salvador dijo:

–Déjennos explicarles por qué nunca pasó nada en el SEBIN.

Colocó su vaso, ya casi vacío, en la mesa que tenía frente a sí y comenzó:

–Efectivamente, como dijo Cristina, yo le dije que si iniciaba una relación conmigo, ella, en cierta forma, se convertiría en una presa. Berro, nuestra relación estaría limitada, estaba limitada a las cuatro paredes de mi sala de visita. Nuestra relación tenía un horario... ya a las cinco de la tarde ella se tenía que ir, quisiera o no. Yo compartía sala de visita con Daniel y Juan...

Salvador descruzó la pierna y hablaba gesticulando mucho con sus manos.

–Yo sabía que era un egoísmo inmenso de mi parte ser novio de esta chama, pero por otro lado, claro que quería. Yo decidí no darle un beso porque quería que ella entendiera que todavía, de cierta forma, era libre, que me podía dejar en cualquier momento, si eso era lo que quería. ¿Que si fue difícil? Fue muy difícil, pero sentía que se lo debía.

–Qué bello mi hermano –dijo María Elisa.

–Gracias.

–¡Bueh! ¡Te perdonamos porque nos parece válido el argumento! Y porque ninguno de nosotros ha estado preso, entonces sabemos que no entendemos bien las reglas del juego –dijo un amigo de Salvador.

La reunión se extendió hasta altas horas de la madrugada, hasta que, poco a poco, todos se fueron yendo. Salvador le había dicho a Cristina que él la llevaría a su casa. Así que ella tuvo que esperar a que se fuera el último para que así él la pudiera llevar.

Cristina y Salvador hicieron la corta caminata desde la puerta principal de la casa hacia el carro en silencio. Salvador le abrió la puerta a Cristina, ella le dio las gracias y se sentó. Salvador cerró la puerta y, a su vez, se montó en el carro. En el camino, Salvador hizo comentarios sobre lo genial que eran cosas tan simples como poder manejar nuevamente, ver la luna, estar en su casa tomándose un *whisky* con sus amigos hasta la hora que se le antojara. Cristina le comentó a Salvador lo agradables que eran sus familiares y amigos. Ambos evitaban traer a colación aquella conversación sobre su relación. Llegaron al edificio de Cristina.

–Bueno, muchas gracias por venir –dijo Salvador.

Este tipo de verdad tiene que ir al psicólogo. No me va a besar. No puede ser. Bróder, no te creo, se decía nuestra joven en su mente.

Se dieron un beso en la mejilla y Cristina abrió la puerta del carro.

Viendo a Cristina alejarse, Salvador se dijo:

—No puedo ser tan imbécil.

Apagó el carro y, al bajarse, exclamó:

—¡Mira, Cristina!

Y caminó hacia ella con paso acelerado. Cristina, que había estado buscando las llaves en su cartera, al verlo acercarse, sonrió con picardía y decidió divertirse un poco. Al momento en que Salvador se detuvo frente a ella, sin darle tiempo de decir nada, Cristina dijo con aire suficiente:

—Asumo que vienes a besarme, así tipo película, que vienes corriendo. Te falta la lluvia para que sea perfecto.

—Sí... una lástima —dijo él—. Si quieres espero a que llueva.

—Si quieres... a mí no me importa. Yo puedo esperar. Ya estoy acostumbrada.

—Ah, bueno, perfecto. Dejemos este asunto para otro día, ¿te parece? —dijo Salvador mientras extendía su mano como si fuera a cerrar un negocio con Cristina.

—Me parece perfecto —respondió ella estrechando la mano de él como si, verdaderamente, estuvieran cerrando un trato.

Con la mano de Cristina en su poder, Salvador aprovechó para halarla hacia él y, tomándola por la cintura con la mano que tenía libre, la besó. Cristina rodeó el cuello de Salvador con sus brazos...

—Yo asumo que es que tú y yo somos novios de nuevo, ya sin ninguna preocupación política de por medio.

—Asumes bien —dijo él.

—O sea... sé que todavía hay problemas políticos y dijiste en tu casa que tienes prohibición de salida del país con régimen de presentación...

—Correcto.

—Pero podemos tener un noviazgo normal, aquí en Caracas. Y puedes viajar a Los Roques conmigo y mi familia.

—Exactamente... o te puedo llevar a Los Roques yo.

—Eh... no.

—¿No te dejan viajar sola conmigo?

Cristina negó con la cabeza.

—Bueno, viajo contigo y tu familia a Los Roques.

—Me parece excelente.

Se besaron de nuevo.

Lunes, 31 de diciembre de 2012

—No puedo creer que Salvador va a venir esta noche a la casa —comentó Cristina, que era la encargada de preparar el arroz salvaje.

—Sí... hace una semana llorabas por el pana, y ahora, mira —dijo Luna.

—¡Ya yo había dejado de llorar por él! Estaba medio triste y ya.

Los cinco Valverde se hallaban nuevamente en la cocina, como hacía exactamente una semana, cocinando para la cena, con la diferencia de que, esa noche, Salvador estaría celebrando con ellos, y la abuela de Cristina lo conocería más allá de una llamada telefónica.

...

Esa noche llegaron a casa de los abuelos los cinco Valverde acompañados por Salvador y Bóreas. Por supuesto, toda la familia conocía la historia de Salvador y, al entrar, lo miraron sin disimulo para, seguidamente, acercársele y darle la bienvenida. Salvador estrechó unas treinta manos. Cristina lo observaba, algo apartada, sin poder contener la risa, pues todas sus primas lo rodeaban y le hacían preguntas. Cristina y Salvador estarían allí hasta las doce y, posteriormente, irían a casa de Salvador para celebrar con la familia de este.

Todas las primas, tías y la abuela se hallaban en la sala escuchando la historia de Cristina.

—Cristina, ¡el hombre es un papi! ¡Se parece al de «Iron Man»! ¡Es que es igualito!

—¡Sííí! Yo se lo dije una vez en el SEBIN.

—Me gusta el muchacho —comentó la abuela—. Está integrado al grupo.

Todas las mujeres voltearon hacia el ventanal que daba al jardín y vieron a Salvador conversando con algunos de los tíos.

—Y no parece que hubiera salido de la cárcel anteayer —comentó una.

—¡Para nada! —exclamó Cristina—. Te lo juro que la broma es como que si no hubiera pasado. Ayer subimos a Sabas Nieves con su familia, como si ese fuera el plan común de los fines de semana. Subimos en la tarde porque todos nos habíamos acostado muy tarde. Habían dicho para mejor ir hoy en la mañana pero Salvador estaba empeñado en ir.

—Me imagino —intervino Julia—. Si estás preso, de las cosas que te deben provocar es estar en contacto con la naturaleza… y, si eres caraqueño, por supuesto que sueñas con subir el Ávila.

...

Después de las respectivas celebraciones familiares, los jóvenes tenían planeado ir a Le Club.

—¿Vienes, Julia? —le preguntó Cristina.

Julia suspiró antes de responder:

—Voy a ir —dijo—. Pero estoy segura de que esa broma va a estar *full*, que va a ser como una hora para entrar y que, cuando por fin entremos, no nos vamos ni siquiera a poder mover por el gentío.

—Pero vamos a bailar merenguito —le insistió Cristina.

—¡Tú vas a bailar merenguito! —le respondió Julia apuntándola con el dedo—. Para mí, cuando ponen merengue es que si hora de descanso.

—Yo le digo a Salvador que te saque a bailar…

—No. Yo no quiero que nadie me esté teniendo lástima.

—¡Nadie te está teniendo lástima!

...

Se abrió el ascensor de Le Club. Como había predicho Julia, estaba abarrotado de gente y, la verdad es que había sido bastante optimista, porque al final les había tomado una hora y media el poder entrar.

Quién me manda a venir para acá, pensaba ella. *Quién me manda.*

Estaba con sus hermanas y sus primos, eso era un consuelo. Cristina y Salvador parecieron no darse cuenta de la larga espera. Al entrar, se dirigieron directamente a la pista de baile, todos los que conocían la historia los observaban.

—¡Aaah, pero si bailas bien! —exclamó Cristina.

—¡Claro! ¿Qué creías?

—¡Bróder, después de dos años de cárcel quizá se te había olvidado!

—Eso no se olvida...

Bailaban mirándose a los ojos. El que estuvieran bailando esa noche representaba un triunfo sobre las infinitas probabilidades que habían tenido en su contra. Cristina notó que Salvador había reído fugazmente.

—¿Qué pasó?

—Nada —respondió este negando con la cabeza—, es que... algo debo haber hecho bien para merecerme este momento.

—Bróder, después de lo que viviste, te mereces el Paraíso en la tierra, o sea.

Salvador dijo:

—¿Y qué crees tú que es esto?

Cristina lo abrazó. Se miraron nuevamente a los ojos, los brazos de Cristina rodeaban el cuello de Salvador. Julia los observaba junto a dos de sus primas, las tres sonreían involuntariamente, alegres por la felicidad de su hermana y prima. Con las manos apoyadas en la baranda, Julia recorrió el lugar con su mirada...

No estaba «la razón» por la cual había aceptado ir esa noche a Le Club. No se lo había admitido a sí misma, ni siquiera por un segundo. Quizá llegaría más tarde. El lugar estaba muy lleno, tal vez sí estaba pero ella no lo había visto. No lo veía... y ahora estaba en Le Club, queriendo regresar a su casa, pues Octavio no estaba allí para hacer la noche interesante.

Pero... ajá, si hubiera estado aquí, ¿qué le iba a decir? ¡Nada! Hay demasiado ruido, está oscuro... de broma y lo hubiera saludado, además, quién me dice a mí que él me quiere saludar. Quién... me dice a mí... que él tiene algún interés en saludarme. Suspiró y se sentó en la mesa que habían conseguido. Le pidió a uno de sus primos que le preparara un vodka.

En algún momento se paró pues todos se dirigían a la pista de baile. Sabía que, como mínimo, estarían una hora más allí, así que decidió pasarla lo mejor posible. Y, la verdad, ¿qué interés podía tener ella en ver a Octavio? No hablaban, prácticamente, desde hacía siete meses. ¿Qué interés podía tener? Quizá el que aún lo extrañaba... todos los días. Bailó intentando enfocarse en el hecho de que estaba con su familia, celebrando la llegada de un nuevo año.

Martes, 16 de abril de 2013

El día de su vigésimo tercer cumpleaños, Julia se levantó a las cinco y media de la mañana para ir a la universidad. Tanteó la mesa de noche para encontrar su celular y, así, apagar la alarma. Ese día no tenía examen, como recordaba que había ocurrido el año pasado, sin embargo, tenía un examen al día siguiente, lo cual no consideraba una mejora en su suerte... era peor en tal caso. Antes de levantarse, revisó los mensajes en su celular. Había recibido algunos a las doce y los había respondido, pero se había dormido muy pronto y quizá no había leído alguno. Nada. Antes de levantarse quiso permanecer algunos minutos en su cama, la idea de pisar el piso frío y enfrentar el aire acondicionado sin cobija no le atraía en lo más mínimo.

Veintitrés... se acabaron mis veintidós, decía en su mente, mis veintidós... fueron chéveres... hace un año, Luna y Cristina me regalaron mi caja de cereal. Tuve examen de Estadística, me acuerdo. Bóreas vino a la casa en la noche... Luna jamás se habría imaginado que un año después tendría una relación estable con él... a mí misma todavía me parece raro verlos juntos. Y fue el día en que Cristina me prometió que haríamos algo el fin de semana para celebrar. Y ese viernes conocí a Octavio... ay, Dios mío... Julia, bájale dos. Ya tengo que dejar de ser tan intensa en esta vida. Bueno, bueno, ya está bueno ya. Ya. Eso se quedó en mis veintidós. Fueron unos piches tres meses.

Recordó una vez, en la universidad, hablando con un profesor, este le había dicho «un mes, un solo mes, te puede durar para toda la vida».

—Dios me libre de semejante panorama. Me niego a vivir mi vida así —dijo en voz baja y, por fin, se puso de pie.

Se dio un baño agradable y se vistió con un *blue-jean*, una blusa *beige* sin mangas y unas zapatillas anaranjadas. Cuando bajó a la cocina, no había nadie allí. Agradeció ese momento de soledad que tendría y fue a la nevera a sacar el queso, pues le provocó desayunar un pan con queso derretido, su regalo de cumpleaños para ella misma pues, generalmente, se desayunaba con un yogur. Ya sentada y lista para comer, escuchó las voces de Cristina y Luna acercándose a la cocina.

—¡Feliz cumpleaaañooos! —exclamaron las dos al verla desayunando y se acercaron para darle un abrazo.

—Gracias...

Entre las dos le habían comprado una blusa para salir de noche, de Zara. Julia la agradeció sinceramente.

—¿Qué vas a hacer hoy? —le preguntó Cristina, que abría la nevera para prepararse algo de desayuno.

—Nada, en verdad, es martes. Una tortica y se acabó.

—Tu cumpleaños siempre cae como que en días chimbos. ¿El año pasado no cayó que si lunes?

Julia asintió mientras masticaba.

—Bueno, te prometo que este fin de semana te organizo algo.

Julia hizo un esfuerzo por tragar rápido para decir:

—No, no, no. Gracias, pero no. El año pasado fue igualito y mira lo que pasó.

Cristina permaneció unos segundos pensando.

—No entiendo... a ver... me acuerdo que fuimos a Le Club. ¡Ah! Ay, claro, qué bruta. ¡Conociste a Oto! Y comenzó todo eso. ¡Bueno, bróder, perfecto! Te organizo una salida parecida y conoces a otro tipo, uno que no sea ateo.

Julia suspiró antes de decir:

—De verdad que me provoca cero. Gracias, pero no.

—Ajá, ¿y tú quieres estar sola por el resto de tu vida?

—¡Tengo veintitrés! Por Dios... tengo tiempo.

—¿Pero no te provoca ni una salidita con tus hermanas? —preguntó Luna.

—Claro que sí... pero digo que no quiero la mega salida. Puedo perfectamente salir con ustedes dos, Salvador y Bóreas a tomar algo.

—Dale, pues —aceptó Cristina.

...

Eran las once con siete minutos cuando Julia sintió su celular vibrar, como lo había hecho ya varias veces ese día. Lo tenía en su pupitre con la pantalla de cara a la mesa. Lo volteó, tenía un mensaje. Como ese profesor era bastante estricto con los celulares, más que por leer el mensaje que acababa de recibir, se preocupaba por que el profesor se diera cuenta de que, efectivamente, leía un mensaje. Esa preocupación quedó instantáneamente en el olvido, cuando leyó en su pantalla el nombre «Octavio Ávila». Abrió el mensaje:

«Holaaa! Feliz cumpleaaañosss! Espero q la pases muy bien con toda tu familia y amigos y q este año este lleno de salud y exitos. Un beso!».

Leyó el mensaje un par de veces más y decidió que se regalaría unos diez minutos para responder. Ahora, la pregunta de siempre: ¿qué le respondería? Sin prestar atención a lo que el profesor decía, planeó una serie de posibles respuestas en su mente:

Puede ser tipo graciasss, con una carita feliz, y ya. O con signo de exclamación y carita feliz. Ay, no. Quiero que sepa que su mensaje me alegra.

Acabó por responder de esta manera:

«Octavio!! Gracias por acordarte!!! :D».

¡Ay! ¿Qué he hecho? ¿Qué hice? ¿Qué hice? Lo que me falta es arrastrarme. ¿Qué clase de mensaje es ese?

Borró la conversación, pues ver ese mensaje en su pantalla le causaba vergüenza consigo misma.

Y ni siquiera es que me contenté con la carita feliz normal. No. Tenía que poner la de la D mayúscula.

Colocó nuevamente la pantalla del celular de cara al pupitre y se propuso prestar atención. Su celular vibró. Lo miró por un par de segundos y lo volteó. Cuidando que el profesor no se diera cuenta, lo desbloqueó y abrió el mensaje que acababa de recibir que, efectivamente, era de Octavio.

«Claaroo como no acordarme de tu cumpleanoss? Como estas? Q es de tu vida? Cuando salimos a tomar algo? Tiempo sin saber de ti...».

Ay, Señor... se decía Julia en su mente *me está diciendo para salir. ¿Cómo le digo que no sin ser antipática? Ay, pero, ya va... ¿yo misma no he pedido un día más? Lo que pasa es que, en verdad, no debería... berro, ¿no puedo, por una vez, hacer lo que yo quiera? Dios, por una vez. ¡Una! Una... ¿saben qué? Voy a tener mi salida porque sí. Porque quiero. ¡Una salida!*

Tomó el celular y respondió, ignorando las primeras tres preguntas que contenía el mensaje de Octavio, con un simple:

«El jueves te parece?».

No tardó más de un minuto en recibir la siguiente respuesta:

«Perfecto te busco tipo 9. Te parece?».

«Sí, gracias :)». Respondió ella e introdujo su celular en el bolso.

No le dijo a nadie que el jueves saldría con Octavio... y nunca lo haría.

Jueves, 18 de abril de 2013

Con la excusa de que saldría a cenar con una amiga, Julia se bañó y se vistió estrenando la blusa que sus hermanas le habían regalado por su cumpleaños. A las ocho y cuarenta estuvo lista. Decidió esperar en la cocina, donde se hallaban Cristina y Salvador cocinando.

—¡Qué linda estás! —exclamó Cristina al verla— ¿A dónde vas?

—En verdad, nulísimo. Voy a salir con Stephanie, vamos a Chirú en Las Cúpulas. Pero, no sé, me provocó ponerme esto, no sabía qué más ponerme —mintió, sintiéndose terrible.

—¿Verdad que está superlinda, Salva? —le preguntó Cristina a su novio.

Con una cuchara de madera llena de pasta de tomate en la mano, Salvador respondió:

—Sí, está muy bonita. Voy a mandar a los comisarios del SEBIN a que vayan a hacerte de guardaespaldas.

Julia respondió con un gracias que ocultaba lo importante que era para ella recibir ese cumplido esa precisa noche.

—¿Quieres que te llevemos? —le preguntó Cristina.

Julia negó con la cabeza y respondió:

—Ella me viene a buscar, pero gracias.

Recibió un mensaje, Octavio estaba «en kmino».

Sonrió y se dijo para sus adentros:

No puedo creer que estoy leyendo esto.

La verdad es que desde que habían acordado salir esa noche, Julia se había preocupado por varios factores como eran el que nadie se enterara, escoger la ropa que usaría, qué decir, qué no decir, por tonterías como que quizá Octavio se aburriría en la cena pues ya no la encontraría divertida, que no se había detenido a pensar que iba a salir con él, después de siete meses. Y había sido así hasta ese momento:

Voy a salir con Octavio... Julia, vas a salir con Octavio. Octavio está en camino a mi casa. Me voy a sentar en su carro, voy a conversar con él, lo voy a tener sentado frente a mí. Tuvo que hacer un gran esfuerzo para ocultar una sonrisa.

Cuando recibió el mensaje en el que Octavio le informaba que estaba abajo, Julia se despidió de su hermana y de Salvador y se dirigió al ascensor. Vio su reflejo en el espejo del ascensor y se dijo en su mente:

Disfruta cada segundo de esta cena, porque sabes que, después de esta noche, nunca más.

Sabía que algún día (al día siguiente) sentiría celos de sí misma, celos de que alguna vez había sido su presente el estar bajando por el ascensor para salir con Octavio... que una vez más, Octavio había sido presente y futuro y no pasado. Había pedido muchas veces por «un día más»; ese era el día, lo que significaba que, una vez que se bajara del carro ya de regreso en su casa, ese «un día más» que tantas veces había repetido, se convertiría en un «nunca más» que tendría que aceptar sin derecho a réplica.

Se abrió el ascensor y Julia se dirigió hacia la salida. Controlaba cada paso. Vio el carro en el que en una época tantas veces se había montado y sintió como si el tiempo no hubiera pasado. Apretó los labios, pues sabía que sonreía, y quería mantener una expresión neutral, por lo menos al principio.

Vio a Octavio a través del vidrio. Abrió la puerta...

—Buenas, buenas... ¿cómo estás? —saludó él.

—Holaaa... —saludó Julia mientras se montaba en el carro—, muy bien, ¿tú?

—Aquí, chévere...

Octavio le preguntó a dónde quería ir.

—A donde quieras, de verdad.

—Anda, elige el sitio que quieras, anteayer fue tu cumpleaños. ¿Cuántos es que cumpliste?

—Veintitrés... no, pero... de verdad, elige tú. Por favor.

—¿Qué? ¿Te estresa tener que elegir?

—No sabes cuánto.

Octavio rio y dijo:

—Qué polla.

Julia volteó los ojos, ya sonreía, y preguntó:

—¿Y vas a seguir con eso? Pensé que se te había olvidado.

—¿Estás loca?... Ajá y cuénteme, mujer, ¿qué es de su vida?

Julia se encogió de hombros.

—Nada, todo igual... la uni, mis amigas, mi familia, todo igual.

—Increíble que Cristina al final se salió con la suya y se empató con el preso —comentó Octavio.

—Sí... está feliz.

—¿Y tu hermanita sigue con este chamo? El de los datos curiosos.

—Con Bóreas, sí.

—Es bien chévere ese chamo. ¿Y tú?

—Yo qué.

—¿Con quién andas?

—Con nadie.

—¿En serio? Imposible.

—Por qué «imposible». Ajá, y si no quiero estar con nadie, cuál es el problema.

—Qué risa cómo te estresas toda.

—No estoy estresada... solo te digo que cuál es el problema con querer estar sola.

—Ninguno. Me da risa y ya. Pero estás clara que es porque te da la gana, ¿no? Porque no es que es muy difícil que tú le gustes a alguien.

Ay... pensó Julia.

—En verdad, ni idea de qué tan fácil o qué tan difícil sea que yo le guste a alguien —fue lo que dijo.

—No es difícil.

Julia decidió mirar por la ventana y, cambiando de tema, preguntó:

—¿A dónde decidiste que vamos?

—Vamos a Aprile. ¿Te gusta?

—¡Muchísimo!

—Perfecto.

...

Llegaron a Aprile y los sentaron en una de las mesas de la terraza. El mesonero les entregó los menús y se alejó. Julia abrió el menú que tenía frente a ella.

—No sabes lo raro que estar sentado frente a ti... otra vez, pues.

Julia levantó la mirada.

—Sí... es como raro.

—¿Qué te dijeron tus hermanas cuando les dijiste que ibas a salir conmigo?

Julia se enderezó en su asiento antes de responder:

—Bueno... no saben. No les dije. No le dije a nadie.

Octavio ladeó un poco la cabeza y preguntó:

—¿Y eso?

Julia se encogió de hombros antes de responder:

—Es que no quería darle explicaciones a nadie. Ya yo había dicho que no iba a salir contigo más nunca, y no quería tener que decir que iba a salir contigo una vez más.

—¿Una vez más?

Julia asintió lentamente, con una mirada muy seria.

—O sea... tú dijiste «voy a salir con este chamo esta noche y más nunca».

Julia bajó la cabeza y dijo:

—Más o menos.

—Tú, de pana, que no dejas de sorprenderme.

Ella sonrió.

—¿Y por qué? —insistió Octavio.

Nuevamente, Julia se encogió de hombros:

—Porque nada ha cambiado.

El mesonero se acercó a la mesa y les preguntó si habían decidido lo que querían para tomar.

—Creo que vamos a pedir un vino. ¿Te parece? —preguntó Octavio dirigiéndose a Julia.

Ella asintió y, colocando un mechón de pelo detrás de su oreja, dijo:

—Por favor.

Pidieron un vino tinto y el mesonero se alejó nuevamente.

Octavio recostó la espalda en su asiento y, cruzando una pierna, dijo:

—Explícame eso de que nada ha cambiado.

Julia exhaló un suspiro.

—Por favor, no...

—No, qué...

—No me hagas hablar de eso... okey... por lo menos espera a que llegue el vino.

—Dale, pues —concedió Octavio.

—¿Y qué tal todo? —preguntó Julia, cambiando de tema con la esperanza de que Octavio olvidara su petición de que le explicara qué significaba el que nada hubiera cambiado.

Octavio le contó ciertas anécdotas de su vida en ese tiempo en el que no habían hablado, y Julia lo escuchaba.

—Hubo un día en que una amiga cumplía años y quiso ir a Veranda... me acordé de ti.

Sin saber qué decir, Julia soltó una risa no comprometedora.

—Me acordé *full* de ti ese día... de tu descripción del Cielo... qué risa, qué cuchi y qué risa.

—Sí... quizá ya debería actualizar mi imagen del Cielo, me lo imagino así desde que tengo como diez años.

Octavio negó con la cabeza.

—No...

El mesonero llegó con el vino y les preguntó si estaban listos para ordenar.

—No hemos visto la carta, disculpa —se excusó Octavio.

El mesonero se alejó. Ambos tenían la copa en la mano.

—¿Por qué brindamos? —preguntó Octavio.

—¿Por la amistad?

Octavio bajó la mirada y sonrió:

—Dale pues... por la amistad.

Levantaron sus copas y cada uno probó el vino.

—En verdad, qué rico vivir creyendo que existe el Cielo, porque si existe, buenísimo, y si no existe, no te das cuenta. Pero debe traer cierto alivio pensar que vas al Cielo después de que te mueres.

—Es lo máximo —dijo Julia con una sonrisa.

—Me imagino.

Cada uno bebió un sorbo de su copa.

—Estás bellísima —dijo él por fin.

Julia tuvo que llevarse una mano a los labios para no escupir el vino.

—Muchas gracias... tú... también te ves muy bien.

—Entonces... qué es eso de que nada ha cambiado. Necesito que me expliques. Y tú sabes, porque me conoces, que no te voy a dejar en paz hasta que no me lo digas.

—Yo sé... tenía la esperanza de que si cambiaba el tema, se te iba a olvidar.

—No —dijo él negando con la cabeza y sonriendo—. Entonces... espero tu explicación.

—Bueno, Octavio, ajá, tú sabes... tú sigues siendo ateo. Y, de verdad, no creo que vayas a creer en Dios nunca. Y no puedo estar con alguien así. Por más increíble que la pase, no puedo. Son diferencias irreconciliables, ¿te acuerdas que te dije eso?

—Ah... ¿la pasas increíble conmigo?

Con el codo apoyado en la mesa, Julia se llevó una mano a la frente.

—Sí, Octavio. Yo la pasaba muy, muy bien contigo.

—¿Y cómo la estás pasando ahorita?

—Muy bien, ¿y tú?

—Excelente. Aunque no me gusta eso de que tu plan sea verme hoy y más nunca.

—Octavio... —comenzó Julia y dudó si continuar—, créeme... créeme... que a mí me gusta menos.

—Tan bien que se la pasa contigo... la pasábamos bien, ¿verdad? —dijo él.

—Muy bien —añadió Julia y soltó una leve risa antes de decir—: ¿te acuerdas del día ese que comenzó a sonar la canción esa de la misa?

—¿Mientras nos besábamos? Sí.

Julia rio.

—Todavía me acuerdo a veces y me río —confesó Julia.

—Ah... o sea que de vez en cuando te acuerdas de mí y te ríes.

—Yo me acuerdo de ti...

Julia vio su copa y vio que estaba casi vacía.

Eso lo explica todo, se dijo para sus adentros.

—Yo también me acuerdo de ti.

—Mentiroso...

—Va pues... te lo juro que es verdad.

—Lo dijiste porque yo lo dije.

—Te lo juro que no... me has hecho falta.

Julia lo miró por un par de segundos sin decir nada.

El mesonero se acercó nuevamente y ambos tomaron sus respectivos menús .

—Le prometemos que, cuando vuelva, vamos a estar listos —explicó Octavio.

El mesonero los dejó solos.

—¿Qué vas a pedir? —preguntó Octavio.

—El ceviche tibio —respondió Julia—. ¿Tú?

—La carne con papitas —dijo Octavio, que ya cerraba el menú y, entrelazando los dedos, agregó—: ajá, entonces...

Julia no dijo nada, solo levantó una ceja, esperando por que Octavio dijera algo más.

—No estás saliendo con nadie.

Julia negó con la cabeza.

—¿Y no has salido con nadie? No te creo.

Otra vez negó con la cabeza, mientras pronunciaba un rotundo «no».

—¿Por qué me invitaste hoy? —se atrevió a preguntar Julia.

—¿Cómo que por qué? Porque quería.

—Porque te caigo bien, me imagino. Pero ¿por qué? Tenemos siete meses sin hablar, salimos que si por dos meses, chamas que te caen bien hay miles... no entiendo.

—¿Cómo no entiendes? Primero, no me caes bien, me caes mejor que bien... Te estás subestimando.

Julia no dijo nada.

—Ya te lo dije, la pasaba muy bien contigo.

—La pasas muy bien con mucha gente. Es que no entiendo. Nunca. Desde que te conocí, nunca he entendido. Yo estaba ahí, con Bóreas, sin hablar con nadie y enseguida me dijiste que yo me iba contigo a Le Club. Te lo juro que no entiendo.

—Ah, bueno... esa vez porque me parecías atractiva.

—Ah, o sea que ese cuento de que «todo el mundo aquí es mi amigo menos tú» era mentira.

—No —dijo Octavio levantando su dedo índice—. Eso era verdad, a mí me gusta siempre estar haciendo nuevos amigos, pero también porque me parecías bonita. Además me dio mucha risa eso que dijiste del tequila. —Aquí Octavio rio.

—¿Qué? ¿Esa locura de que lo pido porque se pasa rápido? —Julia reía también.

—Sí, sí, es que, no sé... me llamaste la atención y ya. Llamen de una a Jay C para que me perdone porque, al parecer, cometí un sacrilegio, bro.

Julia rio.

—¿Te acuerdas de nuestra primera salida? —preguntó Octavio cambiando ligeramente de tema.

—¿Cuando fuimos al sitio este... el Teatro Bar?

Octavio asintió.

—Fue muy chévere —dijo Julia, que tomó la copa para beber otro sorbo de su vino.

—Te veías contenta.

—Estaba contenta. —Depositó la copa nuevamente sobre la mesa.

—Y tú, de verdad, no me quieres ver nunca más después de hoy —dijo Octavio, que no podía dejar ir ese comentario.

Julia suspiró.

—Parece una película esto —agregó Octavio—. La última salida...

Julia se encogió de hombros.

—Qué tema ese de las religiones... miércoles —dijo Octavio recostando la espalda contra el respaldar de su asiento y cruzando una pierna.

—Es un tema —concedió Julia—. Pero vale la pena.

—Te lo juro que te admiro. Es muy difícil no hacer lo que quieres, sobre todo por algo que no puedes probar. Bróder, ¿y si no existe Dios?

—No vayamos a discutir eso, porque yo estoy tan segura de que Dios existe como de que tú existes. Pero, sí... es muy difícil no hacer lo que quiero. Muy difícil.

—¿Y qué es lo quieres? —preguntó él enderezándose en el asiento, colocando los codos en la mesa y juntando las palmas de sus manos.

Julia miró de reojo su casi vacía copa de vino. Nuevamente suspiró, como si hubiera admitido una derrota, y respondió:

—¿Que qué es lo que quiero? Bueno, Octavio, yo quiero salir contigo... y ver «Batman», y ver «Star Wars» contigo, y cocinar contigo, acompañarte a hacer diligencias, conversar, mandarte mensajes de texto... todos los días.

Octavio dejó caer sus antebrazos sobre la mesa. Julia le sostuvo la mirada y le mostró las palmas de sus manos como queriendo decirle que no tenía nada que esconder.

—Yo también —dijo por fin.

—Y, Octavio...

Julia fue interrumpida por el mesonero que les preguntó si estaban listos para ordenar. Octavio pidió por ambos. El mesonero tomó los menús y se alejó.

—Ajá, qué me ibas a decir.

Julia tomó aire.

—Por favor... después de esta noche, no me escribas más. Porque... ¿te acuerdas cuando me escribiste en Navidad?

—Por supuesto, estuve como cinco minutos con el mensaje escrito sin poder decidir si lo enviaba o no.

Julia sonrió y dijo:

—Bueno, recibir un mensaje tuyo es, o sea, lo mejor y lo peor. ¿Tú tienes alguna mínima idea de lo difícil que era no responderlos? ¿Leerlos y borrarlos? ¿O ver que me estabas llamando y no atender?

—En verdad, no.

—Muy difícil. Entonces, por favor, no.

—O sea... ahorita vamos a comer, la vamos a pasar bien, y cuando te deje en tu casa, ya...

Julia asintió.

—Ya sé. No te voy a dejar en tu casa.

Julia rio suavemente.

—En serio. Ya. No te voy a dejar en tu casa.

Los ojos de Julia se iluminaron y sonrió con melancolía.

—Pero una pregunta... ¿por qué me respondiste ese mensaje en Navidad? ¿Y por qué aceptaste salir hoy? —preguntó Octavio.

Julia tenía la respuesta, pero ya le parecía un derroche de sinceridad, sin embargo, después de esa noche no le quedaría nada. Era en ese momento o nunca. Nunca... una palabra que había utilizado mucho ese día.

—Te respondí... —comenzó, algo apenada— porque ya me había dicho a mí misma que, si me invitabas a salir de nuevo, te iba a decir que sí. Porque, desde hace tiempo pido, aunque sea, por un día más para poder hablar contigo.

Octavio la miró sin pestañear.

—Sí... una locura —dijo ella.

El mesonero llegó con la comida. Comenzaron a comer.

—¿Le diste las gracias a Jay C?

Un poco más relajada, quizá porque la verdad que por tanto tiempo había tenido oculta había, por fin, salido a la luz, Julia soltó una carcajada.

—Sí, le di las gracias por la comida en mi mente.

—Qué chimbo —dijo Octavio de repente.

Julia lo miró sin decir nada, pues sabía a lo que se refería, pero no sabía qué decir.

—En serio, qué chimbo, bróder. Yo quiero salir contigo; tú quieres salir conmigo, pero no podemos por algo que, al final, ni siquiera sabes cien por ciento si es verdad.

—Sí es verdad.

—¿Lo sabes cien por ciento?

Julia asintió y dijo un claro «sí».

—Bueno... está bien. No hay nada que hacer. Sé que no te voy a convencer.

—Ni yo a ti —dijo ella rápidamente—. Y no voy a tratar, porque... es cómico, ya tú eres muy bueno. No necesitas creer en la vida eterna ni en Dios para ser bueno.

—Tú tampoco —dijo Octavio—. No lo sabes porque naciste creyendo en todo eso, pero fueras buena igualito, eso te lo aseguro con todo lo que tengo, sin que me quede nada por dentro.

Julia apretó los labios y tomó aire, apreciaba mucho ese comentario.

Silencio. Cada uno se enfocó en su comida por un tiempo. Octavio levantó la mirada y vio una fugaz sonrisa aparecer en la cara de Julia, que tenía la vista fija en su plato.

—¿De qué te ríes? —preguntó Octavio.

Esta pregunta hizo que ella levantara la mirada súbitamente, pues había estado muy concentrada en sus pensamientos.

—De nada —respondió ella.

—A mí no me vas a venir con ese cuento. De qué te ríes.

Julia bajó la cabeza y enseguida la subió, sabiendo que respondería, pues ya había aceptado que esa noche las reservas eran un concepto inexistente.

—¿Conoces la canción «Luz de día» de Los enanitos verdes?

—No la conozco. Pero, dime qué dice...

—El cantante celebra que puede besar las manos de... ella, y que puede decir su nombre otra vez, y me recuerda a ti porque es como que tenía tiempo sin decir tu nombre. Es muy chévere estar delante de ti y poder decir «Octavio».

Octavio sonrió y dijo:

—Ay, Julia, Julia, Julia... haces imposible que se me olvide por qué me encantaba estar contigo.

Ella no dijo nada, pero trataba de grabar en su mente todos los detalles, cada gesto, cada mirada, cada diálogo, porque sabía que, ya en unas horas, sería lo único que tendría.

...

Ya estaban cerca de casa de Julia...

—Entonces... ni siquiera te puedo escribir que hoy la pasé muy bien —dijo Octavio.

—Me lo puedes decir ahorita —aseguró ella.

Octavio exhaló aire y dijo:

—La pasé increíble hoy. Me encantaría que pudiera repetirse, pero bueno, respeto tus ideas. No las entiendo nada, pero las respeto.

—Yo también la pasé increíble y espero que seas la persona más feliz del mundo. Te lo mereces —dijo ella.

Llegaron al edificio.

—Entonces, ya —dijo Octavio.

Julia lo miró.

—Sé que para ti esto debe ser rarísimo, pero trata de entenderme. Y, no te preocupes, que tú vas a estar bien. Muchas gracias por todo hoy. No se me va a olvidar nunca esta noche.

Julia se inclinó para besarle la mejilla, Octavio le tomó la cara y la besó en los labios.

Martes, 27 de mayo de 2014

Todos estos recuerdos atravesaron la mente de Julia en unos pocos segundos. Así como se lo había dicho esa noche a Octavio, nunca olvidaría esa cena. Un futuro incierto pero esperanzador se extendía delante de ella, que avanzaba hacia él acompañada de un pasado que no la abandonaría, porque como le habían dicho, un solo mes puede durar para toda la vida. Con la tranquilidad que brinda el creer que se ha escogido el camino correcto, pero con la tristeza que inevitablemente acompaña al sacrificio, siguió caminando. Su única certeza era que la experiencia de la felicidad pasada bien valía esa tristeza presente. No sabía qué le deparaba el futuro, quizá le regalaría «un día más», no estaba ella por saber...

Beatriz decidió no casarse

¿Una segunda oportunidad o un segundo error?

A sus cuarenta y cinco años, Beatriz ha cumplido su sueño de ser una escritora exitosa, sus largas y solitarias horas de trabajo son recompensadas con el Premio Cervantes de Literatura.

Han pasado veintitrés años desde que terminó su relación con Santos, su novio en la universidad, pero el destino tiene preparado algo inesperado. En el avión que la lleva a Madrid para recibir su premio, Beatriz se reencuentra con Santos y juntos rememoran momentos que ninguno de los dos ha olvidado.

Beatriz decidió no casarse relata la vida de una mujer que decidió permanecer soltera para enfocarse en su profesión, y aunque se encuentra en el momento cúspide de su carrera, no necesariamente significa que este sea el momento cúspide de su vida...

ISBN 9780718092276

Beatriz decidió no casarse

MARÍA PAULINA CAMEJO

Una visión joven sobre las decisiones que pueden cambiar completamente el rumbo de nuestras vidas.

María Paulina Camejo nació en Maracaibo el 5 de febrero de 1991. Tras vivir veinte años en Venezuela, se vio obligada a abandonar su país y emigrar a Estados Unidos. María Paulina posee una licenciatura en Historia del Arte y Literatura Hispana por la Universidad de Miami. Ha publicado más de setenta cuentos cortos en la prensa y es columnista sobre temas relacionados con la situación política actual venezolana. Ha publicado dos novelas, *Beatriz decidió no casarse* y *Los complicados amores de las hermanas Valverde*.